Les Anges de l'an mil

David HAUBERT

Les anges de l'an mil

Autoédition© David Haubert, 2016
Tous droits de traduction, d'adaptation et de reproduction
réservés pour tous pays.
IBSN : 978-2955751534

Les uns prient, les autres combattent, les derniers travaillent. Ces trois casses ne forment qu'un seul tout, et ne sauraient être séparées. C'est ainsi que la loi de Dieu domine le monde, et que par elle le monde jouit d'une douce paix. Mais aujourd'hui les lois sont sans force, la tranquillité fuit de partout, les mœurs des hommes se corrompent, et tout ordre s'intervertit. Roi, tu tiens la balance par le droit de ta naissance, c'est donc à toi de veiller au bonheur du monde et de réprimer, à l'aide du frein des lois, ceux qui se montrent enclins au crime. "

Helgaud de Fleury (MXXXIII)

Manuscrit I

Colin

Les plus gros animaux étaient passés les premiers et avaient dégusté le gros de la chair fraîche. Les plus petits, eux, avaient nettoyé les os apparents, enfin, les insectes envahissaient désormais ce qui restait du corps du malheureux. Le soldat abandonné dans ce petit bois avait certainement été attaqué, puisqu'une flèche dépassait du cadavre. Je n'avais jamais vu un mort, et mes parents m'auraient certainement préservé de ce spectacle s'ils m'avaient accompagné, mais j'étais seul, et c'est moi qui l'avais découvert. Je m'approchai lentement de la scène du crime, comme si quelque chose pouvait encore se passer. J'avais en main un bâton et je secouai ce qui restait du corps. Un rat s'enfuit et des grosses mouches grondèrent, tournoyant comme pour chasser l'intrus. L'odeur qui se dégagea alors était nauséabonde, et un instant, je fus tenté de déguerpir. Mais je n'avais pas peur et rien ne m'aurait détourné de ma quête, je voulais cette flèche.

Je déambulais trop loin de chez moi, et mon attention fut tout d'abord attirée par l'envol des corbeaux à mon approche, puis j'avais observé longtemps, surpris de voir cette pourriture. J'eus un choc lorsque, à la forme de la tête, je m'aperçus que c'était un homme. Quelques lambeaux de chair pourrie noirâtre recouvraient encore le squelette. Je reconnus les deux cavités des yeux absents. Je m'étonnai qu'un soldat se soit retrouvé là, si loin du château, alors qu'ici, il ne se passait jamais rien. Certes, je m'étais relativement éloigné du hameau, mais en courant, il ne me fallait guère plus de temps que pour faire bouillir une marmite de soupe. Mes parents m'interdisaient cependant d'aller aussi loin, ma mère craignait les loups ou les brigands, tandis que mon père, qui affirmait qu'il n'y en avait pas par ici, avait plutôt peur que je m'égare. Bref, je ne partirai pas de là sans avoir arraché la flèche du torse du pauvre homme, ou plutôt de ce qu'il en restait. Je tirai sur la flèche, pendant qu'avec le bâton dans l'autre main, je poussai de toutes mes forces, tout en retenant ma respiration. Ce n'est qu'au troisième coup qu'enfin, je récupérai le sésame. Les secousses successives firent sortir bon nombre d'insectes, et la puanteur empira. J'avais l'impression de sentir la mort. Après l'avoir nettoyée correctement dans le petit ruisseau qui longeait le petit bois, je m'assurai que l'odeur n'y était plus. Je rentrai à la chaumière, heureux de ma découverte, et imaginant l'histoire que je raconterai à mes parents.

Après réflexion, je décidai de ne rien révéler sinon que j'avais trouvé cette flèche au sol, non loin de là. J'avais bien l'intention de retourner sur les lieux du meurtre et d'en faire part à Margaux.

La flèche était d'un bois fin et lisse avec à une extrémité, une pointe en métal et à l'autre bout deux moitiés de plumes collées.

Je montrai donc ma découverte à mes parents qui s'interrogèrent toute la soirée sur la raison d'un tel projectile près de chez nous. Les affirmations allaient bon train et les arguments de mon père étaient solides. Le bois était récent, et cette flèche n'était pas là depuis des années. Elle n'avait même pas passé un hiver, elle aurait été cassante, et ce n'était pas le cas. La raison fut trouvée, il s'agissait d'un animal, un cerf ou un sanglier qui, blessé, se serait enfin débarrassé de ce corps étranger pour venir mourir près de chez nous. Pendant que mes parents se creusaient la tête, moi, je me demandai si mon mensonge était pardonnable.

Je trouvais curieux que mes parents, malgré leur imagination débordante, n'aient jamais effleuré la vérité. Cela me démangeait de la leur dire, mais mon intérêt était le silence. Avouer la vérité aurait été avouer mon mensonge, et après réflexion, ils ne me l'auraient pas pardonné.

Ma mère, dans une histoire, m'avait parlé de cette arme redoutable, l'arc, qui était utilisée par nos ancêtres guerriers. Elle m'en avait dessiné la ligne et expliqué son principe. Son frère, dans sa jeunesse, en avait reproduit un avec une branche de frêne. Depuis, ce dernier était parti guerroyer et n'était jamais rentré.

Quelques jours plus tard, Margaux et moi n'étions pas rentrés bredouille de notre nouvelle exploration. L'expédition n'était pas vaine, j'avais tenu ma promesse auprès de ma bien-aimée de lui montrer quelque chose d'extraordinaire. La surprise fut totale, bien qu'elle ne fût que très peu impressionnée par le côté macabre de ma découverte, Margaux farfouilla la dépouille à la recherche d'un bien de valeur. Tout d'abord, elle me fit remarquer :

« Pourquoi t'es-tu intéressé à cette flèche et oublié ce collier doré ? »

À l'aide d'une branche, elle repoussa violemment la tête qui se sépara du corps, délivrant ainsi le précieux collier. Elle retourna le tronc du mort, ce qui nous fit reculer un bon moment tant l'odeur nous écœurait. Nous étions hilares, comme à chaque fois que nous faisions une bêtise. Sur la cuirasse, une petite poche fermée par un bouton semblait contenir quelque chose. Mon courage étant mis à l'épreuve, j'y enfonçai les doigts et j'en sortis quelques pièces d'or ainsi qu'un objet curieux dont j'ignorai l'utilité. Une petite pièce de bois flanquée d'une pièce ronde et d'une inscription sur sa face. J'en compris vite le fonctionnement, mais pas l'usage. En effet, sur la terre meuble, je pressai l'objet, et son empreinte apparut, comme une trace de sabot sur la terre glaise.

Nous décidâmes de n'en parler à personne, même à son abruti de frère, et nous cachâmes précieusement notre trésor en attendant de décider la meilleure façon de l'utiliser.

Nous n'avions pas trouvé l'arme du guerrier, et je m'étais rendu aux conclusions de mes parents qui, sur ce point, avaient raison : l'homme, pour échapper à son bourreau, s'était enfui et était certainement venu mourir dans nos bois.

Sur le chemin du retour, une idée me vint à l'esprit et j'en fis part à Margaux :

« Dis, tu ne penses pas que nous devrions l'enterrer ?

— Pourquoi ? demanda-t-elle.

— Je crois que ce serait mieux pour le repos de son âme !

— C'est quoi, son âme ?

— Ben, je ne sais pas ! mais les morts, on les enterre et on enfonce une croix. Après, ils montent au ciel, sinon ils pourrissent et ne sont jamais sauvés !

— D'accord, mais celui-là, il est déjà pourri !

— Oui, mais je pense que ce serait mieux de l'enterrer.

— D'accord, on reviendra demain. »

Avec Margaux, j'étais certain d'avoir raison, mais je lui laissais toujours le dernier mot.

Mon père m'avait donné une pierre à couper. Maintenant que lui avait un couteau en fer, il n'avait plus besoin de sa pierre. Le morceau de silex était tranchant, mais s'émoussait en permanence, il me fallait autant de temps à l'aiguiser que pour couper dix branches. La forêt regorgeait de branches de noisetiers. Leurs souplesses me permettraient d'en faire des flèches bien droites. J'alignai la petite tige avec une grande exigence. Elle ne devait pas dépasser la grosseur de mon petit doigt, être un peu plus longue que mon bras, sans aucun nœud et surtout très droite. Pour mon arc, il me fallait trouver une branche de frêne, plus grosse. Il me fallait désormais trouver une cordelette de chanvre assez solide pour résister à la tension de la branche.

Ainsi, après ma découverte, je me mis en tête de fabriquer un arc et quelques flèches, je ne mesurai pas alors la difficulté de l'entreprise, et moins encore, les conséquences de cet acte

Notre chaumière était constituée de deux pièces plus un appentis. Ce dernier abritait des poules en haut et des cochons en bas. L'odeur y était forte, mais supportable. La grande partie de la maisonnette nous logeait mes parents et moi. L'étable, qui sentait bon le foin et la paille fraîche, communiquait directement par une petite porte à notre logis.

Lorsque je rentrai à la chaumière, j'aperçus ma mère qui rassemblait des gerbes d'avoine, elle les ficelait en bottes. Les récoltes étaient terminées et les premières gelées arriveraient bientôt, m'avait dit mon père. Le grenier était plein, et cela devrait suffire pour l'hiver qui nous attendait. Dans quelques jours, nous commencerons à parcourir la forêt pour les premières resserres de châtaignes. Nos voisins convoiteront les mêmes sous-bois, et une course vitale s'engagerait alors. Ma mère s'occupait de la traite des deux vaches qui nous assuraient du lait frais toute l'année et constituait notre principale boisson. La petite s'appelait « la noire » l'autre « la grosse ». Mon rôle était de ramasser des glands pour nos trois cochons. Eux, ils n'avaient pas de noms. Les neuf poules et notre coq, qui parcouraient notre ferme à la recherche de vers et graines égarées, étaient rentrés chaque soir dans l'étable que mon père fermait lui-même. Il ne fallait pas oublier de tourner la clé de la grosse serrure afin qu'aucun voleur ne soit tenté. Renards ou vagabonds, ils étaient nombreux à traîner la nuit, mais je ne les entendais jamais. Notre coq, Paulo, prénom que lui avait donné mon père, nous réveillait dès les premiers rayons du soleil. Moi, je restais dans ma couche pour finir ma nuit, sauf l'été où je sortais les animaux moi-même et je fauchais un peu d'herbage pour nos lapins. Lorsque le soleil était à son comble, nous pouvions faire une sieste sous le grand chêne.

Sous l'immensité de l'arbre centenaire, je m'interrogeais sur l'injustice de la nature. J'étais alors surpris que Dieu ait créé ces géants qui me faisaient peur la nuit, ces grands êtres immobiles qui ne servaient qu'à faire des planches ou à fondre dans les flammes. Pourquoi les avoir faits si grands et si hauts, plus près du ciel ? Pourquoi les déshabiller quand nous nous protégions du froid ? Pourquoi vieillissaient-ils si lentement ? Ayant posé ces questions à mon père, il se déroba, me renvoyant à ma mère. Celle-ci, qui en savait plus, m'apprit que Dieu avait créé la nature le deuxième jour pour servir l'homme. Cette explication ne répondait pas à ma question, mais je me promis d'y revenir plus tard.

Les insectes volants nous sifflaient aux oreilles, et mon père pestait sur les mouches trop nombreuses. Mon père disait toujours que c'est le diable qui avait créé ces sales bestioles, et je crois qu'il avait raison. Je trouvais que mon père avait souvent raison, bien que ma mère ne soit pas d'accord. Pourtant, lorsque les hommes qui étaient venus l'autre jour pour la taille avaient emporté dix sacs de blé ne nous en laissant que huit, mon père s'était offusqué ouvertement sur l'injustice de cet impôt. Le prospecteur avait prélevé un sac de plus que l'an passé, avec pour seul commentaire : « S'il y a à redire, il faut s'en plaindre directement au châtelain. »

Lorsque plus tard je posais la question à mon père, il m'expliqua que la taille était une partie de notre travail que l'on donnait au château pour qu'il nous protège des brigands. On pouvait, si on voulait payer moins cher, travailler à son service en coupant du bois ou transporter des matériaux. Il rajouta que c'était du vol manifeste puisque notre sécurité n'était même pas assurée. Nous habitions trop loin du château pour donner la main, donc, la taille n'en était que plus importante. Ma mère trouvait normal de participer à la communauté, Dieu l'exigeait ainsi, et lui seul pouvait nous protéger. Ses aïeux avaient toujours contribué à la taille et il ne servait à rien de pester. Aux grandes vêpres de Pâques, le curé avait bien mis en garde tous les rechigneux :

« Dieu est témoin de vos injures, et vous serez punis à la hauteur de vos blasphèmes ! »

Cette réflexion était adressée à mon père, il le savait bien, mais il s'en moquait. Ce jour-là, en rentrant du village, mes parents s'étaient disputés très fort. J'espérais que Dieu n'entendait rien, tant la voix de mon père était forte, parce que, pour ce que j'en avais compris, notre père à tous en prenait pour son grade. Pardon, mon Dieu ! Moi, je me bouchais les oreilles pour ne rien entendre, et je récitais dans ma tête les prières que ma mère m'avait apprises. Arrivé à la ferme, le silence était revenu en cette fin d'après-midi pluvieux, mon père était resté dehors sous la pluie pour finir de couper du bois, et ce ne fut que tard, à la tombée de la nuit, qu'enfin il vint manger la soupe du soir. La soupe de pain trempé, avec du lait et du bouillon de légumes, le ravigota, et je rigolais quand, de sa cuillère en bois, il aspirait chaque lampée dans un sifflement de cochon. Ma mère, qui boudait toujours, tricotait au coin du petit feu. Plus tard, après manger, à la lumière du foyer, je les entendais chuchoter pour ne pas me réveiller, et leurs rires se transformaient en souffles et grognements que je ne m'expliquais pas, mais que je pressentais être de bon augure.

Les jours passaient dans notre petite ferme, et j'avais l'impression d'une forme de bonheur parfait, même si nous devions travailler dur pour vivre. C'était notre lot, disait ma mère, et je pense qu'elle avait raison. Je les trouvais beaux tous les deux, surtout comparé à nos voisins, le Gaspard et sa Blanche, que je trouvais vilains, sans parler de leurs odeurs qui empestaient à dix pieds. Le Gaspard puait tellement de la gueule, que ma mère refusait catégoriquement de danser avec lui lors de la fête des moissons. Ils avaient trois enfants, Marie, l'aînée, de quatre printemps de plus que moi, je la trouvais belle et elle avait des formes qui me préoccupaient. Margaux était née peu de temps après moi, et enfin Louis, qui me dépassait d'une tête. Selon lui, il était mon aîné et je devais donc le respecter comme tel. Louis était une brute et je l'évitais comme la peste. Mais mon père disait du bien de lui, prétendant qu'il était robuste et ferait donc un bon paysan. Moi, je préférais Margaux avec qui je passais beaucoup de temps dans les bois, elle était toujours sale, mais je l'aimais comme une sœur. Nos jeux étaient variés, mais j'adorais jouer le mari et je me rendais bien compte qu'elle aimait être ma femme. Aussi, malgré notre jeune âge, elle m'autorisait à la regarder à condition de lui montrer mon moineau. Bien évidemment, ces jeux restaient notre secret, juré, craché !

Ma mère m'avait dit que deux autres enfants étaient nés dans notre famille, mais qu'ils s'étaient directement transformés en ange. Même si je ne comprenais pas tout, je n'étais pas idiot pour m'apercevoir que je n'avais ni frère ni sœur.

Ce début d'hiver fut l'annonce que ma mère avait « attrapé » un gros ventre. Je fus étonné de la voir gonfler dans une proportion telle qu'elle allait bientôt dépasser la blanche qui, elle, avait toujours été grosse. Évidemment, ma mère m'expliqua en détail l'action de Dieu. Enfin, j'appris que j'allais être l'aîné de la famille. Je ne manquerai pas de faire valoir mes droits, comme le faisait Louis, vis-à-vis de mon cadet ou de ma sœur à venir. Je compris aussi que je pourrai partager les corvées avec un autre ; désormais, je priais Dieu pour qu'il nous envoie plutôt un garçon. Après tout, j'avais déjà une sœur qui me comblait.

La fin de l'automne arrivait et les bois alentour étaient nus. Les petites cheminées de notre hameau fumaient à plein, laissant échapper une odeur que j'aimais retrouver, celle de cette fumée, mélange de charbon et de légumes. Si l'été, nous marchions pieds nus la plupart du temps, l'hiver, nous les recouvrions de toile. Une écorce souple sous la plante de pied, elle-même enveloppée d'une toile souple et d'un morceau de cuir, le tout attaché avec une cordelette de chanvre. Plus l'hiver était rude, et plus nous les bourrions de fine paille. Ma mère portait toujours, toute l'année, ses sabots de bois dont mon père retaillait chaque année une nouvelle paire. Il n'était pas question d'en troquer au village. Certes, ils étaient mieux finis que ceux de papa, mais le coût semblait exorbitant à ma mère. Mon père avait des sabots de bois pour les petits travaux autour de la chaumière ; et des souliers souples en cuir avec une semelle de bois dur pour les travaux des champs. Il arrivait parfois, à la fin des labours, que ses pieds saignent, ma mère se chargeait de les panser. Margaux et moi préférions nos protections qui nous permettaient de courir à notre aise et de grimper aux arbres. Nos pères respectifs nous interdisaient de monter trop haut depuis l'accident de Marie. Elle s'était cassé une jambe un an plus tôt et n'en avait pas retrouvé l'usage comme avant. Depuis, elle restait enfermée chez elle, Margaux me disait que sa jambe lui faisait encore mal. Ma mère avait un don pour soigner les blessures, les bobos ou les coupures profondes n'avaient pas de secret pour elle. De même qu'elle savait trouver les plantes qui pouvaient soulager les douleurs au ventre. Blanche avait demandé son aide pour la fracture de Marie. La jambe avait été remise droite, je m'en souviens, j'étais là, à regarder la pauvre Marie qui hurlait tant elle avait mal, et je m'évanouissais en même temps qu'elle. Margaux, qui n'avait rien perdu du spectacle, n'en fut pas affectée du tout et cela m'agaçait. Je soupçonnais nos mères de nous avoir conviés à voir ça, dans l'espoir de nous dissuader de prendre des risques inutiles. Enfin, la jambe meurtrie avait été bandée et consolidée avec une attelle. Pourtant, Margaux et moi grimpions toujours plus haut.

Colin

* * *

Nous avions été conviés au château de Chazé, et mon père s'en étonna. La neige n'était toujours pas tombée et un émissaire était passé. Le seigneur du château exigeait que tous les paysans passent le dimanche avant la fête de l'enfant Jésus. La raison n'en fut pas établie, et devant le premier refus de mon père, l'émissaire fit la menace de représailles. Ma mère avait dit que nous avions besoin d'un chaudron pour la soupe et qu'il fallait donc passer au village. Heureux de la tournure que prit la discussion, l'émissaire s'en retourna.

Gaspard, lui, refusait de s'y rendre, comme à son habitude, il pestait après ce châtelain qui volait leur travail, huit sacs de blé par an suffisaient amplement sans avoir en plus « l'obligation » d'aller se pavaner devant lui. Mon père me disait que Gaspard avait loupé sa vocation, il aurait dû être maquignon tellement il était doué pour ouvrir sa gueule. Maman me demandait de ne pas écouter les hommes qui parlaient ainsi. Dieu les entendait, et ils auront un jour à en découdre avec notre père à tous.

Nous étions partis tôt, et comme chaque matin, nous nous étions lavé le visage dans la cuve taillée dans de la pierre d'ardoise et qui était alimentée par les eaux de pluie. L'été, la fraîcheur de l'eau nous faisait du bien, mais en cette saison de froid, le contraste nous revigorait. L'eau froide nous saisissait les doigts d'abord et la peau du visage ensuite. Je retournais devant le petit feu de bois pour me sécher et pour me réchauffer. Ce rituel matinal, dont ma mère surveillait l'exécution quotidienne, avait été remplacé ce jour-là par un bain plus complet avec de l'eau qu'elle avait pris soin de chauffer au préalable. Un beau savon parfumé avait été déballé, et ma mère m'ordonna de ne pas le gaspiller. Nous avions été autorisés à prendre nos beaux habits qui ne servaient que très rarement. Ayant grandi depuis l'an dernier, j'avais un pantalon qui m'arrivait aux chevilles, et une tunique un peu trop grande. Maman m'assura que l'an prochain, elle m'irait comme un gant. Mes parents aussi avaient revêtu leurs plus beaux habits. J'adorais voir ma mère dans sa belle robe. Elle ferait assurément une forte impression au château.

Je ne me souviens pas de la dernière fois où nous avions fait le déplacement, mais il nous fallut une demi-journée de marche pour nous y rendre. Le trajet était long et nous avions prévu de rester dormir dans une église, ma mère pensait que passer une nuit à la belle étoile était suicidaire à cause des brigands qui traînaient partout autour de la petite forteresse. De toute façon, la température était trop basse à cette saison. Prévoyant, mon père avait confié la garde de la ferme à Gaspard qui devrait traire les deux vaches au moins une fois. L'audience aurait lieu le lendemain matin, ensuite nous reprendrions le chemin du retour, chargés de quelques achats supplémentaires. Nous emportions avec nous quelques belles peaux de belettes et de lapins, de quoi échanger diverses babioles et surtout acheter une nouvelle marmite en fonte. Mon père cachait dans sa ceinture les quelques pièces qui lui restaient de la dernière visite au château.

De loin, j'apercevais la fortification et j'étais émerveillé par la hauteur de l'édifice. Le monstre de pierre et de bois veillait sur sa campagne. Comme à son habitude, mon père ne cessait de pester, il m'affirmait que ce que j'appelais un château n'était qu'un minable trou à rats. Au bas des tours principales, à l'entrée du château, de nombreux toits, de leurs cheminées, crachaient des fumées grises vers le ciel. Des travaux étaient en cours et une quatrième tour commençait à prendre de la hauteur. La plupart de ces maisons que constituait le village étaient en bois. Mon père m'expliqua que lors de la dernière grande attaque, toutes les maisons hors de la forteresse avaient été brûlées et, après le conflit, reconstruites à la hâte toujours en bois. Dans les campagnes, la plupart des chaumières étaient en terre d'argile et le toit en chaume. Il se souvenait de cette époque et avouait que cette période avait été cruelle pour la population alentour. Il m'avoua enfin :

« Tu sais, mon petit, les crimes de l'époque n'ont rien donné de bon. Aujourd'hui, nous sommes exploités, mais nous sommes vivants. Si une telle guerre venait à se reproduire, nous devrions quitter le pays. Je n'accepterais pas que nous mourions pour une cause qui ne nous regarde pas. Et je préfère être exploité que de me battre pour ces gens-là. Sur ce point, ta mère a raison.

— D'accord, papa ! »

Sur ces mots pleins de sagesse, nous étions entrés tous les trois dans la grande rue qui traverse le village et qui faisait face à l'entrée nord du château, l'autre étant réservée aux hôtes d'honneur, comme me l'avait expliqué ma mère. À l'entrée du village, les paysans déposaient leurs biens, des objets aussi divers que de belles pierres trouvées, de la laine ou encore des peaux de bêtes. Des tombereaux de bois ou de paille étaient acheminés sur des carrioles bondées. Les négociations étaient effectuées sous la supervision d'un ou deux moines qui, d'un signe de tête, confirmait le juste échange. Le paysan se retrouvait doté de quelques pièces en métal gravées d'un côté. Mon père posait les peaux sur la table. Les douze pièces qui lui furent remises lui parurent bien maigres compte tenu du labeur enduré pour les gagner. Cependant, il ne contesta pas, n'ayant aucune idée de la valeur des pièces. Le cours et la valeur de cette monnaie fluctuaient au bon vouloir du seigneur, ainsi, nous apprîmes rapidement que deux paires de sabots valaient une pièce pour trois paires l'an passé.

Des toiles, des outils, des armes, des fabricants de sabots, des savonniers, des tonneliers constituaient les étals, et une auberge complétait l'ensemble. Je n'avais jamais vu autant de monde à la fois. Je n'aurais pas pu les compter, même s'ils s'étaient soudainement tous arrêtés de bouger. Les gens marchaient, couraient, se croisaient, et moi, de ma petite taille, je les voyais me bousculer dans cette rue devenue boueuse. Les odeurs qui se multipliaient venaient des commerces, des étals et des gens eux-mêmes qui empestaient une odeur aigre. À chaque coin de maison, des pauvres demandaient l'aumône. Parfois, il leur manquait un membre. D'autres hommes titubaient dans tous les sens comme la tempête s'abat sur la forêt. Mon père riait de les voir ivres. Seule ma mère ne riait pas. L'espace d'un instant, nous passâmes devant une maison qui transpirait l'odeur du pain, la porte était grande ouverte, et j'attirai maman afin de voir l'intérieur. Des boules de pain emplissaient des grands paniers d'osier. L'odeur qui s'en dégageait était sublime. Un homme blanc de la tête aux pieds, et muni d'une pelle géante, s'amusait à taquiner des jeunes filles avec un rire communicatif. Les filles ne virent pas le gamin qui s'empara d'un petit pain et fila en courant. Sur la place centrale, un marché en plein air grouillait d'hommes et de femmes qui ne nous ressemblaient pas. Leurs habits étaient différents des nôtres et surtout plus propres et en meilleur état. Des maquignons vendaient des animaux en criant à tue-tête. D'autres hommes achetaient des stocks de laines. Des charrettes se vidaient pendant que d'autres se remplissaient. Des hommes criaient à la volée et envoyaient des annonces de prix : « Deux pièces d'or et il est à vous », un autre en faisait autant, mais la marchandise qu'il vendait me parut bizarre. En effet, il forçait un jeune garçon à ouvrir la bouche pour montrer ses dents à la foule qui s'intéressait. Quatre autres enfants enchaînés, garçons et filles, attendaient leur tour. Plus loin, encore plus incroyable, je ne sais pas si c'était un homme, mais dans un élan, il cracha une flamme que les passants évitèrent de peu. L'homme avait la peau foncée et des yeux noirs. Son corps mi-nu ressemblait à tout homme par ailleurs. Je l'inspectai soigneusement afin de bien raconter cette aventure à Margaux qui probablement ne me croirait pas. Quatre petits hommes difformes avec de grosses têtes se lançaient des quilles de bois avec une adresse incroyable, leurs habits étaient colorés et faisaient l'admiration de tous. D'ordinaire, les habits des gens normaux étaient comme la laine ou le lin, ternes et sans couleurs. Maman m'expliqua que ces nains avaient dû tremper leurs vêtements dans un bouillon de couleur, ainsi, l'un était jaune, les autres étaient rouges, bleus ou verts. Je n'avais jamais vu d'hommes adultes aussi petits, et j'imaginais très bien les inconvénients qui devaient leur pourrir la vie, comme disait mon père. J'aimais cette ambiance, et je n'avais pas assez de mes yeux pour tout voir. Ma mère me serrait la main et refusait de la lâcher. Soudain, je vis dans une ruelle une vieille femme penchée sous la toge d'un homme. Ma mère me couvrit les yeux et m'attira de l'autre côté. Plus loin, il y avait six hommes dont leur tête dépassait d'une poutre. De nombreux passants leur envoyaient des pommes pourries en pleine face. Maman m'expliqua alors que c'est le sort réservé aux voleurs de poules, et qu'ils devaient s'estimer heureux de ne pas pendre au bout d'une corde. Ceux-là, je ne les verrai que plus tard, mais je posai la question :

« Et si un enfant vole un pain, qu'est-ce qu'on lui fait ?

— Je n'ose même pas y penser, je crois que ses parents seraient punis ! » répondit-elle.

Ils étaient une douzaine, dont deux femmes, suspendus par le cou à des potences, des corbeaux leur crevaient les yeux, et curieusement, dans l'indifférence générale. Je demandai donc à mon père :

« Pourquoi sont-ils pendus ceux-là ?

— Parce que le seigneur en a décidé ainsi, mon fils, précisa mon père.

— Mais de quel seigneur parles-tu ?

— Venant de moi, tu peux être certain que je parle de celui qui habite derrière ces murailles, et je ne suis pas certain que l'autre soit d'accord sur le sort réservé à ces pauvres diables. Le châtelain a décidé de les pendre, parce que ce qu'ils ont fait n'était pas dans son intérêt, quant à savoir s'ils ont mérité leur sentence, ça, j'en doute ! »

Surpris par cette explication, je décidai de me taire. Je compris qu'il était dangereux d'avoir affaire au seigneur, qu'il fût dans le ciel ou dans le château, il restait tout puissant et parfois d'une cruauté sans limites.

Nous marchions le long des étals, et des cavaliers surgirent au galop en nous bousculant. Personne n'eut besoin de me dire qui était l'homme de tête, je reconnus le seigneur dans son attitude à ignorer les pauvres gens qui l'entouraient. Certes, grand, fort et majestueux, mais aussi vieux et laid, il était cependant beaucoup trop bien habillé pour être un honnête homme. En effet, mon père m'avait toujours mis en garde contre ces hommes qui parcouraient nos campagnes avec de grands airs, il faut s'en méfier comme de la peste, me disait-il. Je ne lui demandais pas qui était « la peste », mais je reprenais l'expression pour exprimer tous les dangers du monde.

Au passage du seigneur, un homme dans la foule écria quelque chose que je ne compris pas :

« Ô puissant seigneur, la fin du monde approche à grands pas ! Mille ans que Dieu nous a envoyé son fils, et rien n'a changé, nous mourrons tous ! »

Je demandai à ma mère ce que signifiaient ces paroles, elle me répondit qu'elle n'en savait rien.

Ma mère était heureuse puisqu'elle était désormais propriétaire d'un chaudron que je me fis le plaisir de transporter un temps. J'abandonnai vite ce privilège tant l'ustensile était pesant. Mon père porta son dévolu sur un couteau en acier et sur une bâche en toile huilée qui serait bien utile pour le protéger des averses pendant le travail des champs. Il n'oublia pas de prendre une cinquantaine de clous. Le clou était un accessoire indispensable pour tout bricolage, et mon père avait de nombreux projets. Maman insista pour nous acheter de nouveaux vêtements, des bougies et un gros savon. Le commerçant lui donna en supplément un cordage de dix pieds en chanvre, je réclamais une cordelette pour mon arc.

Paul, l'aubergiste, un homme sympathique que mon père connaissait bien, accepta de garder nos achats pendant la nuit et le temps de l'audience du lendemain, à la seule condition de déjeuner avant notre retour chez nous. L'accord fut scellé autour d'une pinte d'un liquide que je ne connaissais pas et que mon père me fit goûter. Devant mes grimaces, tous se mirent à rire, et vexé, je décidai de bouder jusqu'au matin. De grands feux éclairaient encore les rues, et des troubadours racontaient les aventures des héros les plus fantastiques. J'écoutai leurs récits passionnément, certain que dans ce bas monde, il se passait des choses incroyables et que je n'avais encore rien vu. D'autres hommes se mirent à chanter en groupe, avec dans leurs mains des instruments bizarres qui renvoyaient des sons curieux. Je regardai leur visage, certains étaient beaux et jeunes, d'autres étaient d'une laideur à faire peur, mais tous s'amusaient ensemble sans retenue. Une femme, qui avait dû être très belle, avait la joue entaillée d'une balafre qui lui traversait le visage. Elle dansait sur les tables, et les hommes n'avaient plus d'yeux que pour ses formes. Quiconque pouvait ressentir le désir dans ces regards masculins, mon père, lui aussi, en avait, j'en étais certain. Ma mère, plus en retrait, s'amusait à sa façon, plus distante, mais je lisais de la gaîté sur son visage, et j'en étais satisfait. Un homme était couvert de pustules rouges et purulentes, il riait avec les autres qui ne s'en offusquaient pas. Moi, je ne m'en serais approché pour rien au monde. Cette soirée était incroyable, et je regrettais l'absence de Margaux. Jamais elle ne pourra croire tout cela !

* * *

Les moines refusèrent que l'on dorme dans l'église, mais acceptèrent de nous loger dans une étable moyennant une pièce. Heureusement que nous n'avions pas la marmite, ils l'auraient volontiers échangée contre cette couche de fortune. La paille sentait la moisissure et n'était certainement pas de bonne qualité. La présence des vaches me rassurait à défaut de me réchauffer. Tout dans le monastère commençait par m'agacer, et je n'étais pas au bout de mes peines.

C'est dans nos habits neufs que nous pénétrâmes par la grande porte où un garde nous dirigea vers le donjon. Nous étions une cinquantaine de paysans réunis dans cette salle, et un moine s'adressa à nous comme s'il parlait à du bétail. Il nous fit aligner le long d'un mur, après nous avoir expliqué ce que nous faisions là, il insista sur quelques points :

« Vous allez vous présenter au seigneur Bertrand, vous lui direz votre nom et je vous demanderai de me montrer sur un plan votre lieu de fermage. Vous verrez, ce sera simple ! Vous répondrez aux questions que l'on vous posera et rien de plus. Seigneur Bertrand a passé une mauvaise nuit, une vieille blessure le torture, alors je ne vous conseille pas de lui chercher des poux dans la tête. Lorsqu'il vous fera signe de partir, vous décamperez sans oublier de le saluer. »

Ainsi, nous fîmes la queue en attendant notre tour, et mon père regretta de ne pas s'être positionné au-devant de la file. Nous observions les autres paysans jouer leur rôle et tout se passait bien. Les murs de la grande salle avaient été peints à la chaux, et la pièce en était que plus claire. Sur la grande table, une toile tendue était lestée aux quatre angles, un château était dessiné en son centre. Ce qui ressemblait à un cours d'eau traversait le plan d'un bout à l'autre de la table. Des espaces reproduisaient les bois et les forêts et enfin, des chemins et des sentiers découpaient ce paysage de campagne. De nombreux paysans y avaient déjà reporté l'emplacement des terres qu'ils cultivaient.

Au centre de la grande pièce, je reconnus l'homme qui nous avait bousculés la veille. Ce seigneur avait déjà beaucoup baissé dans mon estime et, à le voir de plus près, mon opinion ne s'améliora pas, bien au contraire. Non seulement il était laid, mais il avait une cicatrice qui lui barrait le visage, lui donnant un air cruel. Ma mère m'avait souvent raconté des histoires de pirates, de sauvages et de brigands, et je dois dire que dans mes rêves, ils étaient tous plus beaux que Bertrand. À ses côtés, une femme de l'âge de ma mère, qui ne pouvait être la femme de Bertrand et encore moins sa fille tant elle était belle. Cependant, à son bras, une petite fille qui pouvait avoir mon âge me dévisageait. Je ressentis une gêne et je préférai regarder le grand mur. Pourtant, je ne pouvais m'empêcher de revenir sur ce joli visage triste, et je me demandai si j'avais le droit de lui sourire. Dans l'incertitude de la situation, je choisis le mur et ne regardai plus la fille.

À un moment, la cérémonie dérapa lorsqu'un certain Durandet revendiqua une concession promise l'an passé par ce même seigneur. Je n'avais pas compris quelle était la raison exacte du litige, cependant, quand le seigneur leva son bras, et sans avoir dit un mot, quatre gardes intervinrent et emmenèrent Durandet par une porte dérobée. En moins de temps qu'il ne fallut pour le raconter, le contestataire fut évincé, et je redoutai les conséquences d'une telle impertinence. Nous étions quelques pas derrière et nous redoutions le contrecoup ; nous avions bien senti l'agacement de Bertrand, généré par l'incident. Enfin, il retrouva son calme et poursuivit ses audiences. Lorsque notre tour arriva, le regard de Bertrand ne quitta plus ma mère. Mon père nous présenta :

« Sieur Bertrand, je suis Mathieu et voici ma femme Jeanne et mon fils unique Colin. Nous vivons sur les terres, tout à l'Ouest, près du menhir de Pierre-Frite et juste à côté de l'Étang-neuf dans le bois de Cornillé, à une demi-journée de marche. »

Le moine saisit mon père par le bras et lui demanda de situer son hameau sur la grande carte. En suivant le chemin vers l'ouest, on longeait la grande forêt puis la rivière, puis le sentier des grands châtaigniers. Mon père montra du doigt le trajet que nous avions parcouru pour venir au château, mais en sens inverse, lorsqu'il arriva au bout de la grande table, il se retourna brusquement et lança :

« Le plan n'est pas assez… »

Au grand étonnement de mon père, Bertrand ne s'intéressait aucunement au plan, il faisait signe à ma mère de s'approcher. Le moine comprit que son rôle était d'occuper mon père, aussi, ce dernier l'interpella et lui fit inscrire le positionnement de nos terres sur le bout de carte.

« Mais puisque je vous dis que votre carte n'est pas assez grande. Le menhir de Pierre-Frite n'y figure pas et, évidemment, l'Étang-neuf non plus !

— Oui, je rectifierai plus tard cet oubli, indiquez-moi où sont vos voisins », demanda le moine dans sa tentative vaine d'accaparer l'attention de mon père.

Ma mère s'approcha du châtelain, celui-ci me fit signe de rejoindre mon père. Mon père, lui, malgré la diversion du moine, ne quittait pas sa femme des yeux. Lorsque ma mère fut près du vieillard, il l'attira vers lui d'un coup et la renifla comme un chien sur sa gamelle. Il fit un signe et le moine exigea que toutes les personnes de la grande salle sortent. Il en fut de même pour moi et mon père. Des gardes menacèrent mon père qui fit un bond en arrière, comprenant qu'il serait trop hasardeux de riposter. Ainsi, la grande porte se referma sur maman et cet ignoble individu. Le temps qui suivit fut interminable, et quand ma mère nous fut ramenée, elle avait le visage blême et sa belle robe déchirée. Mon père ne dit rien, et puisque j'insistai pour savoir ce qui s'était passé, c'est une gifle qui me fit taire. Ce fut la première et dernière fois que mon père me frappa, et quelques années plus tard, je compris les raisons qui l'avaient poussé à cette unique sanction.

Le retour fut long et laborieux, et c'est en passant au bord du Merdereau que maman se saisit de la marmite et l'envoya se noyer au plus profond du ruisseau. Puis, alors qu'elle n'avait pas desserré les dents depuis notre départ du château, elle se mit à pleurer et nul n'aurait pu la consoler.

Lorsque, tard ce soir-là, nous arrivâmes chez nous, mon père resta à ses côtés, silencieux, pendant que je retrouvai ma couche et m'endormis aussitôt.

Quelques jours plus tard, maman perdit l'enfant qu'elle attendait, elle resta allongée pendant de nombreux jours, et je maudissais ce seigneur qui nous faisait tant souffrir.

Pour une fois, je ne racontais pas à Margaux quel avait été le sort de la marmite, pas plus que l'incident du château.

À la fin de l'hiver, nos habitudes reprirent et mes parents étaient devenus désespérément tristes. Je n'avais pas le cœur à rire, et je m'efforçais de jouer mon rôle d'enfant, pourtant, j'en avais certainement perdu l'âme.

* * *

Je profitai du long hiver pour perfectionner mon arc. Mon père m'avait autorisé à utiliser son nouveau couteau pour raboter la branche de frêne. Je m'appliquai, mais plusieurs fois, je m'enfonçai profondément des échardes. Je souffrais et je bravais. Ma mère, toujours figée dans ses pensées, ne s'occupait guère de moi. La fabrication des flèches était du travail de précision. J'avais récupéré des plumes de canard et de la colle d'écorce de houx mélangé avec la chair du fruit du gui et du jus de gousse d'ail. J'en garnissais délicatement l'extrémité de la flèche et j'y fixais deux demi-plumes. Je passais de longs moments devant le foyer pour durcir l'autre bout du projectile, la pointe qui devrait percer la proie.

À chaque éclaircie, j'accompagnais mon père pour rapporter du bois. Dès le début de l'hiver, nous avions, mon père et moi, ou plutôt l'inverse, fabriqué une charrette à bras. Il avait volé l'idée au marché aux bestiaux du printemps. Les roues me dépassaient de peu, mais ma mère m'avait promis que l'été prochain, j'aurais suffisamment grandi pour remédier à cet affront. La corvée du bois n'en était que plus facile. Mon père était fier de son ouvrage, il me promit qu'un jour nous en construirions une plus grande, et que nous achèterions peut-être un bœuf. Ainsi, nous charrierons du bois pour le château et diminuerons la taille. Je m'étonnais de l'ingéniosité de mon père et renforçais mon idée qu'il avait toujours raison.

Pendant cette période d'hiver, je ne voyais guère Margaux et elle me manquait. L'hiver avait quelques avantages. Celui de la neige occasionnait des batailles mémorables. Sauf les fois où Louis nous rejoignait, son plaisir pour me faire avaler des grosses quantités de neige ne m'amusait pas du tout. Nous ne travaillions que très peu, ce qui me permettait de bricoler mon arc. J'adorais les nuits de grand froid où mes parents m'autorisaient à dormir entre eux. Ma mère m'avait fait un beau cadeau, elle m'avait fabriqué une cible avec de la paille tressée. Un cercle délimitait la zone de tir à ne pas dépasser et un point rouge en son centre désignait le tir parfait.

Les premiers essais ne furent pas concluants. J'avais posé

la cible à vingt pas, mais je perdais les flèches dans la neige. Je passais trop de temps à les rechercher, et je dus accepter de me rapprocher à dix pas. Les flèches se plantaient dans la cible sans jamais en atteindre le point rouge. Margaux réussit mieux que moi, mais je lui avais concédé un tir à six pas. Louis, intrigué par notre nouveau jeu, m'arracha l'arc des mains et tenta un tir à huit pas, évidemment, il loupa la cible. Il persista avec les autres flèches et une miraculeuse se planta sur le cercle. Les autres furent perdues dans la neige, et il faudra attendre la fonte des neiges pour les retrouver. J'enrageai, et de colère, je le bousculai. Il avait toujours mon arc à la main, alors il le saisit par le bout et appuya son pied en son centre, et, de la même manière qu'il aurait cassé une branche en deux, j'entendis le craquement du bois et mes yeux se remplirent aussitôt de grosses larmes. Je récupérai la cordelette et j'en oubliai la flèche plantée dans la cible. Je courus vers la chaumière, abandonnant Margaux et son imbécile de frère.

Le matin suivant, Margaux me rapporta la flèche puis m'apprit qu'elle avait tout raconté à ses parents et que Gaspard avait infligé une sévère correction à Louis. Vingt coups de bâton sur les cuisses, de quoi, le faire réfléchir, avait précisé Margaux. Elle me dit qu'elle avait elle-même compté les coups : deux fois les doigts des deux mains. Je lui confirmai que le compte était exact, et je lui avouai être satisfait de la sentence. Mon père pensait que Gaspard avait eu tort :

« Frapper un enfant ne lui apprend rien de bon, il aurait dû l'obliger à refaire l'arc, la punition n'en aurait été que plus productive. »

Après une hésitation, je persistai à penser que Gaspard avait choisi la bonne sanction puisque Louis était incapable de refaire un arc performant.

Les semaines suivantes, je retaillai des branches et m'affairai à la fabrication d'un autre arc. C'était la seconde fois et mes gestes étaient plus habiles encore, plus précis et même plus rapides. Pourtant, mon père m'incitait à prendre mon temps, je ne serais que plus satisfait du résultat, mais mon empressement me poussait à griller des étapes. Je dus me convaincre de mon erreur et je retournai couper une branche de frêne pour recommencer l'arc une troisième fois. J'avais retaillé une vingtaine de flèches, et après de nombreuses journées de bricolage, j'eus la satisfaction et la certitude de tenir l'arme parfaite qui fera frémir tous les lapins de la forêt voisine.

L'apprentissage du tir à l'arc fut retardé tant ma main me torturait. Une grosse écharde s'était enfoncée dans le creux de ma main et me faisait souffrir le martyre. Je pouvais aisément prendre mon arc, mais je n'avais pas de force pour tendre la corde et retenir la flèche. Mon père me dit que je pleurais plus de contrariété à ne pas me servir de mon arc, que du mal engendré par ma blessure. Une autre angoisse m'assaillait : et si je perdais définitivement l'usage de ma main. J'ai souvenir d'un homme qui était passé le printemps dernier, c'était un baladin, il contait des histoires d'ours dans la forêt ; je m'en souviens tant ces histoires étaient ridicules et mal racontées. Je préférais celles de maman, beaucoup plus claires et précises, et leurs dénouements plus sensibles ou prodigieux. Le saltimbanque n'avait qu'une main, et mon père en avait eu pitié, il lui avait offert la soupe et une nuit dans l'étable. Le lendemain, il s'était enfui avec une petite marmite que maman aimait beaucoup.

La plaie à ma main ne guérissait pas, au contraire, le mal empirait. Ma mère la nettoyait souvent et appliquait des onguents sur la plaie. Cela me soulageait un moment puis la douleur revenait. Ce fut l'occasion d'une nouvelle dispute entre mes parents. Maman prétendait que j'étais trop jeune pour travailler dehors par ce temps. Mon père lui criait que je devais m'endurcir le cuir et ne pas rester près du feu, mais au contraire braver le froid. Je ne sais pas lequel des deux avait raison, moi je préférais rester au chaud.

Le premier beau jour arriva enfin, et ma main guérissait bien. Je retrouvais Margaux et nos jeux favoris, mais je trouvais qu'elle avait grandi. Elle me dépassait d'un doigt et se moquait de moi. Venant d'elle, cela ne me faisait rien. Je rigolais de ses blagues. Elle me faisait toujours rire. On disait que l'on se marierait dans quelques années. Elle précisait cependant que je devais avoir du poil au menton et entre les jambes, alors nous rigolions ensemble. Elle avait fait part de nos projets à Louis, il arriva en furie et jura par tous les saints que jamais il ne me donnerait la main de sa sœur. Il était complètement idiot, aussi, je ne répondis pas. Néanmoins, devant mon silence, il me frappa et Margaux prit ma défense. Puis nous courûmes nous cacher dans les bois. Nous étions plus rapides que lui et nous le distançâmes sans mal. Alors, bien cachés sous des feuilles, nous rigolions encore, blottis l'un contre l'autre.

* * *

Un jour, des cavaliers s'approchèrent à vive allure. Je reconnus Bertrand, ils fonçaient sur mon père qui était au milieu du champ avec ma mère, lui tirant sur la charrue pendant qu'elle, à l'arrière, la guidait. C'était un travail de forçat, mais j'étais trop jeune pour les aider. Néanmoins, je leur apportais de l'eau fraîche à heure régulière. Comme les cavaliers arrivaient dans leurs dos, ils ne les virent pas s'approcher. Ce ne fut qu'à quelques pieds, conscient du problème, que mon père cria à ma mère :

« Cours, enfuis-toi ! »

Le seigneur se rapprocha de mon père et d'un coup de botte le fit tomber. Les autres hommes éclatèrent d'un rire forcé. Bertrand, content de son piètre exploit, tournait, du haut de son canasson, autour de sa victime toujours à terre. Puis il l'abandonna et se précipita vers la chaumière où s'était réfugiée ma mère. Mon père voulut rejoindre ma mère, mais les hommes l'en empêchèrent. Le châtelain, toujours sur son destrier, fit le tour de la chaumière au galop, et lorsqu'il arriva devant la porte d'entrée, il fit cabrer son cheval et les sabots puissants s'abattirent sur la vieille porte dont les gonds se descellèrent du mur en terre battue. L'entrave tomba et Bertrand descendit de son cheval, le sourire aux lèvres.

Il venait d'attraper ma mère par les cheveux et l'attirait à l'extérieur De l'autre main, il lui arracha sa tunique. Elle était nue et se débattait en vain. Il lui envoya un grand coup de poing au visage, lui arrachant une poignée de dents. Assommée, elle n'était plus qu'un pantin. Il porta ses lèvres baveuses sur sa peau et ce qu'il lui fit ensuite me mit hors de moi. Enfin, il l'abandonna sur le sol. Je la vis ramper sur le sol, à bout de force pour se mettre à l'abri à l'intérieur.

Bertrand s'adressa alors à ses compagnons de guerre et leur dit qu'ils pouvaient profiter des restes. Aussi, les uns après les autres, devant les yeux impuissants, je les vis entrer dans la maison à tour de rôle, incapable d'imaginer ce qui s'y passait. Mon père endurait les lances pointues au creux du ventre qui le tenait en garde. Il savait qu'un seul geste lui serait fatal. Bertrand lui dit alors, avec un rire de satisfaction :

« Tu te demandes certainement pourquoi j'agis ainsi ? Eh bien, je vais te le dire. Tout d'abord, je suis ton seigneur, et j'ai tous les droits. Tout ici m'appartient, toi, ta femelle, tes bêtes et évidemment ces terres. Ensuite, ta femme est trop belle pour toi et je trouve cela assez injuste.

Les soldats se mirent à rire, Bertrand reprit :

« Le rôle que m'a confié notre Dieu à tous, est d'éliminer les mécréants de ce bas monde. Mais voilà, nous avons tellement tué et violé, décapité et pendu qu'aujourd'hui, ça nous manque un peu ! Enfin, je m'ennuie dans ce comté. Voilà trop longtemps maintenant qu'une bonne guerre n'a pas été déclarée. Rien ne vaut une bonne bataille pour rassasier un guerrier comme moi. »

Mais pourquoi donc je m'acharne sur toi ? C'est très simple. Regarde cette cicatrice sur mon visage, on ne voit qu'elle, hein ! Eh bien, sais-tu qui l'a fait ? »

Mathieu fit non de la tête, prenant bien soin de ne rien dire. Alors Bertrand poursuivit :

« Ton père ! Ce salopard, cette merde, ce sous-homme. Ton père à qui j'ai coupé les membres l'un après l'autre jusqu'à le vider de son sang. Toi, tu as eu de la chance, ta mère s'est enfuie avec toi alors que tu n'avais pas cinq ans. Ton nom t'a trahi au château. Mais c'est surtout la ressemblance avec ton géniteur qui t'a perdu. Tu vois, je m'étais juré de te retrouver et de te couper la tête et ainsi d'éliminer la lignée de ton père. Mais au fait, où est ton fils ? »

Bertrand rappela ses hommes et leur ordonna de me chercher. Un instant, un des cavaliers descendit de sa monture et se dirigea vers un tas de feuilles mortes où il pissa en regardant son jet.

Bertrand relâcha mon père qui courut à l'intérieur de la chaumière. Lorsque je le vis ressortir seul de la maison, se dirigeant à vive allure en direction de Bertrand qui était déjà remonté sur son cheval, j'étais certain de sa colère, mais je ne perçus pas le danger imminent. Mon père cachait une arme tranchante derrière son bras, en se rapprochant du châtelain ; d'un coup vif, il enfonça l'arme blanche dans la cuisse du seigneur qui d'un coup de pied dans les côtes repoussa son assaillant au sol et élança sa monture pour fuir. Il envoya des cris de rappel à l'intention de ses compagnons qui abandonnèrent aussitôt leurs recherches.

Les quatre hommes attrapèrent Mathieu et l'attachèrent, puis ils l'entraînèrent sur le chemin qui menait au château. Les soldats avaient chacun volé un porcelet qu'ils attachèrent soigneusement sur le dos de leur monture. Ils tuèrent quelques poules, les autres s'enfuirent dans les bois. Aucun d'entre eux ne fit attention aux deux vaches qui broutaient plus loin dans un pré.

J'entendis mon père supplier Bertrand d'enterrer sa femme, ce dernier lui répondit que les loups s'occuperaient bien d'elle.

* * *

Ce jour-là, Margaux était venue me rejoindre et nous étions en train de taquiner un mulot qui avait eu la mauvaise idée de sortir de son trou ; notre cruauté vis-à-vis d'un petit animal inoffensif aurait dû me dégoûter, mais il n'en était rien. Soudainement, notre attention se reporta sur ce bourdonnement qui s'amplifiait hâtivement. Des cavaliers s'approchaient à vive allure. Ces sons résonnaient dans le sous-bois, nous n'avions que rarement l'habitude d'avoir des visiteurs. Ce n'était généralement pas bon signe. Le spectacle monstrueux de cet après-midi de printemps me le confirma.

Nous nous cachâmes derrière le grand tronc que mon père avait abattu deux jours auparavant, qui devait nous servir de bois de chauffage pour l'hiver suivant, juste le temps de sécher le bois. Nous étions assez près pour entendre les échanges entre mon père et les guerriers. Ma mère courait vers la chaumière et je l'entendis crier :

« Colin, Colin ! »

Je ne savais pas si elle voulait que je la rejoigne ou si au contraire elle voulait attirer mon attention, mais, nos doigts liés, nous étions tétanisés et pour rien au monde nous n'aurions bougé. Bertrand, d'un grand coup de botte du haut de son destrier, fit choir mon père. Ma mère s'était enfermée dans la chaumière. Je ne perdais rien de ces brutalités. Je n'en croyais pas mes yeux, la porte, que je trouvais pourtant lourde et dure à ouvrir, se disloqua en une ruade, et je n'entendis que très peu les cris de ma mère. Je voyais bien que mon père était torturé à l'idée que ce barbare fasse du mal à maman. Les soldats en armes menaçaient de le transpercer, et au souvenir que j'avais gardé des cadavres pendus au château, je comprenais qu'ils n'auraient pas hésité un instant si mon père leur en avait donné l'occasion.

La scène qui suivit me parut interminable, et je ne comprenais pas le plaisir de cet homme à torturer ma mère. Son rire pendant qu'elle se lamentait, puis son visage lorsqu'il abusa d'elle, je n'en perdis rien. J'étais anéanti et la colère qui était montée en moi n'avait d'égale que ma peur. Écœuré, je me promis de ne plus jamais torturer un petit animal sans défense.

Quand, je vis ma mère se relever courageusement pour rejoindre l'intérieur de la maison, j'en fus, d'une certaine manière, soulagé. Je compris qu'elle ne craignait plus rien.

J'avais très bien écouté les raisons de Bertrand, et lorsqu'il parla de moi, mon regard croisa celui de Margaux, nous l'entendîmes aussi appeler ses compagnons et les lancer à ma recherche. Eux à cheval et nous à pied, nous n'avions aucune chance de les distancer, aussi, l'idée me vint de renouveler l'expérience de l'autre jour avec Louis. Au même endroit, sous un tas de feuilles mortes qui commençait sérieusement à se décomposer, nous nous enfouîmes espérant de ne rien laisser paraître, puis nous nous figeâmes jusqu'au passage des chevaux. Plusieurs fois, un cavalier faillit bien nous piétiner, mais lorsque l'un d'eux sauta de son canasson pour venir vers nous, et alors que j'allais m'extirper de ma cache pour lui faire face, je l'entendis péter. Je compris qu'il allait se soulager, et avant d'en être aspergé, j'entendis le jet d'urine à son plein. L'odeur qui s'en dégagea nous prit à la gorge, mais Margaux et moi restâmes immobiles.

C'est à ce moment-là que Bertrand rappela ses troupes et les cavaliers retrouvèrent leur chef qui grognait comme un sanglier. Nous nous hâtâmes de sortir de ce lit de pisse et retournâmes derrière le grand tronc. Bertrand avait la jambe en sang, mon père tenait le couteau en acier à bout de bras, menaçant les trois cavaliers qui fonçaient vers lui, et, sautant de leurs chevaux respectifs, les trois hommes le rouèrent de coups. Dans cette bataille très injuste, mon père fut bientôt couvert de sang. Deux des soldats l'attachèrent avec la corde de chanvre pendant que l'autre nettoyait la plaie de Bertrand. Je savais que mon père s'était battu et avait emporté une victoire.

La nuit était proche, et lorsqu'ils prirent le chemin du château, mon père, encordé à la traîne des chevaux, s'écria :

« Je veux enterrer ma femme, monseigneur, dans ta bonté,

accorde ma prière ! »

Je ne sus alors quel seigneur priait mon père, mais je compris que ma mère avait quitté notre monde et que ces derniers mots avaient été pour moi : Colin. Nous courûmes vers la ferme des parents de Margaux, et, quand, tout essoufflés, nous racontâmes toute l'histoire à Gaspard, il prit les choses en main, chargea sa femme de nous nettoyer et entreprit d'aller seul sur les lieux du crime. Je le suppliai de l'accompagner pour voir ma mère, mais il s'y refusa, prétextant que ce n'était pas la place d'un enfant. Évidemment, bien sûr, je n'étais qu'un enfant, et cela ne me donnait pas le droit d'embrasser ma mère une dernière fois ou de partir au château pour me venger et libérer mon père.

Lorsque Gaspard revint, il fit à sa femme la description de ce qu'il avait vu. Après avoir été souillé par ces brutes, ma mère s'était pendue à la poutre au dessus de la table avec la corde, celle-là même que nous avions achetés à la grande foire.

Après ce triste récit, Blanche dit que nous devrions faire une prière ; aussi, nous nous agenouillâmes, même Louis, et nous priâmes les mains jointes :

« Mon Dieu, accepte notre sœur Jeanne parmi les tiens. Veille sur notre frère Mathieu, injustement emprisonné. Donne-nous la force de surmonter cette épreuve et bénis Colin qui aujourd'hui a perdu ce qu'il avait de plus cher, sa mère. »

Et Gaspard ajouta :

« Donne la force à Mathieu et permets-lui de faire la peau à ces bêtes cruelles qui ont violé et assassiné sa femme. »

Pour la première fois, je vis des larmes sur les joues de cet homme brave et fier, alors, instinctivement, je répondis :

« Amen ! »

Villevêque

An MXXVI

Ce soir-là, le ciel s'était assombri brutalement et des grosses gouttes se plantaient dans la poussière du petit chemin de terre. L'homme progressait péniblement, sa jambe le ralentissait et la douleur n'était rien comparée à ce qui l'attendait s'il ne trouvait pas une cachette au plus vite. Peut-être que la pluie effacerait ses traces, mais il était urgent de sortir du chemin, bientôt ses pas se liraient dans la boue. Il profita d'un espace caillouteux pour s'échapper du passage avant que la pluie n'augmente. Un sous-bois l'abrita le temps d'examiner la situation : une prairie le laisserait à découvert s'il choisissait la voie la plus courte, vers le clocher qu'il apercevait au loin. Après un court moment de réflexion, qui raviva un long tiraillement le long de son corps, il reprit sa trajectoire laborieuse contournant le champ de blé afin de ne pas marquer son passage. La pluie s'intensifia et les premières gouttes commencèrent à dégouliner dans son cou et sous sa tunique. Si une sensation agréable fut du premier effet, l'homme savait aussi que la fraîcheur de la nuit et l'humidité de ses vêtements lui seraient fatales. La douleur de sa jambe le tiraillait, mais il ne devait pas s'arrêter là.

Lorsque, à bout de souffle, il atteint la porte de l'édifice religieux et qu'il tira sur la cordelette qui fit tinter la cloche, le peu de forces qui lui restaient s'évaporèrent, et sur le sol trempé, il s'effondra lourdement.

Le jeune moine ne put se faire aider, vu qu'il était seul valide au monastère, depuis que le frère André était parti au chevet de sa mère. Le prieur, lui, était alité et refusait toutes médecines terrestres, prétextant que l'œuvre de Dieu ne pouvait être compromise par la main de l'homme et encore moins du diable, son destin était évidemment tracé. Arnaud prit le mendiant sous les bras et l'attira à l'abri dans le hall, puis, ne sachant que faire, il poursuivit son effort jusque dans la petite cuisine. Un petit feu brûlait dans un fourneau et une marmite bouillonnait, ravivant un instinct de survie chez le malade qui ouvrit un œil tant l'odeur de légumes lui revint en mémoire.

« Je vois que notre homme n'a pas perdu l'appétit », dit le jeune au vieillard.

Ce dernier resta muet, mais une grimace se dessina sur son visage ridé, et Arnaud découvrit la raison de cette expression quand l'homme prit sa jambe mortifiée entre ses mains. Le moine désemparé tenta de l'interroger :

« Qu'y a-t-il, où avez-vous mal, mon bon vieux ? La jambe, vous avez mal à la jambe ? »

D'un signe de tête, le vagabond confirma, et Arnaud entreprit de regarder par le bas du pantalon. Le peu de peau qu'il aperçut ne le rassura pas tant la couleur se rapprochait du gris foncé. L'odeur dégagée par le blessé était tout aussi inconvenante, alors, méthodiquement, le moine s'employa à découper les braies en toile rude. Arnaud était incompétent pour tout diagnostic pourtant, ce qu'il découvrit ne laissait aucun doute sur les chances de survie du vagabond. Peut-être aurait-il fallu amputer l'homme, cela se faisait, il n'en avait pas vu, mais en avait entendu parler. Couper le membre afin que la blessure ne s'étende. Le père Valentin, lui, aurait su que faire, mais il était dans un pire état, et ne serait d'aucun secours désormais. Le jeune moine arriva à la conclusion qu'il devait abréger au mieux les souffrances du mourant.

L'abbé Baudry, responsable de l'abbaye Saint-Rémy, avait envoyé un délégué pour annoncer le ralliement du petit monastère de Villevêque à la grande abbaye. Ainsi, les moines devaient partir, et comme on ne leur avait pas précisé de délai, ils se plaisaient à gagner du temps dans leur petite congrégation. Le programme journalier n'était plus, et depuis longtemps déjà, rythmé par les messes, les longues prières et les chants religieux. Arnaud étant le seul homme valide, son temps était largement occupé par le jardin et la cuisine. Victor, le père supérieur, était dans l'incapacité de se déplacer et demandait beaucoup de soins. Les paysans aux alentours étaient bons et apportaient quelques victuailles en échange de prières miraculeuses. Il arrivait parfois qu'un vagabond demande asile pour une nuit, et c'était pour les bénédictins l'occasion de prendre connaissance du monde extérieur. Contrairement aux autres monastères, ils croisaient parfois les femmes sans pour autant rencontrer le diable, et Arnaud savait bien qu'à Angers, ce privilège n'aurait plus cours.

L'homme qu'il avait recueilli la veille était dans un sale

état. Il avait passé la nuit à son chevet et n'avait trouvé le sommeil que très tard. Ce matin, chaque tâche et chaque mouvement s'en trouvaient amoindris, son esprit fonctionnait au ralenti, il en oublia même sa prière matinale. Quant à lui, le malade semblait aller mieux, et le bouillon qu'Arnaud lui donna parut l'avoir revigoré. La souffrance du vieillard était évidente, mais il retenait son souffle. Aucune lamentation, aucun gémissement ne sortait de sa bouche, pourtant lorsqu'il chercha enfin à s'exprimer, Arnaud, instinctivement, l'en empêcha :

« Chut ! ne vous fatiguez pas, Dieu veille sur vous, n'ayez aucun tourment. Dormez, demain cela ira mieux.

— Non, mon garçon, dit le vieillard affaibli, j'ai eu une longue route pour arriver jusque-là et je dois encore me rendre à Beaufort. Ce que je sais, je dois le partager avec mon ami Colin. C'est très important ! »

Arnaud, surpris par le langage du vieil homme, qui ne s'exprimait pas comme un paysan, mais plutôt comme un homme cultivé, commença à s'inquiéter d'une telle révélation. D'un naturel habituellement peu curieux et surtout très froussard, il ne tenait guère à entendre les révélations de cet étranger. Il lui vint aussitôt à l'esprit que l'homme aurait pu partir plus vite dans la nuit, et il commençait déjà à regretter son acte pieux. Il était déjà si près de notre seigneur Dieu, pourquoi ne pas l'avoir rejoint plus tôt ?

« Mais non, votre santé s'améliore d'heure en heure, et vous êtes costaud à la douleur. Je vais vous donner des bouillons dont j'ai le secret, et vous irez vous-même raconter à votre ami ! Pour l'instant, économisez vos forces et endormez-vous.

— Impossible, jeune homme ! tu dois m'écouter !

— Non, non, non ! Je ne veux rien entendre ! Dieu sait ce

qui peut bien arriver aux gens qui parlent trop ! Et si le père supérieur venait à apprendre que je cache un secret, il pourrait bien me réprimander !

— Espèce de froussard ! Dans ma jeunesse, j'ai souvent côtoyé les moines, mais j'ai très vite quitté cette bande de dégonflés. Vous êtes pire que des femmes et vous ne pensez qu'à vous goinfrer. Demain, j'arriverai devant Dieu et, j'en fais le serment, je dénoncerai ta lâcheté pour n'avoir rien fait pour sauver un seigneur bienfaiteur de l'Église ! Toute ma vie, j'ai œuvré pour le bien-être de mes semblables, et je te l'assure, il m'écoutera ! »

Pendant ce court moment, Arnaud n'avait pas refermé sa bouche, elle resta entrouverte et comme bloquée par ce qu'il venait d'entendre. Jamais on ne l'avait menacé avec une si grande force et une telle conviction. Même le frère André, qui le harcelait sans cesse, n'avait jamais été aussi loin dans l'intimidation. Le malade reprit :

« Dans ma sacoche, tu trouveras des manuscrits, j'ai tout retranscrit en latin, je te conseille de le lire, tu connais le latin au moins ?

— Oui, oui, un peu, dit le moineau désormais apeuré.

— Bon, tu le lis et lorsque tu auras terminé, tu comprendras l'importance de ta mission. »

Le frère André avait marché toute la journée et s'apprêtait à franchir le seuil de son lieu de séjour, quand trois cavaliers arrivèrent à vive allure. Les chevaux formèrent un cercle autour de lui, il ignorait la raison de ce harcèlement et tenta de s'y opposer :

« Mais qu'avez-vous, messieurs ? Que me voulez-vous ? »

Les belliqueux continuèrent leur manège, et André finit par choir sur son postérieur. Les trois hommes rirent à gorge déployée, et quand ils cessèrent, l'un d'eux descendit de son cheval et attrapa le moine par sa soutane poussiéreuse. Une balafre traversait son visage qui lui donnait un air effrayant. André en avait vu des vilains, mais celui-ci était le pire de tous.

« Mais que me voulez-vous ? répéta André tandis que des larmes de peur dégoulinaient déjà.

— Nous recherchons un homme blessé et, comme tu l'as vu, tu vas nous dire où tu l'as caché !

— Mais je ne comprends rien à votre baratin et je n'ai vu aucun blessé ! »

Le cavalier resserra son poignet, et le col du moine commençait à lui serrer le cou.

« Où vas-tu comme ça, dis-moi ?

— Je rentre au monastère, vous voyez bien que je suis moine !

— Au monastère…, très bon endroit pour cacher un misérable ou un criminel !

— Je n'ai rien caché du tout ! J'étais absent depuis quelques jours pour l'enterrement de ma mère, et je rentre tout juste. Et je doute que le frère Arnaud ait fait entrer un individu en mon absence. Mais qui est cet homme que vous recherchez ?

— T'occupe pas ! Allons au monastère, nous reparlerons de cela là-bas ! »

Les trois cavaliers marchaient derrière le moine qui, fatigué de son voyage, devait encore forcer le pas. Après avoir trébuché trois fois, André arriva sur les genoux devant la petite porte et il tira sur la cordelette pour faire tinter la cloche, espérant qu'Arnaud viendrait lui ouvrir au plus vite. Les cavaliers étaient descendus de leurs destriers et l'un d'eux tira de nouveau sur la cordelette. Qui des quatre hommes s'impatientaient le plus, André l'ignorait, mais il jurait de réprimander Arnaud pour ne pas s'être dépêché pour ouvrir cette satanée porte. André fulminait quand, après un bon quart d'heure de tintements de cloche, il entendit le verrou grincer. Arnaud ouvrit après avoir vérifié par la petite grille, il hésita pourtant à déverrouiller à la vue des cavaliers, mais la présence d'André le rassura. Aussitôt, l'un des hommes bouscula les deux moines et, l'épée en avant, entreprit une fouille rapide, poussant toutes les portes sans restriction. Il traversa le petit cloître, et lorsqu'il franchit la porte de la petite chapelle, il découvrit un moine encapuchonné qui veillait un cercueil en bois blanc. Il bouscula le moine et d'un coup de pied fit tomber la boîte en bois qui s'éclata sur le sol. Le corps du vieux moine dégageait une odeur de mort, et c'est la main sur la bouche que les deux autres pénétrèrent dans le lieu sacré. Il fut établi que ce n'était pas leur homme, et il ressortit, ignorant le moine qui n'avait guère bougé et qui se tenait droit comme un cierge pour ne pas attirer l'attention.

Après le départ des trois cavaliers, André s'en prit aussitôt à Arnaud et l'insulta, autant pour avoir laissé entrer un étranger, qui de surcroît portait un vêtement de moine, que de l'avoir fait attendre une éternité à la porte. Lorsqu'il fut calmé, Arnaud eut le droit à la bonne question :

« Mais au fait, où étais-tu, pendant que j'attendais ?

— Eh bien, comme je vous avais aperçu, entouré de ces trois soldats, j'ai pensé qu'il valait mieux faire disparaître le vagabond, il m'avait dit être pourchassé, n'ayant aucune issue, nous avons choisi cette solution. »

André semblait pourtant sceptique quant à l'explication, mais préféra continuer l'interrogatoire :

« Mais qui est cet homme, et pourquoi lui as-tu ouvert la porte ?

— C'était le soir même où vous avez quitté le monastère,

il tombait des trombes et je l'ai vu arriver se traînant puis s'écrouler devant le portail ; que pouvais-je faire, attendre de trouver son cadavre au matin ? De toute façon, c'est un miracle qu'il est encore en vie, sa jambe est malade et je doute qu'il y ait quelque chose à faire pour lui. Je ne lui en donne que pour quelques jours, pas plus !

— Ah ! mais qui est-il ?

— Je ne sais pas, il n'a rien dit et n'a fait que dormir. Une chance pour lui, il a bon appétit. Lorsque je vous ai vu arriver, je lui ai enfilé votre robe de bure que j'avais lavée après votre départ. Puis je l'ai aidé à prendre place près du père Victor qui nous a quittés avant-hier. Jamais je n'aurais pensé qu'ils auraient profané son cercueil.

— Eh bien, je pense que cette erreur a sauvé l'inconnu !

— Vont-ils revenir ? Et qui était-ce ?

— Je ne sais pas non plus ! J'ai été forcé de les amener ici, bien à contrecœur, je ne crois pas que ce soit des soldats, mais ils ne souhaitaient aucun bien à ce malheureux. Mais n'a-t-il rien dit ?

— Non, il a seulement marmonné et il a déliré pendant son sommeil, mais je n'ai rien compris. Une histoire de poison et de trahison, mais je pense qu'il divaguait. »

André considérait Arnaud comme un grand benêt, incapable de raisonner, à peine bon à faire la cuisine. Il le traitait comme on doit le faire avec ces demeurés qui ne comprennent les choses qu'à force de coups et d'insistance. Il ne fallait jamais relâcher avec ces dadais qui avaient été couvés par des mères trop aimantes. Enfin, ce garçon avait le don de le mettre en colère. Sa naïveté n'avait d'égale que sa propre bêtise. Le seul point positif était la force de cet âne qui portait aisément un sac de blé sous chaque bras, évitant à André bien des peines.

Le moine s'approcha du malade qui était dans un semi-coma. Il regarda ses yeux soulevant ses paupières l'une après l'autre, posa sa main sur son front, constatant qu'il n'était que peu fiévreux, puis il se dirigea vers la jambe meurtrie. Arnaud, qui était resté en recul et attendait le diagnostic de son aîné, ne bronchait mot. Soudain, André dit :

« Je connais cet homme ! Il était l'assistant de Mathilde, la fille de feu Bertrand. C'est un puissant ! Mais que fait-il là, si loin de chez lui ? »

André continua cependant son évaluation sur les chances de survie du malade. Si on ne faisait rien, la maladie prendrait et remonterait la jambe vers la cuisse puis la fièvre monterait, des cloques gazeuses apparaîtraient sur la jambe, et l'assistant de Mathilde mourrait dans d'atroces souffrances. Le moine n'était pas expert, mais il connaissait bien ce processus de la maladie tant elle était commune. Le père Valentin aurait coupé cette jambe, n'hésitant pas à vider le malheureux de son sang, de toute façon ne rien faire le condamnerait à de grandes souffrances. Et puis, Dieu voulait sûrement rappeler son fils près de lui.

« On ne peut rien faire, il va mourir !

Manuscrit II

Colin

Mes parents m'avaient appris à bien écouter les autres, et ils m'en avaient donné les raisons. Ils appelaient cela : le savoir. Ils m'avaient convaincu qu'un individu qui écoutait bien était beaucoup plus calme et prenait de meilleures décisions qu'un abruti qui n'écoutait pas et au contraire agissait sans recul. À bien regarder l'attitude de Louis, encore une fois, j'étais d'accord avec mes parents, aussi, j'écoutais patiemment les autres et j'essayais d'être précis dans mes propos, même si, j'en conviens, je n'avais pas souvent l'opportunité de m'exprimer. Ma mère m'avait aussi appris à compter avec mes doigts, et même si c'était un exercice compliqué, j'étais motivé par l'avantage que cela me donnait. De nombreuses fois dans nos divers jeux, je ridiculisais Louis devant sa sœur, lui qui, ne sachant compter que jusqu'à cinq, était incapable d'additionner dix glands avec dix autres. Je craignais cependant les représailles qui ne tardaient pas d'arriver. J'apprenais à Margaux cette science en lui faisant faire des exercices, ceux que m'avait fait faire ma mère la veille, et j'étais surpris de sa difficulté de compréhension. J'étais prêt à jurer de savoir compter jusqu'à cent, même si, je le craignais, ma mémoire m'aurait certainement fait défaut en cours. De toute façon, personne n'aurait pu désormais me contredire puisque mes parents n'étaient plus là. J'avais, pour le coup, appris un nouveau mot, j'étais devenu un orphelin.

Maman m'avait expliqué que des livres existaient dans les monastères et ils contenaient tout ce qu'il fallait savoir sur notre monde. Elle m'avait montré une feuille avec un dessin qui représentait l'enfant Jésus et ses parents ainsi qu'un bœuf et un âne. Je trouvais l'image extraordinaire, elle m'interdisait cependant d'y poser les doigts. Elle détenait ce bijou de sa mère et de sa grand-mère, et elle le protégeait dans un tissu et le gardait précieusement dans le coffre en bois. Elle me dit que les livres étaient un assemblage de feuilles identiques à celle-ci, et que des signes, reconnaissables par les moines, transcrivaient l'histoire de la vie. Je ne comprenais pas grand-chose, je ne voyais pas l'intérêt d'écrire des histoires que seuls les moines pouvaient déchiffrer, et je n'avais pas l'intention de devenir moine. Ma mère regrettait pourtant de ne pas savoir lire, car elle aurait beaucoup aimé me raconter les histoires de ce monde. Hélas, de mon monde, qui à l'époque s'arrêtait à nos terres et à ceux des voisins ainsi que les quelques bois et la visite annuelle au château, je ne percevais rien de la multitude de choses et de lieux qui nous entouraient.

Gaspard, lors de sa première visite, avec un flambeau, avait découvert la triste vérité, et la confirmation que Jeanne était bien morte. Il avait bien vu la marque de la corde sur son cou. Il avait recouvert le cadavre de la toile cirée qui était bien pliée sur le coffre en bois, puis il avait replacé la porte provisoirement en la maintenant avec un gros poteau de bois qu'il arracha et qui servait au séchage du linge. Il reviendrait le lendemain pour s'occuper de Jeanne en espérant qu'aucun brigand ne vienne rôder dans les parages.

Il fut entendu que l'orphelin que j'étais devenu, ne pouvant rester seul, pouvait s'installer provisoirement et qu'ainsi je pouvais partager la couche de Margaux. Gaspard et sa femme en discutèrent longuement dans la soirée, à la lueur du feu qui allait bientôt s'éteindre. Ensemble, ils furent d'accord de me garder, mais cela ne pouvait pas être durable, le châtelain allait probablement faire des recherches pour retrouver le garçonnet, et leur situation deviendrait alors critique. Les hypothèses étaient, soit de me mettre au monastère, soit de me confier à d'autres paysans en mal d'enfant. Dans les bras de Margaux, feignant de dormir, j'écoutai leur conversation et compris que ma vie était au bord d'un gouffre. Aucune des solutions proposées ne me convenait, la perspective de devenir moine m'insupportait, et j'avais peur de quitter Margaux pour toujours. Le seul avantage était que dans toutes les solutions, je me débarrassais de Louis.

Le lendemain matin, après avoir exécuté les travaux de la ferme, nous partîmes, Gaspard, Blanche, Louis et moi, nous occuper de notre ferme abandonnée. Gaspard m'interdit de voir ma mère, et pendant que nous creusions une tombe assez profonde afin qu'aucun animal ne puisse la profaner, il rhabilla, non sans mal, le corps déjà raidi de Jeanne. Il l'enveloppa dans une couverture de laine, celle qui couvrait le lit de mes parents, et de ses grands bras musclés, il la porta jusqu'à sa dernière demeure. Je regardai cette chose enveloppée dans le fond du trou ; j'avais du mal à imaginer que c'était ma mère, et ce fut sans penser à elle, que Louis et moi rebouchâmes sa tombe et piétinâmes la terre de nos pieds. Gaspard pendant ce temps avait bricolé une croix avec deux planchettes, et j'avais gravé sur le bois ces signes que j'avais vus dans l'église au-dessus de Jésus mort sur la croix : INRI. Je ne savais pas ce que cela voulait dire, mais je jugeais que ma mère méritait bien cela et qu'elle savait certainement ce qu'exprimaient ces quelques lettres.

Puis, après avoir fait une prière commune devant la tombe, nous rassemblâmes dans la charrette à bras tout ce qui nous parut important. J'insistais pour emporter le coffre en bois, la toile cirée, mon arc et mes flèches, le couteau en métal ayant disparu. S'il fut simple d'attacher les deux vaches à la charrette, il n'en fut pas de même pour les poules. Nous décidâmes de faire un deuxième tour l'après-midi.

Ainsi, nous abandonnâmes la ferme pour toujours, le manque de bras ne permettait pas de tout garder. Le seigneur ne tarderait pas à trouver un remplaçant, la terre était faite pour produire et devait rapporter.

Dans cette épreuve, je fus reconnaissant à Louis de n'avoir pipé mot lorsque nous enterrâmes maman, j'appris que malgré son idiotie, il avait un peu de cœur, et il valait au moins cent fois plus que ce barbare de Bertrand

***

Par un miracle de la nature, une faille s'était creusée sur le mur qui laissait pénétrer un peu d'air dans son cachot. Tous les jours, un fin rayon de lumière éclairait sa cellule sans fenêtre. Ses pieds et ses mains étaient entravés par des chaînes. Il était allongé sur le sol, il faisait trop chaud et il attendait la mort qui ne venait pas. Des souris mangeaient le pain qu'on lui avait apporté et il avait renversé le pichet d'eau. Sa main le faisait souffrir, mais Mathieu était résigné, bientôt c'en serait terminé. Bertrand n'aurait pas sa vie, il ne lui laisserait que sa mort. Son fils Colin s'en sortirait, il en était certain. Il n'était pas plus haut que lui lorsqu'il s'était retrouvé seul, et à l'époque, le pays était en guerre. Avec Jeanne, ils lui avaient appris beaucoup plus qu'ils n'en savaient à son âge. Ses dernières prières seront pour lui. Pour l'instant, il pleurait sa Jeanne ; il voulait la rejoindre, elle lui manquait tellement. Il ne pourrait pas vivre sans elle.

La porte de la prison s'ouvrit et deux soldats vinrent le chercher, ils le détachèrent et lui lancèrent une toge :

« Enfile ça ! et presse-toi, tu vas voir sieur Bertrand, il a quelque chose à t'annoncer !

— Qu'il aille au diable, celui-là ! »

Il reçut un grand coup de bâton sur sa main meurtrie, relançant la douleur, et il se replia sur lui-même, aussi, les gardes le relevèrent et l'habillèrent dans ce haillon puant. Ils le traînèrent vers la grande salle où étaient réunis un grand nombre de paroissiens, et toujours ce moine grotesque au côté du diable en personne. N'ayant rien à perdre, il lança à la foule :

« Assassin, bandit ! Tu paieras ton crime en enfer. Tu fais honte à ton peuple, tu es une merde et je te pisse à la figure. »

Bertrand, surpris par ces mots, changea de couleur. Les gardes rouèrent de coups le détenu devant les gens qui regardaient ébahis la scène. Cependant, Mathieu s'efforça de se relever, ne voulant plus s'abaisser devant le monstre. Il était plus fort que lui. Il le fixa et vit bien la colère dans ses yeux. Le moine se leva et s'adressa aux gens qui le regardaient :

« Comme vous pouvez le constater, cet homme est devenu fou, ou peut-être est-ce Satan qui se manifeste en lui ? Seul un individu aliéné peut oser insulter notre seigneur bienfaiteur ! »

Bertrand, soulagé par ces mots, fit signe aux gardes. Un autre homme fut amené au centre de la pièce. Mathieu reconnut cet homme. Le châtelain l'interrogea :

« Durandet ! J'espère que les quatre saisons que tu as passées dans mes geôles t'ont permis de patienter. Je t'avais fait une promesse et je suis enfin en mesure de te l'accorder. Tu vois cet homme à tes côtés, il avait un fermage près du menhir de Pierre-Frite, je t'en confie l'exploitation. Évidemment, tu payeras la taille comme ton prédécesseur. Alors, qu'en penses-tu ?

— Oh, merci, seigneur Bertrand, tu es trop bon ! Pardonne-moi d'avoir douté de toi ! Je suis ton serviteur, je travaillerai et je prierai pour toi ! Je te le promets, Monseigneur. »

Sur ces mots appris par cœur, le moine reprit la parole :

« Voyez, brave gens ! Notre seigneur est bon et généreux. Il reconnaît la justice et s'apitoie sur les pauvres gens. Évidemment, de temps en temps, il faut sévir et faire des exemples. C'est difficile de gouverner face à ces rebelles et ces brebis galeuses. »

Bertrand, fort de la démonstration, mais un peu agacé, remercia le moine :

« Merci, frère Hugon, je pense que ces gens ont compris, puis il s'adressa à Mathieu : Alors, bouseux ! On m'a raconté que tu voulais mourir. Mais quel homme sans cœur voudrait abandonner son fils si jeune ? Dans ma grande bonté, je vais te faire une offre. Tout d'abord, je sais où se cache ton fils, et dans quelques jours, j'irai le déloger moi-même. »

Surpris par cette affirmation, Mathieu le fixa méchamment. Bertrand poursuivit :

« Je pourrais lui couper la tête pour s'être enfui devant son seigneur, ou bien l'enfermer avec toi. Mais je veux que tu restes vivant. Ainsi, je te donne le choix, tu décides de ton sort : soit je te tue devant ton fils et je l'embroche à son tour, soit tu fais allégeance à ton seigneur, tu purges ta peine jusqu'à ma mort pendant que ton fils entre au monastère. Lorsque notre Dieu m'aura rappelé à lui, tu recouvreras ta liberté et tu seras banni du comté. Tu pourras rejoindre les Normands ou les Wisigoths, mais nul n'entendra plus parler de toi… Qu'en penses-tu ?

— Merci, monseigneur ! Pardonne-moi, je ne pensais pas ce que je disais. Je mérite ma sentence. S'il te plaît, monseigneur, ne fais pas de mal à mon fils, il est si jeune. »

Ces mots étaient sortis de sa bouche sans même qu'il y ait réfléchi. Il était à présent certain qu'aucun Dieu n'accepterait un tyran comme Bertrand. Tout cela tenait du mensonge, il n'irait jamais chez les Normands et encore moins chez les autres dont il ignorait tout, jusqu'à leur existence. Sa seule préoccupation était de sauvegarder la vie de Colin. Le moine reprit :

« Ah, braves gens, quelle chance avons-nous d'avoir un si

bon prince ! C'est le Bon Dieu qui nous l'a envoyé. Age-nouillez-vous, pauvres pécheurs et prions ensemble pour le seigneur qui ne cesse de nous protéger. »

Mathieu repensa alors aux échanges qu'il avait eus avec son voisin Gaspard sur le manque de courage des paysans. Tous ou presque étaient dévoués au châtelain, et il en serait ainsi jusqu'à leurs morts. La terre ne faisait que des couilles molles, et Mathieu et Jeanne en étaient des exemples. Gaspard, lui, se serait insurgé, il aurait trouvé les mots justes et il aurait frappé fort. Ce moine n'était qu'un lèche-bottes, et Bertrand un assassin, mais Mathieu n'avait pas réussi à sortir de sa réserve. Les seigneurs avaient toujours le dernier mot face à des lâches. Mathieu avait répondu à Gaspard que la plupart des paysans naissaient ainsi, s'ils avaient la colère en eux, ils n'étaient point pourvus de sentiments rebelles. Une bagarre à la limite, mais défendre une cause juste était l'affaire des hommes savants et instruits. Un paysan devait se taire et filer droit.

***

Dans le bois, Margaux et moi avions recommencé notre entraînement de tir à l'arc. Cette fois, pas question de laisser Louis nous importuner. Bien qu'il ait certainement compris la leçon, et bien que les événements récents nous aient ré-conciliés passablement, l'accepter dans notre bande aurait vite tourné à l'affrontement, j'en étais certain. Nos tirs étaient de plus en plus précis, et Margaux se montrait in-croyablement habile. Je décidais de lui fabriquer son propre arc.

De partager la vie d'une autre famille m'avait fait comprendre les avantages d'être fils unique, et j'étais obligé désormais d'apprendre à partager. Je participais aux travaux de la ferme et j'avais l'impression de donner satisfaction à mes hôtes. Je savais que je n'étais qu'un invité et que ma présence ne pourrait durer. Je tentais d'imaginer quelle serait ma vie sur les chemins, mais je me rendais bien compte que les dangers étaient innombrables. Les bandits, les loups, l'hiver, sans oublier Bertrand, et bien d'autres choses étaient des obstacles à ma liberté.

La sécurité que m'apportaient Gaspard et Blanche était considérable malgré quelques inconvénients. Je commençais à m'habituer à l'odeur ainsi qu'à la présence de Louis plus bête que méchant. Gaspard et sa femme étaient très bons avec moi et, je dois dire qu'ils ne faisaient pas de différence avec leurs propres enfants. En ce qui me concerne, j'essayais au maximum de me fondre dans la famille, pensant que c'était dans mon intérêt. J'étais étonné du peu de conversation et d'échanges ; à table, les enfants n'avaient pas voix au chapitre. Blanche ne racontait pas d'histoires aux enfants. Aussi, je me surpris à jouer le rôle de conteur et je reprenais les légendes et les fables que me racontait maman. Au début, j'avais deux auditeurs, et très vite, mon public s'était élargi à la maisonnée. Après quelques semaines, je me rendis compte que Margaux apprenait vite et que ma présence avait un effet positif sur l'ensemble de la famille. Même Louis avait fini par m'accepter.

Nos escapades devenaient téméraires et nous commencions à nous prendre pour de véritables aventuriers. Louis se joignait souvent à nous, et le jour où nous nous trouvâmes face à face avec une bande d'enfants des fermes voisines, sa présence nous permit de nous tirer d'affaire. Quatre garçons, ayant sensiblement notre âge, nous surprirent loin de chez nous. Ils prétendirent être sur leur territoire, ce qui par conséquent n'était pas notre cas. Leur supériorité en nombre et leurs bâtons leur donnaient, certes, un avantage, mais nos arcs les impressionnèrent, en particulier lorsque Margaux, dans un style parfait, bien qu'à une dizaine de pas de nos assaillants, envoya une flèche entre les jambes de celui qui paraissait commander la petite troupe. Ce dernier recula de trois pas, les autres de six. Quand Louis, à la surprise générale, galopa dans la direction du chef, et ce avec des allures de taureau en furie, c'est une bande de lopettes qui s'évapora.

Nos chasses devinrent fructueuses si bien, que Blanche nous demanda de trouver d'autres cibles que des lapins et nous fûmes d'accord avec elle, surtout quand elle nous rappela qu'à force d'en manger, nos dents de devant risquaient de s'allonger. Notre adresse nous amena très vite à tuer des pigeons et des merles. Tous les animaux non comestibles étaient épargnés sauf les nuisibles, et ils étaient nombreux. Nous troquâmes certains gibiers aux voisins contents de varier leurs repas. Un lapin vaut quatre clous et un pigeon en vaut trois. Les merles sont gratuits, enfin, en supplément. Évidemment, les gros gibiers étaient interdits de chasse. Gaspard nous l'avait bien répété, si le seigneur apprenait qu'un paysan braconnait sur sa chasse réservée, il en cuirait pour l'imprudent.

Notre stock de peaux de lapin augmentait considérablement. Nos matelas étaient désormais rembourrés de plumes, ce qui, par rapport à la paille, les rendait plus souples et surtout moins odorants. Le succès de nos opérations me poussa à envisager l'amélioration de notre entreprise. Nous devions chasser les petits prédateurs, comme les renards, les belettes, les martres et les fouines.

Malgré l'interdiction de Gaspard de traquer des sangliers, j'étais tenté de m'essayer à ces porcs qui pullulaient dans nos campagnes. Un ou deux de moins, Bertrand n'en aurait vu que du feu, mais nos flèches n'étaient pas assez résistantes. Il fallait que j'en perfectionne la pointe. Je profitais de mes recherches de branchage pour chercher l'arc qui fera la différence. Un mois plus tard, ce fut chose faite, mon arc était un peu plus grand et surtout plus rigide, aussi, Louis dut m'aider à tendre la corde. Les projectiles avaient leur pointe munie d'un morceau d'os taillé et poli. J'avais bien essayé un morceau d'ardoise, mais le poids déséquilibrait l'ensemble. J'avais promis de donner l'ancien arc à Louis dès que l'on aura trouvé une autre cordelette. J'avais évidemment gardé la mienne.

La chasse au renard ne fut pas du tout concluante. L'animal rusé méritait bien sa réputation. Au début, l'animal se laissait regarder, soudainement, il lut dans nos yeux. Au seul regard, il disparut sans laisser de trace. C'était désespérant. La compétition qu'il nous imposait devint une obsession. La traque de l'animal était exaspérante. Je persuadai mes complices de porter notre colère sur les belettes et les fouines, leurs peaux étaient prisées et se troquaient bien. On finirait bien par être plus malin que le rouquin.

Le travail de la terre était harassant, et Gaspard profitait des terres de mon père laissées vacantes pour accroître sa production. Après tout, nul n'en saura rien, et pourquoi abandonner des terres cultivables aux mauvaises herbes ?

Un jour, un vagabond passa sur le chemin, il nous avait longuement observés, puis s'était approché de la maison. Gaspard était allé à sa rencontre. L'homme avait posé quelques questions et devant le mutisme de Gaspard, il finit par se présenter :

« Je m'appelle Durandet, et sieur Bertrand m'a confié les terres de Mathieu, le contestataire ; enfin, c'est comme ça qu'on l'appelle là-bas ! Je pense que c'est la chaumière qui est là-bas. Et, si je ne me trompe pas, nous sommes désormais voisins, affirma-t-il prudemment.

— Oui, c'est bien la ferme de Mathieu, mais il n'a jamais rien contesté sinon que Bertrand a violé et tué sa femme sans aucune raison, que notre Bon Dieu en soit témoin.

— Évidemment, je comprends, j'ai moi-même été victime de la cruauté du châtelain, j'ai passé presque une année dans ses geôles, et il m'a ordonné de m'occuper de ces terres, moi qui n'y connais rien en agriculture. Je suis bâtisseur, et Bertrand m'a ruiné. Je lui ai construit une tour et il ne m'a jamais payé en retour. Lorsque je lui ai demandé mon dû, il m'a enfermé. Maintenant, je n'ai plus rien. Mais je t'en supplie, ne lui dis rien, il me tuerait. »

Je reconnus l'homme qui, dans la grande salle du château, s'était opposé à Bertrand, aussi je confirmai sa version des faits :

« Je m'en souviens, j'étais là avec mes parents quand il a réclamé son dû. C'était, il y a plus d'un an, au château de Bertrand. »

Satisfait de ce témoignage, Gaspard rassura l'homme :

« Ne t'inquiète pas, Durandet ! Ce barbare ne vient jamais par ici et je t'aiderai dans ta ferme. Je pense que tes talents de bâtisseur pourront aussi nous être utiles. Nos bâtisses sont fragiles et nos greniers bien petits. Mais nous en reparlerons plus tard. Viens à la maison, tu accepteras bien la soupe de Blanche.

— Oh, merci…, euh…

— Gaspard…, et voici mon fils aîné, Louis, et lui, c'est…

Jean.

— Bonjour. »

Louis voulut reprendre son père, je l'interrompis en lui donnant un coup de pied. Il me regarda d'un air surpris. Je lui lançai :

« Viens, Louis, le premier rendu à la maison ! »

Et je détalai en courant, poursuivi par ce ballot. J'avais compris le mensonge de Gaspard, je voulais prévenir Blanche, Margaux et Marie que mon nom venait de changer, désormais, je m'appelais Jean. Ensuite, derrière la chaumière, je pris le temps d'expliquer à Louis.

***

Simon, le bâtisseur, le père de Durandet, était le réputé architecte du grand pont qui traversait le Maine devant le bourg d'Angers, celui-là même qui avait été volontairement détruit juste avant l'arrivée des Normands, bien des années auparavant. Durandet nous racontait sa vie et ses voyages au travers du pays, il nous parlait des grands édifices, des abbayes, des ponts et tours de châteaux ; toutes ces constructions qu'il avait vu monter et celles auxquelles il avait participé. Il était passionné par son métier, et je l'enviais. Lui et son père avaient parcouru tout l'ouest du royaume des francs, et il était même passé par Paris. J'avais déjà entendu parler de cette ville, mais j'en ignorais tout, Durandet y remédia. Ses récits de voyage m'intriguèrent, de Bourg-le-Roi à Beaumont, Sainte-Suzanne, Évron, Solesmes, Sillé, Vitré, tant de lieux dont je n'avais jamais entendu parler, soudainement la terre me parut trop grande. Il nous raconta aussi pourquoi il avait atterri dans ce comté sinistre et comment Bertrand l'avait vidé de son courage.

Le châtelain était, certes, fortuné et il avait de l'ambition pour son fief, mais il ne voulait rien payer :

« Je n'ai pas été le premier maître maçon à me faire escroquer. On m'avait prévenu, mais il me promettait des fortunes et j'ai mordu à l'hameçon. Après lui avoir édifié deux tours et un donjon, je n'ai rien vu venir sauf un autre maçon qui est venu prendre ma place. Lorsque j'ai demandé mon dû, il m'a enfermé pendant un an. J'ai eu de la chance qu'il m'ait épargné, il en a pendu pour moins que cela. Aujourd'hui, il me paie avec cette terre à cultiver, je ne sais pas si je suis heureux de cela. Je peux repartir sur les routes, mais je dois penser à mes vieux jours, les chemins entre les villes sont dangereux et je finirais peut-être par me faire couper la gorge par ces brigands. Je n'ai ni femme ni enfants, et sans doute est-ce le moment d'y penser. »

Durandet nous avertit qu'il avait croisé mon père et qu'il était toujours vivant, mais dans un sale état. Il nous avait aussi raconté le chantage de Bertrand à propos de Colin. Lorsque Durandet demanda où était l'enfant, Gaspard affirma dans sa plus grande méfiance qu'il croyait que Bertrand l'avait emporté avec son père. Qu'il ignorait donc l'endroit où ce chenapan avait bien pu disparaître. Il assura que, malgré le respect qu'il gardait pour son ancien voisin, leurs relations étaient tendues depuis que les enfants s'étaient disputés pour des broutilles. Que ce petit « Colin » était un enfant mal élevé, impertinent ; que même Louis avait eu à en souffrir et à force d'insister, Margaux intervint :

« C'est pas vrai ! Colin était gentil, c'est Louis qui était méchant ! »

Là-dessus, Louis reprit à son tour :

« Si, c'est vrai, il était menteur et tricheur ! hein, Jean ?

— Ne faut pas exagérer non plus ! Tout cela est bien la faute de Bertrand, et je suis certain que Colin est bien loin maintenant, sur les routes et qu'un jour, il reviendra se venger ! »

Gaspard, surpris par l'imagination des enfants, mais craignant que l'un d'eux ne se coupe, les envoya se coucher, leur promettant beaucoup de travail pour le lendemain. Louis était fier de son mensonge et fit un clin d'œil à Colin. Mais Durandet, pas si dupe que cela, insista sur la venue prochaine de Bertrand pour chercher Colin :

« J'espère que le gamin ne montrera pas le bout de son nez les jours prochains parce que malgré la promesse de Bertrand de l'envoyer au monastère, je sais pour en avoir subi les conséquences, qu'on ne peut pas faire confiance à ce tyran.

— Oui, Durandet ! Tu as raison, pourtant il t'a relâché et confié ses terres.

— Mais pour combien de temps ? Et n'est-ce pas une façon pour lui de venir espionner dans les parages. »

À ces mots, Gaspard comprit que Durandet avait raison. Ce dernier reprit :

« Gaspard, je ne suis pas dupe et Colin ressemble trop à son père pour tromper son monde. Ne t'inquiète pas, j'aurais agi de même. Mais il va falloir faire très attention. Il va venir pour le chercher et il ne doit pas le trouver. Il faut le cacher, sinon il mourra et son père aussi ! »

Gaspard fut soulagé de pouvoir partager le problème de Colin avec son nouveau voisin. Son intuition lui indiquait qu'il pouvait faire confiance au bâtisseur.

Le lendemain, Gaspard me conseilla d'aller chasser dans les bois et de rentrer tard dans la soirée. Il me demanda aussi d'éviter de marcher à découvert. Je dus prendre des provisions pour deux jours, et nous décidâmes ensemble de rassembler quelques affaires de survies dans la petite bâche de mon père et de la cacher dans un lieu que seuls lui et moi connaissions. Il me dit :

« Si des cavaliers passent, ce sera plus probablement en fin de matinée à cause de la distance qui nous sépare du château. Tu partiras très tôt demain matin et tu ne rentreras qu'à la tombée de la nuit. Je ne sais pas combien de temps nous prendrons ces mesures, mais il en va de la sécurité de tous et peut-être même de la vie de chacun. »

Les aliments que j'emmenais ne pouvaient être cuits, mais je ne prendrai pas le risque de faire du feu. Je partis le plus loin possible de la chaumière, dans la direction du château, et, caché dans des fourrés, je surveillais le chemin par lequel les soldats de Bertrand pourraient venir.

Je passais de très longs moments figés, sans bruit, j'écoutais l'air, le vent, les branches qui tombaient et les animaux qui traversaient les bois. Je me fondais dans la nature et elle me digérait peu à peu. Je pensais à mon père, à sa situation, à sa santé et à l'injustice dont il était la victime. Puis ma maman m'accompagnait dans ma retraite, je me souvenais du son de sa voix, de son odeur, de ses gestes et de ses mains qui me lavaient le visage et le corps chaque semaine dans le grand bac à eau. Enfin, je priais pour eux, et je les imaginais ensemble dans un paradis des parents où la nature était plus verte encore et le ciel toujours bleu. La nourriture débordait des plats sur une table gigantesque, et quantité d'anges les survolaient, à l'effigie de Margaux, de Louis, moi-même et d'autres enfants que je ne connaissais pas.

Soudain, quelque chose bougea derrière les grands arbres, j'aperçus juste une petite forme, le temps de tourner la tête.

Il était là, devant moi, à quinze pas. Il ne me vit pas, il guettait une proie facile. L'animal roux était concentré et tout comme moi accaparé par sa future victime. Je posai la main sur mon arc et de mon autre main, je choisis la flèche qui tuerait l'animal. Je savais que je pouvais le tuer si je ne détournais pas son attention. Je me redressai dans un ralenti calculé. Puis je positionnai l'arc dans sa direction, je pinçai la flèche habilement, et au moment de tendre mon arme mortelle, le renard bougea, surpris lui-même par un bruit nouveau qui venait du chemin. Le petit animal se figea à nouveau et il m'aperçut, il me regardait sans bouger. Nous nous fixâmes, et comme je ne bougeai pas, il retourna la tête en direction des soldats qui galopaient. Un des cavaliers s'arrêta à vingt pas de nous et sauta de son cheval. Il en fit le tour vérifiant chaque sabot de l'étalon. L'autre cavalier revint sur ses pas et fit tourner sa monture autour de son compagnon. Je les entendis bavarder. Le renard profita de l'occasion pour détaler, j'enrageai, mais je ne pouvais bouger d'un poil. Le soldat, du haut de son cheval, vit le renard s'enfuir, instinctivement il avança vers l'orée du bois, se rapprochant dangereusement de moi. Moins de dix pas nous séparaient à présent, et nos yeux convergèrent à l'instant où ma flèche siffla dans l'air et lui traversa la gorge. L'homme tomba au sol pendant que l'autre restait préoccupé par son canasson. Cependant, je ne l'aperçus pas puisque le cheval de ma première victime était dans ma ligne de tir. Je repris une flèche et déjà, je me préparai à tuer à nouveau. L'homme remonta sur sa monture, ne voyant plus son collègue, et s'approcha à son tour du bois. Quand il prit conscience du piège, il était déjà trop tard, à son tour, c'est au travers du visage que ma flèche meurtrière le frappa, du sang gicla par sa bouche, des dents volèrent devant lui et le projectile arracha sa joue en ressortant de sa tête. L'homme, qui fut éjecté de son cheval et propulsé au sol, se releva avec une agilité impressionnante, il courut vers moi, tendant son épée devant lui. Je visai ses jambes pour l'arrêter, ma troisième flèche se planta profondément dans sa cuisse et le fit chavirer. Enfin, je sortis du bois et m'approchai du blessé. Mon arc était à nouveau tendu et sur un seul geste de sa part, il croiserait le chemin du diable dans l'instant suivant. Il voulut me parler, mais sa bouche était tellement déformée que je ne saisis rien. Ses yeux étaient exorbités de voir un enfant devenu son bourreau, et il comprit que son temps était désormais compté.

Tuer un homme dans un mouvement instinctif de défense ne me posa aucun problème de conscience. Quant à mettre fin aux souffrances d'un soldat blessé, le cran me fit défaut. Je repoussai la lourde épée du bout de mon pied, et le forçai à se retourner face contre terre. Je réfléchis longuement et je lui demandai s'il pouvait remonter sur son cheval. Il me répondit oui de la tête. Alors, je lui demandai de partir. Lentement, il s'exécuta et je le vis repartir en direction du château. Je ne pensais pas qu'il tiendrait jusque là-bas, et de toute façon, ne pouvant s'exprimer, il aura bien du mal à expliquer ce qui leur était arrivé.

Confiant, je tirai le mort dans les fourrés, je trouvai qu'il était horriblement lourd, et quand je jugeai qu'il était hors de vue du chemin, je le détroussai à la recherche d'objet précieux dont il n'aura plus besoin ; et je m'apprêtai à monter sur son cheval.

Jamais il ne me serait venu à l'idée qu'un jour je monterais sur ce type d'animal réservé aux grands de ce monde, et qui évidemment, ne m'était pas autorisé. Pourtant, il fallait bien trouver le moyen de se débarrasser de l'animal. C'était, de toutes les façons, le moyen le plus rapide pour rejoindre

Gaspard. Le destrier se refusa à moi dans un premier temps, mais je n'avais pas peur de lui. J'entrepris de lui caresser longuement la crinière ; j'avais souvent vu ma mère parler à « la noire » pour l'adoucir. Je tentai donc la diplomatie, et je m'aperçus que la bête était sensible à mes paroles. Enfin calme, je tentai d'escalader l'animal, mais j'étais vraiment trop petit pour mettre le pied dans l'étrier alors, attrapant sa crinière, je tirai de toutes mes forces et mon corps décolla du sol, et quand mon pied atteignit enfin l'étrier, je devinai que la première étape était gagnée. Cependant, je me retrouvai assis à l'envers sur la selle trop grande pour moi, et je me hâtai d'inverser ma position. L'animal ne broncha pas tant j'étais léger. Je pensais déjà à la tête de Margaux, pliée en deux, amusée, parce qu'elle jugerait évidemment la situation ridicule.

J'essayai de me souvenir de la façon dont les cavaliers chevronnés menaient leur monture, et, comme par miracle, l'animal se mit en route. Ce fut prudemment que j'expérimentai ce nouveau moyen de transport. Et même si le cheval ne fit que marcher, je fus surpris de la rapidité du trajet jusqu'à la chaumière.

Lorsque j'arrivai en conquérant devant Gaspard, je dois dire qu'il n'eut pas l'air réjoui, mais quand je lui expliquai le meurtre du soldat et la fuite de l'autre, Gaspard devint blême et se mit en colère. À ce moment, je compris, en effet, que les conséquences de mes actes risquaient d'être catastrophiques. Gaspard demanda conseil à Durandet qui paniqua à l'annonce des événements. Son seul conseil était la fuite, je devais prendre mes jambes à mon cou et partir le plus loin possible. Gaspard acquiesça, mais Blanche s'y opposa :

« Vous n'y pensez pas, ce n'est qu'un enfant ! À la première rencontre avec un brigand, il se fera détrousser ou peut-être égorger ! »

Je dus convenir qu'à ses mots, j'étais assez d'accord avec elle. Durandet corrigea :

« Mais non, les brigands sont plus civilisés que Bertrand et n'égorgent pas les enfants. J'en ai souvent rencontré, je dois dire qu'ils m'ont souvent fichu la trouille, mais aucun, comme vous pouvez le voir, ne m'a assassiné. Leur réputation dépasse de loin leur méchanceté. Mais si vous gardez ce garçon ici, maintenant il est certain que ses jours sont comptés, et les vôtres en même temps. Non ! Il doit partir loin, très loin. »

Sur ces mots, Blanche détourna ses yeux inondés de larmes et s'enfonça dans sa maisonnette à la préparation de mon départ. Durandet avait raison, je mettais en danger toute la famille, et mon existence ici devenait impossible. Ensemble nous échafaudâmes une stratégie ; celle où je devais partir au plus vite dans l'espoir de distancer les prochaines troupes qui ne manqueraient pas de venir me rechercher. Durandet me conseilla de prendre tout à l'Ouest en direction de la Bretagne, et lorsque le cheval aurait marché pendant sept jours, je serais, si Dieu le veut, hors de portée de Bertrand et de ses soldats. Ils n'iraient jamais si loin et perdraient ma trace avant cela. En allant vers l'ouest, j'aurais, selon Durandet, beaucoup moins d'occasions de croiser des bandits de grand chemin. Si toutefois je venais à rencontrer ces mécréants, j'aurais toujours la possibilité de pousser mon cheval au galop, ou bien de leur céder l'animal en échange de ma vie. Durandet m'apprit rapidement quelques rudiments pour la manœuvre de la jument, puisque c'en était une. Il me grava sur un morceau d'écorce les quatre points cardinaux m'indiquant l'Ouest avec un grand O, le Nord avec un N, le Sud avec un S, où se trouve le soleil au milieu de la journée.

L'Est n'a désormais plus d'intérêt pour moi, au moins jusqu'à la mort de Bertrand. Il me dit que la mousse sur les arbres indique souvent le Nord. L'Ouest, c'est le coucher du soleil, c'est simple ! La nuit, je ne devais pas bouger. J'écoutai tous leurs conseils avec attention, certain qu'ils me seraient d'un grand secours. Au moment de partir, j'embrassai toute la maisonnée ; Margaux pleurait à chaudes larmes, et je lui promis de revenir un jour la chercher.

J'abandonnai derrière moi des gens que j'aimais, et j'étais certain que je reviendrais.

* * *

La chaleur du cachot était insupportable, la faille dans le mur n'apportait pas suffisamment d'air frais. Le dernier entretien avec le propriétaire des lieux datait déjà d'une saison environ. La notion du temps n'avait jamais été la préoccupation de Mathieu, même avant son emprisonnement. Il n'avait jamais eu la connaissance des lunes et seules les saisons lui importaient. Il en était mieux ainsi puisque là, dans son purgatoire, son quotidien n'était fait que de jours et de nuits ; l'entrée du gardien avec sa mixture à peine mangeable, et l'apparition d'une petite souris qui s'était habituée à sa présence, étaient ses seules distractions. Mathieu se demandait souvent, lequel représentait une attraction pour l'autre.

Depuis la promesse que ce bâtard de Bertrand avait déclarée devant tous, il n'avait aucune nouvelle de Colin. Ce silence suscitait en lui un instinct de survie.

Hier, à son grand étonnement, le gardien lui avait adressé la parole pour la première fois :

« Mange, Mathieu, tu dois prendre des forces. La soupe n'est pas fameuse, mais elle contient tous les éléments dont tu as besoin. Il faut que tu bouges. Je vais détacher tes chaînes, si quelqu'un venait à s'en apercevoir, j'improviserais. Mais il y a peu de risques que cela se produise puisque je serai seul pendant quelques jours pour vous apporter la soupe. Écoute, l'autre jour, un soldat est rentré de campagne en sang, il avait perdu son compagnon. Il n'a pas pu s'expliquer tant son visage était arraché, il a d'ailleurs succombé depuis à ses blessures, vidé de son sang. La flèche brisée qui lui torturait la jambe était la fabrication d'un enfant, mais certainement pas d'un artisan. L'utilisation de cette arme n'est pas courante, et rares sont ceux qui en connaissent même l'utilisation, fit remarquer le garde, avant d'ajouter : Ces deux soldats avaient été envoyés vers chez toi afin de retrouver ton fils. Auparavant, Bertrand avait envoyé Durandet, tu sais, l'homme à qui on a confié tes terres afin d'espionner les environs. Il semblerait que ton fils ait été repéré. Mais quelque chose d'étrange s'est passé, et Bertrand est parti avec une bonne vingtaine d'hommes et son fidèle ami Robert pour voir ce qui s'est réellement passé là-bas. Si je te dis tout cela, c'est parce que personne ne m'entendra ici, la garnison est sur le qui-vive depuis le retour du soldat assassiné, et les gardes ont été doublés. Je t'ai apporté du pain supplémentaire. Tu sais, beaucoup de villageois ont pris ta cause à cœur et n'apprécient guère l'attitude du seigneur qui multiplie les injustices et les pendaisons. Le cimetière se remplit d'hommes et de femmes victimes de sa méchanceté, et ça ne pourra pas durer. Moi-même, en mon temps, il m'a privé de liberté pendant dix années pour une histoire dont il ne se souvient même plus. Mon seul crime à l'époque était d'avoir récupéré une poule qu'un de ses soldats m'avait volée. J'ai dû le remercier qu'il ne m'ait pas pendu. Ensuite, il m'a offert ce poste de gardien de cachot, et j'y suis contre mon gré depuis près de neuf ans. Maintenant je suis trop vieux, et je crois que je mourrais dans ces murs.

« Merci, comment t'appelles-tu ?

— Fulbert, mon garçon ! Et prépare-toi : mon intuition me dit qu'il se passe quelque chose à l'extérieur qui pourrait changer la donne.

— Je voudrais avoir plus d'air, ces murs ne sont pas épais et laissent passer la chaleur. J'imagine que l'hiver finira bien par arriver.

— Mon garçon, j'espère pour toi que tu ne seras plus dans cette cellule, c'est la plus exposée aux intempéries et aux variations de température, et si tu dois encore être là l'hiver prochain, tu ne verras pas le printemps ! Mais nous verrons bien, ce qui se passera d'ici là ! Allez, mange ! Je vais aussi t'apporter un seau d'eau.

— Merci, Fulbert, Dieu m'a abandonné, mais je sais qu'il reste des hommes bons sur cette terre.

— Oh, ne blasphème pas, mon garçon, il pourrait bien t'entendre là-haut ! Mais après tout, peut-être est-ce souhaitable ! »

Sur ces mots, Fulbert referma la prison, et Mathieu profita de cette demi-délivrance pour se dégourdir. Il lui avait laissé ses chaînes au sol, ainsi, il pourrait l'étrangler lorsqu'il reviendrait lui apporter de l'eau, comme il l'avait promis, cependant, il ne le ferait pas. Sa bonté le lui interdisait, il n'avait pas encore perdu son honneur, et à choisir, il préférait le garder comme complice plutôt que de devenir un meurtrier. Une telle évasion serait suicidaire, il se ferait tuer assurément avant d'avoir mis le nez dehors. Non, le moment n'était pas venu. Il devait encore attendre. Il remit donc ce projet inutile à plus tard, et Flubert avait raison, les événements étaient suffisamment troublants pour attendre.

* * *

Voilà un jour que j'avançais au pas de marche. Je n'avais croisé personne qui représentait un danger. Gaspard m'avait conseillé d'éviter les chemins tracés ainsi que les déplacements à découvert. Mieux valait traverser les bois ou longer les talus. Je pouvais demander mon chemin aux femmes dans les champs ou aux paysans, à la seule condition qu'ils ne soient pas munis de fourches aux dents pointues. Cela aurait pu être une arme mortelle. La prudence s'imposait. En effet, je croisai un paysan avec un ballot de foin sur son dos et je lui demandai la direction de Châteaubriant. L'homme leva les épaules et continua son chemin baragouinant des mots que je ne compris guère. Je retentai ma chance plus tard auprès d'un autre homme accompagné de sa femme, et il me répondit en montrant avec son bras. Je m'étonnai de la direction puisqu'elle était à l'opposée de ma marche. L'aurais-je déjà dépassé. Quand l'homme s'approcha de Goliath, c'est le nom que j'avais donné à mon cheval, lors de mes longues conversations avec lui, j'avais cru comprendre qu'il m'avait apprivoisé, l'animal réagit et recula de quelques pas pour échapper à l'homme qui l'avait attrapé par l'encolure. Comme l'homme s'accrochait, l'animal se cabra tant que je dus me retenir à sa crinière. Puis nous partîmes au galop sans que je ne puisse plus le contrôler, ce ne fut qu'un peu plus tard qu'il se calma et s'arrêta de lui-même auprès d'un étang. Je décidai de bivouaquer là, à la belle étoile comme la nuit précédente.

Le lendemain matin, le ciel était brumeux et la pluie menaçait sérieusement. Le ciel était tellement couvert que je ne savais plus reconnaître l'Est et son lever de soleil. Je vis de la mousse sur un arbre, mais il y en avait tout autour. Je décidai d'une direction par les sous-bois. La bâche cirée m'était d'un grand secours et me servait d'abri de fortune. Heureusement, les pluies d'été étaient chaudes, et je continuai ma marche lente sous la pluie toute la journée et jusqu'à la tombée de la nuit. Je pris le risque de faire un petit feu pour me sécher et faire cuire un lapin qui n'eut aucune chance de m'échapper. La nuit se passa bien et au petit matin, je repris mon chemin. Le ciel était toujours gris et ce ne fut qu'en milieu de matinée que je vis le soleil pointer à l'opposé de l'idée que je m'en faisais. Dans le même temps, j'eus l'impression de reconnaître les lieux. Serais-je revenu sur mes pas sans m'en rendre compte ? Je n'en croyais pas mes yeux, j'avais en effet marché presque trois jours pour revenir à mon point de départ. Après une longue réflexion, je décidai de me rapprocher de notre hameau. C'est à ce moment-là que j'entendis venir vers moi une horde au galop. Je me cachai dans le sous-bois et je reconnus Bertrand accompagné d'une trentaine de soldats. Je décidai de les suivre à longue distance, et comme j'étais proche de notre ferme, j'attachai Goliath à un arbre et je continuai à pied. Mes jambes étaient ankylosées par le manque d'habitude de la selle. Je pris le risque de me rapprocher dangereusement afin de mieux entendre la discussion entre Bertrand et Durandet.

Les propos de Durandet me sidérèrent. Il racontait tout et dévoilait la direction que j'avais prise trois jours auparavant. Il affirma que Gaspard et sa famille m'avaient bien caché pendant tout ce temps et que j'étais bien l'auteur du

meurtre perpétré contre ses soldats. Durandet était un espion de Bertrand, je devais en convenir, et je compris soudain que Margaux et sa famille étaient en danger. Les
quelques centaines de pas qui séparaient les deux fermes
furent enjambées par les chevaux pendant que moi, toujours
à couvert et à pied, j'arrivai en bordure du hameau au moment où Gaspard niait ma présence devant Bertrand. Durandet s'écria :

« Monseigneur, le chenapan est parti par là, il est à moins
de deux jours de cheval au galop. Il doit s'arrêter à Château-
briand, je lui ai donné une fausse adresse. »

À ces mots, Bertrand ordonna à Édouard de partir sur-le-
champ avec vingt-huit hommes. Bertrand en garda juste
quatre dont Robert, son compagnon d'armes, afin d'assurer
sa propre protection, bien qu'il ne soit vraisemblablement
pas menacé.

Les cavaliers disparurent très vite et Bertrand reprit son
interrogatoire. Devant la trahison de Durandet, Blanche, qui
n'avait pas bronché jusqu'alors, saisit un bâton et le frappa
de toutes ses forces. Robert, tout aussi cruel, sortit son épée
d'acier et trancha la tête de Blanche qui roula par terre à la
surprise de tous. Je me mordis la main et mes yeux se remplirent de larmes. Je m'efforçai de contenir ma colère et je continuai bien malgré moi à supporter le triste spectacle. Louis
resta pétrifié pendant que Gaspard ramassait la tête de sa
femme. C'est là que Marie sortit de la chaumière en boitant.
À sa vue, Bertrand descendit de son cheval et parcourut la
distance qui les séparait. Il attrapa Marie par les cheveux,
comme il l'avait fait avec ma mère quelques mois auparavant,
alors, Gaspard, conscient des intentions de Bertrand, hurla
ces mots :

« Non, messire ! Ne fais pas ça ! Elle est trop jeune et innocente. Qui en voudra après cela ! Je t'en supplie, tue-moi, mais épargne ma fille ! »

À ces mots, Bertrand enfouit sa main profondément entre les deux jambes de Marie et cria :

« Mais non ! Elle n'est pas trop jeune ! elle est mouillée ! Ne t'inquiète pas, elle trouvera bien quelqu'un pour la détrousser. »

Durandet reprit :

« Moi, seigneur, je la prendrai pour épouse ! »

Les cinq soldats se mirent à rire bêtement. C'est le moment que choisit Margaux pour tirer une flèche sur Durandet. Le projectile l'atteignit en plein ventre, ce qui lui assura une mort lente. La deuxième flèche traversa la main d'un soldat. Trop près de ses assaillants, la fuite obligée ne lui donnait pas de temps pour une troisième flèche. Elle laissa tomber son arc et courut droit dans ma direction. M'avait-elle vue, je ne le savais pas. Elle plongea dans les fourrés à la vitesse d'une fouine et s'immobilisa. Quand les trois soldats s'approchèrent, elle s'enfonça dans le petit bois et se dirigea directement dans le terrier profond, laissant dépasser légèrement son vêtement. Leurs rires et leurs plaisanteries les distrayaient de ma présence ; c'est avec trois flèches en pleine gorge que je les mis à terre. La gorge est le seul endroit du corps qui assure l'écroulement du guerrier. Le reste du corps est couvert de protection en cuir, et une blessure aux membres peut néanmoins permettre à l'homme de se battre encore longtemps. De colère, je sautai sur chaque homme et leur infligeai un coup de couteau mortel. Je chuchotai à Margaux de sortir de son trou, je la tirai par le pied et elle me sauta dans les bras. Conscient qu'elle avait été témoin de la mort sauvage de sa mère, je lui accordai un peu de temps puis, je lui saisis les mains et lui dit tout bas :

« Il faut cacher les chevaux, prends leurs rênes et emmène-les au fond du bois. Tu les attaches et tu te caches à une dizaine de pieds. »

En bon soldat, elle s'exécuta et je me sentis investi d'une mission de justice. Je ne savais pourtant pas quelle serait ma prochaine décision, je n'avais pas eu le temps d'y penser, quand Robert arriva à son tour, surpris par le silence qui s'était imposé dans le bois. Ma première flèche le loupa de peu, c'est alors qu'il se retourna vers moi, et poussa son cheval au galop entre les arbres. Il n'était plus qu'à trois pas de moi lorsque ma seconde flèche s'envola. Il l'évita et tomba de sa monture, il n'en était que plus près de moi. Aussitôt, il sortit son épée et se lança à ma poursuite. Plus petit que lui, je choisis les endroits boisés et je lui envoyai les branchages à la figure. Cela le ralentissait, mais ne l'arrêtait pas, il jurait et soufflait comme un goret. Nous avions presque fait le tour du bois et j'étais certain qu'il allait me rattraper dans quelques foulées. La flèche, qu'il ne vit pas arriver droit devant lui, s'enfonça dans son œil et l'acheva en même temps. Margaux, m'ayant désobéi, avait récupéré mon arc et avait retiré une flèche du cou d'un soldat mort avant de se poster courageusement. Elle banda la corde, aligna son tir et retint son souffle jusqu'à l'instant décisif.

« Oh, merci, Margaux, j'ai eu tellement peur !

— Pas moi, répondit-elle sèchement ! Allons-y ! » ajouta-t-elle en gardant mon arc à la main.

Nous sortîmes du bois, Margaux me demanda deux autres flèches, et c'est en conquérante qu'elle avança droit sur Bertrand resté seul avec Gaspard et Louis.

« Lâche ma sœur où je te transperce, Satan ! »

Sur ces paroles, Bertrand se mit à rire, mais se reprit aussitôt, il venait de comprendre qu'il était désormais seul. Louis courut chercher l'arc que Margaux avait laissé tomber quelques instants auparavant et menaça Bertrand à son tour. Ce dernier, pris de panique, voulut sortir son épée, mais une flèche lui arracha l'oreille. C'était Louis dans un tir miraculeux qui avait touché le bord de sa cible. Gaspard, qui tenait toujours la tête de sa femme dans ses bras, regardait ses jeunes enfants prendre l'initiative. Le guerrier, qui en a vu d'autres, dans une ultime action défensive, attrapa son arme et l'envoya traverser le corps de Louis qui s'était trop rapproché du criminel. Margaux ne réfléchit pas quand elle perfora la cuirasse de Bertrand à bout portant et en plein cœur. Son regard croisa celui du mécréant et elle lui dit :

« Adieu ! »

* * *

Nous enterrâmes Blanche et Louis à côté de maman. Les autres furent regroupés et à l'aide des chevaux, nous les jetâmes dans un fossé derrière le grand bois, le plus loin possible du hameau. Après ce court instant de satisfaction, la vérité nous submergea. Qu'allait-il nous arriver ? Nous ne craignions plus Bertrand et nous espérions que le Bon Dieu serait compréhensif. Mais les vingt-huit hommes qui me recherchaient finiraient bien par me mettre le grappin dessus, et désormais, Gaspard et ce qui restait de sa famille étaient devenus mes complices. Aussi, Gaspard nous proposa deux solutions :

« Nous pouvons fuir loin tous les quatre en abandonnant

nos maisons, et il est probable que nous serons pourchassés jusqu'à ce qu'on nous retrouve. Ou bien, on profite de l'avance que nous avons avant le retour des soldats, nous allons au château avec le corps de Bertrand et nous prenons le pouvoir et libérons Mathieu, en espérant que la population nous soutienne. »

Marie pensait que cette dernière option était probablement la meilleure. Margaux était d'accord, alors je dis :

« Gaspard, vous avez été très bon avec moi et j'ai envie de revoir mon père. Mais j'ai peur que l'on vous fasse du mal. Je suis un enfant et j'ai tué trop d'hommes. J'ai déjà eu beaucoup de chance et surtout celle de vous avoir. On ne sait même pas si mon père est encore vivant. Un nouveau seigneur arrivera pour remplacer l'autre et tout recommencera comme avant. Les villageois ne peuvent rien contre des soldats. Tout le monde mourra par ma faute.

— Oui, je comprends ton hésitation, Colin, mais que veux-tu que je fasse avec deux jeunes filles sur les routes dangereuses. Peut-être aurons-nous de la chance une dernière fois.

— D'accord. Alors, il faut partir tôt demain matin ! »

Nous prîmes le corps de Bertrand et c'est en sa compagnie que nous partîmes au château. Avec les chevaux, nous arrivâmes bien avant midi. Nous déposâmes nos bagages dans un petit bois tout proche au cas où l'affaire tournerait mal, ainsi, nous pourrions nous enfuir rapidement avec un équipement raisonnable.

Notre entrée dans le village avec le corps de Bertrand, à califourchon sur son cheval, fit une forte impression et la rumeur de sa mort nous précéda si bien, que lorsque nous arrivâmes devant les portes de la forteresse, le moine nous attendait déjà. Le souvenir mielleux de ce curé corrompu me laissait perplexe et prudent. Mon arme était posée sur mes jambes et si les choses prenaient une tournure imprévue, le moineau goûterait ma flèche préférée. Gaspard, droit sur sa monture, s'approcha du moine avec, à la traîne, le cadavre du châtelain. Celui-ci s'approcha de la monture et tira sur la dépouille qui bascula, et Bertrand s'étendit raide sur le sol. La foule, qui nous avait suivis, était médusée. J'entendis cependant certains commentaires qui se félicitaient de la mort du tyran. D'autres demandaient à savoir qui nous étions. Le moine s'adressa sévèrement à Gaspard :

« Que s'est-il passé ? Parle, paysan !

— Eh, le moine, tout d'abord tu me parles mieux ! »

Gaspard parla fort pour prendre la population à témoin. Il poursuivit :

« Voilà, je m'appelle Gaspard. Hier, ce bandit a coupé la tête de ma femme. Le Bon Dieu l'a puni et des anges l'ont tué ainsi que tous ses compagnons d'armes. »

Sur ces mots, la foule derrière nous s'agenouilla et une prière se fit entendre. Le moine resta interdit, et sans attendre la fin de la prière, il hurla à l'imposture :

« Mais non, Dieu n'a rien fait de tel, ce sont des imposteurs qui ont tué notre seigneur. Garde ! Arrêtez ces individus…, ugh ! »

Comme prévu, ma flèche transperça sa toge, et le gros homme tomba sur les fesses. Il regarda le morceau de bois qui lui traversait le corps. Déjà du sang s'écoulait de ses lèvres et dégoulinait sur son menton puis sur ses mains. Il releva doucement la tête, et il mourut. Les habitants se relevèrent et regardèrent les quelques gardes restés présents s'aligner devant les chevaux. Gaspard prit la parole une nouvelle fois et d'une voix ferme, il s'adressa aux gardes :

« Soldat ! Dieu ne vous veut pas de mal, mais si vous ne

déposez pas vos armes maintenant, vous mourrez dans l'instant, comme ce moine puant. À vous de choisir. La vie ou la mort ! »

Les soldats se regardèrent et, après que le premier déposa son épée devant lui, les autres en firent autant. Sans attendre, la foule pénétra en fronde dans le château et toutes les salles furent pillées et les prisonniers libérés. Dans des états pitoyables, ils furent aidés par les habitants les plus généreux. Je cherchai mon père, mais je ne le vis pas.

Ce n'est qu'après un long moment qu'un vieillard vint vers nous avec mon père qu'il soutenait. Je courus à sa rencontre et tombai dans ses bras.

Pendant ce temps, la légende des « anges de la mort » avait pris forme dans le village. Tous disaient les avoir aperçus, et ils auraient bien juré leur avoir vu des ailes.

Après nos retrouvailles, une table ronde fut organisée. Gaspard, Fulbert, mon père et de nombreux autres hommes, parmi lesquels je reconnus le commerçant m'ayant donné la cordelette pour mon arc, quelques mois plus tôt, y étaient présents. Deux moines étaient aussi attablés. Enfin, quelques gardes ayant déposé armes et armures restèrent debout derrière nous. Gaspard, comme il s'était récemment habitué à le faire, prit la parole :

« Chers amis, je crois bien que la situation est grave. Je ne vous ai pas tout dit. Les enfants, c'est vrai, ont tué Bertrand et six autres gardes. Mais d'autres sont à notre poursuite aujourd'hui et ne vont pas tarder à rentrer au château. Ce sont des combattants confirmés, et leur chef Édouard est un compagnon d'armes de Bertrand. Je ne suis pas certain qu'il se range de notre côté. Ils sont vingt-huit, et nous aurons du mal à en venir à bout sans verser de sang. J'attends vos suggestions.

— Les anges leur feront leur fête à ses criminels ! dit un homme, pendant qu'un autre renchérit :

— Si le Bon Dieu vous a accordé ce pouvoir, il vous donnera la force pour vous battre encore. »

Un des moines leva le bras pour / prendre la parole, les commentaires qui partaient dans tous les sens cessèrent aussitôt :

« Mes fils, soyons raisonnables ! Pour ceux qui ne me connaissent pas, je suis le frère Renaud. Voilà des années que les exécutions se succèdent, et il faut arrêter ces massacres. Et après, que se passera-t-il ? Un autre seigneur viendra et tout recommencera comme avant. Édouard n'est pas Bertrand, et nous devons le convaincre de déposer les armes. Il pourrait gagner la place. Si vous le permettez, j'essaierai de le convaincre. »

Un autre homme prit la parole :

« Mais vous, les moines, qu'avez-vous fait pour nous pendant toutes ces années où nos amis, nos pères, nos mères se faisaient pendre ?

— Détrompe-toi, mon fils, Bertrand nous menait aussi la vie dure, et nous sommes enchantés de la tournure des événements, les responsables, je les bénis, mes frères et moi prierons pour eux afin d'apaiser la colère de Dieu. Quand la cause est juste, Dieu reconnaît ses enfants ! »

Devant ces paroles sages et courageuses, nous aboutîmes à ce consensus, les jeunes soldats reprendraient leurs armes pour ne pas être traités de déserteurs. L'ordre devait être partiellement rétabli, et le corps de Bertrand fut soigneusement disposé dans la chapelle. Enfin, Guigone, sa femme, qui avait été au préalable et pour sa sécurité enfermé dans un cachot veilla la dépouille de son feu mari. Ensuite, le moine partit seul à la rencontre d'Édouard et de ses hommes.

J'appris que la fille de Bertrand se prénommait Mathilde. Contrairement à sa mère, l'enfant n'avait jamais subit les foudres de père. Bertrand épousé Guigone quinze années auparavant, entre deux batailles et il n'avait fait que la maltraiter depuis. Elle nous remercia de l'avoir délivrée de ce monstre puant, je ne pus cependant m'excuser d'avoir tué le père de Mathilde. Je restai muet.

Lorsque, un jour plus tard, les cavaliers se rapprochèrent du village. Le moine chevauchait en premier, les bras en croix sur la tête. Ce spectacle fut manifestement organisé pour nous impressionner. La médiation de Renaud avait échoué, et nous avions envisagé cette hypothèse, aussi, à la vue du saint homme égorgé demi-moine, une barricade s'éleva à l'entrée du village, pendant que fourches et lances dissuadaient les soldats d'Édouard de s'approcher. La horde de cavaliers tourna autour du village et du château à la recherche d'une brèche, mais les différents passages étaient obstrués par les habitants prêts à en découdre. Alors, Édouard s'avança et tenta une négociation :

« Qui est l'organisateur de cette mascarade et où est Bertrand ? » cria-t-il dans notre direction.

C'est encore Gaspard qui s'y colla et, un pas en avant, lui répondit :

« C'est Dieu en personne ! Édouard. Et il est témoin, comme nous tous, que tu as assassiné son fils Renaud, un saint homme ! Dieu te maudisse pour ce que tu t'apprêtes à faire, toi avec tes hommes. Avant ce soir, vous serez mort et Satan mangera vos dépouilles. »

À cet instant, une charrette sortit du village avec les corps de Bertrand et du gros moine, et lorsqu'elle s'arrêta, les cadavres déboulèrent jusqu'aux pieds d'Édouard. L'homme n'avait jamais connu pareil affront. Il sortit son épée, mais à

son grand étonnement, ses hommes, eux, ne bougèrent pas :
« Soldats, haut les armes, nous allons exterminer ces
chiens ! »

Un soldat s'approcha de lui et lui dit :

« Non, Édouard ! Nous n'en viendrons pas à bout, ils
sont beaucoup trop nombreux. L'homme a raison, ce soir
nous serons morts ! »

À ces mots, Édouard se retourna et, fort de la trahison,
enfonça son épée dans le corps de son compagnon. Les
autres soldats se regardèrent et comprirent la folie
d'Édouard. Un cercle se forma autour de lui et les lances
convergèrent vers leur nouveau prisonnier.

***

Après les événements du village, nous étions rentrés à dos
de cheval, mon père sur celui de Bertrand. Ensuite, personne
n'avait réclamé les sept chevaux que nous avions gardés. Nos
pères respectifs ne souhaitaient cependant pas conserver les
étalons qui ne nous serviraient à rien d'utile à la ferme. Un
cheval mange autant d'herbage qu'une vache, et il n'y a rien à
en tirer sauf de les vendre. Nous décidions d'en garder un, et
je choisis Goliath, puis les deux hommes partiraient ensemble vers une ville voisine où ils pourraient espérer les
vendre et partager les pièces d'or. La ville la plus proche était
Angers, et avec de telles bêtes, le trajet devrait être rapide.
L'inconvénient majeur de ce déplacement est le danger qu'il
représentait : deux hommes désarmés, qui traversent les
campagnes avec de superbes chevaux, ne passeraient pas
inaperçus. Les bandits des forêts d'abord et ceux des villes

ensuite, le périple est très risqué. En valait-il la chandelle ?
Que ferions-nous des pièces d'or ? Certes, les idées ne manquaient pas. Gaspard et Mathieu étaient favorables à des
bœufs et une charrue de fer, qu'ils auraient volontiers partagés. Marie et Margaux se voyaient déjà en possession de
belles robes en toile fine. Moi, j'avais Goliath et je n'avais
besoin de rien d'autre.

Nous renonçâmes tous à nos projets, jugeant l'affaire trop
risquée et finalement sans grand intérêt. Le fait est, qu'au
village, personne n'aurait voulu de nos pièces d'or, ici on
troquait, les pièces nous auraient très probablement attirés
dans de nouvelles embrouilles. Cette nouvelle décision prise,
Gaspard et mon père partirent de bon matin rapporter les
sept chevaux au château avec la promesse de rentrer à la nuit
tombante. J'avais une expérience des nuits, seul à la pleine
lune ; aussi, en homme responsable, je promis de protéger
les deux filles.

L'opportunité de retourner là-bas ne les enchantait pas,
nous avions pris la décision de nous faire oublier. Forcément, leur arrivée avec les sept chevaux ne manqua pas
d'être remarquée, ils traversèrent le village et se présentèrent
à la grande porte de la forteresse. Le service de garde avait
repris ses habitudes comme si rien n'avait eu lieu, et pourtant, c'est Fulbert qui vint les accueillir. L'homme chaleureux
leur donna l'accolade, ce qui dans nos campagnes n'était pas
un geste anodin. Tout de suite, ce dernier les invita dans les
vastes cuisines pour leur offrir à dîner. Il leur expliqua les
transformations des derniers temps et les informa que, grâce
à Guigone, tout était rentré dans l'ordre.

« Dès votre départ, et avec l'aide du nouveau prieuré, elle
a écrit au comte d'Anjou, Foulques Nera, dont nous dépen-
dons, qu'un accident malheureux a coûté la vie à son bien

cher mari Bertrand, mais qu'elle tenait bon les rênes du canton, qu'elle se mettait à son service et attendait ses instructions. »

L'un comme l'autre n'avait jamais entendu parler de Foulques, mais ils apprirent qu'il avait la réputation d'être bon. Et Fulbert continua ses explications :

« Quelques jours après le départ des deux soldats chargés de port de la missive, ils sont revenus avec une réponse. Sa réponse, Guigone ne s'en est pas cachée, était cinglante, outre les condoléances de principes, il affirmait avoir accueilli la nouvelle avec un certain plaisir. Que Bertrand était un âne, que Satan, lui-même, l'avait certainement attendu aux portes de l'enfer ! Que la chose était entendue, et qu'il nous informera de sa visite prochaine. Foulques lui promettait de lui trouver un nouveau mari digne de son extrême beauté. »

L'après-midi, Guigone reçut les deux paysans et les remercia d'avoir rapporté les chevaux.

« Mes amis, je ne saurais encore vous remercier pour votre dévouement. J'espère que les enfants vont bien, même s'il n'est pas souhaitable, et vous l'avez compris, qu'ils se montrent au village. Vous auriez pu garder les chevaux, pourquoi les avoir rapportés ?

— Eh bien, madame, nous n'avons que faire de sept chevaux qui pâturent ; notre métier veut que l'on laboure et que l'on trime dur. Notre vie est faite de sueur. Des animaux de basse-cour nous seraient plus utiles. Si nous les avions vendus, qu'aurions-nous fait de tout cet argent ? répondit Gaspard avec une bonne dextérité de langage.

— Bien ! Mon mari avait commencé un recensement des terres du canton sur cette table, et je crois bien que l'idée était la meilleure qu'il n'a jamais eue. Rappelez-moi, si vous le voulez bien, montrez-moi où vos terres se situent. »

Mathieu, qui connaissait le plan, compléta de sa main, ce qu'il n'avait pu faire la dernière fois, évitant toute allusion aux scandales qui avait entaché ce jour-là. Il ajouta les terres de Gaspard, ainsi que d'autres parcelles qui côtoyaient les leurs, mais c'est un moine qui écrivit leurs noms sur leurs lopins de terre respectifs.

« Mais à qui appartiennent les terres voisines ?

— À vous ! reprit Gaspard avec un sourire au coin de l'œil. Pardonnez ma plaisanterie, madame, les terres du haut sont travaillées par mon voisin Sorin, le brave est malade et ne fera pas de vieux os, mais ses deux fils Benoît et Sulpice sont tout aussi braves et costauds. Leurs parcelles sont trop petites pour nourrir leur famille, ils ont trois filles en âge de se marier, c'est un problème dans nos campagnes. Je prendrais bien l'aînée, mais elle ne veut pas de moi ! De toute façon, je suis en deuil.

— Et les terres de l'Ouest et d'en bas ?

— Là, après la forêt, vers l'ouest, c'est le comté de Châteaubriant, et vers le sud, le paysan s'appelle Gérard, ses terres sont vastes et l'homme n'est pas commode. J'ai régulièrement eu des altercations avec lui, concernant le ramassage des châtaignes. Sa famille vient sur mes terres régulièrement, mais quand mes enfants chassent les petits nuisibles sur ses terres, il me cherche des noises. L'homme est avare et colérique. Pendant mon emprisonnement, l'année passée, il en a profité pour s'accaparer un lopin de terre en repoussant les clôtures qui les séparent. J'avoue ne pas l'apprécier. »

Mathieu termina son exposé avec un léger sanglot dans la voix.

Guigone reprit alors :

« Merci, messieurs. Vous passerez chez le maquignon, Fulbert vous accompagnera, vous prendrez un cheval de trait chacun, une carriole et une charrue que vous partagerez. Pour le reste, je verrai. Je voudrais aussi vous remercier personnellement pour votre action. Les enfants ont été particulièrement très courageux. Je voudrais aussi vous présenter mes condoléances pour vos épouses. Je regrette sincèrement le sort qu'il leur a été réservé, mais je pense qu'il ne sert à rien de revenir sur ces odieux meurtres. Merci, Gaspard, je souhaiterais maintenant parler à Mathieu seul à seul ! »

Gaspard, surpris, salua la dame, elle l'avait appelé par son nom et avait dit « messieurs ». Cela montrait le grand respect qu'elle avait d'eux et cela suffisait amplement à le rendre heureux. Mais que pouvait-elle bien vouloir à Mathieu ?

Plus tard, Gaspard et Mathieu se retrouvèrent, ils choisirent deux bêtes robustes, les outils promis, et rentrèrent satisfaits rejoindre leurs enfants.

Pendant le trajet du retour, assis dans la carriole, Gaspard questionna Mathieu qui resta résolument discret sur la conversation qu'il avait eue avec Guigone. Il détourna la question et l'informa qu'après avoir emprisonné Édouard, un genre de conseil avait été établi et la décision fut prise, à l'unanimité, de le pendre pour l'assassinat de Renaud. La dame lui avait dit que désormais, tous meurtres gratuits seraient punis de pendaison après que le coupable sera reconnu comme tel. Gaspard trouva la règle légitime et pensa aux enfants qui resteraient à ses yeux des survivants. La discussion se poursuivit jusqu'au hameau, Mathieu affirmait que Colin et Margaux n'avaient fait que défendre leur vie et leur famille, et qu'ils auraient été jugés innocents, non pas du crime, mais de la raison. Bertrand et Édouard avaient commis des actes gratuits devant des gens désarmés de surcroît. C'étaient des barbares, point final.

Je dois dire que nous fûmes heureux de voir nos pères

rentrer avec les chevaux et les outils. Même si les filles râlèrent de ne pas trouver de robes dans la carriole, l'angoisse de cette journée était derrière nous.

Plus tard, nous apprendrons qu'un redécoupage des terres avait été intelligemment redistribué à notre profit, ainsi que celle des enfants de Sorin au désavantage de Gérard, spolié d'une partie raisonnable de son lot. Sa colère ne tarda pas à se faire entendre et nous ne fûmes pas surpris quand, quelque temps plus tard, notre poulailler s'enflamma. Malheureusement pour lui, son fils Lothaire fut pris sur le fait, et c'est attaché à la queue d'un cheval qu'il entra au château où il restera enfermé un mois durant. Gérard dut payer les dégâts et fut condamné à verser au château une amende de deux sacs de blé supplémentaires. En son temps, Bertrand lui aurait coupé la tête proprement, il devait donc s'estimer heureux de l'indulgence de la sentence.

Officiellement, devant nos pères respectifs, nous avions mis nos arcs au placard. Une décision qui avait été prise par rapport aux dégâts importants que nous avions créés. Évidemment, Margaux et moi n'avions pas eu voix au chapitre, malgré notre désaccord. Cependant, il restait un point en suspens ; le renard courait toujours. Aussi, dès que l'occasion se présentait nous partions comme des aventuriers à la recherche du rouquin. J'avais élaboré une stratégie qui, me semblait-il, était appropriée. Si l'animal était rusé, il fallait être plus malin que lui. La dernière fois que j'avais approché de près le renard, il était aux aguets, donc, il restait à reproduire la même situation. Un petit lapin attaché à un piquet et une cache constituée de branchage avec un point de tir. La bâche cirée nous protégeait de toutes intempéries.

L'attente était insupportable, le froid nous pinçait les pieds, et pas question de faire du feu et, plus problématique encore, l'interdiction totale d'ouvrir la bouche. Une parole, et tout était gâché. Je ne sais pas lequel de nous deux en souffrait le plus, mais je trouvais le temps long et je priais pour que le fichu animal arrive. Nous nous passions la relève de la garde de plus en plus souvent.

Le renard n'arriva que tard. Un instant plus tard, et nous étions partis. J'étais de garde quand soudainement il montra son museau. Je fis discrètement un léger coup de pied à Margaux qui comprit aussitôt l'enjeu. Nos deux armes se tendirent de concert et c'est ma flèche qui s'envola la première et qui frôla le rusé. La flèche de Margaux, devant le renard qui fuyait déjà, fut déviée par un obstacle et partit en l'air.

C'est bredouille et en colère que le trajet du retour se fit, avec autant d'excuses que de paroles, nous étions comme deux canards sur une mare en train de caqueter, sans entendre les arguments de l'autre. Nous remîmes notre projet à un autre jour, convaincus que la stratégie était la bonne.

La chance ne nous souriait pas, et le renard finit simplement par comprendre notre manège et ne vint plus. Nous changions d'emplacement, mais l'animal était bien plus malin que nous.

* * *

Un vagabond s'approcha de notre hameau et demanda la soupe pour le soir et une couche à l'abri du vent glacial. L'homme parlait bien, et, chose rare, ses cheveux étaient coupés ras, comme un moine, ce qui ne ressemblait en rien aux coupes traditionnelles qu'arboraient les paysans. Nous avions, en effet, les cheveux mi-longs et plutôt en pagaille. Seules les filles les coiffaient à longueur de temps, Margaux mise à part.

Il semblait inoffensif. Mon père, au début sur ses gardes, relâcha sa vigilance, offrit l'hospitalité et lui servit un bol de soupe chaude. L'homme nous remercia cent fois pour notre gentillesse. L'autre surprise du visiteur était son langage ou plutôt sa façon de parler, on aurait dit qu'il chantait en parlant. Lorsque je le lui fis remarquer, il sourit et me dit :

« Ah ça, c'est mon accent ! Dans mon pays, tout le monde parle ainsi.

— Où ça ?

— À Toulouse, c'est une ville d'un grand comté au-delà de l'Aquitaine, j'y ai vécu toute ma jeunesse et j'ai gardé l'accent de là-bas !

— Et Toulouse, c'est loin ?

— Oh oui, avec un bon cheval et sans s'arrêter, je pense qu'il faudrait une douzaine de jours, j'espère d'ailleurs pouvoir y retourner un jour. »

Les bavardages allaient bon train quand quelqu'un frappa à la porte et nous fit sursauter. Mon père s'écria :

« Qui est-ce ?

— C'est moi ! répondit Gaspard.

— Tu nous as fait peur !

— B'jour ! dit-il en s'adressant à l'inconnu. J'ai vu ce garçon arriver tout à l'heure et je passais voir si tout allait bien.

— Bertin ! Je m'appelle Bertin. »

Les deux hommes se serrèrent la main et ils poursuivirent la discussion commencée avant l'arrivée de Gaspard.

Bertin dit qu'il avait 20 ans, ce qui m'étonnait parce que mon père ne connaissait pas son âge et Gaspard non plus. Je savais que j'avais maintenant 15 ans et que j'avais perdu ma mère cinq ans auparavant. Les adultes ne savaient jamais leur âge, je compris que c'était simplement parce qu'ils ne savaient pas compter, donc, Bertin, lui, savait certainement compter. La discussion s'éternisa et, bien que je fusse passionné par le voyage de Bertin, le sommeil m'emporta et je m'endormis la tête sur la table.

Au petit matin, le vieux Polo nous réveilla et je fus surpris de voir Bertin partir aux châtaignes avec nous. La nouvelle grande charrette fut attelée à Homère, notre cheval de trait, et nous nous enfonçâmes dans les bois. Bientôt, le chargement fut constitué de branchages pour faire des fagots ainsi qu'un grand panier d'osier empli de châtaignes et un autre de glands. Pendant le trajet, mon père m'informa qu'il avait proposé à Bertin de rester quelque temps avec nous.

« Je t'en aurais parlé hier soir, mais tu nous as quittés de bonne heure ! » dit-il en se moquant de moi.

Je ris en comprenant la blague, et je dois dire que j'étais satisfait d'avoir quelqu'un de nouveau à qui parler.

Bertin resta avec nous, et il fut bien utile aux deux fermes. En effet, il naviguait entre les deux hameaux et ses efforts étaient appréciés.

Son habileté pour les travaux manuels et son intelligence profitèrent à tous. Il était cultivé, et il nous raconta qu'il avait passé quatre années dans un monastère. Ses parents étaient pauvres, leur grand souci était les cinq garçons qu'ils voyaient grandir à vive allure. Bertin était le dernier, il fut confié aux moines. Après huit années où il fut enfermé, ses dix-neuf ans sonnés, il profita d'une occasion pour s'enfuir loin. Il marcha longtemps et devint un vagabond. Tantôt bien reçu, souvent rejeté, il passait d'une région à l'autre, découvrant les richesses du royaume.

Au monastère, Bertin était aux cuisines et au jardin. Bien entendu, la plus grande partie de la journée était réservée à la prière. Ces années, consacrées à l'adoration du seigneur Dieu, laissaient pourtant à notre nouvel ami, un sentiment mitigé. Son éducation s'était largement enrichie au contact des autres moines, leurs enseignements étaient riches et variés. La lecture, l'apprentissage du latin, la théologie, les calculs en tout genre, l'histoire et la géographie, mais aussi la confection d'objets domestiques et la culture très variée des produits de la nature. Par contre, il avait aussi appris la duperie, la trahison, le mensonge et, il faut bien le dire, l'ensemble des péchés capitaux. Bertin nous en expliqua les détails : l'orgueil ne manquait pas aux moines qui possédaient une responsabilité. L'avarice était courante vis-à-vis de tout ce qui aurait pu coûter au monastère. L'envie, combien de fois, il avait vu un moine voler des plus pauvres. La colère, les moines se chamaillaient tout le temps et parfois cela prenait des proportions telles, que le prieuré se mettait dans une colère noire. La luxure, combien de jeunes novices s'étaient fait bousculer par des vieux salopards de moine. La paresse des moines consistait souvent à jouer les tire-au-flanc, ne surtout jamais être volontaire avant les autres. Et la gourmandise, si Bertin reconnaissait un faible pour les bonnes choses, les moines étaient la plupart du temps des gloutons de premier ordre.

Enfin, Bertin, avec ses histoires, apportait un peu de légèreté dans la maison. La disparition de maman avait laissé un vide, les soirées étaient souvent tristes et mon père restait silencieux. J'étais devenu moins bavard et les histoires de maman me manquaient. Je m'étonne maintenant de l'imagination dont elle faisait preuve, elle, qui n'avait pas étudié ni voyagé, avait développé un esprit fantaisiste et elle

Colin

savait nous régaler de romances et d'aventures comme personne à ma connaissance ne pouvait le faire. Pour passer le temps, un soir sur deux nous récitions des prières sans trop de conviction. Mon père finissait souvent par pleurer. Depuis le départ de sa femme, papa avait hérité de sa morosité des derniers temps, lorsqu'elle avait perdu son bébé. Il était devenu capricieux et lunatique. Aussi, je veillais à ne pas trop le contrarier, cela aurait rendu les soirées encore plus tristes. Parfois, il posait sa grande main sur ma tête et d'un air gentil, il me disait :« Brave fils, tu ressembles bien à ta mère ! » J'en étais fier et je lui répondais : « Mon bon père, tu ne ressembles à personne ! » et il souriait.

Bertin nous avait remis en selle, et même mon père recommençait à faire des projets. Ces dernières années, les récoltes avaient été bonnes et les travaux étaient moins difficiles depuis l'acquisition d'Homère. Nous décidâmes d'agrandir la chaumière en y ajoutant un four. Le génie de Bertin permit la cohérence du projet, ainsi, la nouvelle partie deviendra la maison d'habitation et ensuite, notre ancienne demeure agrandira l'étable et abritera aussi notre cheval. Les nouveaux outils de valeur seront aussi à l'abri.

Ces travaux s'étalèrent sur une année, entrecoupée des moissons et de l'entretien courant de la ferme. Bertin était nourri et logé en échange de son aide, et avec moi, c'étaient six bras qui s'activaient, et devant tant d'élan, bientôt les projets s'accumulèrent : la construction d'un puits éviterait la corvée d'eau. En effet, depuis toujours, tous les matins, ma mère d'abord et moi ensuite, avec deux seaux en bois, nous devions traverser trois fois le grand champ pour aller chercher de l'eau. C'est l'une des corvées les plus ingrates qui m'était réservée, alors, j'accueillis l'idée du puits avec bonheur. Ainsi, avec le génie de Bertin, nous passâmes l'hiver suivant à peaufiner certaines pièces de bois qui serviraient à la remontée de l'eau de façon « mécanique ». Bertin m'apprit de nombreux mots nouveaux. Je lui fis part de mon adresse dans la sculpture du bois. Gaspard venait parfois nous donner la main espérant avoir un retour pour les projets qui ne manquait pas de germer dans sa tête pour l'amélioration de sa ferme. Lui n'avait que deux filles, dont une infirme, et l'autre encore trop jeune et certainement trop faible. Les bras de Louis manquaient à cette famille et Gaspard aurait voulu un homme pour l'aider.

Même si nos jeux s'estompaient, Margaux et moi passions encore beaucoup de temps ensemble. Nous n'avions pas renoncé à l'animal qui continuait d'errer dans les parages, mais depuis l'arrivée de Bertin, nous restions prudents et discrets sur l'usage des arcs.

Bertin nous raconta un jour que, lors de son passage à Angers, avant de prendre la barque pour traverser la Loire, il avait entendu parler d'un village de la région où les habitants s'étaient rebellés contre leur seigneur avec l'aide de deux anges. La description des angelots était précise : ils étaient tout blancs, avaient des ailes dans le dos et étaient munis d'arcs et de flèches meurtrières. La rumeur voulait que les anges soient apparus aux yeux de tous et aient transpercé les mécréants sans état d'âme. Depuis, Bertin en avait entendu parler partout où il était passé, et la ferveur avait grandi de jour en jour. On les appelait les messagers de Dieu, et il paraît même que les seigneurs des alentours redoutaient des conséquences. Certains relâchaient la pression exercée sur leurs serfs pendant que les autres avaient recours à la force en pendant les adorateurs des angelots.

Mathieu et Gaspard se regardèrent, mais ne pipèrent mot.

Notre réputation avait pris une tournure imprévisible et

démesurée. Nous en étions surpris et cela nous amusait.

Cependant, nous étions conscients que le phénomène nous dépassait et qu'il fallait garder la tête froide.

Mathieu et Gaspard voulaient que l'on se fasse oublier, et pour l'instant, il semblait inutile de mettre Bertin dans la confidence.

« Les anges ont grandi et perdu leurs ailes, et c'est mieux ainsi ! » avait dit mon père.

Villevêque

An MXXV

Le document qu'Arnaud tenait en main, et dont il avait gardé le secret, comportait une grosse quantité de feuillets. Il était étonné qu'un homme fût en possession de telles feuilles, ce type de papier était rare et coûtait cher. Et puis, ce vagabond, avait-il écrit lui-même ce manuscrit ? Arnaud avait un peu menti en prétendant savoir lire le latin, à peine était-il capable de décoder une phrase. Lire l'ensemble des feuillets demanderait énormément de temps. Il doutait d'y parvenir. Fallait-il qu'il prévienne André qui, lui, aurait pu comprendre le texte ?

Il entreprit d'essayer et les premières lignes ne lui posèrent que peu de difficultés. Ses premiers succès l'incitèrent à poursuivre sa lecture. La langue utilisée était un latin vulgaire proche de la langue francienne couramment parlée dans notre région. Arnaud avait parfois entendu des troubadours conter des histoires sous formes diverses, chant ou poésie, mais jamais, il n'avait lu pareille ineptie. La forme était neutre et racontait la vie d'une famille au travers les yeux d'un enfant. Sans tournure et sans nuances, le rédacteur était précis et s'employait à clarifier son texte. Très vite, Arnaud apprécia cette forme littéraire qui le changeait des textes bibliques où, pensait-il, il n'y avait rien à comprendre. Chaque début d'après-midi, il se réfugiait dans le grenier où l'attendait le précieux texte. Les jours passèrent et le vagabond n'en finissait pas de mourir, même si son état de santé ne montrait aucune amélioration, bien qu'André tentât une saignée sur la jambe meurtrie afin d'y évacuer le « mauvais sang », Arnaud avait vu juste, le vagabond était en fin de vie. Pourtant, il tenait bon, et Arnaud commençait sérieusement à s'inquiéter de la situation au fur et à mesure qu'il entrait dans le récit.

Le premier manuscrit mettait à jour le mystère des « anges de la mort ». L'énigme de ces incidents, ou le miracle selon de nombreux paysans, trouvait là, une explication sous les traits de deux jeunes enfants, Colin et Margaux qui, dans un moment de rébellion et de vengeance, mirent fin à la tyrannie de Bertrand, le père de Mathilde et grand seigneur d'une province voisine. Bertrand n'avait jadis semé que de la peur et de la misère, et son départ pour l'au-delà avait été salué par la population. Non contents de leur triomphe, ils renouvelèrent leur exploit en déroutant Roland et le faisant emprisonner. Ces événements s'étaient passés bien avant la naissance d'Arnaud, mais il en connaissait la légende et la réputation des anges, le père Valentin était souvent revenu sur l'affaire, prétendant qu'il ne s'agissait là que d'une fable colportée par les troubadours et les vagabonds. Le prieuré sommait de ne prêter aucun crédit à ces balivernes.

Arnaud commençait à avoir de bonnes raisons de croire à cette version de l'histoire. L'insistance par laquelle on avait voulu étouffer ces rumeurs, en disait long sur l'embarras des nobles d'avoir été détrônés par deux enfants. De plus, si le vagabond avait affirmé avoir écrit lui-même ces textes, ils lui avaient de toute évidence été dictés par les protagonistes eux-mêmes. Les détails y étaient précis, très loin des textes bibliques qu'on lui donnait à lire.

Qu'aurait pensé André si Arnaud avait partagé sa lecture. Peut-être aurait-il mis fin à cette histoire en brûlant l'ensemble des manuscrits ? Oui, Arnaud en était certain, connaissant bien son supérieur hiérarchique et n'ayant nullement l'intention de subir, une fois de plus, ses accès de colère, il décida de garder le secret, au moins jusqu'à la fin de sa lecture.

C'est à ce moment que notre vagabond, Bertin, entra en scène. Dans sa lecture, Arnaud n'avait pas fait le lien aussitôt, mais l'histoire évoquait l'arrivée d'un jeune moine qui, ayant abandonné les ordres, s'éprenait d'une paysanne, la sœur de Margaux. Il était aussi la cause des déboires du seigneur Roland. Le moine défroqué décrivait la vie monastique comme de drôle de façon, même si Arnaud trouvait de nombreuses vérités dont il n'aurait jamais osé se plaindre, il trouva que le procès était calomnieux. Rien que pour cela, André ne pouvait lire ce qu'il aurait appelé un torchon.

La lecture du manuscrit endiablé lui prenait de plus en plus de temps, et le jeune moine, qui n'avait jamais rien lu d'autre que des textes bibliques, se surprit à bien comprendre le récit, et plus encore, il se passionna pour les aventures de Colin, Margaux et Bertin. Cependant, certains épisodes de l'histoire l'auraient fait rougir en public, aussi, il douta soudain du sérieux de l'auteur. La place des femmes en était outrageusement décrite, poser les yeux sur ces mots relevait assurément du péché, et Arnaud prit l'habitude de se signer à chaque page, mais ne serait arrêté pour rien au monde. Évidemment, lui aussi dans son enfance avait joué avec sa cousine Emma et en avait gardé un souvenir ému, mais jamais il n'aurait cru qu'un homme et une femme puissent se toucher hors mariage sans attirer la colère du Bon Dieu. Vraisemblablement, Colin et Margaux, malgré leurs péripéties, étaient des protégés de Dieu. Enfin, naïf qu'il se croyait, Arnaud l'espérait sincèrement.

André suspectait Arnaud de lui cacher des choses. Son dernier compagnon s'enfermait de plus en plus souvent au grenier et ce, depuis que le vagabond était entré dans leur vie. Le vieil homme semblait immortel et il lui arrivait même de sortir de léthargie essentiellement pour se nourrir, il faut dire que l'homme avait bon appétit. Heureusement, André avait fouillé dans la sacoche presque vide du miséreux et y avait trouvé une bourse bien remplie. La preuve qu'Arnaud n'y avait pas fourré son nez, il en aurait probablement subtilisé son contenu pour on ne sait quel usage. C'est pourtant ce qu'avait pensé André lors de la découverte du trésor. Il décida d'omettre d'en avertir son jeune compagnon.

Un soir, lors du réveil de Bertin, nom qu'Arnaud utilisait désormais en parlant du vagabond, André pénétra sans frapper dans la chambre, jadis appartenant à Valentin et alloué au nouveau venu, une discussion s'interrompit.

« Pourquoi ai-je l'impression de déranger, dis-moi, frère Arnaud ?

— Mais non, mais non ! Bertin me demandait juste de prévenir sa famille quand il trépassera !

— Bertin ? Sa famille ? Mais pourquoi donc n'est-il pas à leurs côtés en ces jours difficiles ? »

Arnaud, surpris par l'esprit malicieux de son confrère et ne sachant que dire, bafouilla :

« Be, be…, je ne sais pas…, je n'y avais pas pensé ! »

Reprenant ses esprits, il poursuivit :

« Ah si, il m'a dit qu'il était sur le chemin, mais que ces vilains l'avaient pris en chasse pour lui voler sa sacoche.

— Sa sacoche…, quelle sacoche ? mentit André.

— Euh, sa sacoche…, euh, où est-elle, celle-là ? »

Attrapant l'objet, Arnaud s'aperçut qu'elle avait encore perdu du poids, aussitôt, il en comprit la raison, mais resta silencieux. Ainsi, André avait subtilisé les pièces d'argent et d'or contenues dans la sacoche. Comme lui-même avec le manuscrit, André n'avait pas l'intention de mentionner la présence de cette bourse, et Arnaud repensa au chapitre où Bertin voyait les moines comme des ingrats.

Bertin fit semblant de s'endormir, et les deux moines quittèrent la pièce. Avant de sortir, Arnaud tendit la sacoche à son collègue, celui-ci la saisit et l'inspecta comme si c'était la première fois. Mais Arnaud n'était pas dupe, le forfait était avéré, le diable en personne était à ses côtés.

L'ouvrage de Bertin était conséquent, et Arnaud ne progressait guère, toujours dérangé par André qui prenait de toute évidence un malin plaisir à l'appeler pour des raisons les plus anodines et inutiles. Une tension s'était peu à peu instaurée entre les deux moines depuis le décès de Valentin. Si André restait le supérieur hiérarchique, Arnaud ne supportait plus son intransigeance et encore moins ses colères. Rien ne se passait comme jadis, à l'époque où son père l'avait déposé un bon matin d'automne, il n'avait guère plus de 12 ans. Arnaud avait fini par accepter la trahison de ses parents de l'avoir abandonné à cette confrérie d'hommes. Sa mère et ses sœurs lui manquaient, et aucun moine n'aurait jamais remplacé cette douceur familiale. Au début, neuf moines partageaient cette vie recluse et silencieuse, et Bastien, le frère cuisinier, lui avait appris les rudiments du métier. Bertin avait raison sur bien des points, si certains moines se révélaient être pleins de bonté, d'autres, en revanche, se montraient odieux. Il en avait lui-même été victime peu de temps après son arrivée lorsque le vieux brigand de Basil s'en était pris à son derrière. Arnaud s'en était bien sorti, mais il mit long-temps à comprendre ce que le moine avait voulu lui faire. Lorsque, quelque temps plus tard, son assaillant tenta une nouvelle approche, Arnaud, bien que beaucoup plus jeune, donna du bâton et rossa le pervers qui ne s'y attendait pas. Le prieur Valentin, qui ne désira pas qu'on lui donne d'explication sur l'incident, punit les deux moines, l'un pour avoir frappé son aîné, l'autre pour avoir eu des pensées cou-pables. Arnaud trouva la sentence malheureuse puisqu'il n'avait fait que se défendre.

Puis le temps était passé et les moines étaient soit partis ou morts, et ils avaient reçu l'ordre de rejoindre Saint-Rémy. Depuis un an déjà, ils ne suivaient plus les préceptes de Saint-Benoît et n'étaient guère pressés de remettre ça. Les deux moines n'en avaient pas parlé, mais l'un et l'autre étaient d'accord sur ce point : tant que personne ne viendra les chercher, ils ne bougeront pas. Pour autant, Arnaud se refusait à être l'esclave d'André et, hiérarchie ou pas, il en-tendait bien lui faire comprendre qu'un virage allait s'amorcer.

André arriva ce soir-là dans la cuisine qui, curieusement, semblait abandonnée. Ainsi, le morveux n'avait pas préparé le repas. Il se précipita vers la porte du grenier au-dessus de la salle d'accueil et trouva porte close. Il frappa longuement, proférant diverses menaces. Ses nerfs ne tenant plus, il de-vint fou de rage et promit à ce merdeux une dérouillée mé-morable, pourtant la porte ne s'ouvrait pas. Il s'en alla vers l'atelier au fond du jardin où il trouva une masse et il revint frapper la porte qui céda au troisième coup. Le grenier hébergeait de nombreuses reliques, mais Arnaud n'y était pas. Désorienté, André reprit ses esprits et reprit sa course vers la chambre du jeune moine. Pourquoi n'y avait-il pas pensé plus tôt et pourquoi cet idiot ne répondait pas à l'appel de son supérieur ? Il allait bientôt en avoir le cœur net, puisque, avec toujours en main la grosse masse, il franchit la porte de chez Arnaud. Là, toujours personne ! Enfin, il traversa de long en large le monastère et ne trouva que Bertin allongé et endormi. C'est donc le ventre vide que, après s'être calmé, André s'endormit à son tour. Au petit matin, un sursaut le tira de son sommeil ; il entendit un bruit venant de l'intérieur et s'en étonna. La veille au soir, après avoir cherché son compagnon et lorsqu'il avait eu la certitude que celui-ci était sorti du monastère, il avait barricadé l'entrée afin que le fugitif, Arnaud, vienne le supplier de lui ouvrir. Existait-il une autre issue qui aurait permis à ce vaurien de partir et revenir à sa guise ? André en doutait. Mais qui donc pouvait bien faire tout ce remue-ménage ? André suivit le son qui le conduisit jusqu'à la cuisine. Quand il poussa la porte, il fut surpris de se retrouver nez à nez avec Arnaud. Alors qu'il s'apprêtait à ouvrir la bouche, le jeune moine leva la main d'une façon peu commune et accusatrice. Cela ne lui ressemblait guère, et André en fut dérouté. Comment ce jeune morveux pouvait-il le menacer, ne serait-ce qu'avec son doigt ? Pourtant, c'était bien ce qu'il était en train de tenter, l'impressionner.

« Espèce de petit merdeux ! Si tu crois pouvoir me tenir tête, tu te trompes de bonhomme ! »

À peine avait-il prononcé cette phrase, qu'une vague vint le saisir. Il s'essuya les yeux d'un geste rapide et s'aperçut qu'Arnaud tenait un seau à la main. Malgré l'eau qui dégoulinait de ses cheveux et ses vêtements trempés jusqu'aux os, il sentit la foudre monter en lui et s'élança vers le jeune moine qui esquiva de peu l'homme en furie. La grande louche en bois qui ne servait que rarement trouva là un nouvel usage, puisqu'elle vint claquer dans le dos du moine qui s'effondra sur le coup. Abasourdi et désorienté, André se releva :

« Toi, tu vas me payer ça ! »

Arnaud avait évidemment tout prévu, y compris ce qui allait suivre. Il fallait mettre fin à cette tyrannie, à l'instar des Anges de la mort, qui étaient venus à bout d'une puissance qui les dépassait. Le jeune moine, revigoré par ses nouveaux héros, avait aussi décidé de mettre hors état de nuire son agresseur. Il y avait réfléchi et avait construit un plan d'attaque. Cependant, ce duel ne concernait que deux hommes et les forces en puissance ne devaient que s'inverser. André devra céder, là était la condition de leur séjour prolongé au monastère. S'il échouait, ils devront l'un et l'autre rejoindre Saint-Rémy ou s'entre-tuer.

Le deuxième seau d'eau stupéfia son destinataire. Si Arnaud était resté grave jusqu'alors, il ne put s'empêcher de pouffer au deuxième jet. Le regard que lui porta André n'inaugura rien de bon, Arnaud se mit à douter de l'issue du combat. Il reposa son seau et reprit la grande louche en bois :

« Alors, André, tu en veux encore ou tu m'écoutes un peu ?

— André ? Tu m'appelles André ? Je ne suis pas ton copain ! je suis ton supérieur ! et ton aîné, par-dessus le marché ! »

André souffla un instant et s'élança de nouveau sur son adversaire et, comme la première fois, il s'effondra sous le coup qui, cette fois, lui claqua fort dans le dos et le blessa. L'homme à terre avait crié un « ouf » lorsque l'arme d'occasion s'était abattue. Arnaud avait l'avantage de la jeunesse et de la souplesse, et il comptait bien en profiter. S'il fallait, il allait essouffler son assaillant dans les couloirs et le cloître du monastère et ce jusqu'au coucher du soleil. Mais ce soir, les choses auront changé et André le respecterait ou le craindrait.

Il ne fallut pas autant de temps avant que le cabochard dépose les armes. Pour finir, il s'était précipité pour la seconde fois dans l'atelier et en était ressorti avec une fourche à quatre dents. Voyant les choses s'envenimer, Arnaud décida de porter le coup fatal à l'homme intraitable. André était bien épuisé, mais fort de son arme pointue, il s'élança une nouvelle fois vers ce sale gosse. Arnaud, voyant le danger arriver, lança la louche qui percuta la tête d'André et l'assomma tout net, mettant fin à l'assaut.

Quand André reprit ses esprits, il était dans sa chambre, allongé sur le sol. Le merdeux avait dû le traîner jusque-là, et il s'en étonna. Il se releva péniblement et s'approcha de la porte en chancelant. Évidemment, la porte lui résista, il était enfermé.

Les jours qui suivirent, on entendit le frère André brailler à tue-tête dans ses quatre murs. Avec comme simple repas du pain sec et de l'eau qu'Arnaud lui glissait sous la porte, à chaque repas, Arnaud posait la question :

« Frère André ? Est-ce que tout va bien ? Je souhaiterais que l'on réunisse les membres de cette communauté afin de répartir les tâches d'une manière plus juste et plus équitable. Seriez-vous prêt à y participer ?

— Vaurien, ouvre cette porte que je te rosse comme tu le mérites ! »

— Ah, je vois que vous n'êtes pas encore prêt ! Je reviendrai demain. Bonne nuit, frère André ! »

Ainsi, ce jeu dura près de quatre jours, et André supplia Arnaud de le libérer. Ce qui fut fait, non sans avoir pris quelques précautions, mais André, affaibli, décida de s'asseoir à la table sans rechigner, jugeant qu'il serait toujours temps un peu plus tard pour saisir sa chance et sa revanche.

Pendant ces quatre jours, Arnaud progressa dans la lecture du manuscrit, et s'il suivait bien le cours du récit, certains aspects de langage lui échappaient. Bertin, en racontant l'histoire de ses amis, mélangeait souvent les situations, et Arnaud s'égarait d'autant, ne sachant plus qui faisait quoi, et le manque de chronologie des événements le perturbait.

André comprit que le bastaing de bois qui entravait l'ouverture de sa porte venait d'être enlevé. Il se dirigea vers l'entrée et poussa doucement la grosse porte de bois qui ne rencontra aucune résistance. Il regarda de chaque côté du couloir et n'y vit personne. Il se dirigea vers la cuisine où l'attendait un bon repas bien odorant. Il s'empiffra, rattrapant quelques jours de jeûne forcé.

Depuis longtemps, le grand réfectoire ne servait plus au repas, la cuisine permettait d'asseoir dix moines. Repu, André quitta la pièce vers l'ancienne cantine où le jeune corniaud était attablé à lire quelques feuillets en latin :

« Que lis-tu là ?

— Rien qui puisse t'intéresser !

— Ah, des écrits païens probablement, je commence à comprendre.

— Tu ne comprends rien, et je ne te permets pas de me juger !

— Ah oui ! Et comment dois-je nommer ce qui s'est passé là depuis l'autre jour ?

— Appelle ça comme tu voudras, mais je souhaiterais t'expliquer les nouvelles règles de ce monastère.

— Comment ça, les nouvelles règles ? » riposta André ahuri par l'attitude du morveux.

C'est ce moment que choisit Arnaud pour relever la tête vers son interlocuteur :

« Voilà, je t'explique ! Tu ne m'aimes pas et je ne t'aime pas. Mais après avoir dit ça, on n'a rien appris de nouveau. On peut continuer à se faire la guerre, mais je crois que tu connais désormais les forces en présence. Nous pouvons décider aussi de rejoindre Saint-Rémy, comme on nous l'a suggéré, mais je crois comprendre que, toi comme moi, nous n'y sommes pas très attachés. Aussi, si tu veux que la situation, ici, dans ce monastère, s'arrange, il nous faut nous accorder sur quelques points d'équilibre. Je ne suis pas ton larbin et je n'accepte plus que tu me traites comme un bon à rien. Et tu peux garder tes colères pour les morts.

André n'avait jamais imaginé qu'Arnaud pouvait s'exprimer ainsi. Il le laissa poursuivre :

« Désormais, on partagera les tâches ménagères, la semaine de balayage et de jardinage contre la semaine de cuisine. Nous ne sommes pas obligés de prendre nos repas ensemble. Notre visiteur tient bon, et je continuerai à prendre soin de lui, si tu veux m'aider, c'est selon ton bon cœur. Et, par le Saint-Esprit, va te changer, tu sens plus fort qu'un troupeau de boucs en chaleur ! »

Fort de cette tirade, il se leva et jugea bon d'en rajouter une couche :

« J'ai commencé à nettoyer le jardin, j'y retourne. Oh, j'avais oublié ! Désormais, tu nettoieras tes frusques toi-même, je me chargerai des miennes ! »

Il chaussa ses sabots de bois et alla rejoindre le petit jardin.

André avait écouté cette andouille en silence et il avait courbé le dos à ses insultes, mais il ne perdait rien pour attendre. Si ce couillon a gagné la première manche, la seconde sera plus longue et douloureuse.

Manuscrit III

Margaux

Bertin trouvait toutes les occasions possibles pour croiser Marie. La saison était propice à la cueillette des fruits, et Marie emplissait des paniers d'osier de baies, de framboises et de mûres. Bertin lui fit découvrir ses talents de cuisinier. Ses marmelades dégoulinantes de jus, mélange de fruits divers et de miel, étaient un régal pour tout le hameau. Le petit jardinet de Marie s'agrandissait avec de nouvelles cultures de courges et de potirons, dont Bertin avait dégoté quelques graines au marché du village. Il prouvait là que sa période monastique n'avait pas été que perte de temps. Les soirées étaient chaudes et les étoiles clignotaient. Nous traînions jusqu'à pas d'heure pour profiter des beaux jours. J'étais avec Colin pendant que Bertin courtisait ma sœur.

Le jeune étalon avait flairé la brebis qui pâturait chez les voisins, et ses tentatives d'approches furent rapidement connues de tous. La brebis, elle, restait silencieuse comme elle l'avait toujours été, mais je pariais que le courtisan ne lui déplaisait pas. La situation nous faisait rigoler, Colin et moi. En leur présence, pour les agacer, nous jouions à nous faire la cour. Colin, avec son insolence habituelle, lançait :

« Jeune femme, voulez-vous m'accompagner dans la forêt ?!

— Oh oui, mon amour, je vous ferai trois beaux enfants ! » lui répondis-je, tordue de rire.

Marie m'envoyait son tricot à la figure pendant que Bertin rougissait comme une tomate. Mathieu riait, tout comme nous, pendant que mon père gardait son sérieux face à une situation qui commençait à le dépasser.

Les deux gars commencèrent à creuser le puits à la fin de l'été, les moissons étaient terminées et son père se chargeait de terminer le nettoyage des parcelles avant les grands labours. Bertin avait tracé un cercle, de trois pas environ, à l'arrière de la maison. Le sourcier était passé l'autre jour et il en avait coûté deux peaux de belette et un bon repas. Il prétendait que l'eau était peu profonde, pas plus de huit brasses. J'imaginais huit bons pas dans l'herbe et je compris que la tâche allait être rude. La pelle en bois additionnée de terre végétale était très lourde, la rendant impossible à lever plus de vingt fois de suite. Aussi, Bertin et Colin échangeaient leurs rôles toutes les vingt pelletées. Le maniement de la pioche en acier était plus simple. Après une matinée d'efforts, une première brasse fut enlevée. Mon père, qui donnait la main, se chargeait de l'enlèvement de la terre, la carriole était emplie et les agrégats étaient emmenés vers la future construction qu'il envisageait. Cet approvisionnement de matériaux était une aubaine et représentait beaucoup d'avance pour ses futurs travaux d'extension. Si le premier jour, ils ne rencontrèrent aucune roche, le deuxième jour, des cailloux firent résonner la pioche à chaque fois que la tranche en percutait un. Le ressenti était brutal, la décharge que cela dégageait dans les bras était fatigante. Pourtant, il ne fallait pas faiblir et surtout ne pas s'arrêter, disait Bertin. La charrette fut bientôt trop haute et ils durent emplir des seaux de bois et grimper à l'échelle pour vider le seau dans la carriole. Pendant que l'un se chargeait de cette manœuvre, l'autre emplissait l'autre seau. Parfois, les cailloux étaient tellement gros et lourds qu'un seul remplissait le récipient. Colin commençait à se plaindre :

« Si l'on m'avait dit que j'en aurais autant bavé… »

Je me rappelle que Bertin parlait des moines comme des tire-au-flanc et des paresseux, Colin, lui, pestait, mais ne montrait rien de son découragement. Quatre jours plus tard, ils n'en étaient qu'à quatre brassées, évidemment, aucune trace d'eau n'était apparue sauf celle qui venait du ciel et menaçait fortement. Dès les premières gouttes, nous tendions la petite bâche en toile, qui couvrait juste le trou naissant, maintenue par quatre poteaux solidement arrimés. Les mains de nos deux puisatiers, affectées par deux saisons de labeurs, étaient meurtries. Les ampoules les torturaient de plus en plus. Le cinquième jour, ils tombèrent sur du schiste. Là, ils étaient vraiment découragés, Bertin voulait rendre son tablier. Cette saleté d'ardoise ne s'arrachait que par bribe, et après autant d'efforts, à la fin de cette journée, Mathieu dit :

« Demain, nous nous reposerons. Nous l'avons bien mérité.

— Je vous promets qu'à la fin de la semaine prochaine, nous verrons de l'eau au fond de ce trou. Il nous faudra autant de temps pour consolider les parois, mais ce sera moins dur », ajouta Bertin de rage.

Colin était heureux que Bertin montre enfin un signe de fatigue, il l'avait bien dupé et avait bien cru qu'il ne s'arrêterait jamais.

J'étais heureuse de pouvoir enfin passer une journée seule

avec Colin, mais il passait son temps à dormir, et lorsque je lui proposai d'aller nous dégourdir dans les bois, j'eus l'impression de parler au mur. Néanmoins, il apprécia que je panse ses mains avec une mixture qu'avait préparée Marie.

La semaine suivante ne suffit pas, trois brasses supplémentaires avaient été creusées, ajoutées aux cinq autres de la semaine précédente. La roche s'était attendrie brusquement, mais aucune goutte d'eau n'était perceptible. N'ayant pas d'échelle assez longue, ils avaient désormais recours à un système de trépied avec une poulie. C'était beaucoup plus long, mais moins fatigant. Bertin piochait et Colin remplissait le seau à moitié, puis il tirait sur la corde qui emportait le seau léger vers le ciel. Je récupérais le récipient et le vidais dans la charrette avant de le renvoyer aux terrassiers. À chaque fois, je me faisais insulter parce que, malencontreusement, je laissais tomber un peu de gravats dans le trou. Les gens d'en bas m'envoyaient des noms d'oiseaux, j'eus même gagné le titre de sorcière. Un seau d'eau sur la tête fut la récompense de l'ultime insulte. Je m'en allais chez moi, fâchée, en les entendant rire. Heureusement, la pluie qui était tombée les premiers jours avait cessé et le ciel était clair.

La quatrième semaine, Colin commençait à désespérer à son tour. Le sourcier nous avait bien eus. Il n'y avait pas une goutte d'eau et le puits faisait maintenant bien quatorze brasses. Pour remonter à la surface, ils posaient un pied dans le seau et c'est Homère qui se chargeait de les extirper des profondeurs de la terre. Évidemment, un étayage de bois avait été élaboré afin d'éviter tout effondrement, mais je n'étais pas rassurée pour autant. Un glissement de terre pouvait désormais, et à tout moment, les engloutir définitivement. À la surface, des protections de bois empêchaient quiconque de tomber dans le trou.

Quelle fut notre surprise de retrouver un matin, maître rouquin dans notre piège. L'animal était mort depuis peu, son corps encore tiède fut remonté à la surface et dépecé. Sa fourrure était rude, mais après un bon tannage, elle retrouverait sa douceur et sa beauté. La peau de renard valait cher et il fut entendu que cela permettrait d'investir dans une chaîne pour le puits, la corde devenant trop courte.

Colin et Bertin ne sortaient du trou que le soir venu lorsque la pénombre les empêchait de voir. Deux fois par jour, Marie leur apportait, d'abord un bon repas, et plus tard, un goûter. Bertin pétillait de joie à la vue de Marie. Nul doute qu'entre ces deux-là quelque chose se passait. Marie, avec son handicap, ne pouvait pas aider aux grosses tâches de la ferme de notre père, mais elle s'occupait bien du logis et était devenue une fine cuisinière. Jeanne lui avait appris quelques bases avant de mourir, et elle avait perfectionné son art. Même si depuis l'arrivée de Bertin, notre ordinaire s'était amélioré, j'adorais manger chez Mathieu. Pendant la période du puits, il avait été convenu que c'est Marie qui préparerait la nourriture pour les deux familles. Mon père en aurait été incapable. Nous dînions tous ensemble et les conversations tournaient principalement autour du puits. Nous nous étions tous accaparé l'ouvrage, participant, d'une façon ou d'une autre, au chantier.

Bertin était convaincu que l'eau n'était pas loin. Cependant, avant de continuer à creuser, il fallait consolider l'ouvrage. L'étape suivante était d'aller au four de Chazé négocier de la chaux vive. Homère était de la partie. Le carrier nous vendait une partie de son stock de chaux de meilleure qualité, affirmait-il. Dans un premier temps, le commerçant avisé avait douté de nos capacités à payer. Mais la peau de renard lui offrait une garantie de notre solvabilité. Des ouvriers commençaient à charger la carriole. Les deux hommes avaient la peau tendue et à moitié brûlée par la substance. Le conseil majeur dans l'utilisation de la chaux était la protection des yeux. Avec le mélange de sable, nous avions un mortier qui promettait un puits solide pendant au moins mille ans.

Les cailloux prélevés de l'extraction retrouvaient leur place au fond du trou dans une maçonnerie circulaire. Les parois du trou furent bientôt maçonnées lentement et à chaque brassée, un échafaudage remontait à la surface. Deux barres d'acier ancrées dans le mur traversaient la circonférence et permettaient d'y poser quelques planches ainsi, les deux maçons étaient à l'aise et en sécurité. Ils travaillaient alors un jour sur deux pour assurer le séchage du mortier. Sept semaines après avoir commencé le puits, les garçons terminèrent le muret qui servirait d'appui. Dans sa forme définitive le puits était prêt, mais sans une goutte d'eau dans le fond.

Bertin avait eu une idée curieuse : faire une cavité sur un flanc du puits de quoi cacher deux ou trois personnes debout sur deux pas de profondeur. Lorsque nous étions sur le bord du puits, nul ne pouvait imaginer ce renfoncement. Je trouvais l'idée saugrenue et inutile me demandant bien qui pourrait avoir l'intention de se cacher au fond d'un puits.

Ce que j'avais pris pour une cachette n'était, selon Bertin, que l'endroit d'où nous pourrions régulièrement descendre afin de nettoyer le fond du puits de tous les détritus qui avec le vent pouvait se déposer au fond. Cette plateforme permettait d'y travailler aisément.

Après quelques jours de repos bien mérités, ils reprirent de creuser plus profond dans un trou de circonférence plus réduit. Le sol était rocailleux et toujours ce schiste qui ralentissait leur progression, puis encore du roc.

La dixième semaine de labeur vit notre récompense. De l'eau claire. Le courage était soudain démultiplié, ils continuaient de creuser encore et encore dans la gadoue. La boue devint tellement liquide qu'il ne fut bientôt plus possible de continuer. Il fallait maintenant laisser l'eau se stabiliser.

L'automne était bien entamé, nous avions travaillé quasiment sans relâche, le ramassage des châtaignes fut un jeu d'enfant. Je retrouvais le plaisir de côtoyer Colin sans avoir besoin de baisser la tête. Nous étions fiers de la réussite du projet. Dans notre élan, et comme deux frères, Bertin et Colin promirent à mon père d'entreprendre la construction de sa maison quelque temps plus tard.

La mauvaise surprise fut l'arrivée du collecteur d'impôt qui, voyant l'évolution de nos pratiques ainsi que notre niveau de vie qui s'améliorait, augmenta la taille de deux sacs de blé pour les constructions récentes et de deux autres pour le puits. Mathieu, comme il l'avait toujours fait, se mit en colère, cette fois rejoint par Colin. Le collecteur, qui avait l'habitude de ces altercations, prétendit en référer au nouveau seigneur du château. Nouvelle que nous avions accueillie avec incrédulité, Mathieu sautant sur l'occasion pour poser quelques questions curieuses :

« Ainsi, dame Guigone s'est remariée ?

— Oh, elle en a été contrainte par le comte d'Anjou, qui ne trouvait pas normal qu'une femme gère un territoire comme le nôtre !

— En est-elle heureuse au moins ?

— J'en doute, mais c'est mieux ainsi.

— Le domaine était pourtant mieux géré qu'auparavant.

— Comment pouvez-vous dire une chose pareille ? Je

connais pas mal de paysans qui ne sont pas de cet avis. Et puis, rien ne vaut quelques pendaisons de temps à autre, cela calme les aventuriers et ça distrait les autres gens !

— Ah oui ! et quand viendra votre tour d'être pendu haut et court, qui ira applaudir ? »

Devant la dernière réplique de Mathieu, le prospecteur d'impôt fit volte-face et repartit battre la campagne. Mathieu savait qu'il prenait un grand risque à critiquer les décisions d'un seigneur, mais sa langue avait été plus rapide que sa pensée. Si Jeanne avait été là, nul doute que la conversation serait restée plus courtoise. Après le départ du prospecteur, avec mon père cette fois-ci, ils commentèrent l'altercation, ce dernier dit :

« Ah, tu as bien fait ! Je ne sais pas qui est ce nouveau venu, mais je pense que les choses ne vont pas s'améliorer. »

En effet, Gérard, le voisin spolié d'une partie de ses terres à notre profit, se vit remettre ses parcelles. Les chevaux nous furent repris et tout redevint comme avant.

* * *

Ce dernier hiver fut particulièrement froid. Nous avions calfeutré les ouvertures de l'étable avec de la paille et rentré toutes les bêtes. Heureusement, les denrées ne manquaient pas et les greniers des deux fermes étaient pleins. Les dernières récoltes avaient été extraordinaires. Mais nous ignorions si les suivantes allaient être semblables. Sans Homère, le retour des vieilles méthodes à la main rendront les travaux compliqués, avec pour conséquence la diminution des terres cultivées, donc, moins de rentabilité. De plus, l'augmentation de la taille ne baisserait pas pour autant. Que pouvions-nous y faire ?

Mathieu décida de rendre visite au château à l'occasion d'un grand marché d'hiver. Bertin et Colin préférèrent ne pas le laisser partir seul et proposèrent de l'accompagner. Mon père se proposa pour traire les bêtes pendant leur absence. Il se doutait de mon souhait de me joindre à eux, je n'avais été que rarement au village, et pour rien au monde je n'aurais manqué cette opportunité. Ce fut donc à force d'insister que mon père accepta de me laisser sous la protection de Mathieu. Le seul, selon lui, ayant la sagesse suffisante nécessaire à la surveillance d'une jeune fille. J'étais aussi désolée pour Marie qui, avec son handicap, ne pouvait se permettre un tel déplacement. Je lui promis de lui rapporter quelques tissus pour nous confectionner quelques vêtements.

Lorsque nous passâmes auprès de l'Oudon, la rivière était gelée. Nous aurions pu la traverser à pied, mais aucun d'entre nous ne se serait risqué à ce jeu. En arrivant au village, nous nous arrêtâmes à l'auberge de Paul, celui-ci nous reconnut et sans faire d'autres allusions, lui secouant l'épaule, s'écria :

« Ce serait-y pas le gars Colin ! Il a changé, je ne le reconnaissais pas…, et puis c'est un homme à c't'heure ! J'te prendrais bien pour charger les tonneaux parce que moi, avec mes douleurs, j'suis plus bon à rien ! Et c'est qui cette jeunette ? Tu sais que j'ai un gars à marier, mignonne ? Allez, qu'est-ce que vous prendrez, mes braves gens, c'est pour moi la tournée !

—Je prendrais bien un vin chaud, dit Mathieu toutes dents dehors !

— Moi ce sera la même chose », dit Bertin que je n'avais jamais vu boire d'alcool.

Avant que je prenne le temps de commander, Mathieu reprit :

« Tu nous mets quatre vins chauds, Paul, il n'y a rien de mieux par ce temps-là ! »

Déjà Paul hurlait à qui voulait l'entendre :

« Et quatre vins chauds pour nos visiteurs ! Au fait, vous avez appris que Guigone s'est remariée ?

— Récemment, oui, on l'a appris par le prospecteur d'impôt.

— Ah ! vous aussi. J'ai vu ma taille s'envoler et je ne sais pas ce que je ferai l'an prochain. Le nouveau seigneur a une ambition, il veut nous ruiner !

— Eh bien, nous verrons bien puisque je compte bien le rencontrer pour qu'il nous explique sa stratégie, dit Mathieu.

— Crois-tu que c'est judicieux, Mathieu, cela t'a coûté cher autrefois. Tu connais la prison, elle n'est pas chauffée et peu s'en sortent vivants. Moi je ne me risquerais pas à discuter avec cet homme. Et maintenant que j'y pense, je te dis, c'est de la folie.

— Nous n'avons pas le choix, Paul ! Sinon, nous mourrons au travail, et à ce prix, je préfère partir sur les routes. »

Je m'étonnais des propos de Mathieu qui n'avait jamais parlé ainsi. Je ne pensais pas qu'il était découragé à ce point, même si je comprenais bien que la taille augmentée de quatre sacs de blé devenait immorale.

Le châtelain était parti chasser en ce début d'après-midi, et nous dûmes attendre son retour. Nous avions cependant été invités à attendre à l'abri du vent, quand une personne vint chercher le père de Colin, il la suivit. Bertin, Colin et moi attendions toujours, quand le nouveau propriétaire des lieux, visiblement bredouille, pénétra en trombe. Il s'apprêtait à monter le grand escalier du donjon, quand il s'aperçut que trois jeunes gens poireautaient. Il demanda :

« Que faites-vous là ?

— Pardonnez-nous, monseigneur, intervint Bertin, mais nous vous demandons audience pour en savoir plus sur l'augmentation de la taille. Nous travaillons dur... »

C'est à ce moment que Mathieu nous retrouva et interrompit Bertin dans son élan. Surpris, le châtelain s'écria en coupant la parole de son interlocuteur :

« Mais que se passe-t-il dans ce château ! Des étrangers y pénètrent sans mon autorisation et m'imposent des audiences. Et vous ! d'où sortez-vous ?

— Oh, monseigneur, intervint une dame effrayée, qui devait être une servante, tout en baissant la tête pour regarder ses pieds, c'est mon cousin, il venait me donner des nouvelles de mon père. C'est votre dame qui m'a autorisé à les faire entrer.

— Madame ? Et qu'aviez-vous donc d'autres à faire ici, pendant que nous y sommes ? reprit-il sévèrement.

— Monseigneur ! Nous vous demandons audience...

— Oui, oui, je sais, vous trouvez que vos impôts sont trop élevés et vous pensez que j'ai que ça à faire de recevoir les plaintes de tous les paysans du canton ? En entrant au château, vous avez dû croiser les derniers paysans qui m'ont exaspéré avec leurs doléances. Si vous n'êtes pas contents, vous pouvez toujours déguerpir et aller voir chez mes voisins. Les impôts y sont encore plus élevés, si ça vous tente, je vous rends votre liberté. Je suis certain que des paysans plus compréhensifs seront heureux de cultiver vos terres. Maintenant, fichez-moi le camp ! »

Ainsi, tout était dit. Nous faisions volte-face quand Bertin reprit la parole :

« Et vous ne craignez pas le retour des anges ? J'ai entendu dire que le dernier seigneur sous ce toit y avait perdu la tête ! »

Colin, devant ces propos, me prit par l'épaule et nous nous dirigeâmes vers la sortie, suivis de près par Mathieu. Bertin faisait toujours face au seigneur. Ce dernier avait subitement changé de couleur, d'une voix forte, il appela sa garde :

« Garde, arrêtez ces hommes ! »

Les gardes nous empêchèrent de franchir la porte de sortie. Ils nous emmenèrent où, selon Colin, la dernière fois tout avait commencé. L'enfer allait reprendre. Mathieu, cette fois, n'avait pas l'intention d'aller aussi loin. Qu'est-ce qui avait piqué Bertin ? Était-il si naïf pour penser que le seigneur accepterait sa remarque ? Pourquoi cette provocation ?

Nous étions dans la grande salle, et le nouveau seigneur avait simplement pris la place de son prédécesseur et comptait utiliser les mêmes méthodes sans se soucier des contestations qui ne manqueraient pas de venir, mais qu'il saurait réprimer comme cela devait être fait. S'adressant à Mathieu, le châtelain, dont on ne connaissait toujours pas le nom, commença à parler :

« Présentez-vous, paysan !

— Je suis Mathieu et j'exploite les terres les plus à l'ouest du canton, voici mon fils Colin et son amie. Ce jeune homme est un vagabond qui a seulement fait la route à nos côtés. »

À ces mots, Colin envoya un regard noir à son père pendant que Bertin, la tête baissée, ne pipait mot. J'aurais voulu crier que c'était faux, que Bertin était comme notre frère. Mais c'est Bertin qui reprit la parole sans qu'on l'autorise à le faire :

« C'est vrai, je ne fais qu'accompagner ces pauvres gens,

devant leurs détresses, j'ai insisté pour les accompagner. Sans mon initiative, ils ne seraient pas devant vous ! Mais je persiste à dire que vous êtes un voleur doublé d'un criminel, et que dans quelques jours, les anges de la mort reviendront vous trancher la tête. Tenez-la bien, elle va bientôt tomber ! »

La rage et la haine de Bertin s'exprimaient dans sa voix, et on vit passer dans les yeux du châtelain, à qui personne n'avait jamais parlé ainsi, un mélange de peur et de colère. Cependant, sa position ne supportant aucun doute, il se reprit vite :

« Et qui es-tu, toi, pour me parler ainsi ? Avant demain, on t'aura brûlé vif sur la place et on verra bien si tes anges bougeront un petit doigt.

— Je m'appelle Bertin, j'étais moine au monastère de Cluny et je l'ai quitté pour Jérusalem, il y a déjà quelques années. Sur la route, je vous ai croisé, Roland. Et ce que j'y ai vu m'a dégoûté. Je vous ai vu violer et assassiner des femmes et des enfants pour votre seul plaisir. Grâce à vous, j'ai découvert Satan. Aussi, je vous ai suivi et j'ai longtemps attendu cet instant. Je viens vous annoncer que votre fin est proche. Je pensais que Satan vous aurait rappelé à lui plus tôt. Mais qu'importe, puisque c'est Dieu qui s'en chargera bientôt. Vous êtes bien tombé, sa main n'est pas loin ! Vous pouvez déjà faire vos adieux à votre entourage. »

Bertin s'agenouilla et fit un signe de croix.

« Écoutez, Roland ! Il arrive. »

Dehors, une tempête se levait et le vent soufflait très fort. Pas question de rentrer, mais cette option ne nous était pas proposée. La déclaration de Bertin fut soulignée par une bourrasque que nous avions ressentie jusqu'à l'intérieur du château. Les bougies, qui éclairaient la pièce, s'éteignirent et seul le feu de la grande cheminée éclairait encore la pièce. Je regardai par la petite ouverture qui servait de fenêtre : le ciel était couvert comme si cela devait être la fin du monde. Roland, qui s'était brusquement levé de son fauteuil, demanda à ses gardes :

« Qu'on enferme cet individu ! On verra s'il sera si prétentieux quand les flammes lui chatouilleront les doigts de pied. Vous, les autres, vous décampez avant que je ne change d'avis ! »

Ainsi, nous abandonnâmes Bertin à son destin, et c'est dans une tempête épouvantable que nous arrivâmes directement au hameau pour annoncer à mon père et à Marie la mauvaise nouvelle.

Sur le retour, et malgré les bourrasques, nos pas ne faiblissaient pas, la colère et l'incompréhension nous transportaient. Si la folie de Bertin restait évidente et bien réelle, nous comprîmes rapidement les raisons qui avaient poussé Mathieu à mentir sur nos rapports avec Bertin. À cette heure, nous aurions tous été dans les geôles de la forteresse si nous avions affirmé le connaître. Nous venions d'échapper au pire et nous nous demandions encore pourquoi Bertin nous avait mis en danger de la sorte. Bientôt, notre colère se retourna contre lui qui avait fait une erreur impardonnable.

* * *

Marie était en pleurs, elle nous annonça qu'elle était enceinte. Mon père, abasourdi par cette annonce, poussa une colère puis s'apaisa doucement. Mathieu, lui, ne dit rien, il savait quel sentiment rapprochait les deux jeunes gens. Nos yeux clignèrent et nos sourires en disaient long. Mon père s'en aperçut et dit :

« J'imagine que vous étiez tous au courant, sauf moi évidemment ? »

Personne ne répondit, ce qui confirma encore plus la supercherie. Puis mon père prit Marie dans ses bras et ajouta :

« Mais qu'est-ce qui lui est passé par la tête pour affronter Roland ainsi ? Et c'est quoi cette histoire de monastère de Cluny et d'anges de la mort ? Qu'est-ce qu'on peut y faire ?

— Gardons notre calme, on trouvera bien une solution. En attendant, tant que la tempête souffle, Bertin ne brûlera pas ! dit Mathieu.

— Oui, mais les tempêtes ne durent pas ! répliqua Marie en pleurnichant.

— Il est tard, rentrons nous coucher, la nuit porte conseil. Viens, Colin, rentrons à la maison, conclut Mathieu. »

Je posai la question :

« Père, je peux rester un instant, je te rejoins !

— Certainement pas, vaurien ! lança Gaspard à Colin, une fille engrossée, ça suffit comme ça. Tu ne vas pas toucher à mon autre fille. Allez ! rentre avec ton père. »

Colin et moi fûmes pris d'un fou rire, depuis longtemps déjà nous avions exploré nos corps, et le crime de la chair avait été commis. Je crois que Mathieu l'avait compris, encore une fois, mon père n'y voyait goutte.

« Pourquoi vous rigolez comme ça, bande d'idiots, qu'est-ce que vous voulez me dire, Margaux aussi est grosse ?

— Mais non, Gaspard ! Ne vois pas le mal partout ! De toutes les façons, qui voudrait être obligé d'épouser cette dévergondée ? » lui lança Colin.

J'avais compris la blague, et je lui envoyais une poignée de noix à la figure :

« Va-t'en, scélérat ! Tu ne vaux pas plus que les porcs de ta ferme ! »

Et Colin passa la porte en courant et en riant.

La nuit fut longue et agitée. Le vent n'avait pas faibli, mais ce n'était pas son souffle qui nous empêcha de dormir. Dès le matin, après les travaux quotidiens, nous nous réunîmes à nouveau pour parfaire l'unique plan qui permettrait à tous de sortir victorieux.

Mathieu commença par évoquer les conséquences possibles d'une action. Si nous tentons quelque chose pour délivrer Bertin, nous risquons d'y laisser notre peau. Si nous réussissons, il devra s'enfuir et Marie avec. Si le seigneur s'aperçoit de notre implication, nous aussi, nous devrons fuir à notre tour. S'il attrape l'un de nous, nous sommes tous cuits. Voilà pour ce qui est des conséquences d'une action.

Nous nous regardâmes, embarrassés devant Marie qui se remit à pleurer. Alors, je déclarai :

« Nous pouvons réussir ce que nous avons déjà accompli ! Nous sommes désormais des adultes et on sait que la population nous soutiendra. Si on laisse Bertin mourir, plus jamais je ne pourrai regarder ma sœur en face. On ne peut pas rester là, les bras croisés ! »

Fort de cet élan, je poursuivis :

« J'y ai pensé toute la nuit : Mathieu, lorsque tu étais là-bas, te souviens-tu des cachots ? Il y a bien un point faible ! »

Colin renchérit :

« Je pense que le temps est compté, mais rien ne peut être tenté avant la nuit d'après, j'espère que la tempête ne faiblira pas, c'est un atout. Si nous réussissons à pénétrer dans le château sans que la garde ne soit éveillée, il faut s'attaquer directement à Roland qui devrait dormir bien tranquillement dans sa chambre. En le prenant en otage, nous devrions pouvoir faire plier la garde et ses compagnons d'armes. Libérer Bertin serait alors de l'enfantillage et nous pourrions couvrir notre fuite si la population s'en mêle. Qu'en pensez-vous ?

— Et qui sera de l'expédition ? demanda Gaspard.

— Je pense que nous devrions y être tous les quatre ! Toi, père, tu connais le château. Toi, Gaspard, tu t'occupes des gens du village. Margaux et moi, on s'occupe de libérer Bertin, et le lendemain, tout sera rentré en ordre !

— Et après ? Qu'est-ce que vous faites de Roland ? Vous l'emprisonnez et vous rentrez bien sagement ? dit mon père, sceptique. Non, ça ne tient pas debout ton truc ! »

Après un long silence, c'est Mathieu qui relança le plan :

« Fulbert connaît le château comme sa poche. Il doit bien avoir ses entrées. S'il n'est pas déjà mort, il nous dira comment entrer. Ensuite, avec des masques blancs, nous pénétrons à l'intérieur. Bertin a parlé d'anges, on va lui en faire voir à ce Roland, de quoi lui foutre les pétoches jusqu'à ses derniers jours. Mais Bertin devra ensuite se mettre au vert. Il faut jouer sur la surprise totale. Si Roland ne croit pas au ciel, je vous promets qu'il va y croire ! Colin, va chez le père Sorin à côté et prévient le Benoît et le Sulpice qu'ils devront s'occuper des bêtes demain. Tu leur racontes notre plan, mais tu leur demandes de rester discrets. Si tout se passe bien, il pourra retrouver leur terre comme l'an passé. Marie, tu nous trouves trois toiles que nous tremperons dans les restes de chaux pour les blanchir. Nous en ferons des capes et couvrirons nos visages. Bref, nous devons nous transformer en ange. Bon, par ailleurs, nous pouvons compter aussi sur le soutien de dame Guigone. Depuis son mariage avec Roland, il ne l'a pas touché, je le sais, elle me l'a dit et je lui fais confiance. Roland sera dans le lit de Mathilde qui a pris le parti contre sa mère. Elles ne se parlent plus. La jeune femme dit que c'est la faute de sa mère si son père est mort. C'est une peste, et il faudra s'en méfier. Lorsque nous sommes allés au château, nous avons eu de la chance qu'elle n'y soit pas parce qu'elle nous aurait dénoncés, assurément. Elle ne fait que monter la tête à Roland pour qu'il vienne nous arrêter ; heureusement pour nous, Roland n'a jamais cru à cette histoire d'ange et n'écoute guère sa belle-fille. Il couche avec Mathilde, et ça lui suffit. »

Le plan n'était pas parfait, mais c'était le seul que nous ayons. L'improvisation ferait le reste.

Colin et moi avions ressorti nos armes, et Mathieu et mon père furent surpris de voir l'excellent état des arcs et des flèches, plus solides, plus grands, plus perfectionnés et aussi plus dangereux.

Avant de partir au beau milieu de l'après-midi, j'avais appelé discrètement Colin à me rejoindre dans le grenier à foin, au-dessus de l'étable, là où régulièrement nous nous retrouvions cachés dans une couverture. Cette fois-ci fut différente des autres, nos corps étaient tendus et nos esprits étaient ailleurs. La décision que nous avions prise était hautement risquée. Nous savions l'un et l'autre que le plan pouvait déraper à tout moment. Nous pourrions bien y laisser notre peau, ou pire encore, que l'un de nous deux y reste. Je lui promis de le protéger et je savais qu'il en ferait autant. Je savais que je pouvais compter sur lui comme la fois dernière où il était revenu à notre secours. Nous avions cependant ce besoin physique de nous retrouver ensemble, nos corps se réclamaient. Et au contact l'un de l'autre, ils s'échauffèrent et bientôt se mêlèrent. Notre attention était pour l'autre et mon esprit cherchait ses sens. Ses doigts caressaient ma peau et cherchaient ma poitrine. Ses lèvres trouvèrent mes seins, déjà ses mains rapprochaient son corps du mien, ses jambes m'enlacèrent et il me pénétra doucement d'abord, et brutalement ensuite. Aujourd'hui, on ne jouait pas. On s'accouplait au cas où notre courageuse mission tournerait au vinaigre. Nos corps se disaient adieu avant de mieux se retrouver plus tard. Pourtant, nous ne doutions pas de la réussite de l'attaque.

***

Nous étions partis en début d'après-midi en passant devant le menhir de Pierre-Frite, je m'y étais arrêtée, priant les autres de continuer, je les rejoindrai. J'avais un poinçon de métal qui nous avait servis pour la taille des pierres du puits. Je cherchai un caillou qui aurait pu me servir de marteau, puis je commençai à graver un cœur sur la roche du menhir. On m'avait dit qu'il était là bien avant notre seigneur Jésus, j'avais du mal à imaginer ce « avant » au moins autant qu'il m'était impossible de penser à « après ». L'autre jour, Bertin avait tracé les lettres de nos prénoms sur le sol ; je m'en souvins et je retranscris ces signes M et C. Ensuite, je m'agenouillai devant ce nouveau lieu de recueillement qui sera dorénavant le mien, en espérant pouvoir y venir longtemps tous les deux. Enfin, je pressai le pas pour rejoindre les miens.

Nous étions arrivés chez Paul à la tombée de la nuit, le vent soufflait toujours et les nouvelles étaient mauvaises, la crémation était prévue pour l'après-midi, mais grâce au vent, elle fut reportée au lendemain matin. Roland était pressé de se débarrasser de Bertin. Une rumeur rôdait au village que les anges allaient revenir, et Roland était sur ses gardes. Il était aussi très nerveux et avait fait emprisonner plusieurs personnes qui colportaient cette nouvelle. Paul nous fit part de son impression :

« Je doute fort qu'il apprécie de vous savoir là. Et à ce propos, vous ne venez pas, par ce sale temps, pour assister au spectacle. Parce que des pendaisons, nous y sommes habitués, mais brûler un homme vivant, ça, j'avoue qu'ici, ça, je ne l'ai jamais vu ! Il se pourrait bien qu'il y ait beaucoup de badauds

— Non, Paul et j'espère bien que personne ne verra ça ! Nous avons bien l'intention d'empêcher cela. Penses-tu que les gens du village soient prêts à soutenir une offensive ?

— Quoi ! mais vous êtes complètement fous ! Bon, je sais que tout le monde se plaint de leurs nouveaux traitements, mais tout le monde tient à sa tête, et Roland est chatouilleux de cette main-là. De là à comploter contre lui et envisager de l'éliminer, là, je ne comprends plus. Et vous comptez vous y prendre comment ?

— Oui, je sais, mais c'est décidé, nous entrerons dans ce château et, quoi qu'il nous en coûte, nous délivrerons Bertin. De plus, il faut faire cesser ces pendaisons, sinon, d'une manière ou d'une autre, nous y passerons tous. Et si nous pouvons donner une bonne leçon à Roland, c'est bien l'occasion. Penses-tu que sans prendre part directement à une action, les villageois pourraient ralentir Roland et soutenir notre fuite ?

— Oh, toi ! Je pense que tu as un plan et qu'il risque bien d'y avoir du grabuge ! Quand comptez-vous le mettre en œuvre ?

— Dès cette nuit. Où se trouve Fulbert ?

— Fulbert ! eh bien, il était là, pas plus tard que tantôt, mais je crois bien qu'il loge dans une étable près du forgeron. Mais il est vieux, en quoi peut-il être utile ?

— Il est notre seule chance d'entrer dans le château sans attirer l'attention des gardes. Qui commande la garde ?

— Oh, là, ça ne va pas être simple ! Roland a ramené avec lui des compagnons d'armes, et Hargar est une brute sans cœur, je ne voudrais pas me retrouver entre ses griffes ! Si tu veux avoir mon avis, si tu tombes sur lui, fais demi-tour et part en courant. C'est un géant avec un œil en moins. Il vient de loin et sa peau est foncée. Il n'a pas de cheveux, c'est un monstre. Tout le monde le craint, sauf Roland. Il se promène avec son arme favorite, un marteau de bois et d'acier. Ses punitions sont brèves et sans jugement. Il assomme quiconque le contredit. Mais son jeu favori, c'est d'écraser des mains. Fulbert en a été victime dès l'arrivée de Hargar. Je ne sais pas lequel des deux avait commencé à chatouiller l'autre, mais Fulbert n'avait aucune chance. Depuis, sa main est purulente et le pauvre ne passera pas l'hiver si on ne l'ampute pas. Il souffre le martyre, et cela n'empêche pas le géant de continuer à le narguer. Fulbert est un homme mort, il le sait bien. Il finira ses jours sous les coups de cette brute.

— Où se trouve ce Hargar ?

— Il est certainement au château, avec ce sale temps, personne n'est sorti aujourd'hui. Il n'est même pas venu s'abreuver. Pourtant, pas un jour il ne manque de venir et il en profite pour casser la tête à un de mes clients. Maintenant, plus personne ne vient l'après-midi. Va voir Fulbert ! Tes amis peuvent rester au chaud près du feu. Je vais leur donner à manger pour qu'ils prennent des forces. Je vais aussi prévenir quelques amis qui, j'en suis certain, pourront vous aider. »

Mathieu partit longtemps à la recherche de Fulbert, et lorsqu'ils revinrent ensemble, le grand-père avait un sourire à donner des larmes. Il avait confiance dans la victoire des anges et rien ne lui ferait plus plaisir de voir s'éteindre cette erreur de la nature qu'était Hargar.

À l'heure où tout le monde dormait, nous sortîmes de l'auberge, Fulbert nous guida jusqu'à une petite porte que seuls les initiés empruntaient. Évidemment, elle était gardée, mais la nuit noire aidant, nous longeâmes les remparts et Fulbert frappa sur une petite trappe qui s'ouvrit dans la porte, et un visage apparut, soufflant dans l'air froid :

« Qui est là !

— C'est moi, Fulbert, et toi, t'es qui ?

— Fulbert ? Qu'est-ce que tu fous là par ce temps ?

— J'ai un message urgent pour Roland, je dois entrer !

— T'es devenu fou, il va te couper la tête ! C'est peut-être bien ce que tu cherches ?

— Presse-toi de me faire entrer, il y a un complot contre Roland, j'ai des informations.

— Bon, attends, je vois !

— Presse-toi, il fait froid ici !

— Tu es seul ?

— Ben oui ! qui veux-tu que je te présente par ce temps ?!

— Attends, je vérifie. »

L'homme monta à la tour de garde et lança une torche vers la petite entrée. La flamme éclaira le vieil homme seul. Dans la pénombre, Flubert grelottait, courbé contre le mur pour se protéger du vent qui ne faiblissait pas. Le garde redescendit et dans un bruit de quincaillerie déverrouilla la lourde porte de service. Sitôt le battant à demi ouvert, Gaspard repoussa le soldat et le fit trébucher. L'homme surpris n'en crut pas ses yeux. Des anges lui apparurent et la pointe d'une flèche le fit loucher. Comme la rumeur l'avait prédit, les anges étaient là, plus nombreux encore ! L'instant d'après, le coup qui s'abattit sur sa tête lui fit voir des étoiles. Fulbert passa devant, il connaissait bien les couloirs et les habitudes des gardes.

La routine des gardes avait cet avantage, tout était prévisible. Par ce temps, aucun ennemi n'aurait attaqué un château, ce serait une pure folie. Nous n'étions pas en guerre et les tours de garde s'étaient relâchés. Évidemment, Roland avait demandé d'ouvrir l'œil sur le village et sur ses villageois, mais de là à penser qu'une attaque-surprise aurait pu être déclenchée dans de telle condition climatique…

Colin et moi étions en arrière position et mon père suivait Fulbert. Nous nous suivions à la queue leu leu, quand soudainement des voix vinrent vers nous à vive allure. Deux hommes avançaient dans notre direction. Lorsqu'ils reconnurent Fulbert, ils s'étonnèrent sans prendre garde devant le vieil homme, le plus zélé l'interpella :

« Eh, Fulbert, que fais-tu là, vieux brigand ? Qui t'a laissé entrer ?

— C'est le jeune ! Je lui ai dit que j'avais des informations importantes pour Roland.

— Qu'est-ce que c'est que cette histoire ? Tu viens voler de la bouffe, toi ! Allez, les mains dans le dos, tu vas avoir le plaisir de goûter une nouvelle fois au cachot. Ça tombe bien, il y en a une de vide ! »

C'est à ce moment-là que, d'un coup, nous choisîmes d'apparaître, nous les « anges », et de viser les deux soldats. L'un d'eux sortit son épée, mais déjà le morceau de bois lui traversa la gorge. L'autre se mit à genoux et les mains jointes, supplia les anges de l'épargner, lui aussi aperçut des étoiles. Mon père lui infligea un coup de manche de pioche.

Nous décidâmes de libérer Bertin et d'autres prisonniers qui pouvaient, soit nous prêter main-forte soit détourner l'attention des gardes, parce que, si à cet instant notre présence ne s'était pas encore fait remarquer, cela ne saurait durer. La chance continua de nous sourire puisque, après avoir éliminé trois gardes et mis hors d'état de nuire le gardien des geôles, nous nous emparâmes des clés et nous nous empressâmes de délivrer un maximum de prisonniers. La plupart étaient des estropiés, à moitié aveugles, décharnés, recouverts de couvertures puantes, inoffensifs pour quiconque, mais enchaînés. Toutes les pièces furent fouillées, mais Bertin restait introuvable.

Il nous fallait aller plus loin dans nos recherches. Fulbert nous dit qu'il était forcément dans le donjon où se trouvait Roland. Pendant la traversée de la cour, nous prîmes le risque d'être vus par les sentinelles. Elles étaient censées regarder vers l'extérieur, mais avec ce temps, il y avait fort à parier qu'elles resteraient emmitouflées hors des meurtrières, donc retournées vers la cour centrale. La nuit était bien noire, et en longeant les murs, nous arrivâmes au pas de porte du donjon, là où Roland nous avait interpellés avant de faire arrêter Bertin. À notre grand étonnement, aucun planton ne gardait la porte, nous grimpâmes l'escalier qui donnait sur un corridor. Deux hommes faisaient les cent pas devant différentes portes qu'il faudra probablement ouvrir une à une. Je sentais le goût de la mort m'envahir. Le moment n'était plus aux regrets, nous abattîmes de sang-froid les deux vigiles. Les flèches traversèrent le couloir à l'unisson, pour se planter dans les gardiens qui s'écroulaient aussitôt. Mon père, toujours en tête, sortit sa lame et trancha la gorge des malheureux, comme il le faisait sur les cochons deux fois par an.

Nous commençâmes par la porte du fond, persuadés que la première enfermait quelques hommes de repos, ou pire, la chambre de Hargar. Nous savions bien qu'il faudrait en découdre avec ce monstre, nous nous y étions préparés. Pourtant, nous repoussions ce moment. La pièce était vide, nous passâmes à la suivante que nous trouvâmes encore vide. Flubert, qui ne connaissait guère cette partie du château, nous affirma cependant que l'étage du dessus était uniquement réservé à la garde. Les quatre portes qui restaient à ouvrir étaient forcément soit celle de Roland, soit celle de Hargar ou Guigone. Le silence et le bruit du vent régnaient encore dans la coursive, il ne nous restait que peu de temps avant que l'alerte soit donnée. Dans un instant, la garde sera sur le qui-vive. Une attaque à l'intérieur serait une confusion assurée. Ne pouvant l'éviter, Colin prit l'initiative d'allumer une torche en plein milieu du corridor encore vide. Puis il renversa un présentoir métallique qui s'écroula dans un bruit d'enfer. Colin et moi étions en position. Mon père et Mathieu étaient derrière nous. Fulbert avait disparu, et c'était mieux ainsi. Tous les quatre dans l'ombre, invisibles, les premiers qui sortiraient mourraient assurément. La première porte à s'ouvrir violemment fut celle des trois gardes à demi-nus qui tombèrent comme des mouches. Un long moment se passa sans que rien ni personne ne bouge. Une autre porte s'ouvrit enfin et nous vîmes sortir un géant couvert de cuir de la tête aux pieds. Il découvrit d'abord les trois hommes au sol. En guerrier avisé, il devina aussitôt notre position et lança une torche dans notre direction. Il nous regarda, impassible, et analysa notre défense, peu impressionné. Il avança d'un pas, son marteau dans la main droite et un bouclier de cuir épais dans l'autre. Avec un accent semblable à celui de Bertin, il plaisanta sur nos déguisements :

« Ah ! les voilà, les petits anges ! Venez, venez à moi »,
dit-il avec un accent étrange.

L'homme de cuir se déplaçait lentement vers nous, il évita
nos premières flèches, la salve suivante se planta dans son
bouclier. La troisième, alors que le géant s'approchait dangereusement à trois pas de nous, l'une lui traversa la jambe,
l'autre lui frôla l'oreille, mais le géant ne faiblit pas. Il allait
nous assommer quand Fulbert lui enfonça une épée, qu'il
avait prise au garde, en plein dans le postérieur. Fulbert
s'était faufilé derrière Hargar et avait profité de sa distraction
pour le prendre à revers. La bête se retourna violemment et
éclata la tête du vieil homme comme une pastèque. Cela
nous laissa le temps de reprendre une dernière flèche et, à
bout portant, sans viser, Colin atteignit la tête et moi le cœur.
Nos pointes ne manquèrent pas leur cible pourtant, Hargar
restait debout pétrifié. Il lui fallait retrouver sa respiration,
mais la flèche qui lui avait percé l'œil le rendait déjà complètement fou, et l'autre flèche accrochée à sa poitrine
l'étouffait à petit feu. Il fit un nouveau pas dans notre direction avant de s'écrouler à son tour. Nous ne pouvions cacher
notre soulagement et conscient que nous venions de rem-
porter une grande victoire, un rire de joie nous submergea.
Dame Guigone sortit enfin de sa chambre, juste revêtue
d'une robe en coton. Elle tremblait de peur, Mathieu alla à sa
rencontre, et lorsqu'il enleva sa capuche, à notre grand étonnement, elle lui tomba dans les bras. Et Mathieu de lui dire :

« Je t'avais dit que tout cela s'arrêterait un jour ! »

* * *

Bertin s'était remis de son supplice et avait retrouvé Marie. Il demanda la main de sa belle à Gaspard qui lui fit remarquer qu'il aurait été préférable de demander avant de consommer. Colin m'envoya un regard et, encore une fois, nous pouffâmes de rire. Le rouge monta aux joues de notre père qui éclata :

« Quoi ! vous deux ? J'te préviens, Colin, ma fille est respectable, et si tu t'avises de l'engrosser sans mon autorisation, tu auras de mes nouvelles !

— Arrête, papa ! Je ne te demanderai jamais ton avis pour ces choses-là. Et Colin ne m'a jamais fait de mal ! Tu ferais mieux de t'occuper de la fille cadette du père Sorin, elle n'attend que ça, au lieu de te mêler de nos affaires ! »

Sur ces mots, et pour le narguer, j'embrassai Colin sur la bouche, et c'est Marie et Bertin qui éclatèrent de rire sous l'œil scandalisé de notre père. Mathieu, lui, comme à son habitude, ne dit rien, décochant seulement un sourire. Pourtant, je savais que, même avec leurs différences, nous avions la chance d'avoir deux pères aussi merveilleux.

L'espoir ressurgit au hameau, nous avions récupéré Homère et nous étions soulagés de récupérer les terres du bas. Mathieu était retourné deux fois au château, avant le printemps. Il nous en ramenait de bonnes nouvelles. Les décisions de Guigone en disaient long sur sa parfaite maîtrise du commandement. Elle avait aussi tiré les leçons de l'épisode de Roland et Mathilde. Elle avait demandé audience à Foulques, comte d'Anjou, pour lui faire part du décès de son mari, une terrible maladie l'avait emporté, « Dieu, garde son âme », et la tristesse l'accablait. Le comte lui conseilla de prendre un nouveau mari pour administrer son territoire. Guigone lui fit part de son désir de faire le long deuil de ses deux maris. Elle lui rappela que Hargar le géant l'aidait admirablement dans le respect de l'ordre. Foulques lui demanda alors :

« J'ai bien connu Hargar, lors de nos dernières chasses. Il est prodigieux, bien que ce soit un étranger, mais il est certainement très dangereux. Je vous conseille, dame Guigone, de vous méfier de lui, et surtout, n'allez pas copuler avec ce sauvage. Une telle union serait mal vue parmi mes administrés. Je vous suggère donc de l'éviter, comprenez-vous ?

— Monseigneur, je suis entièrement d'accord avec vous et je vous jure n'avoir aucune attirance pour cet étranger. Mais je souhaiterais plutôt que vous me débarrassiez de ma fille Mathilde, elle devient encombrante et l'on ne s'entend guère. Elle ment, elle me nargue et, bref, elle me complique la vie. Elle est en âge de se marier, et assez jolie pour plaire à un de vos compagnons. Je pensais que…

— Bien, madame, j'arrangerai cela. Et pour votre deuil, c'est entendu. Mais je surveillerai particulièrement votre gestion. Si l'on m'informe des relâchements ou des concessions abusives, je serais obligé d'intervenir. Nous verrons plus tard. Veuillez retourner à votre bourgade, madame, nous passerons vous voir plus tard. »

Foulques, malgré diverses promesses, ne vint jamais au château, et ne passerait assurément jamais. Un mois après cet entretien, un homme, envoyé par Foulques, passa enlever Mathilde, il était petit et laid, prétendait que le comte d'Angers lui avait donné Mathilde en preuve d'amitié, et qu'il pouvait célébrer leur mariage, là où bon lui semblerait. La lettre qui l'accompagnait était très claire et signée de la main même du comte, son sceau apparaissait clairement. Mathilde, horrifiée par le sort qu'on lui avait tracé, se rebella, mais les ordres du comte d'Angers ne se contestent pas, lui rappela sa mère. Elles se séparèrent sans pleurs, mais à son départ, Mathilde lui lança :

« Vous vous êtes débarrassé de moi, vous me le paierez ! »

Roland croupissait dans son cachot et ne faisait que brailler. Les gardiens demandèrent qu'on fasse taire ce prisonnier, tant il était inconfortable d'entendre ses gémissements toute la journée. Une bête qui aurait ainsi beuglé, on lui aurait déjà coupé la gorge.

« Eh bien, puisque c'est ainsi, coupez-lui la langue ! Il n'en mourra pas, il est temps qu'il paie pour ses crimes. Mais tant que je vivrais, nul ne subira plus ce châtiment, Roland sera le dernier.

Ainsi fut fait, la langue fut coupée, et ses hurlements, s'ils ne cessèrent pas, avaient baissé d'intensité.

Le village avait retrouvé ses habitudes et les pendaisons n'étaient plus le spectacle préféré de ses habitants, puisque depuis la chute de Roland, seuls les voleurs étaient punis et recevaient leur dose de merde dans la figure. Après une journée de ce supplice, ils passaient une dizaine de jours dans une geôle avant d'être libérés avec la promesse d'une pendaison rapide à la première récidive. Guigone savait que le répit qui lui était donné ne saurait durer. Les bandits étaient nombreux et les bonnes gens réclameraient des sanctions fermes. Un exemple de temps en temps était bénéfique à la tranquillité du peuple. La méthode était éprouvée depuis longtemps, et seules les victimes s'en plaignaient.

Le père Sorin consentit à donner la main de Bonette, sa cadette, à Gaspard qui, pour l'occasion, avait enfilé quelques habits neufs. Le curé du village se déplaça pour la cérémonie où tous les voisins furent invités sauf Gérard, évidemment. Avec son nouveau gendre, il retrouvait aussi un fils qui lui manquait tellement.

Dès les beaux jours, Bertin nous fit une démonstration que je jugeais absolument inutile. Il planta un grand piquet au beau milieu de la cour et différents petits piquets en arc de cercle et à intervalles réguliers. Il appelait cela : une horloge. Le principe ne fonctionnait que si le soleil se montrait, dès son réveil l'ombre passait sur le premier piquet, à six heures du matin. Puis quand le soleil dépassait le second, il était sept heures, et ainsi de suite jusqu'au coucher du soleil vers vingt-deux heures. Quand je lui affirmai que tout cela ne servait à rien, il me répondit :

« Margaux, ne soit pas aussi obtuse, le premier homme à avoir inventé la roue se faisait traiter d'idiot, pourtant, aujourd'hui tu es bien contente qu'Homère tire la carriole. Regarde ! Au monastère, à six heures nous nous rendions au réfectoire pour le déjeuner – Bertin suivait les petits piquets chronologiquement à ses explications. À sept heures, la messe du matin. Huit heures, les épluchures de légumes, à dix, les travaux du jardin. À midi, une prière à la chapelle. À midi, repas copieux. À quatorze heures, les vêpres. À quinze, travaux d'écritures et de connaissances générales. À dix-neuf heures, prière du soir, enfin, à vingt-deux heures, extinction des bougies. Voilà, la vie était organisée, chacun avait son rôle, et lorsque la cloche sonnait à telle ou telle heure, il était temps de laisser nos outils pour en prendre d'autres. Ainsi, quand le prieuré nous donnait des directives, il nous disait par exemple, « vous irez au village à quinze heures et vous reviendrez à seize". »

Je ne voyais toujours pas quel usage faire de cette « horloge » et je lui fis remarquer que la seule cloche que je voyais était devant moi. Vexé, Bertin, qui me félicita pour ma plaisanterie, démonta ses piquets, comprenant qu'il n'obtenait aucune adhésion. En effet, Colin et Marie avaient écouté Bertin avec un intérêt mitigé et se joignirent à moi pour le convaincre de l'inutilité de son « horloge ». Les plaisanteries fusaient et le maître du temps se retrouva vite la risée de sa propre famille. Ridicule, devant ce qu'il pensait être une grande trouvaille.

Bertin nous avait dit que les moines étaient des savants, mais là, il ne nous prouvait qu'une chose : qu'ils avaient surtout du temps à perdre.

Un jour, deux cavaliers arrivèrent au trot. Dame Guigone s'était déplacée elle-même pour nous rencontrer et recueillir notre avis sur le nouveau coup de théâtre du château : Roland s'était enfui. Elle nous en expliqua les points principaux : un garde, acquis à la cause de Roland, et qui s'était bien caché de manifester ses impressions, avait attendu le bon moment pour délivrer ses camarades emprisonnés. Ils avaient libéré Roland et après avoir assassiné une vingtaine de gardes qui avaient relâché leur vigilance, ils s'étaient enfuis avec autant de chevaux.

« J'ai l'impression qu'il y avait d'autres complices, parce que tout cela me paraît trop simple et trop parfait. D'évidence, la contre-offensive était bien organisée et le plan sans failles. Enfin, le drame est que j'ai annoncé moi-même à Foulques que Roland était mort, son retour sur la scène va mettre le comte dans une rage terrible. Les représailles vont être terribles. Aussi, je me suis enfuie avec Honoré, mon confesseur, qui s'est déguisé en garde. »

La situation était évidemment plus que critique, si Foulques Nera avait été jusqu'alors conciliant vis-à-vis de Guigone, c'était certainement parce qu'il avait autrefois profité de la dame et qu'elle s'était montrée compatissante, mais son mensonge et sa trahison changeaient la donne. Foulques était un homme connu pour être bon, mais il pouvait aussi être cruel, il l'avait démontré peu de temps auparavant en faisant brûler vive son épouse qui ne lui donnait pas d'héritier. L'accusation d'adultère était chose facile et fut fatale à sa femme. Aussi, il ne fallait plus compter sur l'indulgence de la part du comte, et la fuite devenait inévitable et urgente.

* * *

Foulques Nera, comte d'Angers, fut abasourdi lorsqu'il vit son vieil ami arriver avec à ses côtés, une dizaine d'hommes. Roland était décharné, mais bien vivant. Quelque chose l'empêchait cependant de s'exprimer. Quand Foulques comprit la chose, il fut révulsé. Un soldat était à côté de Roland et parla en son nom, s'exprimant lentement et racontant en détail la nuit des anges. Roland grogna pendant que ses yeux sortaient de ses orbites tant la colère le submergeait. Le comte, agacé par le guerrier muet, ordonna qu'on prenne soin de son camarade de guerre et le fit envoyer dans ses appartements privés afin qu'on lui fournisse des habits décents. Les soldats, eux, furent nourris aux cuisines. Lorsque, un peu plus tard, Roland et son interprète Bruno revinrent auprès de Foulques, le calme était revenu, et le comte avait réfléchi à la situation.

« Roland, je te plains pour la torture que l'on t'a infligée, et je dois te dire que je ne suis pas satisfait de la situation. Tu as laissé ton territoire se rebeller, et c'est très certainement parce que tu n'as pas su ménager la chèvre et le chou. En te montrant trop cruel, tu as exaspéré tes paysans. Je m'étais aperçu de la baisse des revenus de ton secteur. Plus tu les oppressais, plus ils s'appauvrissaient. Et aujourd'hui, tu viens m'apprendre, qu'avec l'aide de ta femme, ils se sont rebellés. Tu vois, Roland, ce qui t'est arrivé était inévitable. Tu m'as déçu ! Toi et tes gardes, vous allez repartir là-bas y mettre de l'ordre. Je t'adjoins un escadron de soldats. Je veux voir pendus tous les soldats qui t'ont trahi. Si tu trouves d'autres responsables dans la population, tu en fais des exemples. Pour Guigone, cette menteuse, je veux la voir dans cette salle afin qu'elle me donne ses propres raisons. Auparavant, pour l'exemple, je t'autorise à la fouetter devant les gens du village. Trente coups de lanière de cuir devraient suffire. Quant à toi, on en reparlera après, va déjà faire le ménage chez toi, ensuite on verra. »

Aussitôt dit, aussitôt partis, pas moins de cinquante cavaliers partirent sous les ordres de Brunon et Roland.

La prise du château ne fut qu'une formalité, les soldats comprirent que le combat était inutile, cependant, ils ignoraient qu'ils jouaient leur tête. Le lendemain, en place publique, ils furent pendus haut et court, les uns après les autres. Près de vingt jeunes et naïfs soldats passèrent par la corde ainsi que quelques commerçants qui avaient pris part à la révolte, et notamment le prénommé Paul, l'aubergiste.

Cinq soldats qui s'étaient repentis et avaient facilité l'ouverture des portes furent épargnés, pour un temps seulement. Ils furent questionnés et quand ils eurent déballé ce qui leur restait en mémoire, ils goûtèrent à leur tour à la corde.

Ainsi, Guigone avait fui. Elle avait compris que l'évasion de Roland changeait définitivement les choses. La haine de Roland monta d'un cran, et dès le lendemain, dix hommes l'accompagnèrent pour ce qu'il réclamait le plus, la peau de cette garce. Il était persuadé que le paysan Gérard, à qui il avait eu affaire quelques mois plus tôt, pouvait le renseigner.

C'est donc vers l'ouest qu'ils chevauchèrent à toute allure. En effet, Gérard les informa que les moutons avaient quitté le troupeau quatre jours plus tôt. Il leur dit que le Sorin et ses fils les avaient aidés dans leur fuite, et, par conséquent, devaient connaître leur destination finale. Roland fit signe de se rendre chez Sorin.

Les cavaliers passèrent devant le menhir de Pierre-Frite puis traversèrent le hameau de Mathieu et celui de Gaspard. Les deux fermes étaient apparemment abandonnées, ils poursuivirent leur chemin et enfin, arrivèrent chez le vieux. Le fils aîné, Benoît, le cadet Sulpice, le père et la mère ainsi que les deux filles restantes, Asselin et Claire, la jeune était là, debout devant l'attroupement. Aux questions de Roland, c'est Benoît qui répondit à la place de son père :

« Où sont partis tes voisins ?

— J'sais pas !

— Qu'ont-ils fait de leurs bêtes ?

— Ben ! y sont partis avec, sauf les vaches. Elles sont dans le pré.

— Qu'on abatte ses bêtes ! »

Deux soldats galopèrent en direction des vaches et leur enfoncèrent une lame au niveau du cou. Les animaux s'écroulèrent en beuglant et se vidèrent de leur sang. Les paysans, éberlués par la perte des bêtes, se mirent à parler :

« Non, monseigneur, nous sommes des pauvres paysans, nous avons toujours payé la taille, et ces sales voisins sont enfin partis, bon débarras !

— Ah oui, et j'ai pourtant cru que votre vieux avait donné sa fille, votre sœur, à ce bouseux de Gaspard.

— Oui, mais elle était laide et nous n'avions pas de quoi la nourrir, alors… »

Roland, du haut de son destrier, enfonça son arme profondément dans le corps du vieux. Les deux fils et les trois femmes terrifiés se mirent à genoux, suppliant Roland de les épargner. Brunon redemanda alors :

« Voilà, maintenant, je repose la question, où sont-ils partis ?

— Par là ! mais nous, on n'a jamais dépassé la rivière. Après, c'est l'autre côté, et c'est la Bretagne qui commence. On n'a pas le droit d'aller l'autre côté, mais je pense qu'ils vont vers la mer. Moi je ne sais pas, je l'ai jamais vue la mer ! »

Roland, peu satisfait des réponses du jeune homme, descendit de son cheval et s'empara de la mère et de la sœur aînée. Il savait que pour avoir de bonnes réponses, il fallait agir. La démonstration devait être convaincante. Il traîna les deux femmes par les cheveux jusque dans la chaumière, et il referma la porte, la bloqua avec une poutre et fit signe d'y mettre le feu. Trois soldats s'empressèrent de faire un petit feu dans le milieu de la cour pour allumer les torches. Horrifiés par le devenir de leur famille, les deux frères hurlèrent, supplièrent. Quand Roland saisit la jeune fille blonde et l'emmena vers le billot qui servait à couper le bois, Sulpice dit :

« Arrêtez, je vais vous dire, arrêtez, je vous en supplie ! »

Roland, complètement excité et le membre dur, s'arrêta. Les hommes avaient déjà allumé les torches et se retenaient d'incendier la maisonnette de laquelle on entendait les deux femmes hurler.

« Ils doivent se rendre à Nantes, dame Guigone à des connaissances là-bas, et ils envisagent de partir se cacher en pleine Bretagne où personne n'ira les chercher, tellement ce sont des barbares…, les Bretons ! »

Pourtant satisfait de la réponse, Roland reprit sa triste besogne aux yeux de tous. La jeunette s'écriait, mais la rage du seigneur la fit s'évanouir. Quand il eut fini son viol, il se saisit d'une torche et mit le feu à la chaumière. Les vieux soldats rigolaient avec Roland, pendant que les plus jeunes ne firent que sourire. La paille du toit s'enflamma aussitôt et les cris s'estompèrent très vite. Les deux frères attendaient les bras le long du corps, avec l'impossibilité de venir en aide à leur mère et à leur sœur. Enfin, ils espéraient maintenant qu'on les laisserait tranquilles.

Quand les soldats repartirent le lendemain matin, les deux garçons pendaient sous la plus grosse branche du grand chêne. Claire, la cadette baignait dans son sang.

* * *

Lorsque Colin était entré dans la pièce de Hargar, il avait remarqué ce drôle d'engin. Après la mort de son propriétaire, Guigone avait offert l'objet à Colin, lui précisant que l'arme était proscrite dans le comté et réservée aux guerriers étrangers. Les vrais soldats se battaient les yeux dans les yeux, et certainement pas cachés derrière les buissons. L'utilisation de l'arc était cependant admise, mais rares étaient les bons tireurs. L'arbalète, quant à elle, ne nécessitait pas d'entraînement, cette arme très dangereuse avait l'avantage de la puissance et de la précision ; la lenteur de son réarmement était son principal défaut.

En effet, lors des essais que Colin ne manqua pas

d'exercer, il tirait deux fois quand je tirais huit fois avec mon arc. Certes, le manque d'habitude et de dextérité le ralentissait, mais il fallait se rendre à l'évidence, l'arme était très dangereuse. Ma flèche se plantait dans un potiron, celle de Colin fit exploser la cucurbitacée. La pointe en acier était mortelle et pouvait aisément traverser une cuirasse en métal. L'expérience fut faite. L'arbalète propulsait la flèche avec une force impressionnante, et si tendre l'appareil était chose difficile, en revanche, la visée en était très précise. L'éloignement du tireur, et donc sa protection, en faisait une arme redoutable.

Je n'appréciais pas que Colin se passionne pour l'ustensile, mais je reconnaissais cependant qu'elle représentait des avantages autres que son arc traditionnel. Muni de l'arbalète, Colin s'était attaqué à du plus gros gibier, et bientôt, c'est du sanglier que nous pûmes partager. Les dégâts importants, que ces sales bêtes méchantes infligeaient à nos cultures jusqu'alors, cesseraient bientôt. Les chevreuils étaient une cible intéressante, puisque l'animal, à cause de sa rapidité et de son imprévisibilité, ne pouvait que difficilement être tué avec une simple flèche tirée par un arc. Quant à l'hypothèse d'utiliser l'arbalète contre des humains, ce n'était même pas venu à l'esprit de Colin, même s'il avait bien imaginé l'avantage d'une telle arme guerrière. Lui n'était pas soldat, et les sangliers étaient une cible parfaite.

Leur fuite n'était pas du goût de Colin, d'avoir laissé la famille de Sorin là-bas, l'inquiétait. Il m'en parla :

« Dis, Margaux, je crois que nous avons eu tort de laisser la famille de Sorin là-bas.

— Oui, je pense comme toi ! Mais que pouvons-nous faire ?

— Nous ne sommes qu'à trois journées de marche de

chez nous, revenir en arrière ne m'enchante pas, mais pouvons-nous rester avec cette angoisse permanente ? Peut-être Roland est-il déjà après nous. Nous n'avons guère progressé, la grossesse de Marie nous ralentit énormément. Les secousses de la carriole ne sont pas la meilleure chose pour le bébé. Que ferons-nous si des cavaliers au galop nous rattrapent ? Pouvons-nous les surprendre et les ralentir ? Sont-ils sur nos traces ? »

Margaux et moi décidâmes de n'en parler à personne d'autre qu'a Bertin. Nos pères refuseraient catégoriquement de nous laisser partir seuls. Colin informa Bertin de ce que nous avions prévu.

« Margaux et moi allons revenir en arrière pour brouiller les pistes. Et si nous croisons les hommes de Roland, nous pourrons leur faire du tort et sûrement les ralentir. Nous marcherons jusqu'au hameau, et si personne n'est encore passé, nous préviendrons les Sorin de se mettre à l'abri pendant quelque temps. Nous attendrons pendant trois autres jours pour surveiller les alentours. Après cela, nous reprendrons la route. Vous devriez être assez loin en Bretagne pour être tranquilles. Nous vous rejoindrons plus tard.

— D'accord, mais ne prenez aucun risque. Contentez-vous de brouiller les pistes. Homère et la carriole auront laissé des traces, sans compter les deux autres chevaux. Prenez un cheval pour vous deux, cela devrait aller, nous n'irons pas plus vite de toutes les façons. Lorsque vous reviendrez, nous vous attendrons environ pendant huit jours après Nantes. Nous longerons la Loire, puis à l'orée des bois, je signalerai notre passage par une croix, regarde, deux branches croisées. Vous finirez bien par nous retrouver. Après cela, nous partirons rejoindre la mer. Le climat y est plus doux et nous aurons jusqu'à l'automne pour se trouver un logement avant l'hiver.

— Mais qu'en est-il des connaissances de dame Guigone à Nantes ?

— Pour moi, il n'est pas question que j'aille dans ce nid d'abeilles. Si dame Guigone veut y aller, c'est son choix ! Les villes sont des coupe-gorge, évite-les toujours, tu m'as bien compris, Colin ?

— Dis bien à mon père et à Gaspard que nous allons revenir, d'accord !

— Je leur expliquerai, allez, partez discrètement pendant qu'ils dorment. »

Avant leur départ, Bertin expliqua différentes façons d'effacer les traces et surtout, comment piéger une bande de cavaliers. En espérant ne pas en arriver là.

Nous étions partis en pleine nuit profitant d'un clair de lune. J'étais dans le dos de Colin et je le serrais fort. Je sentais sa chaleur réconfortante et son souffle. Nous chevauchions vers l'est, et à l'aube nous nous arrêtâmes pour reposer le cheval. Je ne reconnais pas les lieux, mais je savais que nous étions dans la bonne direction. Je pris les rênes afin que Colin se repose, et nous chevauchâmes toute la journée sans discontinuer. La fatigue nous submergea et un long arrêt fut nécessaire. Nous devions nous nourrir et je fis un petit feu pour cuire un lapin avant la nuit. Il n'était pas question d'attirer les curieux par l'éclairage d'un foyer. Je ne dormis que d'un œil, mais Colin, lui, sommeilla profondément. Au petit matin, c'est lui qui vint me réveiller, il avait ratissé le petit feu et réchauffé un peu d'eau dans laquelle il avait mélangé quelques herbes, et ce fut un bonheur de tremper un peu de pain sec dans ce bouillon improvisé. Sitôt nos ventres pleins et nos corps réchauffés, nous reprîmes notre chemin, toujours vers l'est. Lorsque soudain, Colin reconnut l'endroit où nous passions.

« J'y suis venu, il y a bien longtemps, lors de mon escapade vers Chateaubriand. Ce n'est pas la route que nous avons prise l'autre jour, mais nous ne sommes pas perdus. »

En milieu d'après-midi, nous retrouvâmes les traces de la carriole laissées quelques jours plus tôt. Autour, il n'y avait aucune autre trace de sabot. Roland n'était donc toujours pas passé par là. Nous remontâmes le chemin, et à une patte-d'oie, à l'aide de branches, nous effaçâmes nos traces de la piste qui allait vers le sud-ouest, puis nous en retraçâmes une nouvelle qui partait vers le nord-est. Les nombreux sabots qui avaient piétiné à ce carrefour nous facilitèrent la tâche. L'illusion pouvait fonctionner. À la traversée d'un bois, nous préparâmes un piège. Pendant que Colin perfectionnait son ouvrage, j'allai cacher le cheval à l'orée du bois d'où nous pourrions nous enfuir aisément et discrètement.

Le piège consistait à porter un coup fatal à l'adversaire, comptant essentiellement sur l'effet de surprise. Cela ne pouvait fonctionner qu'une seule fois. Nous n'avions aucune idée de la situation de Roland ni même du nombre de soldats qui l'accompagnaient, mais qui peut le plus, peut le moins. Il nous fallait parer à toutes les situations, si pendant la préparation du piège le châtelain devait passer, il nous faudrait tout abandonner et s'enfuir. N'ayant pas de temps pour nous, nous utilisâmes les branches que nous trouvions au sol ; l'observation était notre atout. La branche feuillue avait une longueur de vingt pieds, son pourtour était supérieur à ma cuisse. Le chemin était sinueux et Colin choisit un virage pour tendre, à hauteur d'homme à cheval, la branche qui devrait balayer d'un seul coup une bonne dizaine d'hommes. Le tronc fut coincé entre deux arbres robustes et j'attachai l'extrémité opposée à notre cheval pour tendre la branche.

Lorsque le bois fut tendu à fort, j'en attachai cette fois-ci le bout à l'arbre le plus proche. En travers du chemin, nous plaçâmes une autre branche suffisamment basse pour que les chevaux sautent par-dessus le petit obstacle sans y prêter garde. Un homme à pied aurait découvert le piège, mais dans un élan, le piège pouvait fonctionner. Espérant qu'un cheval aurait le malheur de toucher la branche, le piège se déclencherait assurément. La probabilité que le piège fonctionne était importante, mais nous ne serons pas là pour le voir. J'imagine la force contraire à laquelle seraient confrontés des cavaliers au galop, elle ne manquerait pas de faire des blessés. Nous n'étions guère loin du hameau, et nous partions dans sa direction. Très peu de temps après notre départ du bois piégé, nous aperçûmes au loin une bande de cavaliers fous qui arrivaient droit devant nous. Nous gardâmes notre allure pour ne pas attirer l'attention et nous bifurquâmes vers un autre chemin. À notre approche, Roland fit signe à trois de ses hommes de nous rejoindre sur notre chemin de traverse, pendant que lui et la trentaine de soldats continuèrent leur course. Bientôt, Roland n'était plus en vue, mais les trois hommes arrivèrent près de nous. Nous avions déjà posé pied à terre et préparé nos armes. Une flèche de Colin transperça le premier homme pendant que je faisais tomber le deuxième soldat. Ma flèche lui traversa la jambe et l'immobilisa un instant. Déjà, je préparai une autre flèche pendant que Colin rechargeait l'arbalète. Je tirai sur le troisième homme qui, ayant compris le traquenard, fit demi-tour, en cambrant son cheval. La flèche loupa sa cible et le soldat, le cheval au galop, s'en alla chercher du renfort non loin d'ici. À trente pieds de nous, la pointe de métal lui traversa le corps en plein dans le milieu du dos, et le cheval continua dans son élan pendant encore trente pieds avant de s'arrêter, son cavalier était mort. Nous courûmes pour rassembler les chevaux et Colin me fit part de son intention de retourner voir si le piège avait fonctionné. Le soldat blessé ne pouvait marcher, et sans cheval, il ne pouvait que rejoindre un village proche, nous décidâmes de le laisser. Nous avions maintenant chacun un cheval nous permettant d'être plus rapides et plus légers. Ce fut avec beaucoup de prudence que nous contournâmes le bois pour pénétrer par l'autre côté.

La moitié des hommes étaient au sol, Roland était, a priori, sans connaissance et ne bougeait plus. Des gémissements s'entendaient de loin. Une dizaine d'hommes s'affairaient debout à porter secours aux autres. Le piège avait parfaitement fonctionné, comme une horloge, dirait Bertin. Le spectacle était hilarant, mais il n'était pas prudent de rester si proche. Il était pourtant assez tentant de porter une nouvelle attaque où l'arbalète ferait encore des miracles, mais je tirai Colin pour que nous quittions cet endroit au plus vite.

Lorsque, tard dans la soirée, nous arrivâmes au hameau, la fumée qui s'échappait des trois maisons nous fit craindre le pire. Dans la cour du père Sorin, nous le trouvâmes étendu, sans vie. En relevant nos têtes, ce fut Benoît et Sulpice que nous découvrîmes pendus. Puisque nous ne voyions pas les femmes, nous cherchâmes des cadavres, je m'approchai des vestiges fumants de la chaumière, quand j'entendis :

« Margaux ! par là ! Claire est en vie. »

J'accourus et je découvris Claire qui était étendue dans une mare de sang, ses yeux étaient ouverts, hagards, ses vêtements déchirés. Colin et moi pressentîmes qu'elle avait subi le pire.

« Nous ne pouvons rester là, ils vont revenir bientôt.

— Nous ne pouvons pas l'abandonner. Il faut la cacher en espérant qu'elle tienne bon. »

Colin prit Claire dans ses bras, heureusement, elle était légère comme de la plume, ses deux sœurs auraient été intransportables. Nous l'emmenâmes près de l'étang. Nous la cachâmes dans un fourré et je lui fis boire de l'eau.

« Apparemment, elle n'a pas de blessure profonde, mais les soldats se sont amusés avec elle, comme un enfant avec un mulot.

— Oui, les salauds ! » reprit Colin.

* * *

Lorsque la branche se détendit brutalement, elle traversa l'air comme un taureau en furie. Les premiers hommes de la chevauchée furent totalement fauchés et désarçonnés. Les suivants aussi tombèrent de cheval, mais leurs blessures furent plus superficielles. Les derniers, une dizaine de spectateurs épargnés, échappèrent au piège. Brunon, en tête, mourut sur le coup, la cage thoracique écrasée. D'autres suffoquèrent sous la violence du choc. Certains s'étouffèrent atrocement et finirent par mourir. Enfin, on compta quelques bras cassés et de nombreuses éraflures. Tel était le bilan du traquenard. Roland, lui, était assommé, mais miraculeusement indemne. Quand il reprit connaissance, fou de rage, il grimpa sur son cheval et fit signe de repartir, abandonnant les blessés et les morts sur place. Ses grognements en disaient long sur ses intentions. Ils repartirent à la poursuite des deux paysans aperçus auparavant. Peut-être les trois soldats les auraient interpellés. Lorsque Roland découvrit le dernier soldat, une flèche plantée dans la jambe, et qui était agenouillé auprès de deux cadavres, il sortit son épée et embrocha l'homme agonisant. Ses camarades se regardèrent et comprirent que, désormais, Roland n'épargnerait personne.

Nous nous arrêtâmes au bord de l'Étang-neuf pour abreuver les chevaux, et nous en profitâmes pour décider de nos actions pour les jours à venir. Quand soudain, sans n'y rien comprendre, les soldats nous entourèrent. Le regard de Colin croisa le mien. Comment avions-nous fait pour nous laisser prendre aussi bêtement ? Comment avaient-ils fait pour nous encercler sans que nous nous en soyons aperçus ? Mais la réalité était là. On ne se joue pas d'un seigneur, on ne s'attaque pas aux soldats impunément. Roland avait retrouvé son calme et jubilait. Des anges, quelle plaisanterie !

La charge fut donnée, les soldats foncèrent tête baissée. Surpris et désemparé, je me précipitai vers mon arc, mais il était déjà trop tard. Colin, qui était parti en sens inverse, comprit vite que, lui aussi, était en mauvaise passe. Il décida de plonger dans l'étang. Bien que ne sachant guère nager, il s'efforçait de faire les bons gestes, mais il avançait doucement. Les soldats hésitaient aussi à prendre l'eau. L'un se lança et plongea à son tour. Colin était au beau milieu de l'étang, il continuait sa progression en se dirigeant vers les roseaux. De là, il pourrait se cacher et attendre. L'homme à sa poursuite s'essoufflait, il paniqua, but la tasse, reprit son souffle, battit des bras, appelant en vain au secours. Colin entendait l'homme derrière lui qui se noyait.

Roland, heureux de sa prise, décida de bivouaquer en attendant que « l'ange » sorte de l'étang. Il savait que, tôt ou tard, le garçon sortirait épuisé. Ses gardes étaient éparpillés autour de l'étang, prêts à recueillir le malheureux. J'étais attachée à un arbre et ne pouvais m'empêcher de pleurer. Pourquoi n'avais-je pas suivi Colin ? De toute façon, je ne savais pas nager. Colin avait bien essayé de m'apprendre, mais ma peur de l'eau était trop forte. Maintenant, il était trop tard, je pensais à Colin qui devait grelotter dans les roseaux.

Au loin, un craquement d'orage retentit et des gouttes commencèrent à tomber. Les éclairs se multiplièrent et la pluie s'intensifia. Roland prit la décision d'aller s'abriter dans une étable non loin de là, les gardes restèrent à leurs postes de surveillance.

La nuit tombait lentement et la pluie redoubla, bientôt le niveau de l'eau montait, Colin se décida à bouger. Seuls les éclairs illuminaient la surface de l'étang. Le bruit des gouttes et le tonnerre couvraient ses mouvements dans l'eau. Il avait froid et chaque geste était plus difficile que précédemment. Il contourna la pièce d'eau doucement et à distance des bords. Il sortit de l'eau glacée et rampa dans les fourrés. La pluie tombait toujours, mais l'orage avait cessé. Ses membres recouvrèrent vite ses sens et cela lui permit de progresser à l'allure d'une tortue. Il se faufila dans la nuit comme une couleuvre, passa entre deux gardes et à distance suffisante, il se releva et courut prudemment dans les sous-bois. Soudain, il prit conscience du danger.

Courir sans savoir où aller ? Il s'arrêta au pied d'un arbre. Il était toujours dans le bois, il faisait nuit et ses yeux s'étaient habitués à la nuit. Il aperçut l'orée du bois. Des gouttelettes lui tombaient dans le cou. Il était perdu. Il paniquait. Il fallait qu'il se cache, attendre le jour et essayer de dormir un peu. Comme il le faisait souvent pour se cacher de Louis dans sa jeunesse, il s'enfonça sous les feuillages, sous un gros tronc. La pluie effacerait certainement ses traces. Il se calma, écouta longuement les bruits dans la nuit, et, mort de fatigue, il tomba dans un sommeil profond.

Pourquoi étions-nous revenus ? C'était de la folie ! Pourquoi, comme la plupart des paysans, nous ne nous contentions jamais de faire comme les autres : trimer, labourer, récolter ? Quelle était cette soif d'aventure ? Colin m'avait donné ce goût du risque et j'aimais cela. J'aimais l'accompagner, avec lui, je me sentais forte et en sécurité. J'avais confiance en lui, en son jugement, en sa folie.

Bertin était arrivé avec ses nombreuses connaissances, ses propres aventures et ses voyages. De quoi faire rêver un enfant. Colin avait été un bon élève, attentif, passionné et curieux d'en savoir plus. Il n'avait pas ménagé ses efforts pour apprendre, et son adresse au bricolage, à la sculpture et au tir à l'arc avait fait le reste.

J'étais sa compagne de toujours, de son enfance d'abord et de ses nuits ensuite, je l'avais suivi parce qu'il était mon homme, mon héros. Il devait faire face aux problèmes, aux obstacles et aux gêneurs.

Ensemble, nous avions délivré son père puis Bertin. Nous avions tué de sang-froid des bêtes puis des hommes. Toujours avec adresse, nos victoires successives nous avaient portées et poussées à aller toujours plus loin. Aujourd'hui, c'était fini. Nous étions allés trop loin. Une fois de trop. Nous avions été inconscients ! Tout était de notre faute. Notre orgueil nous avait aveuglés. Nous nous étions mis en danger. Mais où était-il ?

La levée du jour m'apporta la réponse. Le ciel était toujours couvert et pluvieux. Colin, qui connaissait les bois comme le fond de sa poche, reconnut très vite les lieux. Il aperçut les gardes cachés ici et là. Il m'aperçut, attachée au pied du puits. Personne ne me gardait. J'étais l'appât qui devait faire sortir le renard du bois. Roland attendait, il savait que Colin allait tenter le tout pour le tout. Qu'importait combien d'hommes allaient mourir, Colin allait venir me chercher.

Quand Colin sortit du bois en courant, Roland et ses hommes n'en crurent pas leurs yeux. Comment ce jeune fou espérait-il s'en sortir ? Il était encerclé, sa belle était ficelée comme un ballot de paille, leur fuite était compromise, impossible. C'était une tentative perdue et inespérée. Déjà, les soldats nous encerclaient.

Lorsque Colin arriva près de moi, il arracha la couverture qui me recouvrait, la jeta dans le puits, puis il me prit dans ses bras et passa mes jambes par-dessus le muret, et ensemble, les yeux dans les yeux, sans un mot, nous sautâmes dans le noir profond du puits.

Roland, subjugué par l'acte désespéré et suicidaire, s'arrêta net, et s'agenouilla sur la terre mouillée. Son premier réflexe fut de regarder le ciel. Le ciel qui lui volait sa vengeance, le ciel qui le trahissait une nouvelle fois, le ciel qui le bénissait alors que lui n'avait soif que de punition et de violence. Il était un guerrier, le roi lui-même l'avait fait chevalier. Son rôle était de contrôler les ennemis du roi.

Mais qui étaient ces anges de la mort ? Qui les avait mis sur son chemin si glorieux ? Qui voulait sa chute ?

Il se releva et fit signe aux soldats médusés de lancer une torche dans le fond du puits. La flamme s'enfonça profondément, et un bref instant en éclaira le fond. Les anges nageaient comme des rats. On entendit le rire de Roland dans tout le hameau. Il tenait sa vengeance. Il courut chercher un fagot qu'il balança dans le gouffre, les soldats l'imitèrent et c'est une dizaine de fagots qui suivirent le même chemin. Roland lui-même alluma la torche qu'il envoya droit dans le puits. Très vite, les flammes montèrent dans cette cheminée improvisée. Mais les fagots trop secs brûlèrent en très peu de temps, et le manque de tirage d'air dans le fond du puits éteignit le feu.

« Qu'importe, à cette heure, les anges sont retournés d'où ils n'auraient jamais dû descendre ! » dit un soldat soulagé.

Satisfaits, Roland et ses cavaliers repartirent vers l'ouest, à la poursuite des autres. Il avait perdu une journée entière et la moitié de ses hommes.

* * *

Les liens qui m'empêchaient de bouger et me serraient les poings me faisaient mal. Qu'allait-il se passer ensuite ? J'allais peut-être subir le sort de Claire ? Colin s'était enfui dans l'autre sens et avait plongé dans l'eau. Lorsque les hommes m'avaient attrapée, j'étais à deux doigts de saisir mon arc. J'ai vu l'homme se noyer au beau milieu de l'étang, et Colin qui se faufilait dans les roseaux. Puis l'orage, la pluie, les éclairs. Roland m'avait tiré par les cheveux jusqu'au puits, j'avais bien cru qu'il allait m'y balancer. Deux soldats m'avaient attachée, et l'un d'eux m'avait lancé une couverture sur la tête. Au petit jour, j'étais seule et je croyais qu'ils étaient tous partis. Je ne pouvais bouger un petit doigt.

Soudain, j'entendis quelqu'un qui arrivait en courant derrière moi. Colin me prit dans ses bras, et sans que j'eusse le temps de réagir, il passa par-dessus le muret du puits en me serrant fort contre lui, et me poussa dans le vide. La descente fut courte, et ma tête heurta à plusieurs reprises les parois. Le plongeon dans l'eau glacée ralentit la chute. Nous reprîmes nos esprits et notre souffle. Colin s'empressa de couper mes liens avec son couteau. Puis, le regard toujours vers le ciel, nous vîmes une torche en feu et les têtes des soldats qui nous cherchaient du regard. Les doigts accrochés à la paroi, nous évitâmes la flamme qui chauffa le visage un bref instant. C'est alors que je compris le pourquoi de cette entreprise incroyable. Là, devant moi, il avait une cavité assez profonde pour nous y cacher. Déjà, Colin avait noyé la torche qui nous éclairait trop, et il récupéra la couverture et la lança dans le renfoncement. Puis, de toutes ses forces, il me poussa dans l'étroite cachette. Il ne lui fallut qu'un instant pour me rejoindre. C'est à ce moment que des fagots tombèrent à la volée. Enfin, tout s'enflamma, et blotti l'un contre l'autre, nous nous préservâmes des flammes avec la couverture mouillée. Une chaleur intense parvint jusqu'à nous sans nous atteindre vraiment. Le feu ne dura pas, mais, toujours sous la couverture, nous nous empêchions de tousser. L'air respirable, confiné dans la toile épaisse, devint rapidement insuffisant. La main de Colin me pressait les lèvres. La chaleur des flammes avait laissé place à une fumée qui vint nous irriter la gorge. Pourtant, nous devions retenir notre souffle, tousser nous aurait trahis, des larmes commencèrent à emplir nos yeux et avec quelques écœurements nous rejetions cette fumée qui envahissait nos poumons. Quand un peu d'air frais nous parvint enfin.

Là-haut, les sabots des chevaux annoncèrent le départ des cavaliers, aussi, sans attendre un instant de plus, nous expulsâmes l'air de nos poumons et je vomis plus que de raison. Enfin, nous reprîmes nos esprits pour nous rendre à la réalité. Nous étions piégés, mais vivants.

Colin tenta de gravir la paroi et tomba par trois fois dans l'eau. Je savais que les forces me manqueraient, que je n'arriverais pas à m'agripper à ce mur à pic. Colin revint dans la cavité, et nous attendîmes que quelqu'un vienne ; en criant fort, peut-être qu'un passant nous entendrait. Nous restâmes là, longtemps, et parfois nous entendions des bruits, puis plus rien, encore le silence. Le froid, le silence, l'attente, le doute, la rage, l'impuissance, le découragement, la fatalité, nos esprits s'activaient, mais pas un mot entre nous, pas de reproches, quelques regrets peut-être, juste une envie d'espérer.

Soudain, l'eau du puits clapota. Nos yeux se portèrent à nouveau vers le ciel, le soleil s'était réveillé. Un visage nous regardait, une ombre entourée de lumière. Et puis une voix s'écria de là-haut :

« Colin ? Margaux ?

— Oui, Claire, nous sommes là ! Dieu soit loué ! Tu es vivante ! répondit Colin, un sourire sur le visage.

— Mais comment avez-vous fait ?

— Claire, trouve la chaîne ou une corde ! »

Le temps de descendre la chaîne que les soldats avaient retirée, Colin se délivra du gouffre, puis il m'aida à m'extraire, les deux pieds dans le seau, il m'attira vers la surface.

Villevêque

An MXXVI

Après toutes ces péripéties, Arnaud trouva enfin du temps pour se replonger dans sa lecture. Néanmoins, il restait méfiant de l'attitude volontaire de l'autre. Il craignait de se retrouver enfermé à son tour dans sa chambre et y avait donc caché quelques denrées alimentaires pour tenir le coup. Il y avait aussi dissimulé des outils tranchants, utiles à une évasion. Arnaud avait aussi imaginé qu'André lui aurait interdit l'entrée du monastère après les travaux de jardinage. La semaine passée, il s'était faufilé par un soupirail dans la cave dont lui seul connaissait l'existence. Par précaution, il avait caché une vieille échelle et un cordage aux abords des murets qui entouraient la résidence religieuse. N'ayant guère l'occasion de séjourner hors de ces murs, Arnaud redoutait cependant d'y passer une nuit. Environ sept années s'étaient passées depuis son arrivée, et il ignorait presque tout du monde extérieur, hormis ceux qui sont décrits dans les textes bibliques, et maintenant dans ceux de Bertin.

Dans le troisième manuscrit, c'est Margaux qui commentait les événements. À l'évocation, dans le texte, de Mathilde, Arnaud ne put s'empêcher de se rappeler ce qu'avait dit André au sujet de Bertin. Ainsi, le Bertin du texte pouvait avoir un lien avec la fille de feu Bertrand, et le Bertin qui dormait dans la chambre d'accueil – et sur le point de mourir –, serait celui-là même qui aurait subi les sévices du terrible Hargar. Après réflexion, Arnaud s'aperçut qu'il faisait fausse route. André avait parlé d'un assistant de Mathilde, alors que dans le texte, l'un et l'autre étaient ennemis pour la vie, il ne devait s'agir là que d'homonymes ayant vécu les événements de cette époque mouvementée. De plus, il n'avait jamais entendu parler de cette Mathilde et encore moins de ce Bertrand.

La plupart du temps, les deux moines s'évitaient y compris pour les repas, mais André semblait respecter les nouvelles règles, celle d'Arnaud. Mais ce soir-là, c'est André qui fit face au jeune moine :

« Demain, je pense couper la jambe de Bertin avant que la maladie se propage. Si c'était le cas, il en aurait pour deux jours tout au plus. J'ai assisté Valentin une fois, je m'en souviens comme si c'était hier. De la boucherie ! et l'homme est mort vidé de son sang. Mais on a essayé, au moins ! J'aurais besoin d'aide. On peut le sauver... si Dieu nous aide. Il a l'air résistant et son état ne s'est pas aggravé. Il doit être béni par le Très-Haut !

— D'accord !

— Demain matin, à la première heure, on ira prier dans la chapelle et ensuite on le charcutera, comme cela doit être fait. Après, si on le peut encore, on déjeunera. »

Profitant de cet instant de trêve, Arnaud ne put s'empêcher de poser une question :

« L'autre jour, tu as dit reconnaître Bertin, où était-ce ? »

Un long silence traversa la cuisine comme si André hésitait à répondre, puis il dit :

« Il y a bien longtemps, environ une bonne quinzaine d'années, j'étais au monastère près du village de Segré au bord de l'Oudon à deux jours de marche vers l'ouest. J'avais ton âge, ou peut-être un peu moins, et nous étions une vingtaine de moines. Tout proche du monastère, vivaient comme partout des paysans et un châtelain. Je ne te raconte pas ce qui s'y est passé, ce serait trop long et trop compliqué, mais les seigneurs qui se sont succédé étaient durs et cruels. Des événements s'y sont passés, et je me rappelle que des moines y ont été assassinés. Pour faire court, des paysans se sont rebellés, dont faisait partie ce Bertin. Puis le comté a été confié à Mathilde qui a rétabli l'ordre. Un jour, j'ai demandé au prieur de venir ici, non loin de chez mes parents, car ma mère, à l'époque, était mourante. Ensuite, je suis resté ici, le temps y est plus doux et j'ai toujours eu une sympathie pour le père Valentin. Et puis le temps a passé. »

Fin de l'histoire. Arnaud n'avait jamais entendu son compagnon parler pendant aussi longtemps. Le son de sa voix était doux et plein de nostalgie. Il avait répondu à la question et raconté ce qu'il connaissait de l'histoire de Bertin. Sans doute en savait-il plus encore, mais ce qu'il dit correspondait bien au récit qu'Arnaud lisait, de plus, André l'avait renseigné sur deux points : l'époque relatée et la situation géographique.

Le lendemain soir, les deux moines se retrouvèrent une seconde fois au souper. La journée avait été épuisante, et la fatigue les emportait. Ils n'avaient l'un et l'autre guère dormi la nuit précédente tant la tâche promettait d'être difficile. Arnaud s'était levé le premier et avait mis de l'eau à bouillir.

N'en pouvant plus, il avait grignoté quelques croûtes trempées dans du lait chaud, ce qu'il regretta amèrement pendant l'opération d'amputation. André était apparu plus tard et avait réveillé Bertin, lui avait fait boire un bon bol plein de vin fort et lui avait expliqué la situation. Il avait placé un petit bâton de bois au travers des mâchoires du malheureux, et sans attendre, il avait taillé dans la cuisse avec le grand couteau qu'Arnaud avait pris soin d'affûter préalablement. Bertin était tombé dans les pommes, et c'était mieux ainsi. Arnaud faillit bien l'y rejoindre, mais André lui administra une gifle tellement forte que le benêt revint à lui. Les circonstances de ce geste étaient appropriées, et Arnaud se promit de ne pas tenir rigueur à son aîné. Ce dernier ne fut pas sans penser qu'il l'avait amplement mérité. L'os était désormais à nu, et une petite scie à bûches entailla le squelette. Puis ils saucissonnèrent le membre sectionné. André épuisé abandonna la pièce aussitôt, laissant à Arnaud le soin de nettoyer les éclaboussures de sang et d'aller enfouir la jambe morte au jardin à l'abri de tout carnassier, hormis les vers et les mouches. Ce n'est que tard qu'Arnaud s'étendit sur sa couche avant de succomber au sommeil. Au matin, lorsqu'il poussa la porte, elle était bloquée.

Manuscrit IV

Mathilde

La grande foire de la fin d'été permettait chaque année aux commerçants de sortir leurs étals et de présenter toujours plus de matériels, d'outils et d'ustensiles en tout genre. Les lainiers présentaient leurs couvertures et leurs habits. Les sabotiers avaient travaillé d'arrache-pied pour emplir l'étal et augmenter leurs ventes. Le cordelier présentait toutes sortes de cordages et ficelles. Un grainetier tentait des badauds avec de nouvelles espèces de plantation. Un quincaillier, qui était une des attractions les plus courues, présentait des chaînes, des clous, des charnières, des verrous, des cadenas, des marmites, des bassines, des marteaux, des pioches et même des pelles en métal. Le village grouillait d'acheteurs, mais aussi de vagabonds et de brigands prêts à sauter sur un bougre qui aurait fait valoir des pièces de monnaie ou tout autre objet de valeur, ce qui était rare. Les autres brigands étaient probablement dans les campagnes désertées à dérober quelques poules. Des soldats veillaient à l'ordre pendant que d'autres hommes envoyés par le seigneur vérifiaient les échanges. Les paysans qui feraient de trop grosses dépenses seraient dénoncés et un prospecteur envoyé pour augmenter la taille. Un immense marché aux bestiaux augmentait le brouhaha et l'odeur. La rue, qui avait été recouverte pour l'occasion de copeaux de bois, se transformait par endroits en bouillabaisse, il n'avait pourtant pas plu les derniers jours. L'attraction principale de cette journée sera la pendaison de quelques brigands. Aujourd'hui, cinq hommes et deux femmes mourraient la corde au cou, et personne dans toute cette assemblée ne crierait au scandale. Le passage et la présentation devant le seigneur Bertrand angoissaient certains paysans pendant que d'autres, plus hardis, promettaient des règlements de compte. Les premiers savaient qu'il n'en serait rien. Tout le monde se taisait devant Bertrand.

Ces commérages avaient lieu l'après-midi en fin de soirée et après les vêpres où presque toute la paroisse avait pris part. Des tables et des bancs avaient été installés devant le château, et des tonneaux de vin se vidaient avec une rapidité impressionnante. Des barbecues réchauffaient encore plus l'atmosphère, et certains jeunes sautaient au travers des grands feux pour épater l'assistance et surtout les jolies filles. Enfin, des troubadours venus de loin faisaient vibrer leurs instruments pendant que des hommes et des femmes dansaient et riaient à pleines dents, oubliant leur quotidien morose. En cette soirée la plus longue de l'année, la joie et la bonne humeur étaient au rendez-vous, néanmoins côtoyées par les plaisirs et la débauche. À une heure tardive, loin du regard des enfants et des moines, la deuxième partie de la soirée pouvait commencer.

Je courais parmi la foule des villageois dans l'indifférence générale. J'étais la fille de Bertrand, et je pensais que rien ne me différenciait des autres enfants, j'échappais à la vigilance de mes parents et des gardes du château. J'en connaissais déjà toutes les caches et toutes les failles. Entrer et sortir ne me posait aucun problème. Si les habitants du village me connaissaient bien, les nombreux visiteurs de ce grand jour me préservaient de tous risques. J'étais ni plus ni moins vêtue en souillon et je participais à la fête en toute innocence et sans aucune crainte d'être reconnue.

Le lendemain matin, mon père avait convié une partie de ses paysans pour un grand inventaire dans la grande salle du château. Ma mère, Guigone, avait insisté pour que je reste au côté de mon père pour recevoir les paysans. J'étais une enfant studieuse et attentionnée, mais la perspective de rester toute la journée debout à côté de mon père à écouter ces discussions de grandes personnes ne m'arrangeait pas. Le gros moine qui sentait la vinasse était là, à donner ses directives et à poser toujours les mêmes questions, pendant que mon père restait silencieux. Il observait et faisait quelques signes de la main qui, visiblement, étaient compris de tous.

Je n'aimais pas mon père. C'était un homme dur, marqué par de nombreuses croisades et qui faisait, avec le soutien du monastère, régner une forme de terreur parmi son peuple. L'ancien guerrier était avide de sang et ses colères mettaient en danger leurs instigateurs. Il était un mari brutal, et ma mère, une femme soumise et trompée. J'étais régulièrement témoin des coups portés sur ma mère, et jurais devant Dieu qu'elle ne pleurerait jamais ce rustre.

La matinée aurait été ennuyeuse si un Durandet n'était venu se plaindre de n'avoir pas été payé des travaux effectués sur la tour nord. Après les doléances, l'inventaire se poursuivit, et une famille se présenta : Mathieu et sa femme Jeanne ainsi que Colin, un garçonnet de mon âge. Jeanne était une très belle femme et mon père n'avait yeux que pour elle. Il demanda à tous d'évacuer la salle afin de s'entretenir seul avec la belle paysanne.

Le château ne me cachait rien, je me précipitai dans le grenier pour entendre et voir ce qui allait se passer. Au-dessus de la grande salle, une fissure s'était ouverte laissant percevoir le jour. Ici, personne ne venait jamais, sauf les enfants lors des grandes réceptions, il n'y avait que moi dans ce triste château. Je ne fus guère étonnée de voir mon père bousculer la femme qui, malgré ses bras costauds de paysanne, ne put résister à son seigneur. La jupe retroussée, elle ne prit aucun plaisir à recevoir l'assaut du diable. Des larmes coulaient sur son beau visage, et en silence, elle récitait une prière qui agaça le démon, les coups volèrent et le corps de la femme s'écroula. Lui, continuait son va-et-vient sans se douter de la douleur qu'il infligeait à cette femme trop belle pour un autre. Le cauchemar ne dura pas, et il renvoya la belle sans se soucier des racontars.

J'avais déjà vu ma mère subir les coups de mon père, mais pourquoi cette fois s'était-il attaqué à cette femme. Certes, elle était jolie, mais ne pendions-nous pas les hommes qui cocufiaient leurs épouses, toujours sous les conseils du prieuré ? Évidemment, pendant la guerre et les combats, il était de coutume de tuer et de violer les femmes. Mais là, dans son château, dans sa contrée, qu'en penserait la population qui ne manquera pas d'être informée par le bouche-à-oreille. Qu'évoquerait mon père pour expliquer son forfait ?

L'incident ne fit pourtant aucune vague. Les villageois se gardèrent bien de commenter, et lorsque le prieuré fit part des bruits qui circulaient à ce propos, il fut prétendu qu'il s'agissait d'une vengeance personnelle qui datait de longue date et qui expliquait la cicatrice sur son visage. Bien entendu, si le châtelain avait une bonne raison, inutile d'aller voir plus loin !

Je connaissais mon père et je savais qu'il était capable du pire. J'étais là, sur son cheval, un jour où il m'avait emmené en promenade et qu'un soldat bien habillé avait croisé notre chemin. L'habit avait intrigué mon père, et lorsqu'il demanda au soldat de décliner son identité et la raison de sa présence sur ses terres, celui-ci, rassuré par la présence d'une enfant à côté du grand homme, avait répondu aisément :

« Bonjour, messire ! Pardonnez-moi de passer sur vos terres, mais j'ai ici même un laissez-passer du roi en personne qui m'a confié une mission de la plus haute importance, à moi et à mes trois compagnons ; seulement voilà, nous avons été attaqués par des brigands et j'ai dû abandonner mes compagnons afin de sauvegarder le message du roi, ainsi qu'on me l'a ordonné. Préférant continuer seul et sans aucune halte afin de ne pas attirer l'attention, je file au travers les contrées. Dès mon retour auprès du roi, je ferai valoir votre bienveillance, si vous daignez me rappeler votre nom.

— Comment puis-je être sûr que vous dites vrai ? Qui me dit que vous ne conspirez pas avec l'ennemi ?

— Eh bien, lisez mon avis de passage ! Votre roi vous ordonne de me laisser le passage. Je peux comprendre votre méfiance, mais avec ceci...

— Qu'est-ce qui me dit que ce n'est pas un faux ? Et comment s'appelle le roi en ce moment ? Il arrive parfois qu'on en change sans même que nous en soyons informés dans nos contrées.

— Robert II, évidemment !

— Ah, moi j'en suis à Capet, Hugues avec qui j'ai combattu vaillamment.

— Hugues Capet, mais il est mort de la variole, il y a bien longtemps. Ne me dites pas que vous n'êtes pas au courant !?

— Qu'importe ! Quel est le message que vous transportez ainsi ?

— Par définition, un "message secret" est et doit rester secret, sauf pour la personne à qui il est destiné.

— Vous me prenez pour un imbécile ! Évidemment que je sais ce qu'est un message secret ! Mais encore une fois, qui me prouve que vous n'êtes pas un espion ou un conspirateur ? »

Le soldat commençait à perdre patience et décida de nous saluer et de poursuivre sa route, tant cette conversation tournait au ridicule. Nous tournant le dos et s'en allant sans prendre garde, il fut interrompu dans son élan par mon père qui le rappela :

« Allez, mon garçon, je blaguais ! »

Le cavalier soulagé fit demi-tour et se rapprocha de nous, qui, rappelons-le, étions à la chasse, un arc à la main. Mon père décocha une flèche à bout portant, sans raison et avec un rire tonitruant. Le cavalier blessé se cramponna à son étalon et d'un coup d'éperon s'enfuit à toute allure. Le temps à mon père de me déposer au sol et de partir à sa poursuite, il fut distancé et perdit rapidement la trace du cheval dans les bois.

Ainsi, j'avais été témoin d'un crime sur un messager du roi, sans pouvoir définir les raisons justifiant cette tentative de meurtre, mon père était rentré comme tous les jours, omettant d'en informer quiconque. Mon père était un assassin, le pire de tous !

***

J'étudiais tous les matins au prieuré. Le père Renaud était un moine très cultivé, l'étude de la Bible, du latin, ainsi que les bases du calcul étaient le programme courant. Le moine nous racontait l'Iliade et l'Odyssée d'Homère ainsi que la découverte des étoiles, le système de Ptolémée et les différentes constellations. Il avait, m'avait-il confié, dans sa jeunesse, voyagé loin, très loin au travers du monde. Jusqu'à Jérusalem, passant par Rome et Constantinople, il avait accompagné les croisades, et sa connaissance du grec et du latin, ainsi que l'hébreu et l'araméen, lui donnait un savoir incontestable. Son cœur était meurtri par tant de désolation et tant de morts. Les hommes l'avaient déçu. Aussi, son grand âge l'avait fait revenir sur le lieu de sa naissance, et l'éducation des enfants était devenue sa dernière croisade.

En ce Xe siècle, l'école de notre village avait fait de grands progrès depuis l'arrivée de Renaud. Il avait convaincu le seigneur Bertrand que les filles du village pouvaient participer à l'étude. Enfin, je n'étais plus seule avec des garçons. Évidemment, aucun bouseux des campagnes n'était admis. Renaud était un moine pieux et très ouvert sur le monde. Il était bon et charitable, il n'aurait fait de mal à aucun enfant. Il était sévère et autoritaire avec ses étudiants, il exigeait d'eux un travail acharné et un niveau d'écoute total. Il disait que le temps était compté pour nous tous et que nous n'avions pas le loisir de laisser nos âmes divaguer. Pour lui, le savoir était indispensable pour connaître et accepter ce monde, à l'inverse, l'absence de savoir attisait les haines entre les hommes. Nous, ses étudiants, l'appelions « père », et de ma bouche, cela voulait dire, mon père, celui qui m'a créé, le vrai, celui par qui j'allais vivre, comprendre et changer les choses. Plus que Bertrand, il m'aimait et je le lui rendais en travaillant durement. Bertrand était un rustre inculte, Renaud en était son contraire. Les deux hommes se côtoyaient, mais s'ignoraient, comme un chat et un chien dans la même pièce.

Tous les enfants connaissaient les moines vicieux et pervers, Victor, le fils du forgeron, Jacquot, celui du quincaillier et Lisette, la fille de la blanchisseuse, en avaient fait les frais à plusieurs reprises. Ils ne s'en étaient plaints à personne, ne sachant que dire. J'en informai ma mère qui en parla à mon père, mais il accueillit la nouvelle avec un de ses gros rires qui me fit comprendre que rien ne changerait. Renaud n'était pas de ceux-là, s'il adorait les enfants, c'était avec une arrière-pensée, celle de changer le monde et le rendre meilleur.

Je vivais au château entre mon père et ma mère, deux personnes qui n'avaient rien à faire ensemble, ne s'aimaient pas, ne se comprenaient pas et ne se regardaient plus depuis longtemps. Je ne peux pas dire si je les aimais ou non, la question ne se posait pas en ces termes. Je n'étais, certes, pas malheureuse, et certains moments de connivences existaient bien entre nous trois, mais mon seul grand plaisir était l'étude avec Renaud.

Il ne se passait pas grand-chose dans le comté, et chaque nouvelle affaire donnait lieu à discussion. Si je n'avais pas mon mot à dire, je m'intéressais cependant à la façon dont mon père administrait ses terres.

L'arrestation de Mathieu, le mari de cette femme que mon père avait violé peu de temps auparavant, m'étonna. Les raisons de son emprisonnement n'étaient pas claires. Certes, Mathieu avait attaqué Bertrand et l'avait poignardé, mais la cause de ce geste désespéré restait obscure.

Durandet fut missionné pour aller espionner la ferme de Mathieu et prier de s'informer sur l'enfant, Colin. Si cette mission donnait satisfaction, un arrangement serait trouvé en la faveur du maître artisan qui avait, me semble-t-il, été injustement traité. En attendant, il pourrait prendre possession de la ferme de Mathieu et en entretenir les terres. Quand Durandet rappela à son châtelain :

« Messire, je vous remercie de votre confiance, mais vous savez que je suis artisan constructeur et que, par conséquent, je ne connais rien à la terre !

— Tout le monde connaît la terre ! Des bras et un peu de jugeote, et le tour est joué ! Mes paysans sont aussi bêtes que leurs vaches, et ils s'en tirent bien. Toi, tu devrais faire des miracles ! Allez, va ! avant que je change d'avis ! »

Mon père avait parlé de Colin. Je me demandais quelle importance pouvait bien avoir ce gosse pour un homme comme mon père, mais pour rien au monde je ne lui aurais posé la question.

J'ai eu une partie de la réponse avant l'hiver, lorsqu'un jour, alors que mon père était parti avec ses hommes, un départ qui nous surprit puisque son compagnon d'armes Édouard les accompagnait. Rares furent les fois où un tel escadron quittait le château. Ils étaient partis nombreux pour une simple chasse, sans même les armes appropriées, mais munis de leurs épées. Les plus jeunes soldats n'avaient pas été conviés et il n'en restait qu'une dizaine. Urbain, dont seule la toge faisait le moine, le secrétaire de mon père, veillait au grain.

Le soir, ils n'étaient pas rentrés, ce qui n'inquiéta personne. Lorsque le lendemain matin, un soldat nous demanda de venir rapidement à l'entrée du château parce qu'il se passait quelque chose d'étrange, c'est avec stupéfaction que j'aperçus du haut de la tour de guet, Colin accompagnant un homme et une fille de mon âge. Quand Urbain tira sur la dépouille de l'homme visiblement mort sur le dos d'un cheval, et que, n'en croyant pas nos yeux, mon père s'étala sur le sol, je crus rêver. Aussitôt après, ne perdant aucune miette de l'événement, je vis Colin tirer une flèche au travers du torse d'Urbain, mon regard se tourna vers ma mère. Des larmes coulaient sur mes joues, et je ne sais pourquoi, je me mis à pleurer. Était-ce la tristesse de perdre mon père ou la peur du coup de théâtre et du retentissement que le décès de mon père provoquerait, ou encore, la réaction curieuse des villageois qui s'étaient agenouillés devant la dépouille de mon père. L'aimaient-ils à ce point ? Ma mère interpella avec aplomb Fulbert qui n'avait rien perdu de la scène : elle lui demanda de nous cacher. En un instant, il nous conduisit vers une geôle et nous enferma, nous affirmant :

« Ne vous inquiétez pas, mesdames, c'est moi qui ai la clé, personne ne viendra vous chercher ici. Je viendrai moi-même vous ouvrir la porte lorsque tout aura retrouvé son calme ici. Je vous le promets. »

C'est ainsi que mère et moi, nous devions goûter à l'emprisonnement et aux doutes sur notre libération. Qu'étaient devenus les gardes de mon père ? Viendraient-ils nous délivrer ? Comment allons-nous être traitées par ces curieux rebelles ? Combien de temps avant que le comte d'Anjou soit informé des incidents ? Tant de questions sans réponse.

Nous constatâmes avec soulagement que Fulbert tint sa promesse et abrégea notre détention. Je restais cependant enfermé dans ma chambre les jours qui suivirent, pour n'en sortir qu'accompagnée par ma mère afin d'aller veiller le corps de mon père dans la chapelle.

Les jours suivants, après l'enterrement de mon père, les rumeurs les plus folles couraient concernant « les anges de la mort », c'est-à-dire Colin et Margaux qui seraient des en-voyés de Dieu afin de libérer les villageois d'un tyran. On me racontait aussi la triste vérité sur le meurtre de Renaud par Édouard qui, du coup, se retrouvait en prison.

Édouard, un des hommes de main de mon père, m'était indifférent. Ma présence dans ce château était de l'ordre d'un écureuil dans un chêne. Une petite bête que l'on regarde passer, sans intention de lui faire du mal, mais n'ayant aucun intérêt pour un chasseur. Je n'existais donc pas à ses yeux, pas plus qu'il ne m'intéressait. Il était de ces hommes bru-taux, une bête à tuer, qui égorgeait plus de femmes et d'enfants que d'animaux. La guerre était son havre et il haïssait la paix.

Lorsque ma mère m'annonça la mort de Renaud, elle sa-vait évidemment que j'accueillerais l'annonce avec un mé-lange d'incrédulité et de rage. Ma réaction, hors la haine et l'envie de sang que j'éprouvais dès lors envers Édouard, fut le désespoir total. Édouard m'avait séparé à jamais de mon maître à vivre et à penser. Qu'il soit maudit !

Nous découvrîmes le but de l'expédition de mon père dont l'objectif était de retrouver Colin. Nous apprîmes aussi dans quel traquenard ils étaient tombés et comment il avait perdu la vie. Mais plus triste encore, le père de Colin nous expliqua les raisons de son emprisonnement, le second viol de sa femme et de sa pendaison. Le suicide de la mère de Colin me bouleversa et me confirma que mon père était un monstre. Il était enterré, et je fis la promesse que plus jamais, je n'irai me recueillir sur sa tombe.

La seule bonne décision que s'empressa de prendre ma mère était la pendaison d'Édouard pour le meurtre de Re-naud. Il me manquait et aucun moine ne pourrait le rempla-cer. Je le pleurai et je priai pour son âme pure.

Le supplice d'Édouard fut trop court. Il fut poussé sous la potence, vêtu de haillons, il resta cependant droit, la tête haute. La corde lui serra le cou et d'un coup net, il perdit la vie, bien trop vite à mon sens.

L'arrivée de Roland et de Hargar fut un bienfait pour le comté. Ma mère, bien que volontaire dans la gestion des affaires, concédait n'importe quoi à n'importe qui. Roland rétablit rapidement l'ordre et nous retrouvâmes notre statut. Je n'appréciais pas du tout la légèreté dont faisaient preuve les habitants à notre égard. L'empathie de ma mère pour ces paysans me dépassait. J'étais, d'une certaine manière, compatissante vis-à-vis d'eux pour le courage dont ils avaient fait preuve, ils avaient cependant commis un crime et pas le moindre ; ils avaient tué leur seigneur, et même s'ils nous avaient débarrassés d'un homme violent, nombreux sont ceux qui auraient dit que ce n'était qu'un acte de rébellion vis-à-vis de l'ordre établi. La sanction était la mort par pendaison, et l'attitude de ma mère en les soutenant nous avilissait. Quant aux villageois, qui vénéraient les « anges », si je trouvais un côté héroïque à Colin, lui et son amie n'étaient que des bouseux ignares que l'on ne voyait jamais à la messe.

Si Roland devait être le prochain époux de ma mère, elle porterait néanmoins le deuil de son défunt mari et le mariage attendrait. Ma mère avait repoussé toutes les avances de Roland jusqu'alors, et l'homme commençait à s'impatienter. Lorsqu'un soir, il vint me rendre visite et qu'il m'expliqua qu'un beau-père devait entretenir de bonnes relations avec sa nouvelle fille, je n'eus aucun mal à comprendre ses vues. Roland était âgé, mais bien plus beau que mon père, et surtout, il avait réussi à me faire rire, ce que je n'avais pas fait depuis très longtemps. La tristesse de ce château était contagieuse, et je dois dire que Roland n'avait pas son pareil pour améliorer l'atmosphère. Je me pris à son jeu, et si sa relation avec ma mère virait au noir, je commençais à brûler de l'intérieur, et son savoir-faire palpable avec les femmes faisait son effet. Je ressentais une transformation et je quittais mon corps d'enfant pour une silhouette de femme. Au moment où il entra dans ma chambre ce soir-là, je savais ce qu'il voulait et j'allais le lui donner de bon gré. J'avais le feu entre mes cuisses et je voulais qu'il me pénètre. La force avec laquelle il prit ma virginité me surprit, mais mon être lui était abandonné et rien ne pourrait y changer.

Nous devînmes amants, et très vite, je n'en cachai rien à ma mère. Ma liaison avec son futur mari détériora nos rapports et nos fréquentations s'espacèrent. Je restais longuement dans ma chambre pour étudier seule à l'aide d'ouvrages que j'empruntais au prieuré, parmi la collection qu'avait constituée Renaud. J'attendais le retour de mon amant qui me possédait à son gré. Je découvrais les plaisirs charnels, et Roland me dévoyait librement. Ma mère me mit en garde sur une grossesse inévitable si je n'y prenais pas garde et sur les conséquences provoquées par une situation qui deviendrait embarrassante. Je confiais ma crainte à Roland qui désormais prenait bien garde à déverser son foutre hors de mon antre fertile. Cependant, sa ferveur pour me souiller ne s'estompa point, au contraire, il en profitait pour me prendre autrement.

Le jour où Mathieu et Colin vinrent pour rencontrer Roland accompagné de ce Bertin, je n'appris l'altercation qu'après les faits, et je n'en fus donc pas témoin. À table, le soir même, Roland nous relata les revendications des paysans ainsi que les insultes incroyables qu'avait proférées ce Bertin vis-à-vis de son seigneur. Si les paysans avaient été libérés, celui qui prétendait être un ancien moine était dorénavant emprisonné. Roland espérait bien en faire un exemple, il trouvait drôles et stupides les menaces lancées par le jeune homme. Quand Roland nous en exprima les termes exacts, ma mère et moi prîmes peur. J'insistai longuement pour qu'il prenne ce type de présage comme un réel danger, nous avions déjà eu affaire à ces anges plus que surprenants. Roland prit la décision d'organiser une expédition afin de mettre fin à ce type de rumeur dès que la tempête s'estomperait. Pour l'instant, Bertin était entre les mains de Hargar, et dès notre retour les jours prochains, il grillera sur la place du village accompagné de ses amis « les anges ». De quoi ralentir les ardeurs les plus rebelles. Ma mère semblait désemparée, pour ma part, je ne croyais pas Roland capable de mettre son projet de bûcher humain à exécution.

Ma mère ayant rejoint sa chambre, Roland m'invita dans la grande salle pour un spectacle, ou plutôt une initiation dont je me serais bien passée. J'assistai impuissante au passage à tabac de Bertin. Je découvris, bien que n'en doutant pas, les capacités des deux hommes, Roland et Hargar, à faire souffrir et à humilier un homme. C'est évidemment ce dernier qui se salit les mains, mais l'œil complice des deux hommes en disait long sur leurs méfaits passés. J'acceptai la punition d'un individu qui avait insulté son seigneur ; les méthodes, certes, cruelles, étaient courantes, et j'avais été habituée depuis ma tendre jeunesse à assister aux sévices des prisonniers et même à certaines pendaisons, ainsi, rien ne me choquait et je trouvais même un certain amusement à la situation. Du temps de mon père, la séance du repentir était musclée et de courte durée, là, Hargar dépassait de loin le niveau acceptable. Dans un premier temps, je m'amusais du spectacle, mais les coups devinrent si violents et la sanction si peu digne d'un humain que mes traits se crispèrent et je priai alors Roland de cesser ces méthodes immondes. Celui-ci se joignit à Hargar et urina sur Bertin. Je demandai à sortir de la pièce, mais Roland n'y consentit pas et je dus supporter la scène jusqu'au final. Lorsque le pantin de sang s'évanouit, les deux compères jugèrent que le plaisir n'y était plus. Je vomis mes boyaux et le priai de m'épargner ce spectacle, mais l'homme viril me força à regarder.

Roland et moi étions éloignés de la chambre de ma mère, elle ne supportait plus depuis longtemps mes cris de jouissance, et nous avions donc déménagé à l'étage. Cette nuit-là fut la pire de ma vie. Le vent soufflait et les fenêtres avaient été bourrées de paille tellement il faisait froid. Nous avions eu du mal à trouver le sommeil, et à cette heure avancée de la nuit, les bruits qui nous réveillèrent en sursaut me firent craindre le pire, je m'écriai :

« Les anges de la mort sont là ! »

À ces mots, Roland fut pris d'une crise de panique. L'homme viril et courageux n'était plus qu'un piètre poltron. Lorsque trois coups résonnèrent sur la porte, il n'était plus que l'ombre de lui-même. J'avançai vaillamment vers l'entrée et d'un coup sec, j'ouvris la porte.

Ma mère était là, parmi ces personnes menaçantes. Je les reconnus malgré leur capuchon ridicule. Je dis :

« Alors très chère mère, vous avez retrouvé votre protecteur ? Et toi, Colin, tu as sorti ton laideron de ta campagne ? »

Sans attendre de réponse, une flèche me propulsa dans les bras de Roland.

Ce qui se passa ensuite, je ne l'appris que plus tard, quand je sortis de mon coma. La flèche avait traversé mon épaule et la blessure me torturait. Ma mère était à mes côtés et prenait soin de moi. Ce ne fut qu'après un long moment que je repris le fil des choses. Elle répondit à mes questions et m'apprit que Colin m'avait sauvé de l'arme tranchante que Roland portait à mon cou. En effet, du bout de mon doigt, je sentis l'égratignure tracée par la lame. Bien qu'ayant du mal à croire sa version des faits, je fus stupéfaite lorsqu'elle me décrivit le sort réservé à Bertin.

Les jours suivants, je restai confinée dans ma chambre. Un garde faisait le planton devant ma porte. On m'annonça la mort de Roland, j'en fus attristée, mais j'avoue que je ne savais plus trop quoi penser de cet homme que j'avais aimé, celui qui avait fait disparaître l'adolescente, et l'homme fourbe et artificieux qui avait profité de ma naïveté et ma jeunesse.

Un jour, ma mère vint me chercher dans ma chambre, accompagnée d'un soldat en armes. Elle me fit emballer mes effets personnels dans une malle et me pria de la suivre dans la grande salle.

« Mathilde, tu pars avec cet homme rejoindre ton futur mari. Foulques, le comte d'Angers, s'est inquiété de ton avenir et t'a choisi un valeureux compagnon que tu devras servir. Voici la lettre qui confirme son choix. Nous nous reverrons le jour de ton mariage, dès que j'en serais avisé, si tu daignes inviter ta mère. Je te souhaite beaucoup de bonheur et de nombreux enfants.

— Vous vous êtes débarrassé de moi ! Vous me le paierez ! »

Ce fut les derniers mots que j'adressai à ma mère avant de quitter définitivement le château.

* * *

Mon mariage fut célébré quelques jours après mon arrivée dans la petite chapelle de Saint-Pierre au pied du château de Beaufort, à une heure de cheval d'Angers. Mon époux et moi étions entourés de deux témoins. Audebert, mon mari, cousin de Gelduin le Vieil, seigneur de Saumur, était un petit homme avec une tête difforme. C'était la volonté du comte d'Anjou et probablement celle de ma mère Guigone. Comme me l'avait rappelé ma mère, la décision de Foulques n'était pas contestable. Audebert avait été gentil avec moi et il me promit de patienter le temps qu'il faudra avant de me toucher. J'aurai bientôt seize ans et la plupart des filles se marient à cet âge. La forteresse en bois était encore plus minable que celle de mon père, mais pour l'ennui, cela y ressemblait. Qu'importe, il y faisait bon vivre et je repris mes études solitairement dans un premier temps, puis accompagnée de la petite sœur d'Audebert, Odeline. Nous avions le même âge et nous nous étions appréciées dès le premier instant. Odeline était aussi belle que son frère était laid. Leurs parents étaient décédés l'an passé dans une fièvre qui les avait emportés à quelques jours d'intervalle. Le sud de Beaufort était couvert de marais et on pouvait y contracter quantité de maladies si l'on n'y prenait pas garde. Odeline était très bonne cavalière, malgré l'interdiction qu'était faite aux femmes de monter sur le dos d'un animal. Cependant, le prieuré faisait une exception la concernant. Ensemble, nous partions nous promener et je retrouvais le goût des sorties à cheval que j'avais connu avec mon père. Nos chevauchées me permirent l'apprentissage de l'équitation, et l'occasion de longues balades aux bords de la Loire. Odeline m'apprit le plaisir de la baignade dans le fleuve, même si celle-ci était proscrite par le clergé. Mes nouvelles découvertes m'enrichissaient et, à mon tour, j'enseignais mon savoir à Odeline. Nous étions devenues inséparables, et Audebert en était satisfait.

Les jours et les saisons passaient et la vie à Beaufort était agréable. Je finis par offrir mon corps à mon mari, et s'il se montra adroit dans ses caresses, je compris qu'il ne ferait jamais un bon amant.

Je n'avais jamais plus entendu parler de ma mère, mais un jour où nous avions été conviés auprès de Foulques, et lorsque ce dernier fit ma connaissance, il se souvint de l'arrangement qu'il avait fait avec ma mère, la traîtresse Guigone. Après avoir raconté la tournure des événements après mon départ, le comte m'apprit la résurrection de Roland. Je me gardai bien de mentionner mes rapports avec Roland et me contentai de verser quelques larmes, abasourdie par la nouvelle. Ainsi, mon amant était vivant, mais amputé d'un morceau de lui-même. Ma mère nous avait donc menti et elle était en fuite avec des paysans incultes. Foulques jura, par tous les saints, qu'ils ne s'échapperaient pas comme ça. Pourtant, les recherches cessèrent rapidement. Le comte d'Angers n'aurait pas pris le risque de s'avancer en terre bretonne pour quelques paysans dont on avait perdu la trace.

Le retour à Beaufort sonna comme une nouvelle étape dans ma vie. Je trouvais finalement mon destin enviable. Si j'avais soutenu ma mère, je serais, moi aussi, en fuite, et l'idée de passer ma vie auprès de Roland, muet de surcroît, me confirmait que ma vie était là, auprès d'Audebert et d'Odeline.

Les saisons passèrent, dans cette douceur angevine et mon ventre restait désespérément plat. Malgré cela, Audebert était bon et gentil avec moi. Là où d'autres seigneurs auraient répudié leurs épouses, mon mari me chérissait, et je ne voyais plus en lui que l'homme sage et le piètre amant. Évidemment, la présence constante de ma belle-sœur m'empêchait de batifoler, et je me réfugiais dans une profonde dévotion eucharistique. Mes prières furent, d'une certaine manière, exaucées, puisque l'été de mes vingt ans, le ciel me vint en aide. La puissance de Dieu envoya la foudre sur mon mari qui traversait le portail du château. Devant l'étrangeté de la situation, seule la prière pouvait, aux yeux de tous, venir à bout de ce grand chagrin. Ma sincérité ne pouvait être remise en cause, tant cette disparition subite m'attristait. La vie au château n'en fut pas moins bouleversée, puisque, après que nous fûmes, ma belle-sœur et moi, autorisées par Foulques à garder le deuil pendant deux saisons, ce dernier nous remaria, nous séparant ainsi. Foulques envoya un de ses seigneurs méritants à Beaufort, et Odeline hérita d'un rustre qui la cocufia le lendemain même de leur mariage. Remariée à ce beau jeune et freluquet, n'ayant pas grand-chose à lui apprendre, je commençais à regretter les beaux jours de Beaufort. Nous restâmes à la cour de Foulques qui gardait désormais l'œil sur nous. Le comte voyageait beaucoup, et sa cour en permanence à Angers, qui lui devait une obéissance aveugle, s'ennuyait ferme. Quand je pris du ventre, Julien, mon nouveau mari, se félicita d'avoir engrossé sa femme dans un temps record.

Ma grossesse me torturait l'esprit. Je n'avais nulle intention de jouer les nourrices. Pendant les neuf longs mois de gestation, mon corps se déforma tellement que je ne pouvais plus sortir de ma chambre tant j'avais honte. L'enfant arriva au monde au printemps, et le garçon, sur les conseils du comte, prit le prénom de son grand-père Bertrand. Julien eut les félicitations de toute la cour ainsi que celle de Foulques, mais le jeune se mit en tête qu'il n'était pas le père. Je lui jurai n'avoir jamais été touché par le comte, mais persuadé du mensonge, il fit l'erreur d'insulter le grand homme en public. Dans un élan de compassion, Foulques l'envoya pour une mission à Jérusalem d'où il ne revint jamais.

Comme il était de coutume à la cour, une femme de mon rang avait des courtisans et un ou plusieurs amants. Je n'échappais pas à la tradition dans l'indifférence générale. Culbutes et orgies, telles devinrent mes nuits, et je pris des dispositions pour ne plus jamais avoir d'enfant. Le petit Bertrand avait une nourrice, et plus jamais je ne le porterais dans mes bras. Le destin de l'enfant était désormais tracé, il était destiné à un monastère quelconque où personne ne viendrait plus jamais lui parler de ses parents. Comme je ne m'en souciais jamais, je restais sans nouvelles. Un beau jour, plus par curiosité que par intérêt, je m'enquis de son existence et j'appris qu'il avait été adopté par une femme noble en mal d'enfant. J'accueillis la nouvelle avec un certain soulagement.

Les années passèrent et ma vie devint monotone.

* * *

En cette année de l'an XIII après l'an mille, au travers ses évêques, le pape Benoît VIII incita ses ouailles à rejoindre le chemin de Jérusalem. De nombreux pèlerins partirent pour ce long voyage en Terre sainte, et Foulques décida de se joindre aux différents groupes afin d'en assurer la protection, et dans l'espoir de renouer des relations avec le Ciel. La crainte de l'excommunication le guettait, il éprouva le besoin de décharger sa conscience. En effet, il avait gardé une très mauvaise réputation depuis la crémation de sa femme et voulait mettre fin à ce mépris. L'absence de conflit majeur l'ennuyait, et ils trouveraient, lui et ses compagnons certainement quelques plaisirs dans cette nouvelle aventure.

Je voulais faire partie du voyage. Le salut de mes deux maris, l'un foudroyé et l'autre disparu, était une raison suffisante pour convaincre l'évêché du bien-fondé de ma motivation. L'espoir de retrouver Julien sur la route n'était que pur mensonge, mais cette quête me permettrait d'en porter le deuil. Foulques, quant à lui, accepta que je l'accompagne, certain que je souhaiterais faire demi-tour avant sa sortie du comté. Il n'était pas question pour lui de s'embarrasser durablement d'une femme.

Nous nous éloignâmes d'Angers ce matin-là, dans un cortège digne d'une procession. L'évêque bénit le défilé sous le ciel nuageux. Une centaine de personnes convoyaient ainsi derrière les quelques cavaliers qui ouvraient la marche. La composition du groupe était la suivante : une quarantaine de moines et de prêtres, une vingtaine de paysans et de tâcherons, une dizaine de prisonniers qui, les fers au cou, allaient faire pénitence. Nous étions six femmes déguisées en homme pour plus de sécurité. Et quelques autres gens, jeunes et vieux dont on ne pouvait désigner les origines. Chacun possédait un passeport attestant d'une moralité certaine, et l'assurance qu'aucun bandit ne se mêle aux pèlerins. Les ballots sur l'épaule étaient légers, et les sourires sur les visages disparurent très vite. Le long périple au travers du royaume des francs dura trente-cinq jours. Si de nouveaux pèlerins vinrent rejoindre le cortège, d'autres, bien malgré eux, le quittèrent. La proximité de tous ces gens était l'occasion de faire connaissance. J'étais la seule dame de noblesse, mais j'avais su me fondre parmi les pèlerins, aidant les plus faibles. Plusieurs charrettes tirées par des bœufs assuraient le transport de quelques victuailles et l'intendance. Pourtant, personne ne se serait permis de profiter de ce mode de transport trop facile. Les hommes armés qui précédaient le long convoi n'y prêtaient pas attention, et ne concevaient pas ce sacrifice de la marche vers la ville sainte.

Les premiers jours furent pénibles, et la progression, qui avait pourtant bien débuté, commençait à ralentir tant les pieds des pèlerins les faisaient souffrir. Foulques pestait et refusait souvent une halte qui pourtant aurait été bénéfique à tous. Après tout, le Ciel pouvait attendre, ce n'était pourtant pas l'avis du seigneur. Les raisons d'un tel voyage étaient diverses : des vieillards dans l'espoir d'y mourir en ayant posé la main sur le tombeau du Christ, et ainsi d'accéder directement au paradis ; des moines voulant sortir de leur cloisonnement et peut-être connaître les plaisirs interdits ; quelques érudits avec l'espoir de rapporter des reliques qui leur donneraient un prestige supplémentaire ; enfin, les moins nombreux, ceux qui, portés par une vision divine, s'engageaient sur les routes dangereuses d'une telle expédition en quête d'un salut. Foulques, d'une certaine manière, et moi-même faisions partie de ce nombre. Au travers les régions et les pays, sur tous les chemins qui menaient à Jérusalem, des péages étaient installés. Les sommes étaient très faibles, mais elles assuraient une relative tranquillité. Ceux qui ne pouvaient s'en acquitter étaient bannis du groupe ou devaient mendier auprès des plus riches. Je fus maintes fois sollicitée et je compris très vite que certains en jouaient pour se remplir les poches.

Les quelques femmes qui se mêlaient au groupe avaient été prévenues du risque et des dangers de l'aventure. En général, leur présence était bien acceptée et permettait d'assurer des soins aux petites blessures, écorchures, piqûres et ampoules qui ne manquaient pas. Même les cavaliers se plaignaient parfois de maux et appréciaient les mains douces d'une femme. Les moines, qui représentaient un tiers du cortège, chantaient des psaumes, ce qui rappelait sans cesse la mission religieuse du voyage.

Presque chaque soir, le convoi s'arrêtait dans un château ou un monastère où chacun était logé selon son rang. L'hébergement qui ne dépassait pas une nuit était gratuit ou à bon compte. Si, au début, je restais proche de Foulques, dès le passage en terre étrangère, je me cantonnais auprès des paysans. Mon costume ne différait pas des autres ainsi, je passais presque inaperçue. Foulques gardait cependant un œil sur moi et je devins finalement sa protégée.

Un moine cultivé prenait des notes en latin sur un manuscrit qu'il cachait dans la première charrette. Au fur et mesure du périple, nous découvrîmes de nouveaux pays aux campagnes merveilleuses. Dans les villes, que nous évitions la plupart du temps, je contemplais l'architecture des monuments incroyables. Je remarquais des outils nouveaux et des cultures dont je n'avais qu'entendu parler ; les visages beaux ou laids, mais tellement surprenants des hommes à la peau sombre.

Je n'avais jamais vu la mer et j'abordais la grande surface mouvante avec appréhension. Les deux nefs s'éloignèrent de Marseille en direction de Rome. Longeant les côtes, ma première traversée se passa bien, ce qui ne fut pas le cas pour la plupart des pèlerins. La mer était calme, et l'essentiel des hommes avait rejoint les rameurs espérant raccourcir le temps de traversée. Je fus ravie de voir les dauphins, jouant et nous accompagnant, comme le font les chiens pour les cavaliers. J'avais souvent remarqué la fidélité chez les animaux, mais je n'avais pas imaginé que cela fut possible chez les dauphins. Les marins nous racontaient des histoires extravagantes où des baleines géantes faisaient chavirer des embarcations, et où des pieuvres gigantesques avalaient des navires avec leur équipage. Si la plupart des passagers croyaient ces balivernes, je restais sceptique.

Un drame arriva lorsque deux femmes, qui ne cessaient de se quereller, en vinrent finalement aux mains, le crêpage de chignon cessa lorsque le capitaine, à l'étonnement de tous, dans un élan, sans nul procès, attrapa l'une d'elles et l'envoya par-dessus bord. L'affaire ainsi réglée, il retourna à ses responsabilités sans s'occuper de la pauvre femme qui se débattait pour échapper aux grands fonds. L'autre femme, abasourdie et miraculée, termina le voyage en sanglots. Le capitaine comptait ainsi faire entendre à tous qu'il était bien le patron sur son navire. Le message était passé dans tous les esprits.

Quelques jours plus tard, nous pénétrions dans le détroit du Tibre aux abords de Rome. La capitale romaine était incroyable, de nombreuses ruines côtoyaient des églises gigantesques. Ce méli-mélo de pierres avait cependant quelque chose de déconcertant. Des temples païens en ruine côtoyaient des merveilles d'architecture. Il semblait pourtant qu'une hésitation demeure à détruire définitivement cet idéal d'un autre temps. Ces édifices romains, comme le Colisée, l'arc de Titus, les thermes de Caracalla et ce forum dont on imagine la vie dans un passé lointain, toutes ces bâtisses qui attendent qu'on veuille bien en finir avec elles, pendant que d'autres ouvrages s'élèvent de toutes parts dans cette ville anarchique, me laissèrent pensive. Je prenais la mesure du temps depuis l'avènement d'Adam, jusqu'à nos jours, où tant d'hommes avaient œuvré et construit des chefs-d'œuvre pour que d'autres les abandonnent à leur croyance. Je me posais cette question : que deviendraient nos églises quand, dans mille ans, on parlerait de nous au passé ?

La basilique Saint-Jean-de-Latran était magistrale, et nous restâmes deux heures à prier parmi des milliers d'hommes et de femmes. Même les plus grandes fêtes de l'été à Angers ne réunissaient pas autant de monde. Nous logions dans une auberge convenable sur le mont Palatin d'où nous avions une vue sur un ancien cirque dont on m'apprit qu'il s'agissait du stade de Domitien. Foulques m'expliqua que, tout comme au Colisée, des jeux divers s'y produisaient où les participants y trouvaient souvent la mort. La barbarie des hommes était-elle donc inéluctable ?

Au rendez-vous du troisième jour pour la suite du voyage, il manquait la moitié du groupe de départ, dont autant de moines. Probablement, les uns avaient décidé d'arrêter là leur pèlerinage, les autres avaient peut-être succombé à la dague des escrocs qui sillonnaient les ruelles.

La traversée de l'Adriatique nous fit découvrir la douceur de l'Italie. Cette longue marche dura près d'une semaine. Je me sentais revivre. Ce long périple m'apporta une partie de ce qui me manquait depuis toujours, l'espace et une forme de liberté ; les rencontres et le partage des connaissances qui ne manquaient pas. Mes connaissances du latin me permirent l'ouverture de certaines portes inenvisageables pour les paysans et les seigneurs incultes.

Les moines refusaient tout contact avec moi, et malgré mes tentatives, aucun ne se risquerait à être vu en présence d'une dame.

Évidemment, la prudence était de tous les instants. En route, nous eûmes un accrochage avec des brigands, ce qui ne fut pas le plus dangereux. Foulques et sa garde en vinrent à bout rapidement. Nombre d'hommes et de femmes lâchèrent prise, morts de fatigue, d'autres, victimes de blessures ou de morsures de serpents, furent enterrés à la hâte le long du chemin, sous quelques cailloux.

Foulques fut surpris de ma ténacité. Pas une fois, je ne m'apitoyais et ne me plaignais de désagrément ou de fatigue. J'y mettais un point d'honneur. Je marchais vers la ville sainte sans gémir et la tête haute. L'estime des autres pèlerins pour ma personne devint évidente. Je prenais soin des pieds fragiles, des blessures superficielles, j'encourageais les plus faibles, et souvent, je fermais les yeux des vieillards. Foulques découvrait mon vrai caractère. Là où, auparavant, il ne voyait qu'une femme, son attention à mon égard changea. On eut dit qu'il me considérait comme sa fille.

Le guide qui nous accompagnait était juif. Il prétendait ne plus se souvenir du nombre d'allers-retours effectués jusqu'à la terre promise. Il avait pris le chemin avec son père, bien des années auparavant et n'avait cessé dès lors.

Le long du trajet, il était difficile et délicat de prendre contact avec les populations étrangères. Seul le guide, qui parlait de nombreux dialectes, demandait conseil. La plupart du temps, il souhaitait connaître les conflits locaux pour éviter d'y être mêlés.

Nombreux étaient des moines ou des soldats qui, ayant déjà fait le parcours, prodiguaient des conseils et affirmaient connaître notre position exacte. Foulques n'était pas le dernier à se tromper. Les nombreux paysages et la ressemblance des collines et des rivières les induisaient souvent en erreur. Ceux qui écoutaient leurs récits des précédents voyages comprenaient vite l'exagération des situations. Les uns avaient subi des attaques magistrales, les autres avaient connu des tempêtes mémorables, mais tous en étaient revenus indemnes.

Foulques, qui avait initié ce pèlerinage, avait privilégié le trajet par la mer. Ce choix était beaucoup plus dangereux à cause des pirates, il était cependant moins pénible. Si le mal de mer rebutait certains pèlerins qui ne pouvaient s'y habituer, comparé à la souffrance des longues marches, la navigation était une longue attente, un balancement incessant. Le risque de rencontrer des pirates était égal à celui de croiser le chemin des brigands.

Lorsque nous arrivâmes à Bari, nous dûmes attendre un navire. Un drôle de personnage nous accueillit. Toni et sa femme Mirela furent ravis de nous héberger dans leur demeure. L'homme se prétendait architecte, mais ce qu'il faisait là était tout autre. Ce breton avait rencontré cette belle Italienne lors d'un pèlerinage, et ils s'étaient mariés. Plus jamais, il n'avait revu son pays. Il disait préférer la douceur de l'Adriatique au froid hivernal de sa Bretagne natale. Antoine était son vrai nom, il avait tout quitté pour Mirela. Ensemble, ils partageaient une vie simple et apparemment heureuse, loin de toute querelle et médiocrité des humains. S'il s'adressait à nous avec un fort curieux accent, son langage ne différait guère du nôtre. Toni me fit part de son incrédulité pour toutes sortes de religions. Il me surprit dans un premier temps, mais m'expliqua sa façon de voir les choses. Pour lui, la foi était l'affaire de chacun. Dieu, s'il était bien là, devait être en colère après les hommes tant ils se montraient cruels entre eux. Toni et Mirela n'avaient besoin d'aucun dieu, ils partageaient leur maison et s'interdisaient de juger les autres. La bonne humeur et la joie de vivre de notre hôte étaient communicatives, et malgré leur impiété, je me surpris à les apprécier tous les deux. Je ne révélai rien de ses confidences à Foulques qui aurait pu le transpercer de son épée pour un tel aveu.

Le voyage à partir de Bari se fit donc sur un navire, dans une galère où une centaine d'hommes de soute rameraient jusqu'à la mort. Le sort de nos dix prisonniers, comparé à eux, devenait enviable. Leurs fers leur seraient ôtés dès l'arrivée dans la ville sainte. Ensuite, peu importait qu'ils restent ou qu'ils meurent, ils auraient accompli leur repentance. Peu rentreraient au pays. Les galériens, eux, avaient subi le jugement d'un pays probablement moins civilisé que le nôtre. Quiconque jugeait la pendaison moins cruelle que cette mort lente et laborieuse dans les galères.

À Foulques, j'évoquai le sort de ces malheureux, et j'appris que nombreux de nos hommes, bandits et criminels, étaient aussi vendus à petit prix à des marchands, afin qu'ils nous en débarrassent. Les jours suivants, je me glissai parmi les rameurs afin de découvrir leur nationalité. Comme aucun ne répondit à mes questions, j'en tirai la conclusion qu'aucun n'était de chez nous. J'observai cependant leurs conditions épouvantables et jugeai leur traitement peu digne d'un animal.

Ainsi, nous traversâmes la Méditerranée d'Ouest en Est. Nos arrêts dans les ports de la Grèce étaient courts, juste le temps du ravitaillement. Nous rentrâmes enfin dans les eaux orientales où nous attendraient peut-être des pirates. Avec eux, pas question de jouer les héros, notre seule chance était la fuite, en espérant les distancer, ou bien la mort, par noyade la plupart du temps. Le sort des survivants à un assaut était la mort pour les faibles et les vieillards, l'esclavagisme pour les plus jeunes et plus costauds, ou le viol pour les jeunes femmes puis vendues à un marchand d'esclaves. Les demandes de rançon et le paiement existaient, mais ne garantissaient absolument pas la survie d'un otage.

Pendant cette avant-dernière étape, il n'y eut aucun pirate, aucune tempête, et aucun décès, puisque tous les plus faibles avaient déjà été enterrés et glorifiés. Ainsi, nous jetâmes l'ancre à Jaffa en ne déplorant aucun mort. Pour nos premiers pas en Palestine, des mules et des dromadaires nous y attendaient. Nous étions dès lors sous la protection du Calife Al Hakin, moyennant une taxe de dix dinars et autant pour le moyen de transport. Notre statut de Dhimmi nous protégeait et nous mènerait à Jérusalem, sain et sauf. Seuls les enchaînés, comme nous les appelions, durent marcher jusqu'à la grande ville. Des jeunes hommes guidaient nos bêtes, ils étaient tellement différents des hommes de nos contrées. Ce teint mat et ce profil aquilin me troublaient, et je n'étais pas insensible à leur beauté. Pendant les trois jours nécessaires pour la traversée, le regard défiant des moines envers les musulmans ne permit pas d'entrer en relation avec eux. Bien qu'ayant essayé à plusieurs reprises de sourire à mon chamelier, aucun signe de sympathie ne transpira du jeune homme. Les moines avaient choisi les mulets plutôt que les dromadaires, insistant sur le fait que ces animaux étaient l'œuvre de Satan, la preuve en était qu'il ne les avait pas implantés sur nos terres. Cette monture du désert était peu confortable, mais bien meilleure que les mules. La découverte du désert et de cette immense étendue de sable conférait à ce périple une sérénité appropriée. La chaleur qui y régnait était suffocante en milieu de journée, et nos guides veillaient à notre relatif confort. L'eau conservée dans des poches en peau de bête gardait une tiédeur raisonnable. Mon conducteur possédait un petit animal qui s'agrippait partout. La bestiole fut finalement la seule à prendre contact avec moi. Si les premiers jours les deux êtres que nous étions se craignaient, c'est l'animal qui fit le premier pas, certainement par curiosité. Son corps était plus petit qu'un lapin, et sa queue démesurée lui servait de balancier. Le plus curieux était les quatre pattes qui étaient semblables à des mains. Le moine savant, qui avait fini par se dérider, m'apprit le nom de l'animal de compagnie. Ainsi, c'était un singe, un petit, précisa-t-il ! Un moine qui n'avait pas écouté les consignes de sécurité se fit mordre par un serpent. L'homme pieux avait souffert pendant l'après-midi. Son visage avait pris une forme incroyable et avant d'arriver à Jérusalem, il trouva le repos éternel sous quelques cailloux.

Lorsque mon guide, de sa main, me désigna Jérusalem, elle m'apparut comme une gigantesque muraille en pierre. Jamais, je n'avais vu une telle construction. Un instant, l'immensité de la ville m'interloqua puis, prenant conscience qu'il s'agissait là de la ville sainte, celle où Jésus avait été crucifié, une émotion m'envahit l'esprit puis des larmes me remplirent les yeux. J'y étais, tout ce chemin pour en arriver là. À cet instant, je compris l'importance de ce voyage. Je touchais de mes pieds le sacré, je foulais la terre de Jésus et bientôt, je m'agenouillerais sur sa tombe.

Après nous être acquittés du droit d'entrée, nous entrâmes dans cette ville qui ressemblait aux autres villes d'Orient. Ceux qui n'avaient plus rien pour payer firent la manche, c'était le cas des ex-prisonniers à qui on avait enlevé les fers. Les moines trouvèrent refuge dans un monastère, et je fus logée chez l'habitant chrétien, comme se voulait la tradition : un homme et une femme de moyenne noblesse qui furent très bons avec moi.

Les semaines qui suivirent, je n'eus aucune nouvelle de Foulques qui m'avait presque, dirait-on, abandonné. Mes journées furent consacrées d'abord à entretenir une courtoisie avec mes hôtes, mais surtout dans la relecture de la Bible et la visite des lieux saints, et toujours accompagnée, la ville étant réputée comme très dangereuse pour qui s'y perdrait. Les visites ne furent guère concluantes. La foule se précipitait dans un chaos invraisemblable, tels des moutons dans une bergerie, mais point de place pour la prière et la méditation. Je parcourus cependant le mont des Oliviers et fus contrariée par le désaccord des guides qui se contredisaient sur le chemin du Christ portant sa croix. Ce cafouillage mit fin à mes promenades, tellement la confusion régnait dans cette ville. Il est vrai que plus de mille ans étaient passés depuis le supplice de Jésus, et que peu de moines étaient experts en traduction de la Bible, ce vide laissait évidemment place à toutes les légendes possibles. De plus, l'abomination de découvrir le Saint-Sépulcre démoli me mit en colère contre tous les fanatismes. Comment ne pas respecter un lieu si cher au monde entier. Certes, les musulmans dominaient la ville, mais était-ce une raison pour détruire l'idéal chrétien ?

L'homme s'appelait Simon, et la femme Isabelle, ils avaient l'âge de mes parents. Ils vivaient là depuis toujours, les parents de Simon avant eux. Isabelle me posait de nombreuses questions et je m'appliquais à y répondre le plus convenablement possible. Pourtant, je décelais parfois un sourire malicieux qui en disait plus long qu'une réponse verbale. Elle me demanda mon âge, et fièrement, je lui dis que j'aurai bientôt 20 ans.

De religion, ils n'en parlaient guère, pour eux, les pèlerinages étaient l'affaire de ces étrangers, moi comprise, venus là en grand nombre dans l'espoir d'une rédemption ou d'autre chose. Peu trouvaient réellement ce qu'ils étaient venus chercher, sauf les voleurs. Isabelle m'accompagna souvent au travers la grande ville, toujours accompagnée d'un garde. Les marchés aux légumes étaient ma sortie favorite tant la variété de ses exposants et de leurs étals regorgeaient de couleurs et de senteurs. L'exotisme de ce lieu m'enivrait, très vite, je m'y sentis chez moi. La présence de la maîtresse de maison à mes côtés était apaisante. Isabelle était une femme remarquable et d'une profonde gentillesse. Tous ses gestes étaient méticuleux et appropriés. Sa voix, chargée d'un lourd accent, était douce. Chaque parole et chaque mot étaient choisis et pesés pour ne jamais égarer ou frustrer son interlocuteur. Avec elle, j'appris la patience. Simon, lui, aurait été un père parfait. Sa bonté était écrite sur son visage. Selon les dires d'Isabelle, ils n'avaient plus d'enfants. Je voyais là, une grande souffrance qui torturait leur âme chaque matin dans ce bas monde. Simon me chérissait comme une fille, et mon séjour n'en devint que meilleur. Isabelle m'apprit à aimer Jérusalem, elle me fit découvrir ses rues et ses ruelles. Un matin sur deux, nous partions courir le pavé et nous revenions avant que le soleil soit à la perpendiculaire, au-dessus de nos têtes, pour nous réfugier à l'ombre et dans la fraîcheur de la grande demeure. Après la sieste, je me réfugiais dans la lecture des textes bibliques, j'y trouvais du réconfort et la proximité des sites religieux en ajoutait. Parfois, Simon venait me rejoindre et il m'expliquait des textes qui m'échappaient. Sa connaissance était immense et sa sagesse l'était encore plus. J'aurais aimé rester toute ma vie à leurs côtés et les prendre pour parents.

Ce que fit Foulques pendant cette longue période de villégiature, je n'en sus jamais rien. Cela faisait de nombreux mois que nous avions quitté notre province natale quand Foulques m'avertit du départ prochain. Des tensions avaient repris avec les musulmans, et la sécurité des chrétiens n'était plus assurée.

Je regrettais la famille chrétienne avec qui j'avais tissé un lien précieux durant ces longues semaines. Mais Jérusalem devenait dangereuse, et Foulques m'ordonna de quitter cette ville dans l'urgence. Simon et Isabelle insistèrent aussi pour que je m'en aille, j'étais déchirée et pleine d'amour pour ces deux êtres d'exceptions. Eux restèrent, Jérusalem était leur ville et Dieu leur protecteur.

Foulques décida de passer par Constantinople pour le voyage de retour. Le groupe était tout autre, puisqu'aucun rendez-vous n'avait été convenu. Les autres pèlerins n'avaient pas été prévenus, ainsi, c'est avec une vingtaine d'hommes, dont les dix compagnons de Foulques, que nous embarquâmes ce matin-là. Le temps était à la canicule, et aucune tempête n'était annoncée par les marins. Je retrouvais l'air marin et le sel recouvrait mes lèvres. Le roulis reprit ainsi que le clapotis sur la coque. Sous nos pieds, d'autres galériens ramaient continuellement, et comme à l'aller, je me faufilai plus bas. Dans la pleine ombre, un homme parvint à me faire signe qu'il me comprenait. Je l'interrogeai sur sa provenance, il me dit qu'il venait d'Anjou. Sa tignasse et sa longue barbe lui cachaient pratiquement tout le visage, mais ses yeux bleus me parlaient et en disaient long sur son calvaire. Évidemment, je n'étais pas autorisée à parler avec les prisonniers et Dieu sait quel traitement il aurait subi s'il avait été vu à parler avec moi, mais lorsqu'il prononça mon nom, « Mathilde », mon sang ne fit qu'un tour. Qui était cet homme ? Pourquoi était-il là ? À ma vue, il se mit à pleurer et me supplia de m'en aller :

« Mathilde, va-t'en ! Mathilde, va-t'en ! »

Je remontai rapidement sur le pont, émue et désespérée par la présence de cet homme sous nos pieds. J'essayai en vain de me souvenir d'un homme que j'aurais connu. Il m'avait dévisagé et supplié de partir avec une telle force de conviction que j'en restai bouleversée. Sans comprendre vraiment pourquoi, je n'en fis pas part à Foulques.

Les neuf premiers jours se passèrent à merveille, nous étions tous en bonne forme et nous nous préparions à apercevoir les côtes de Turquie, quand une voile étrangère nous prit en chasse. Le peu de vent dans la grande voile obligeait les rameurs à souquer ferme, mais notre embarcation était vieille et très lourde. Nous pûmes constater que des pirates étaient à nos trousses, et qu'inévitablement, ils allaient nous rattraper.

L'abordage fut terrible et la bataille qui s'engagea était perdue d'avance. C'est pour cela que Foulques lâcha rapidement son arme, espérant pouvoir parlementer avec les brigands. La moitié de nos hommes avaient été tués, mais je compris assez vite que les galériens n'avaient rien à craindre des pirates. Ils seront vendus avec le bateau, ce dernier changera de propriétaire, ce qui pour un homme enchaîné ne changeait rien. Le seul trésor réel qui était à bord, c'était nous, les Angevins. Ainsi, j'abandonnai notre galérien à son destin et je finis par l'oublier.

Une rançon fut demandée au comptoir de Constantinople et les sommes furent payées avec la promesse de Foulques de rembourser le comptoir par l'intermédiaire des évêchés. Les papiers furent signés et remis comme officiels dans les mains de chaque partie. Jamais nous ne fûmes maltraités et notre périple à Constantinople se passa comme si rien n'avait eu lieu. En cette époque, il régnait, tout comme à Jérusalem, une relative bienveillance entre les différentes religions. Les musulmans et les chrétiens, qu'ils soient orthodoxes ou catholiques, cohabitaient sans trop de heurts. À notre grand étonnement, nous profitions d'une escorte et d'un guide qui nous fit traverser la grande métropole, et notamment nous visitâmes la basilique Sainte-Sophie. Sa coupole gigantesque lui donnait un air majestueux que nous n'avions pas imaginé possible. Ses fresques et ses mosaïques nous subjuguèrent totalement. Jamais nous n'avions vu de telles richesses. Nous restâmes plusieurs heures à contempler et à prier. À l'extérieur, la bâtisse n'avait rien de commun, un dôme monumental en composait l'essentiel. Trois étages constituaient l'ensemble qui dominait à la fois la terre et la mer du Bosphore. Le spectacle admirable qui se présentait à nos yeux était digne d'une légende, et il ensoleillerait notre âme pendant longtemps. Qui pourrait nous croire, tellement cela semblait irréel ? Comment exprimer le sentiment de plénitude ressenti devant l'ouvrage parfait ?

Pour la première fois, je surpris Foulques ému aux larmes devant l'édifice. Il se conduisait comme un enfant, s'étonnant de tout, admirant chaque détail, galopant comme une brebis égarée.

Nos rapports étaient toujours restés distants. Jamais le comte n'avait cherché à me séduire. Alors que très ouvertement, il partageait sa couche avec d'autres belles inconnues, je compris que je ne serai jamais l'élue de son cœur. Toutefois, son attitude était plus celle d'un parent ou d'un ami très proche.

Notre séjour à Constantinople dura plus longtemps que prévu. Foulques tomba malade et un long arrêt s'imposa. Je restais à son chevet jour et nuit. Pendant la période d'une guérison miraculeuse de la maladie, j'en profitai pour prier et pour lui suggérer de pardonner pour ma mère avec tous les arguments appropriés. Foulques comprit dès lors l'intérêt de son pèlerinage et de l'opportunité d'améliorer son image auprès de son entourage. Il procéderait à un grand pardon pour toutes les personnes qu'ils n'avaient pas tuées, à la condition d'entreprendre ce même voyage de rédemption.

Ce séjour en Turquie fut l'occasion de découvertes extraordinaires. Les richesses de ses bâtisses et la culture de ses habitants rendirent la contrainte forte agréable pour moi. Nos hôtes nous traitèrent comme des princes. Je ne pouvais converser avec celui qui se présentait comme un sultan, nos langues étant bien différentes, cependant, je m'aperçus qu'il me regardait autrement qu'une simple invitée. J'avais comme l'impression qu'il me courtisait, et si je ne m'en offusquais pas, tant l'homme était beau, je ne m'imaginais pas dans les bras de cet étranger. Sa patience et sa courtoisie durèrent jusqu'à la veille de notre départ, moment qu'il choisit pour me faire comprendre qu'il souhaitait que je reste à ses côtés. L'interprète me fit part de l'intention du sultan : il avait dans l'idée de m'épouser et de me compter parmi les vingt-cinq femmes de son harem. Je ne savais pas comment échapper à cette invitation qui me semblait bien éloignée de nos traditions.

Le reste du voyage, même s'il fut encore périlleux, me sembla être une longue balade au travers les campagnes, et déjà, je me surprenais à regretter l'exotisme de ces merveilleux pays. Si les trois lieux de pèlerinage que nous avions rejoints m'avaient laissée impassible, le voyage dans son ensemble changerait ma vie, j'en étais maintenant certaine. Tant de grandeur, tant de beauté, tant de peuples différents m'avaient donné, et pour toujours, une meilleure idée du monde, de notre monde.

***

Le retour à Angers fut encore long et laborieux, mais sans encombre majeur. Dès son arrivée, Foulques mit en place certaines nouvelles règles dans son comté, et l'initiative fut saluée par l'évêché. Fort de sa nouvelle réputation, il entreprit de grands travaux et justifia ainsi l'augmentation des impôts. Il fit construire de nombreuses chapelles et fit agrandir les parcelles de terre. Des constructeurs et des bûcherons arrivèrent de partout, et lentement les villages se transformèrent et prospérèrent.

Foulques avait retrouvé son épouse et sa jeune fille Adèle, je repris mon rôle de dame de compagnie. N'ayant pas entendu parler de Julien, mon mari, depuis deux années maintenant, je demandai au comte de porter son deuil. La demande fut rejetée, Foulques avait évidemment compris la manœuvre qui consistait à me remarier à l'issue du deuil. En effet, les demandes en mariage se succédaient et je voyais là l'opportunité de sortir de ses griffes. Non pas que j'y sois malheureuse, mais l'idée de rester enfermée durablement dans ce petit cercle me dérangeait. Le mieux était de prendre le large.

Quand Roland se présenta à Foulques pour demander ma main, Foulques refusa puisqu'il était déjà l'époux de Guigone, ma mère. Roland, par la bouche de son interprète, annonça alors :

« Guigone est entre mes mains et elle purge sa peine dans une de mes geôles.

— Pourquoi n'en ai-je rien su ? s'exclama Foulques en colère.

— C'est que, tout simplement, j'ai voulu vous l'annoncer moi-même, en cet instant. Je n'ai jamais cessé de la chercher, et c'est bien le hasard qui m'a mis sur la bonne piste après toutes ces années. Je connaissais les bons rapports qui unissaient Guigone et Budic de Nantes et je n'ai jamais fait confiance à ce menteur, vous verrez, il finira bien par vous trahir, j'en ai l'intuition !

— Et donc ?

— J'ai simplement payé un espion de son entourage et j'ai obtenu les informations que j'attendais. Guigone n'avait pu se résoudre à cette vie de paysan, et après quelques jours d'errance, elle est venue se réfugier auprès de Budic qui depuis la cachait dans un de ses manoirs du bord de Loire. Après deux années de recherches et de surveillance, j'ai enfin réussi à l'enlever et, depuis une saison, elle croupit dans ma prison. Je ne lui ai fait aucun mal, et je voulais m'en remettre à vos conseils.

— Ah ! »

Foulques, qui n'avait pas imaginé cette finalité, fut désemparé. Réfléchissant un instant, il se retourna vers moi et me demanda :

« Qu'en penses-tu, Mathilde ? C'est ta mère après tout !

— Qu'est-il advenu de la famille paysanne qui l'accompagnait dans sa fuite ? »

Roland, avec un sourire de satisfaction qui en dit long, se mit à marmonner, reprit aussitôt par son interprète :

« Je dois dire qu'ils m'ont donné du fil à retordre. Le jeune Colin et son amie, qui se prenaient pour des anges et qui avaient pris d'assaut le château profitant de la tempête avec la complicité de certains hommes de ma garde, et qui rappelons-le, m'ont laissé pour mort, je les ai retrouvés et je dois dire qu'ils ont eu le sort qu'ils méritaient.

— Et lequel ? intervint Foulques.

— J'avais fait prisonnière la fille et je l'avais laissé comme appât à côté d'un puits. Le garçon, dans un geste de bravoure, a tenté de la délivrer et en guise de fuite, ils ont plongé dans le puits. Pour couper à toute rumeur, j'y ai fait jeter de la paille et mis le feu, ils sont morts noyés ou grillés, peu m'importe ! Il en est fini de cette légende « d'ange de la mort », je vous l'assure ! Quant au reste de la troupe, ils ont fui en Bretagne et je ne donne pas cher de leur peau avec ces barbares de Bretons ! »

Je me relevai brusquement de mon siège, mais les mots restèrent bloqués à l'intérieur de moi-même. J'aurais voulu crier et arracher les yeux de Roland. Je lui lançai un regard empli de haine et quittai la pièce d'un pas vif. Pourquoi avais-je soudainement de l'empathie pour Colin et pour ma mère Guigone ? L'un m'avait humilié, et ma mère m'avait bannie. Pourquoi me retrouvai-je au milieu de cette comédie du sort ? Qu'avais-je fait de mal pour hériter d'un tel destin ? Pourquoi n'avais-je pas un mari aimant et des enfants à chérir ? Ne valais-je pas mieux que ces ignobles seigneurs ?

Je revins dans la pièce et m'adressai à Foulques, ignorant Roland :

« Monseigneur ! Je ne suis qu'une pécheresse et je ne mérite pas un mari aimant. Je doute fort que Roland soit le compagnon idéal, et comme vous l'avez fait remarquer, il est déjà mon beau-père. Ma mère a commis des crimes, je sais qu'elle ne l'a pas fait contre vous, messire ! Mon père, Bertrand était un rustre et Roland, un infidèle. J'ai été moi-même, Dieu me pardonne, actrice de son drame. Je vous demande de l'indulgence pour ma mère qui est bonne. Je comprends aujourd'hui que je n'ai pas bien agi à l'époque.

— Ah, je comprends ! Ainsi, tu as toi-même trahi ta propre mère… Alors voilà ! Vous allez toutes les deux, toi et ta chère mère, repartir pour Rome, tu connais le chemin, n'est-ce pas ! Tu auras le temps de demander pardon à ta mère. En espérant que Dieu, dans sa grande clémence, daigne vous donner assez de force pour nous revenir. »

Roland, qui n'était pas d'accord avec la décision de Foulques, s'empressa de grogner et d'envoyer un sermon au comte. Évidemment, Foulques ne saisit pas le contenu du propos, et dans une lueur de lucidité, Roland s'empressa d'empêcher son interprète de traduire. Fâché, il fit demi-tour sans saluer son hôte. Foulques ne s'en offusqua pas, tant il connaissait le mauvais caractère de Roland.

J'étais troublée. Ainsi, je reverrai ma mère et ensemble nous devrions refaire ce long voyage périlleux, tel était mon destin. Je remerciai Foulques comme il se doit, lui promettant de prier pour lui dans sa longue vie et jusque dans sa longue mort. Foulques, ne comprenant pas ce que cette prière avait d'enviable, me renvoya dans ses quartiers

***

Foulques demanda à Roland de lui ramener ma mère vivante. De retour à son château de bois, Roland était en colère. Sur le chemin du retour, il avait ruminé et s'était résolu à ne pas suivre les consignes de Foulques.

« Cet imbécile de comte ne va pas m'enlever si facilement ma femme », bougonna Roland.

Il était bien décidé à la traiter comme elle le méritait, il ne pouvait y avoir de pardon pour cette sorcière qui l'avait amputé de son organe buccal. Guigone était dans sa prison et si elle en sortait, ce serait les pieds devant.

Ma mère était en grand danger et Foulques n'en était pas conscient.

Lorsque les soldats du comte d'Angers entrèrent dans la cour du château, ils furent reçus par Roland qui était habillé de noir. Quand les soldats d'Angers eurent pris position dans la forteresse, à la grande surprise de Roland, nous franchîmes, Foulques et moi, le portail d'entrée de la forteresse de mon enfance.

« Bonjour, Roland ! Je profite de cette belle journée ensoleillée pour te rendre visite. Alors, où est cette pauvre Guigone, je veux la voir tout de suite ! »

C'est l'interprète qui s'exprima :

« Dame Guigone a été conduite ce matin même à la chapelle, voulez-vous nous précéder, messire ! »

Foulques prit le temps de descendre de son cheval, pressentant une surprise. Sur ses pas, je pénétrai dans le lieu de culte. Mon regard cherchait ma mère sur les bancs de bois, il n'y avait personne dans la petite chapelle. Au sol, un cercueil fermé attendait les pleureuses. Foulques se retourna, fou de rage, et ressortit d'un pas certain de la chapelle. Les yeux plongés dans ceux de Roland, il s'écria :

« Que s'est-il passé ?

— Dame Guigone que l'on a sortie de la prison après notre dernière rencontre, et après l'avoir installée dans sa chambre où elle avait précédemment passé toutes ses nuits, s'est donnée la mort la nuit dernière. Nous l'avons retrouvée pendue dans sa chambre ce matin. S'inquiétant de ne pas la voir en sortir, le garde a frappé à sa porte et, n'obtenant aucune réponse, s'est permis de l'ouvrir, découvrant ainsi le triste spectacle. Elle s'était plainte hier au soir de l'embarras de vous revoir, vous et sa fille. »

Foulques, perplexe, n'ayant pas quitté Roland des yeux et écoutant le récit de l'interprète, réfléchit. Il retourna dans l'abbaye où j'avais déjà pris place au côté de ma mère. Agenouillée près du cercueil, les yeux pleins de larmes, je demandai pardon à ma mère, pour l'avoir abandonnée. Foulques se joignit à moi et, ensemble, nous priâmes longtemps.

Quand le comte d'Anjou demanda que l'on ouvre le cercueil, Roland resta sur ses gardes. Ma mère avait gardé sa beauté, mais les traits de son visage témoignaient de son long supplice. Je caressai les beaux cheveux blonds de ma mère. Je reconnaissais cette femme que j'avais tant aimée autrefois, et je l'embrassai sur le front avant de sortir de la chapelle.

Quand Foulques remonta sur son cheval, il demanda à Roland de l'accompagner. Il fit signe aux gardes de les laisser. Les deux cavaliers sortirent du château, traversèrent le village au trot et s'approchèrent du grand bois où des bûcherons s'affairaient. Certains hommes s'acharnaient sur un tronc et le va-et-vient de la scie sur le bois composait une musique lancinante. Les haches s'acharnaient à grandes volées sur un géant de bois vert. Les coups portés allaient bientôt lui être fatals. Les deux hommes descendirent de leurs selles à la rencontre des bûcherons. Ils s'approchèrent dangereusement de l'arbre, quand Foulques s'adressa pour la première fois à Roland :

« Tu vois, Roland, nous avons souvent combattu ensemble et j'ai un très grand respect pour le guerrier que tu as été autrefois. Bertrand, que tu as bien connu, était le plus dur d'entre nous et certainement le plus cruel. Mais à ma connaissance, il respectait sa femme et ne lui avait jamais porté de coup. Je pensais que tu aurais été un bon mari, mais je dois dire que, tout comme moi, tu as échoué. Je suis allé à Jérusalem et je me suis repenti de mes actes passés. Mathilde m'a accompagné et elle, plus que tout autre, m'a touché par son extrême intelligence et sa dévotion. Sa bonté vis-à-vis des pèlerins m'a fait comprendre que nous devions parfois être charitables et bienveillants. Je voudrais te conseiller d'accomplir ce voyage qui m'a ouvert les yeux. »

Les deux hommes, qui étaient face à face, se dévisagèrent longuement, et lorsque Foulques fit trois pas en arrière, c'était pour éviter le tronc de l'arbre qui s'écrasait sur le sol dans un bruit de tonnerre. Les bûcherons qui avaient compris la manœuvre n'avaient pipé mot, personne n'avait soufflé dans la corne pour prévenir du danger. Les bûcherons sortirent péniblement le corps massacré du châtelain et le hissèrent sur le dos de la bête nerveuse qui refusait l'odeur du sang. Les deux hommes rentrèrent au château en traversant le village, comme ils l'avaient fait une heure plus tôt dans l'autre sens, et les villageois regardaient tous en silence ce qui était advenu de leur seigneur. Le sang de Roland traçait un petit filet qui, du bois, rejoignait désormais sa tombe.

Foulques avait regardé le cou de Guigone qui, en effet, portait des traces de strangulation. Mais il savait faire la différence entre une corde et des mains. L'autre élément qui avait trahi les intentions de Roland était cette petite trace de sang sur le linceul de la belle dame. Juste sur le côté droit du cadavre, une auréole rougeâtre avait transpercé la toile.

Foulques me confia la gestion du château ainsi que des terres, comme ma mère avant moi, puis, accompagné de sa garde, il rentra à Angers. Ses derniers mots pour moi furent doux et chaleureux. Il me conseilla de démasquer au plus vite les complices de Roland et de les mettre aux arrêts. Si quelqu'un devait payer, c'étaient eux.

***

Depuis l'arrivée des bûcherons et des scieurs, le village avait changé. Sa traversée offrait une animation permanente et les boutiquiers faisaient de bonnes affaires. Les marchands et négociants n'étaient pas en reste ; la population avait presque doublé et des cabanes en bois s'étaient implantées prolongeant la grande rue. Des pauvres femmes, souvent laides, erraient à la recherche d'un homme qui voudrait bien les marier. La plupart vendaient leur corps à bon compte. Des hommes ivres se battaient parfois jusqu'à la mort pour les raisons les plus futiles ou pour le plaisir de gagner. Un barbier s'était installé, et la tête des hommes retrouvait les traits de leur enfance. Un marchand de légumes et d'épices faisait fortune. Désormais, on pouvait acheter du miel à bon prix. Depuis peu, les moines vendaient des bougies aux plus aisés.

Je pus constater que tout avait changé. De nouveaux artisans étaient nés, là où un métier était occasionnel, aujourd'hui, une organisation s'était mise en place. Des hommes auparavant pauvres étaient devenus aisés, et si le sort des femmes était toujours peu enviable, elles trouvaient leur place comme blanchisseuses ou couturières. L'auberge de Paul avait été reprise par son fils Jules qui avait vu, d'un mauvais œil, l'arrivée d'un concurrent, Pierre, dont la femme était bien plus jolie et savait attirer les hommes avec une poitrine de bonne laitière. Des querelles avaient pris forme peu à peu et le relatif calme qui régnait autrefois ne tenait plus qu'à un fil. Les colporteurs, qui autrefois étaient reçus comme des princes avec leurs charrettes emplies de trésors divers, quincaillerie, breloques et pacotilles, étaient maintenant mal vus. Des petits convois apportant étoffes, épices exotiques, et vendeurs de tout, avec ses marchands au teint basané, complétaient désormais l'offre. L'animation des troubadours, des jongleurs et autres dresseurs d'ours font toujours l'admiration de tous, mais le climat devenait nauséabond. Je décidai de mettre de l'ordre dans tout cela. Roland avait de toute évidence laissé aller les affaires, ne se souciant que des avantages qu'il pouvait en tirer en augmentant les impôts. Les colporteurs, eux n'étaient cependant pas inquiétés, mais au contraire mis sous bonne garde par les soldats de Foulques. En effet, ce dernier avait négocié directement auprès des négociants juifs le commerce itinérant moyennant d'un côté finance et de l'autre protection. Après avoir étudié la situation, je compris que si l'arrivée de nouveaux commerçants posait des problèmes de concurrence, tout le monde tirait un avantage avec une progression de la qualité des services et des prix qui n'augmentaient plus. De plus, cela assurait des revenus supplémentaires au château. Force est de constater que de ce point de vue, Roland avait vu juste. Cependant, il y avait besoin de régulation afin de ne mettre personne en péril et d'assurer une relative paix. Ainsi, je décidai de certaines règles commerciales de bon sens qui devaient assurer à chaque boutiquier une tranquillité et une justice.

Si une petite partie des terres appartenait au monastère qui ne payait pas la taille, le reste était propriété du château. Les paysans des terres les plus proches n'étaient pas libres de leurs cultures, ils travaillaient laborieusement pour quelques deniers seulement. Les autres, plus éloignés, étaient libres de gérer comme bon leur semblait, cependant, ils payaient fortement leur liberté et étaient victimes des variations des cours. Je remarquai cependant que le travail acharné de ce deuxième groupe de paysans était beaucoup plus rentable que le premier. Aussi, avec le déboisement et l'espace supplémentaire des cultures, je décidai que les nouvelles parcelles seraient octroyées à des paysans libres. Aussi, certains paysans des terres éloignées proposèrent de défricher de leur côté sur les environnements boisés afin d'agrandir leur terre et de produire plus. Le travail supplémentaire, souvent réalisé par des commis, améliora leurs récoltes et aussi la taille.

Après deux années de gérance, j'obtins de bons résultats et la sympathie de la population du domaine. Les querelles et les jalousies avaient momentanément cessé et tout le village prospérait tranquillement.

J'avais l'image d'une femme autoritaire et incontestée. N'ayant guère confiance dans les soldats qui m'entouraient, j'échangeais principalement avec le prieur François avec qui je partageais de nombreuses connaissances. Le duo que nous formions était solide et complémentaire. J'étais désormais considérée comme une femme pieuse, et mes élans de jeunesse étaient oubliés de tous.

La cicatrice de mon épaule était un lointain souvenir que personne n'avait revu depuis longtemps. Tous les jours, je me levais tôt pour aller à l'office, et mes premières pensées allaient toujours à ma mère.

Un jour d'été, je décidai de galoper jusqu'à Pierre-Frite, un lieu dont j'avais entendu parler, mais que je n'avais vu qu'une seule fois avec mon père. Ce jour-là, ce dernier avait tué de sang-froid un messager du roi, et nul ne l'avait su. Un soldat m'accompagnait pour ma sécurité, et lors d'une pause, nous discutâmes ensemble. Je lui confiai les détails de l'événement qui, après tout ce temps, n'avait plus d'intérêt pour personne. Devant cet aveu troublant, le soldat se confia et il me raconta les circonstances réelles du décès de dame Guigone. La vérité était lourde à entendre, le supplice que ma mère avait enduré était pire que tout ce qu'elle aurait imaginé. La fin tragique, où Roland avait porté lui-même le coup fatal, me fut avouée.

En fait, ma mère périssait depuis presque deux années dans une geôle. Elle avait supporté deux hivers rigoureux et un été de fournaise. Elle avait été violée maintes fois par tous les hommes qui avaient pu s'en approcher, dans l'indifférence totale de Roland. Sans doute pour son malheur, elle était restée belle, ce qui n'était pas répulsif pour ces brutes. Ce traitement divisait la garde du château, certains des soldats refusant de se prêter à cette barbarie. Mais tous étaient encouragés par Roland qui se vantait à qui voulait l'entendre du sort que l'on réserve aux traîtres. La pauvre, de son côté, avait abandonné tout combat. Elle savait que personne ne lui viendrait en aide. Sa nudité permanente n'était plus un problème. Les souillures, qu'elle subissait de la part d'hommes qu'elle avait souvent côtoyés, n'avaient plus d'importance. Elle s'était résolue à cette vie de détenue, comme bien d'autres avant elle. Elle était devenue une chose, un objet, une fleur qu'on écrase du pied, un légume qu'on épluche et écrase, incapable de mourir. La mort lui était refusée, elle n'acceptait pourtant pas l'idée de mourir entre ces quatre murs, aussi, le ventre creux, elle attendait. Elle attendait, le moment, l'opportunité, l'acte fou, l'instant où la fleur renaîtrait.

Elle avait réussi à voler l'arme d'un soldat pendant son va-et-vient incessant. Elle avait porté l'arme au cou du violeur. Quel serait le bon geste assez précis pour tuer cet homme bien plus costaud qu'elle ? Elle était faible et vulnérable. Et après, qu'aurait-elle fait ? Son plan s'arrêtait là. Pourtant, pas une fois elle n'avait fait ce chemin, du meurtre de sang-froid jusqu'à la porte de sa geôle, elle n'avait réussi qu'à érafler son persécuteur.

Jamais plus, depuis son arrivée au château, elle n'avait revu Roland. Aucun mot ne s'était échangé, un seul regard long et empli de méchanceté et de cruauté. La haine véritable, l'envie d'en découdre ou de faire souffrir. Pour Roland, prolonger l'instant, pour Guigone, ne pas lâcher. Aucune larme, aucun cri, pas de lamentation, comme Roland, avant qu'elle lui fasse couper la langue. Aucune pitié.

Cependant, Roland voulut en finir avant que Foulques n'envoie ses soldats pour emporter la dame. Roland faisait les mille pas et se confiait à qui voulait l'entendre :

« Quelle idée lui est passée par la tête ? Envoyer Guigone à Jérusalem, quelle mouche l'a piqué ? Mathilde mène Foulques par le bout du nez, c'est une évidence. Mathilde est la cause de tout cela ! Foulques a accordé à Mathilde le destin de sa traîtresse de mère, et la principale victime a été spoliée de sa vengeance. »

Roland ruminait ses propos, il trouvait l'injustice de la situation flagrante.

« Non, ça ne se passera pas ainsi ! Foulques est devenu un faible à la merci d'une nouvelle sorcière, je serai plus malin que le comte. »

Devant ses confidences graves de conséquences, le soldat honteux s'excusa de ne rien avoir fait pour empêcher cela.

Je fus touché par ses aveux, je le remerciai pour son honnêteté. Je posai ma main sur la sienne. Le geste singulier et chaleureux surprit l'homme qui se ressaisit et me pria de poursuivre notre chemin. Nous croisâmes quelques bûcherons et des paysans au travail. Les hommes me reconnaissaient et me saluèrent en conséquence. Ma très bonne réputation avait fait le tour du domaine, et nul n'aurait aujourd'hui osé me faire du mal.

Le menhir de Pierre-Frite était le même que dans mes souvenirs, sinon qu'il me parut plus petit. Il était encore tôt et je décidai de poursuivre notre route plus loin. L'approche du hameau m'émut, je ne savais pas exactement pourquoi j'étais venu jusque-là. Mes souvenirs d'enfance surgirent et l'histoire incroyable qui s'en était suivie, les rumeurs et les croyances, les tragédies, la mort de mon père, celle de Colin et de cette jeune fille, Margaux. Au centre de la courette, je regardais le puits dont j'avais souvent rêvé. Le triste destin pour ces enfants pauvres qui n'avaient fait que venger leur mère. Je descendis de mon destrier et m'approchai du puits. Je regardai le fond, et comme il faisait beau et que le ciel était clair, je ne vis qu'un trou noir. Mon premier réflexe d'enfant aurait été de lancer une pierre au fond, mais la femme qui s'approchait doucement de moi m'en dissuada. La paysanne, qui m'avait reconnue, tenta instinctivement une révérence maladroite. Je la repris par le bras et l'empêchai de se ridiculiser dans cette manœuvre incertaine. Je lui demandai :

« Bonjour, ma bonne dame ! Est-ce là que Colin et Margaux se sont noyés ? »

La paysanne, touchée par la distinction de « bonne dame », mais surprise par la question, me répondit :

« Noyés ? Ici ? Je n'ai jamais entendu parler de cela !

— Quand êtes-vous arrivé dans cette ferme ?

— Oh, ben… Faudrait voir ça avec mon homme, mais ça fait bien une dizaine d'étés ! Quand Roland nous a mis là, tout était en friche. Notre voisin, le Gérard, nous a dit que c'étaient des bandits qui habitaient là avant, et que Roland les avait chassés. Mais je n'ai jamais eu confiance ni en l'un ni en l'autre ! Gérard est un vieux bouc qui vient nous voler nos poules la nuit et qui nous empêche de travailler. Ses fils sont pires que lui, et mon mari ne peut rien dire. Oh, madame, pouvez-vous faire quelque chose pour nous ? Ils sont si méchants !

— Je verrai cela. Qui habite l'autre ferme d'à côté ?

— Ah ! là ! C'est la Marie et le gars Bertin. Des braves gens qui ont tout reconstruit. Ils sont arrivés avec leurs enfants, il y a deux ans déjà, juste après la mort de Roland. Ah, ils sont bien braves et travailleurs. Toujours prêts à donner la main. Mais Gérard leur cherche des noises sans cesse ! Je crois que si vous voulez en savoir plus, vous pouvez leur demander. Ils en savent plus que nous, c'est certain ! Mais j'y pense, peut-être voulez-vous boire un peu de lait de ma vache, il est bon, vous savez ! »

J'acceptai l'invitation, et mon garde se joignit à nous. Je fus attendrie par la gentillesse de la brave femme. Invitée à l'intérieur de la maisonnette, je me rendis compte de la précarité des lieux, mais je savais que c'était la condition de tous les paysans de la région. C'était ainsi, et le seul service que je pouvais leur rendre était une notion de justice. J'en conclus que mon propre sort était plus à envier que celui de tous les paysans du monde.

Nous sortîmes de la chaumière et nous dirigeâmes une seconde fois vers le puits, je m'agenouillai et priai. La paysanne m'imita et pria pour qu'il n'y ait jamais eu de noyés dans son puits. Nous reprîmes notre chevauchée jusqu'à l'Étang-neuf. La température était haute et la chaleur devenait étouffante en cet après-midi. Je me souvins des baignades que je faisais avec Odeline. Sans scrupule pour le soldat, je m'approchai de l'eau et me dévêtis entièrement avant de plonger dans l'eau tiède.

« Viens ! Elle est excellente ! »

Le soldat, abasourdi, ne savait plus que faire, et se refusant à une telle familiarité, il descendit de son canasson et fit signe que non. Je batifolai et barbotai dans l'eau, et l'homme commençait à trouver la situation ridicule. D'un coup, il se retrouva nu comme un ver et sauta comme un athlète dans un plongeon digne d'un gros caillou. Lorsqu'il se retrouva à la surface, mes bras l'attendaient, et mes lèvres le prirent d'assaut. Je n'avais pas touché un homme depuis longtemps, et cet après-midi chaud mit fin à cette longue privation.

Plus tard, nous rentrâmes au château, le soldat savait que la situation devait rester secrète entre nous deux, et que ni l'un ni l'autre n'aurait eu intérêt à ce que cela s'ébruite. Sur cet accord, le soldat me lista les hommes qui avaient été complices du meurtre de ma mère. Les jours suivants, l'un après l'autre, et dans une grande discrétion, ils furent mis aux arrêts et emprisonnés.

Le lendemain, un groupe de soldats fut envoyé chercher la famille de Gérard, père et fils, pour un entretien particulier. Tout refus de leur part aurait été mal vu et mes ordres étaient formels. M'étant aperçu, sur le grand mur de la salle de réception, que les parcelles de l'Ouest avaient été changées au profit de Gérard, j'avais bien l'intention de remédier à cette injustice.

« Gérard ! demandai-je à l'intéressé, dites-moi pourquoi vos terres ont été agrandies au détriment de vos voisins.

— Eh bien, pour les nombreux services que j'ai rendus à Roland, et bien avant cela, à votre père Bertrand, c'est évident !

— Ah oui ! Et pouvez-vous préciser quelle était la nature de ces services ?

— Oh, ça, ma petite dame, ce sont des histoires

d'hommes et des secrets qui ne concernent que les deux hommes en question ! Vous n'étiez qu'une enfant quand tout cela fut décidé. J'espérais justement vous demander pour agrandir mes terres, mais j'ai des voisins qui ne font que m'empêcher d'exploiter pleinement le secteur. Vous comprenez, j'ai des bouches à nourrir moi, des fils, des filles et leurs enfants ; ils commencent à être nombreux maintenant.

— Dites-moi, Gérard, pourquoi, et malgré que vos terres soient plus larges que celles de vos voisins, votre taille n'est que de cinq sacs de blé ?

— Comme je vous l'ai déjà dit, j'ai rendu des services autrefois… »

Sans laisser Gérard finir sa phrase, à la manière autoritaire de feu mon père, je fis un signe et des soldats s'emparèrent des quatre hommes. Enfin, je repris :

« Je n'ai été que trop patiente avec vous, Gérard, quel est le nom de votre jeune fils ?

— Claude.

— Eh bien, Claude, je vous envoie chercher le reste de votre tribu, et dans les plus brefs délais. Si dans quatre jours vous n'êtes pas revenu, je fais exécuter votre père. Est-ce bien compris ? En attendant, Gérard, vous et vos fils, vous allez goûter à l'austérité de ma prison, cela vous apprendra à parler à votre Dame. Soldat, faites disparaître ces canailles de ma vue ! »

* * *

Ainsi donc, ce Bertin était revenu. Ainsi, il était marié et avait des enfants. Il n'avait demandé d'autorisation à personne pour prendre la ferme, pourquoi personne n'en avait rien dit ? Gérard ne s'en était pas plaint. Après dix ans d'absence, ils s'étaient installés, comme ça, et depuis deux années, personne n'y trouvait à redire, même leur pire voisin ! Je compris qu'il fallait éclaircir ces zones d'ombre au plus vite. La curiosité m'emportait et plutôt que de faire venir Bertin, je retournerai à Pierre-Frite. L'occasion d'une nouvelle sortie avec mon ange gardien.

Cette idée ralluma un instant cette flamme qui s'était réveillée l'autre jour. Aucune fougue pour ce jeune soldat, mais une forme d'exaltation pour l'homme. Mon corps de femme était en manque et j'avais bien l'envie de le satisfaire, je devrais seulement être prudente. Mon image pieuse m'apportait du respect et de la considération. Mon savoir m'aidait à prendre des décisions courageuses. Des mœurs jugées scandaleuses seraient un paradoxe difficile à faire passer de la part d'une femme.

Le jeune Claude, dernier des fils de Gérard, arriva trois jours plus tard avec l'ensemble de la famille. Toute la famille était présente dans la grande salle. Seul le patriarche n'était pas présent. J'avais longuement réfléchi à la situation. Si l'homme perfide qu'était le père devait être puni, ses enfants devraient accepter les nouvelles dispositions ou ils rejoindraient leur père en prison. Je m'adressai au jeune Claude en premier :

« Claude, avancez-vous avec votre propre famille. »

Celui-ci avança avec sa femme et ses deux enfants. La paysanne était plutôt jolie avec ses deux tresses brunes, et elle s'était de toute évidence préoccupée de leurs tenues et de leurs présentations. En guise d'exemple, je les saluai :

« Bonjour, comment t'appelles-tu, jeune femme ?

— Garance, madame ! Bonjour, madame.

— Claude, selon toi, quel est le plus fort d'entre vous ?

— Eh bien, madame, je pense que Lothaire notre frère aîné est indiscutablement le plus fort, il peut faire tomber une vache d'un coup d'épaule, mais pour ce qui est de l'intelligence, Jean est certainement le plus fort. Gilles est bon, mais freluquet, pour ma part, je ne saurais dire même si je pense être costaud. Un autre frère manque à l'appel, mais il est moine et ne vient nous voir qu'une fois par an. Voilà, madame, j'ai répondu à votre question ! »

Devant l'expression et la synthèse de Claude, ainsi que les formules de politesse qu'ils avaient pris soin d'ajouter, je les remerciai avant d'appeler Lothaire, sa femme et les trois gosses. Celle-ci s'appelait Jacquette, et lorsque je lui demandai de s'exprimer, elle dérapa complètement. Lothaire ne fit pas mieux. Les mots étaient lourds et je fus vite agacée par la médiocrité de leur propos. Le tour de Gilles et de sa femme Laudine vint, et le constat de Claude se confirma dès les premiers mots. Les deux garçonnets étaient sales et mal fagotés. Enfin, Jean présenta sa femme Berthe qui était sourde et muette. La jeune femme était belle et plantureuse. Le couple était bien assorti, et les cinq enfants s'alignèrent d'eux-mêmes.

J'annonçai enfin ma décision :

« Vous êtes tous des adultes, et je ne veux plus que votre père décide pour vous. Il restera quelque temps dans mes geôles et je jugerai de sa libération en fonction de votre écoute et de votre attention. Tout d'abord, je veux que les terres qui ont été spoliées à vos voisins leur soient rendues expressément. Gille, vous rentrez à la ferme et vous continuerez l'exploitation des terres. Jean, je vous charge de reprendre la ferme de Sorin qui est abandonnée, je vous exonère de tout impôt pendant deux ans. Je suis certaine qu'avec

votre intelligence, vous convaincrez vos voisins de vous prêter main-forte. Lothaire, vous qui êtes si costaud, vous irez
rejoindre les bûcherons dans le bois près d'ici. Un logement
attendra votre famille, j'y ai veillé. Je vous mets en garde de
ne chercher querelle à personne, sinon vous rejoindrez votre
père. On se retrouvera dans un an pour faire le point. Quant
à vous, Claude, je suggère que vous restiez au château, j'ai
besoin d'un homme de confiance, je vous en expliquerais
plus tard les détails, vous, Garance, j'ai besoin de cuisinière.
Vos enfants pourront aller à l'école du matin. Voilà, j'en ai
fini, vous pouvez rentrer chez vous, je veux que dans une
semaine chacun d'entre vous ait pris ses nouvelles fonctions.

Les quatre familles sortirent de la grande pièce en silence.
La force avec laquelle j'avais tranché ne semblait pas être
contestable, et seul Lothaire était mécontent de son lot, mais
il avait entendu la menace qui lui pendait aux oreilles. Il avait
donc décidé de ne rien ajouter.

En regardant les quatre frères, je constatai leur ressemblance frappante, et elle n'avait dû échapper aux autres personnes présentes.

Mon souhait était de séparer cette famille, et surtout
d'isoler les aînés. Lothaire qui était une brute allait leur donner du fil à retordre, mais ayant déjà contacté le responsable
d'une équipe de bûcherons, ce dernier se chargera de le ca-
drer. Les trois autres frères parurent satisfaits de ces changements. Claude et Garance furent, agréablement surpris de
l'offre qui leur fut faite.

J'étais convaincue d'avoir pris les décisions justes et effi-
caces. Mon père, en son temps, aurait pendu les plus faibles
et incité les autres à se bagarrer. J'avais la certitude d'avoir
usé d'autorité tout en restant juste et humaine.

Après l'arbitrage concernant l'attitude de Gérard, certains

patriarches mirent un frein à leur autoritarisme sur leurs enfants, craignant l'enfermement.

Mes journées étaient bien remplies et mes décisions étaient nombreuses. Je sentais bien que les plus jeunes me donnaient raison quand leurs aînés s'enfermaient dans des allégations contre les femmes, et en l'occurrence contre moi. Mon pouvoir grandissait et dérangeait, je devrais rester sur mes gardes.

La visite surprise de Foulques me ravit. Ce fut l'occasion de faire le point sur le sort des soldats, au nombre de dix, qui avaient violé Guigone. Foulques fut catégorique, ils rejoindraient Angers où ils embarqueraient vers Nantes et passeraient quelques années dans les soutes des bateaux de commerce. Foulques se chargerait de les vendre comme esclave. Déchargée de cette nouvelle disposition et allégée de dix prisonniers coûteux, je remerciai Foulques pour cette sentence que j'estimai justifiée. Je ne voulais plus rien avoir affaire avec ces crapules, et surtout pas devoir les enterrer sur mes terres. Qu'ils aillent au diable !

* * *

Je me regardai dans un petit miroir. Ce cadeau de Foulques en disait long sur notre lien d'amitié. L'objet rond de la taille d'une grande main avait une poignée et sa face principale était polie et renvoyait mon image à peine déformée. Le coût du bibelot n'était pas à la portée de toutes les bourses. Les motifs orientaux qui en recouvraient le dos et la poignée désignaient ses origines. J'avais déjà vu mon propre visage dans le reflet de l'eau, d'une bassine ou d'un lac clair, mais là, devant moi, dans ma chambre, droite, immobile. Jamais on ne m'avait fait pareil cadeau. Désormais, je contemplerai mon portrait chaque jour. Peut-être trouverais-je dans ce regard les réponses aux questions sur mon destin. Tout ce chemin déjà parcouru, la mort de mes parents, de Roland, Angers, Jérusalem, Beaufort, mais aussi les incidents de Pierre-Frite et les bouleversements qui s'ensuivirent. Colin et sa famille. Tout avait commencé là-bas, et il fallait y retourner. J'étais convaincue que je devais affronter la vérité. Savoir ce qui s'était passé, pourquoi et comment ces paysans avaient pu tout chambouler.

Je repoussais cependant cette visite à plusieurs reprises sous des prétextes futiles, et quand le jour idéal arriva, je dus prendre mon courage à deux mains pour affronter mes fantômes. Depuis quelque temps, mes nuits étaient perturbées par des cauchemars animés par les personnes de ma jeunesse, celles de Pierre-Frite. Qu'avais-je à me reprocher ? Je n'avais été qu'une victime ! Je n'avais à l'époque aucune prise sur les événements ! Ma mère avait pris parti pour les pauvres paysans, pire, elle s'était rendue coupable d'un crime contre son mari et elle avait fait ce choix curieux de fuir avec eux.

Finalement, je décidai d'y aller seule. Comme pendant le pèlerinage, je me travestis pour passer inaperçue. J'aimais galoper sur mon cheval et savourais ces moments de liberté que donnait la vitesse.

J'ignorais la peur. C'était un sentiment qui n'avait que peu de prise sur moi. L'appréhension, la réflexion, le questionnement, je ne comprenais pas l'angoisse dans son ensemble. Aussi, mes cauchemars m'étonnaient. Mon angoisse venait d'ailleurs, je sentais que cela avait à voir avec Colin et Margaux.

J'arrivai très tôt le matin devant la chaumière de Bertin et Marie. Celle-ci sortit de la maison et vint me saluer en boitant :

« Bonjour, madame, que pouvons-nous faire pour vous ? » m'interrogea-t-elle tout de suite. Surprise par cette entrée en matière, je n'en fis rien voir :

« Bonjour, jeune femme ! Où est ton mari ?

— Dans les champs, pour sûr ! J'envoie tout de suite un enfant le chercher ! »

Sur ces derniers mots, un jeune garçon, qui avait déjà compris l'ordre, s'élança vers l'arrière du hameau. Marie reprit :

« Venez vous asseoir sous le grand chêne à l'ombre, il fait déjà chaud en ce milieu de matinée, cela nous promet un après-midi chaleureux ! Voulez-vous boire quelque chose ? »

Devant la gentillesse de la paysanne, j'acceptai. Lorsqu'elle revint avec trois bols et une cruche pleine d'eau fraîche, Bertin apparut au coin de la chaumière. À ma vue, il resta un instant figé, surpris par ma présence et surtout par mon accoutrement qui montrait bien le caractère non officiel de cette visite. Il fit les derniers pas qui nous séparaient et me salua comme il se doit, avec une courbette et en baissant la tête, puis il vint s'asseoir à la table en bois.

« Pardonnez-moi d'arriver chez vous comme ça, sans m'être fait annoncer, mais je désirais vous parler sans autres témoins.

— Vous êtes la bienvenue, madame.

— Oui, s'il vous plaît, Bertin ! Pouvez-vous cesser ces formules de politesse, nous savons vous et moi, ce qui s'est passé ici et j'aimerais bien que nous en parlions.

— Qu'y a-t-il à dire aujourd'hui ? Tant de choses ont été déjà racontées ! Nous désirons seulement vivre en paix.

— Oui, je comprends, et vous pouvez compter sur moi pour vous aider, mais…

— Nous ne désirons pas de régime de faveur, madame ! Nous payons nos impôts comme il se doit et nous n'importunons personne, nous !

— Calmez-vous, Bertin ! Je sais tout cela ! Je dois réparer la grande injustice qui vous a été faite, et pardonnez ma maladresse, mais je n'y pourrai rien si vous vous butez !

— Vous n'avez rien à voir avec ce passé. Ce qui est arrivé est arrivé, et nous n'y pouvons rien. Je regrette le décès de votre mère, c'était une femme d'honneur, et je suis heureux pour vous qui prenez le même chemin. J'ai entendu beaucoup de bien de vos décisions, et c'est pour cette raison, d'ailleurs, que nous y sommes revenus. Le père de Marie et ses aïeux avant lui travaillaient ces terres, elles étaient abandonnées, et si cela vous dérange, nous repartirons !

— Je vous remercie pour vos paroles, Bertin, et je ne souhaite que votre bonheur. Je voudrais seulement que vous m'aidiez à y voir plus clair. Bertrand et Roland vous ont causé tellement de torts que ma vie entière n'y suffirait pas pour réparer.

— Il n'y a rien à réparer, madame ! Il est trop tard pour cela. Maintenant, il faut vivre, reconstruire et créer un monde meilleur, mais rien ne venant de vous ne pourra y changer. Nous sommes des paysans et vous êtes des seigneurs, et c'est ainsi ! Votre mère a essayé de vivre à nos côtés, mais en vain. La vie est trop dure dans les campagnes, les gens comme vous n'imaginent pas la souffrance des hommes de la terre.

— Détrompez-vous ! J'ai côtoyé des hommes bien plus malheureux que vous, et certains autres qui souffraient même en guise de repentance. Mais ne jouons pas à ce jeu qui consiste à dire qui a vu quoi de plus que l'autre. J'ai juste le souhait d'apporter un peu de justice dans ce bas monde, et je compte bien commencer par ces terres. Vous avez été victime d'injustice et je vais réparer. D'abord, les terres d'origine vous seront restituées. Ensuite, je veillerai à ce que la taille ne varie pas en fonction de l'humeur du percepteur. Ce dernier est nouveau, puisque le précédent a été relevé de sa fonction et croupit en prison. Il détournait à son profit des bénéfices substantiels.

— Enfin, voilà de bonnes nouvelles ! Je vous remercie, madame.

— Je ne m'arrêterai pas là, et je désirerais avoir de bons conseils afin d'améliorer votre quotidien. Effort qui pourrait être profitable à tous. Je compte réunir une petite commission de paysans afin d'en définir les intérêts. En ferez-vous partie ?

— Eh bien ! Puisque vous me le demandez, j'en serai honoré !

— Bien, je vous convie au château, dimanche après la messe, nous pourrons bavarder longuement. J'enverrai des hommes à cheval pour vous chercher. »

Je sentis que Marie, d'abord effrayée de la tournure de cet entretien, était maintenant soulagée. Enfin, elle ne craindra plus d'être renvoyée et Bertin trouvera de l'aide. Il était tellement courageux, mais la vie était tellement difficile.

La discussion s'était bien terminée, cependant, je fus déçue de n'avoir pas posé certaines questions sur Colin et les autres. Mais j'avais ouvert une porte qui me permettrait d'y revenir plus tard.

Après avoir salué Marie, je me dirigeai vers mon cheval et Bertin m'accompagna. Avant de grimper sur mon destrier, je me retournai vers le paysan :

« Bertin ! Je sais que l'histoire est ancienne, mais je suis venue ici aujourd'hui pour vous demander pardon. »

Bertin, étonné, me dévisagea et demanda des explications :

« Pourquoi donc !

— J'étais là, ce jour où ils ont torturé…

— Ah, ça ! J'avais presque oublié. Disons plutôt que, à part les cauchemars qui me reviennent régulièrement, c'est en effet de l'histoire ancienne. Et puis vous étiez jeune ! De toute façon, les responsables ont payé de leur vie, voilà qui est en ordre.

— J'ai souvent repensé à ce terrible moment. Jamais plus pareille sentence ne sera infligée à quiconque sur mon domaine, je vous en fais la promesse. Mais, Bertin, je vous demande pardon parce que j'étais là et que j'ai vu ce que je n'aurais jamais dû voir, et cela fait de moi une coupable.

— Si cela peut vous consoler, j'accepte votre pardon, et sachez que je ne vous en veux pas. Maintenant, faites comme moi, oubliez !

— Merci Bertin, vous êtes un homme bon !

— Vous aussi, madame, vous êtes bien bonne. Nous avons de la chance de vous avoir désormais, merci pour tout ! »

Villevêque

An MXXVI

Arnaud fulminait à son tour. Il avait bien essayé de rogner la porte avec le couteau pointu qu'il avait bien pris soin de cacher, mais le bois était tellement épais et dur, qu'il avait fini par renoncer. Du côté de la fenêtre, les gros barreaux de fer scellés dans la pierre ne permettaient aucun espoir. Évidemment, la ration d'eau et de pain était toujours distribuée une fois par jour, mais les aliments qu'il avait planqués sous son lit avaient servi de festin à une compagnie de souris attirées par l'odeur du fromage. Ainsi, il avait vu s'envoler ses réserves presque sous son nez par ses petits mammifères qui eux pouvaient entrer et sortir à leur guise et chercher pitance en toute liberté. Selon sa propre logique, la détention arbitraire aurait dû s'achever au quatrième jour, et Arnaud avait trouvé ce dernier jour horriblement long. Il avait oublié le manuscrit dans le réfectoire et n'avait aucune occupation possible. André tenait là sa revanche. La nuit tomba pourtant et le bastaing resta en place jusqu'à ce que la ration quotidienne réapparaisse de nouveau. Arnaud comprit alors que ce vieil imbécile ne cherchait pas une revanche, mais une vengeance, ce qui pouvait ne pas avoir de terme. Il connaissait la méchanceté du moine et pouvait s'attendre à tout. Les premiers jours, l'idée lui était venue que tout cela était de bonne guerre, mais André était un adversaire belliqueux et il ne jouait pas. Le jeune moine était bel et bien emprisonné et à la merci d'un fou furieux qui pouvait le laisser croupir des semaines, voire plus, dans ce trou à rats. Il reprit le grignotage laborieux de la porte, seule occupation utile dans ce cas.

Tailler au niveau de la serrure n'aurait servi à rien, il était probable que le bastaing s'appuyait contre l'ouvrant de la porte, aussi Arnaud avait déjà bien entaillé le pourtour au niveau du gond d'en bas et commencerait demain le gond du haut. Une semaine était déjà passée, et si André ne lui ouvrait pas cette satanée porte avant, il en viendrait certainement à bout dans trois ou quatre jours. Évidemment, Arnaud écoutait les pas lourds d'André dans le couloir et espérait le surprendre dès que la porte aura cédé. Il démonta le cadre de son lit et en retira un bastaing assez gros et lourd pour servir de bélier. Quand il commencera à taper sur le bois affaibli par les entailles, André sera alerté de l'évasion et viendra renforcer l'entrave avec d'autres bastaings. Il fallait jouer finement. Mais par-dessus tout, il fallait réfléchir aux conséquences sur le monastère. Jamais plus, ils ne pourraient se réconcilier. André aussi le savait, et c'est pour cette même raison qu'il gardait Arnaud prisonnier. Ensuite, qu'allait-il se passer ? L'un d'eux devrait partir, peut-être même les deux ? Certainement les deux ! Où devaient-ils aller, à Angers... ensemble ? Non, c'était ridicule !

Arnaud finit par se demander s'il était bien fait pour les

ordres. En partant sur les routes, comme l'avait jadis fait Bertin, il rencontrerait certainement un seigneur prêt à le prendre à son service et mettre à profit ses connaissances. Mais que savait-il au fond ? Rien de l'extérieur ! Bertin, lui, avait rencontré celle qui était devenue sa femme, Marie, la boiteuse, mais Arnaud se demandait quelle serait sa vie dehors. Et puis, ces femmes, celles dont on disait le plus grand mal, ici, au monastère, seraient-elles aussi malicieuses et perverses qu'on le dit ? À en lire l'épais ouvrage de Bertin, cela semblait être vrai. Arnaud repensait à sa belle cousine Emma, qu'il aimait tant ; ils jouaient ensemble en toute innocence. Depuis que le père Amédé, ce paysan qui leur apportait le lait et le fromage chaque jour, était tombé malade, c'est sa fille qui déposa le panier d'osier, et c'est Arnaud, qui, ce jour-là, ouvrit la porte et débarrassa la belle, leurs yeux se croisèrent comme par curiosité, juste le temps de percevoir le diable. L'entrevue ne prit qu'un instant et se renouvela le lendemain et le surlendemain avant le retour d'Amédé, mais il apporta la preuve que ces âmes faibles peuvent tourmenter les plus pieux ; les nuits d'Arnaud en furent, pour un temps au moins, hantées par les formes de la belle fermière. Même le lait prit un nouveau goût, le goût obsédant de la chair.

L'autre souci d'Arnaud était la santé de Bertin. André avait-il pris soin du malade ? L'avait-il nourri suffisamment après sa forte perte de sang ? L'homme avait besoin de prendre des forces pour combattre le mal. De plus, Arnaud désirait lui poser des questions sur ses aventures passées. C'était d'ailleurs la première raison de sortir de ce trou.

André dormait lorsque, sorti d'un sommeil profond, son rêve résonnait encore dans la nuit, les coups se mêlaient à l'orage qui commençait à gronder.

« Le merdeux ! » s'écria André à lui-même, comme il allait le nommer désormais.

Comprenant que les coups qui traversaient les couloirs venaient de la porte de son prisonnier, il alluma la bougie, serra d'une main ses sandales de cuir et se dirigea sans perdre de temps vers la chambre du merdeux. Ce qu'il découvrit était une porte arrachée de ses gonds gisant sur le sol. Mais pourquoi n'avait-il pas pensé à mettre un autre bastaing ? De colère, il s'en retourna, certain qu'un rôdeur l'épiait dans le noir. N'ayant absolument pas prévu cette éventualité, il se trouva dépourvu et se précipita vers sa chambre, mais dans un instant de lucidité, il se ravisa, comprenant le piège qui se renouvelait. N'était-ce pas là le plan du merdeux ?

Il continua son chemin vers la cuisine où il s'arma de la grande louche.

Pendant ce temps, Arnaud n'avait pas eu d'autre idée que de se rendre au chevet de Bertin, qu'il trouva dans un état lamentable. Une bougie en fin de vie éclairait le visage du malade, et Arnaud fut soulagé de retrouver Bertin bien vivant. Saisissant la bougie, il se dirigea d'un pas certain vers la cuisine où il trouva André debout devant la cheminée, comme terrorisé, la grande louche comme seule défense. Sans se préoccuper du vieux, il s'empara d'un chaudron et sortit dans la cour vers le puits afin d'y puiser de l'eau propre et fraîche. Puis il revint à la cuisine où André n'avait pas bougé d'un pouce. Il transvida le chaudron de bois dans une marmite en fonte et ratissa le feu de la cheminée pour réchauffer l'eau. Il s'empara alors d'une bûche et enfin du tisonnier. Il raviva les braises et bientôt la cuisine s'illumina de nouveau. C'est alors qu'il découvrit sur le bord du foyer des restes du manuscrit incendié. Aussitôt, Arnaud se rapprocha d'André, le tisonnier en avant :

« Alors, tu l'as brûlé !

— Quoi, ce chiffon de malheur ? Bien sûr que je l'ai brûlé ! N'as-tu pas vu les désastres qu'il nous a apportés ? C'est l'œuvre du diable, et cet homme en est un émissaire, ne vois-tu pas ce qu'il a fait de nous ? »

Manuscrit V

Colin

Nous nous en étions sortis presque miraculeusement. La bonne chance nous accompagnait, mais il ne fallait pas traîner près du puits. Nous décidâmes de rejoindre, nos parents après Nantes. Nous ne retrouvâmes pas les chevaux et nous supposâmes que les hommes de Roland les avaient repris. Il nous fallait pourtant rejoindre Nantes au plus vite, et ceci, sans rencontrer une nouvelle fois le félin. Par chance, Roland nous croyait morts.

La route fut longue jusqu'à la grande ville, et les délais convenus avec Bertin furent dépassés lorsque nous arrivâmes après Nantes. Nous longions les bords de Loire et à chaque bois ou forêt, nous cherchions des traces de leur passage. Les croix de bois étaient bien là pour nous rassurer, et nous bivouaquions aux endroits mêmes où ils nous avaient attendus. Puis nous marchions jusqu'au prochain arrêt. Environ quatre jours nous séparaient de nos parents, mais nous ne pouvions pas aller plus vite. L'état de faiblesse de Claire ne nous permettait pas de presser le pas. Malgré les sévices, physiques et psychologiques, qu'elle avait endurés, son état s'améliorait. Les journées de marche étaient longues et périlleuses, mais nous qui n'étions guère sortis de notre vallée, nous découvrions de nouveaux paysages. Des bateaux de toutes tailles voguaient sur le fleuve et nous offraient à chaque fois un spectacle différent. Cela ne nous empêchait pas d'avancer, bien que nous ayons désormais perdu la trace de nos proches. Nous étions maintenant obligés de demander aux habitants qui longent le fleuve s'ils avaient aperçu un groupe d'hommes et de femmes trois jours auparavant. Personne n'avait rien vu ni entendu, ce qui nous laissait perplexes, mais il fallait constater que nous étions, dans l'ensemble, bien reçus par les riverains. Certains nous hébergèrent sans rien demander en échange, nous les remerciions vivement et continuions nos recherches plus loin.

Plus tard, la Loire était devenue très large et nous peinions à apercevoir l'autre rive. Les mouettes firent désormais partie du paysage, et nous commencions à sentir la mer. Les nombreux marais nous obligèrent à de grands détours. Nous arrivâmes à un petit village nommé Saint-Nazaire. La nuit tombait et nous trouvâmes refuge dans la petite église. À notre réveil, nous découvrîmes la simplicité de l'ouvrage, mais aussi le lieu de culte réservé aux marins. Des filets et des objets de marine couvraient les murs de la chapelle. Nous nous étonnâmes de cette coutume et nous traversâmes le village avec cette même appréhension, la découverte d'une vie différente de nos campagnes, la vie des marins et celle de la mer. Sur le bord des rochers qui surplombent l'eau, nos yeux furent captivés par l'étendue de l'océan. À perte de vue, de l'eau, seulement de l'eau, encore de l'eau. Et puis les vagues qui, dans un balancement régulier, venaient mourir sur le sable ou contre les parois rocheuses. Le bruit incessant qui résonnait dans nos oreilles, accompagné des milliers d'oiseaux, nous perçait les tympans. Des pêcheurs débarquèrent leur cargaison sur le ponton dans des paniers en osier. Jamais nous n'avions vu autant de poissons à la fois. Des femmes arrivaient déjà avec leurs paniers pour emporter leur pitance. Dans nos campagnes, l'approche d'un étranger aurait mis tout le monde en alerte, ici, personne ne nous voyait, nous étions là, devant eux, ils ignoraient notre présence. Leur langage était curieux, nous connaissions un peu le latin que les moines récitaient à chaque office, mais les mots qui s'échappaient de leur bouche à la vitesse de la grêle, ne nous apprenaient absolument rien. Devant cette difficulté de communication, nous prîmes alors la décision de rebrousser chemin. Le monde de la mer referma ses portes derrière nous.

Nous revînmes sur nos pas jusqu'où, a priori, nous avions perdu la trace de nos parents. En passant auprès d'un charron, je demandai si l'homme n'avait pas du travail pour lui. Il fabriquait une embarcation longue d'une dizaine de pas, et j'eus très vite envie de participer à la construction de la barque. Le travail du bois me rappellerait les longues soirées passées avec mon père dans la fabrication de notre première charrette. Des tas de bois entouraient la chaumière de l'artisan, et la proximité du fleuve vouait ce dernier à construire des bateaux de toutes dimensions, comme il aimait à le rappeler. Louis était le nom de mon maître d'apprentissage dans ce nouveau métier. Il vivait seul, sa famille ayant été massacrée par des Vikings remontant la Loire, bien des années auparavant. Il avait simplement repris les rênes de l'entreprise de son père, selon les méthodes ancestrales. Le travail n'était pas fatigant comme l'était celui des champs, mais les commandes des marchands le pressaient et l'obligeaient à travailler tous les jours, du lever du jour et la tombée de la nuit sans jamais prendre de pause. Mon arrivée tombait à pic, il faut dire que nous lui demandions juste un abri en échange de mes services. Louis n'était pas spécialement courageux, mais il compensait sa paresse par une ingéniosité de tout ordre. Toujours à la recherche d'idées nouvelles qui participaient à l'amélioration et à l'efficacité de son métier, j'appréciais cet homme ingénieux qui osait bousculer les traditions.

Le premier jour, nous logions dans l'atelier, mais l'odeur forte du bois nous poussa à déménager dans le sous-bois d'à côté. Lorsque la première embarcation fut terminée, je demandai à Louis un temps de pause pour construire une maisonnette en bois pour passer l'hiver au chaud. L'homme était vraiment sympathique et je remarquais assez vite qu'il s'intéressait à Claire. Je n'y voyais pour ma part aucun inconvénient, même si Margaux, elle, regardait la chose d'un air soupçonneux. L'intéressée, elle, ne voyait rien venir.

Louis m'aida dans la construction de la charpente et du toit en chaume, à cette occasion, il nous fit part d'une idée qui nous enthousiasma tous. Le bois contenait de nombreux saules et l'idée lui était venue de fabriquer des paniers en osier. Nous avions tous déjà tissé des paniers pour nos besoins personnels, mais il projetait d'en vendre aux marchands. La demande était forte et les petites mains des deux jeunes femmes allaient être utiles dans la réussite de l'exploitation. Claire qui, pour une fois, avait compris la manœuvre, reprit Louis :

« Mais qu'avons-nous à y gagner dans tout cela ?

— Eh bien, je pourrais vous payer pour chaque panier !

— D'accord ! Mais toi, là-dedans que feras-tu ?

— Moi ? Je chercherai les clients qui achèteront les paniers que vous fabriquerez et je fournirai le bois.

— Le bois que Colin ira couper pour toi ! »

Louis, gêné de la tournure des questions de Claire, commençait à comprendre que la femme qui sommeillait chez Claire était tout sauf bête, alors, il chercha une formule pour amadouer la donzelle :

« Oui, tu as raison, je comptais bien lui donner quelque chose ! »

À ces mots, je compris où voulait en venir Claire avec ses questions : elle cherchait à négocier la participation de chacun dans l'entreprise, ce qui n'avait pas été le cas depuis plusieurs mois de labeur. Louis avait bien profité d'une main-d'œuvre gratuite, et il était temps que cela cesse. Colin décida d'entrer dans le débat :

« Louis, nous te remercions vivement pour l'aide que tu nous as apportée, mais comprends que nous ne pouvons pas travailler pour rien éternellement, nous ne sommes pas tes esclaves, n'est-ce pas ? »

Claire reprit :

« Un salaire ne peut suffire, nous voulons participer pleinement à la réussite de l'entreprise, mais nous devons faire les choses le plus justement possible, tu verras, tu seras gagnant, je te le promets ! »

La demande de Claire allait bien au-delà de mes pensées, et je ne comprenais pas trop quels étaient les termes de sa promesse. Louis, sous le charme de la belle, et après un bref moment de réflexion, finit par déclarer :

« Je comprends. Nous calculerons nos bénéfices et nous les partagerons. Bravo, Claire ! Tu m'as eu, qui t'as appris à négocier ainsi ?

— Toi ! Je t'ai souvent écouté négocier, cela fait partie de ton métier. Colin, lui, ne connaît rien à cela ! répondit-elle avant d'ajouter : Tu as cédé facilement, ce qui prouve que tu es juste. Tu es un homme bon, et c'est ce qui compte pour moi. Je n'aurai pas accepté que tu profites de nous plus longtemps. Maintenant, tu peux me demander ce que tu veux ! »

Les mots de Claire étaient fermes, et maintenant, son regard direct en disait long sur ses sentiments à l'égard de Louis. Il était bien plus âgé qu'elle, mais l'homme était honnête, sérieux et courageux. Elle avait un corps souillé à lui offrir, et s'il l'acceptait, elle en serait satisfaite.

* * *

Notre entreprise fonctionnait plutôt bien. Claire et Margaux fabriquaient chacune un panier de bonne qualité par jour. Elles s'occupaient aussi de la nourriture, Margaux chassait et Claire cuisinait. Pendant ce temps, nous fabriquions des bateaux. Nous avions embauché deux apprentis qui nous permettaient la mise à l'eau de deux embarcations chaque année. Les demandes allaient bon train et les ventes de paniers progressaient de jour en jour.

Comme il fallait s'y attendre, nous eûmes la visite d'un percepteur d'impôt. Il était accompagné de quatre soldats armés jusqu'aux dents, et l'inspection de la fabrique intéressa l'homme de comptes. Il avait ressenti la bonne affaire, et nous nous doutions bien qu'il ne repartirait pas les mains vides. Louis n'était pas homme à chercher querelle, et comme il s'était récemment marié avec Claire, il n'aurait rien tenté qui puisse mettre en danger son nouveau foyer. Après une trop courte réflexion, le percepteur annonça la taxe à verser sans préciser qui en serait l'heureux bénéficiaire. La somme était extravagante, et je vis Louis défaillir. J'intervins enfin dans la conversation :

« Pardon ! Puis-je savoir qui vous envoie ?

— Budic de Nantes, votre protecteur, évidemment ! Mais qui êtes-vous jeune homme ?

— Colin, je suis l'associé de Louis le charpentier. Mais dites-moi sur quel élément vous calculez cette taxe ?

— Ça ne vous regarde pas ! Si vous contestez la somme, dites-le tout de suite, jeune homme, qu'on en finisse !

— Non, non ! Je voulais juste comprendre. Mais dites-moi, cette taxe, il faudra s'en acquitter chaque année ?

— Évidemment, espèce de sot ! C'est bien le principe de l'impôt !

— Mais dites-moi ! Un percepteur, envoyé par Conan de Bretagne, nous a aussi demandé une valeur l'autre jour, bien inférieure à celle que vous demandez, et comme nous n'avions pas les moyens de payer comptant, il nous a conseillé de rassembler la somme avant l'hiver, le temps pour nous de vendre ce beau bateau que nous sommes en train de fabriquer. Alors, je vous repose ma question : à qui devons-nous payer cette taxe ? J'étais pour ma part certain que nous étions ici en Bretagne ! Je crois que vous vous êtes trompé de bord, regardez l'autre rive, là-bas, c'est le comté d'Anjou. Alors dites-moi, sieur...

— Pochon ! C'est mon nom, intervint le percepteur en colère.

— Bien, sieur Pochon, je vous pose une question : Budic, lui, il marche au côté de Foulques ou de Conan, parce que nous, on ne sait plus très bien ? »

À ces mots, l'homme marmonna dans sa barbe, et ne pouvant perdre la face, il précisa, l'air intraitable :

« Vous êtes sous la protection de Budic, et peu vous importe où va l'argent !

— Pourvu qu'il entre dans vos poches, hein ! Espèce de salaud ! » répondit Louis qui était devenu rouge comme coq en colère.

Le ton commençait à prendre une mauvaise tournure, il était important de calmer tout le monde, Claire s'en chargea :

« Bien, combien de temps nous donnes-tu pour payer ? Comme te l'a confirmé Colin, nous ne pouvons pas nous acquitter d'une telle somme. Et que dira l'autre collecteur quand nous lui dirons que nous avons tout donné à Budic ? »

L'homme réfléchit, mais ne savait que faire, aurait-il dépassé les limites de son secteur ? Il n'en savait trop rien.

« Bon, je repasserai plus tard ! À l'automne, quand le bateau sera vendu.

— Oui, mais si l'autre passe en premier, que lui dirons-nous ? » s'enquit Louis.

Le percepteur était déjà monté sur son cheval et feignit de ne pas entendre. Il fit demi-tour et repartit avec ses hommes de main. Nous l'avions déstabilisé par nos questions. Évidemment, l'autre percepteur sortait de mon imagination. J'avais, quelque temps auparavant, envisagé la venue du percepteur. Louis m'avait répondu qu'aucun agent du trésor n'était jamais passé dans le secteur. De toute façon, nous avions amplement de quoi payer, mais nous avions élaboré ce petit stratagème qui avait bien fonctionné. Nous paierons plus tard. Cependant, Claire était en colère contre moi, elle trouvait que je jouais à un jeu dangereux. Elle avait peut-être un peu raison, mais le soir même, l'incident devint une nouvelle partie de fous rires entre nous.

Notre position en bordure du grand fleuve permettait la fourniture des vanneries aux marchands. La demande de paniers en osier augmentait. Des corbeilles, des mannes et des mandes devinrent bientôt nos spécialités, et l'embauche d'ouvrières améliora notre production.

Lorsque le collecteur repassa comme attendu, seuls deux gardes l'accompagnaient. Le bateau n'était pas terminé et donc, pas vendu, nous avions été débordés par les vanneries et nous avions négligé volontairement l'embarcation. L'excuse était trouvée, nous risquâmes la discussion avec l'homme antipathique, malgré les gros yeux de Claire. Margaux s'était cachée en arrière-garde, l'arme au poing afin de parer à toutes dérives. Le percepteur se mit en colère, alors je l'informai que le Breton était passé deux jours auparavant et avait exigé la moitié de la somme due, et je lui présentai un document. Le percepteur fut surpris par le sceau qu'arborait le feuillet. Il fit mine de lire les mots inscrits et s'arrêta longuement sur les chiffres romains inscrits. La somme était bien inférieure à son propre calcul hasardeux. L'embarras du trésorier ne trompait pas. Le cachet lui évoquait quelque chose sans en reconnaître son origine. Alors, pris au dépourvu, il ajouta :

« Vous n'auriez pas dû payer cette somme, je me suis renseigné, je suis dans mon bon droit. Bon, donnez-moi la même chose et on en sera quitte pour cette année.

— Oui, mais il repassera au printemps, a-t-il dit, nous n'allons pas payer deux fois !

— Non, mais la somme est bien moindre par rapport à ce que vous devriez payer, donc, vous n'êtes pas perdant. Et je vous ferai aussi un papier de reçu, ainsi vous pourrez lui montrer que vous avez déjà payé. »

Jugeant que la comédie avait assez duré, Louis partit chercher la boîte à pièces pendant que l'homme gribouillait un papier. Quand il fut parti avec ses sbires, Louis m'arracha le papier que je lui avais montré. Il ne pouvait le déchiffrer puisqu'il ne savait pas lire. Je lui expliquai que j'avais préparé ce billet depuis peu, une suite de lettres et de mots ne voulant rien dire et un nombre indiquant une valeur en chiffres romains. Je ne savais pas écrire, mais pour lire, je me débrouillais un peu. Bertin m'avait appris les chiffres, ce qui se révélait fort utile. Le cachet, quant à lui, je le possédais depuis toujours, ou plutôt depuis le jour où j'avais découvert un cadavre dans un bois, bien des années auparavant. Cette petite chose qui ne me servait à rien, et que j'avais gardée près de moi, avait enfin trouvé une utilité et venait de nous faire gagner beaucoup d'argent. Nous avions aussi la certitude que Pochon ne savait pas lire, et son reçu était un griffonnage grossier et malhonnête.

* * *

La lourde embarcation chargée d'un butin constitué principalement d'acier peinait à remonter le courant du fleuve. Depuis le grand estuaire, les rames étaient sorties et la cadence était menée par un homme muni d'un fouet. Les galériens suaient sous leurs haillons et le cuir caressait le dos des plus faibles. Aucun répit ne serait accordé aux pauvres bougres, ils devaient vaincre la force de l'eau qui les repousserait inévitablement vers la mer. La manœuvre était unique et les rameurs exploiteraient toutes leurs ressources pour que le navire continue d'avancer.

L'autre bateau dérivait dans le courant, toutes voiles dehors vers l'embouchure de la Loire. Les vents dominants s'engouffraient pleinement dans la voilure et la gouverne avait été confiée à un matelot certainement incompétent. Lorsque la petite nef se dirigea dangereusement vers la galère, des hurlements jaillirent du pont de dessus, exhortant la folle embarcation à modifier sa trajectoire. À tribord du navire pirate, les rames se brisèrent dans un claquement épouvantable, stoppant brutalement la progression des deux bateaux. On entendit des cris venant d'en bas et d'autres du pont supérieur. Une altercation verbale débuta, mais les courants séparèrent aussitôt les deux bateaux qui s'éloignèrent l'un de l'autre. L'auteur de l'incident s'enfuit impunément poussé par la brise matinale.

Le capitaine de La Méduse, prénommé Le Bègue, entra dans une colère épouvantable. Dix rames avaient été brisées et autant d'hommes étaient blessés. Un équilibrage des rames fut organisé, et la remontée du fleuve reprit avec seulement vingt esclaves au lieu de trente à la manœuvre. La voile du navire n'étant d'aucune aide tant le vent était à sens contraire. Le fouet reprit de plus belle et les pauvres hommes râlaient à chaque embardée. Leurs muscles se bandaient lorsque la rame retrouvait l'eau, leur torse basculait péniblement jusqu'à ce que l'arrière de leur tête trouve les jambes de leurs voisins derrière eux, puis, dans un soulagement général, les rames recouvraient une liberté dans l'air, laissant un court instant de répit aux galériens. L'embarcation progressait très lentement et toute relâche aurait été un retour en arrière inenvisageable pour tous. Enfin, quand le bateau s'approcha de la rive et put accoster, les pauvres hommes se rassasièrent d'eau bien gagnée. Le capitaine sur ce point était clair, les hommes avaient besoin de boire pour vivre. Aussi, aucun rationnement d'eau n'était imposé aux rameurs, surtout sur le fleuve. Leur répit fut de courte durée puisqu'il fallut reprendre le fil de l'eau, et ainsi par étapes, ils arrivèrent chez le charpentier.

Nous vîmes le navire s'approcher, et toute notre communauté se replia vers les bois pendant que Margaux et moi nous nous postions en alerte, armés jusqu'aux dents. Louis resta sur le bord pour accueillir le capitaine de La Méduse qui souffrait d'une évidente entaille sur son flanc. Louis évalua les dégâts et donna son prix au marin. Ce type de travail ne nous intéressait pas, mais chacun comprit que la seule façon de voir repartir ces pirates le plus rapidement possible était de réparer l'embarcation.

Pendant cet arrêt forcé, tout l'équipage ainsi que les rameurs durent descendre à terre. Ces derniers, enchaînés, furent attachés à un arbre et mis sous bonne garde. Nous savions que ces hommes étaient probablement de la pire racaille et pas meilleurs que leur geôlier. Pour autant, j'étais indigné de voir leur état physique. Seuls quelques-uns étaient musclés, les autres allaient périr sous peu. Enfin, cinq hommes avaient été séparés des autres parce qu'ils étaient blessés et ne pourraient pas continuer l'expédition. Leur chemin s'arrêtait là, et leur destin aussi. Quand Le Bègue sortit son épée et trancha la gorge des deux premiers, j'intervins et j'interrompis l'exécution en ligne.

« Que fais-tu là ! Nous ne voulons pas de crime sur notre terre ! »

L'assassin se retourna vers moi, au grand étonnement de Louis, et je vis Margaux reculer discrètement afin de parer à toute chose.

« Ah, c'est toi, jeune homme, qui te permet de me dicter

ma conduite ! Tu sais que si autre avait fait cela, il serait déjà mort ! Ces hommes ne valent plus rien et je ne peux pas les nourrir. Ils vont mourir alors, j'abrège leur souffrance, comprends-tu ?

— S'ils ne valent plus rien, je te les rachète. Ainsi, tu seras gagnant, n'est-ce pas ? »

Le célèbre pirate réfléchit et se demanda si la négociation valait le coup. D'un côté, il y gagnait en argent, de l'autre, il y perdait en prestige. La flèche qui vint se planter entre ses deux jambes lui fit faire une embardée de trois pas en arrière. Colin en profita pour conclure la négociation.

« Je te donne une rame neuve pour la vie de ces cinq hommes, tu nous paies le reste et tu t'en vas en bon ami. Ou bien, la prochaine flèche qui sifflera sera pour toi seul. »

Le Bègue sortit doucement une bourse de sa poche. Il jeta au sol les pièces dues pour les réparations et remonta sur son navire. De là, il ajouta :

« Tu négocies bien, Colin ! Nous aurions pu être bons amis. Mais j'ai bien peur que tes jours soient comptés dès à présent. Ces hommes, dont tu viens d'acheter la vie, sont des criminels et je pense qu'ils ne tarderont pas à vous trancher la gorge. Dommage, j'appréciai ta bravoure, bonne chance ! »

C'est avec un certain soulagement que nous vîmes disparaître la lourde galère en direction de Nantes, espérant ne plus jamais la revoir. Quand elle fut hors de vue, Louis me dit :

« Mais qu'est-ce qui t'as pris de te mesurer à lui, n'es-tu pas devenu fou ? En plus, il a raison, ces esclaves sont dangereux, et Dieu seul sait ce qu'ils ont en tête. »

Louis avait raison, j'ignorais tout de ces hommes, et pour le savoir, cela n'allait pas être simple. Ils avaient appris la langue du fouet, mais pas la nôtre. Dans quelle galère m'étais-je fourré ?

Je félicitai Margaux pour son tir parfait et me dirigeai vers ces étrangers. À la question : « D'où venez-vous ? », nous eûmes droit à un sermon dans diverses langues énigmatiques. Seuls trois d'entre eux avaient parlé, les deux autres étant donnés pour morts. Ils ne passeraient pas la semaine. Nous fîmes cependant notre possible pour les soigner tous, et comme nous l'attendions, il n'en resta que trois. Les semaines passèrent et ils se remirent doucement de leurs blessures. Le plus vieil homme commença à aider les femmes aux paniers. Il était efficace et retrouvait un plaisir de vivre inespéré. Il commençait progressivement à dire des mots dans notre langue. Son nom était Ruan, et il devait être espagnol. Les deux autres qui ne nous inspiraient guère avaient fui dès qu'ils furent remis. Après coup, nous rigolâmes de cet incident, qui aurait pu dégénérer.

Quelque huit jours plus tard, le plus costaud des fuyards était revenu la tête ensanglantée. Il était arrivé en pleine nuit et tomba inanimé devant notre porte. Claire se chargea prudemment de le soigner, et lorsqu'il retrouva ses esprits, il eut droit à un sermon de la part de Ruan qui le fouetta avec une branche de roseau. J'interrompis ce lynchage et laissai s'exprimer le grand benêt. Il s'appelait Pedro, il venait de Castille. Je n'avais jamais entendu parler de ce pays et j'aurais été en peine de savoir comment m'y rendre. Les hommes se comprenaient partiellement bien que n'ayant vraisemblablement pas la même langue. J'appris que la Castille était bien au-delà des grandes montagnes, et c'était déjà beaucoup.

Pedro, dès la fin de sa nouvelle convalescence, nous rejoignit aux bateaux, il était habile et il se montra rapidement d'un bon caractère. Lorsqu'il se tapait malencontreusement sur les doigts, nous avions droit à une avalanche de mots inconnus, et nous partions tous d'un fou rire absolu. L'homme avait de l'humour, et très vite il s'amusait à nous faire des blagues. Petit à petit, nous partagions des mots et, avec son fort accent, il s'amusait à les répéter toute la journée pour les retenir. Ainsi, vingt fois, trente fois et plus, il répétait : le marteau, le clou, l'arbre, le soleil... Notre patience avait cependant ses limites et nous lui demandâmes de se taire, en vain :

« La pelle, le chariot, la vache. Eh ! Coolinn ! le fouray, dit-il en me montrant la forêt.

— Non : la forêt !

— Ah, si ! La foooray. »

Nous n'avions plus rien à craindre de ces deux grands criminels qu'avaient été Ruan et Pedro. C'était là, une certitude.

Pedro devint un de mes plus fidèles compagnons, et sa carrure colossale faisait de lui un bon garde du corps. J'appris plus tard que Pedro était un ancien mercenaire. Il avait déjà tué à de nombreuses reprises, et s'il avait voulu, nous serions, depuis déjà longtemps, tous dans l'autre monde.

* * *

Les années passèrent et nous vivions heureux le long de ce fleuve qui nous en avait tellement appris sur le monde. En effet, nos affaires marchaient à merveille grâce aux marchands avec qui nous avions, désormais, des relations de confiance. Notre réputation de travailleurs sérieux n'était plus à faire, et gare à ceux qui auraient voulu nous rouler dans la farine.

Si Claire avait déjà enfanté de deux garnements qui commençaient à courir dans les parages, nous n'avions, Margaux et moi, pas encore d'enfants. La nature ne nous avait pas gratifiés de ce cadeau, et Margaux commençait à s'en inquiéter. Peut-être n'était-elle pas fertile, comme certaines terres sur lesquelles rien ne pousse. La question me taraudait, aussi, quand Louis vint m'annoncer que Claire attendait un troisième marmot, je le félicitai et le remerciai pour sa discrétion. Je devais me charger moi-même d'annoncer la nouvelle à Margaux. Rien ne pressait, mais je ne devais pas tarder. Les femmes, entre elles, ont souvent ce don pour découvrir, bien avant les hommes, les premiers signes d'une grossesse.

Nous habitions dans une bâtisse mitoyenne à celle de Louis et Claire, avec une cour centrale où trônait en son centre un puits dont j'avais initié les travaux d'après un modèle connu. Nous avions beaucoup travaillé et plusieurs maisonnettes avaient fleuri autour des nôtres qui appartenaient aux ouvriers et ouvrières de nos chantiers. Les derniers en date, c'était une famille normande qui, ayant fui des combats là-bas, s'était installée dans notre première maison. Michel était un homme viril et courageux, doté d'un humour et d'une bonne humeur contagieuse. Il était avenant, juste un peu arriviste, mais je pensais déjà qu'il ferait à l'avenir un bon contremaître. Sa femme était jolie et s'entendait à merveille avec nos deux femmes.

Si le percepteur ne nous oubliait pas chaque année, nous avions néanmoins le plaisir de ne plus vivre dans la misère, et nous jouissions désormais d'une qualité de maître artisan, reconnue par le noble seigneur.

Ce dernier, qui portait le nom de Guilhem, était lui-même passé nous voir l'été dernier, s'inquiétant d'avoir découvert que des braconniers chassaient anormalement sur ses terres, ce qui était évidemment interdit. Nous le reçûmes avec égards et il fit le tour de nos constructions, fort impressionné par l'étendue de nos méthodes. En effet, nous profitions de la force du courant de la Loire pour manœuvrer une scie qui améliorait grandement notre production et diminuait aussi la pénibilité d'une telle tâche, il en profita pour nous rappeler une règle dont nous n'avions pas encore entendu parler :

« Alors, vous profitez ainsi de la force du fleuve pour moins vous fatiguer, tous comme les meuniers profitent du vent ! Eh bien ! Certes, je vous félicite pour votre imagination, mais je ne suis pas sûr que notre Seigneur à tous en pense autant. J'en parlerai au prieuré et je pense que notre percepteur devrait prendre en compte ce nouveau système de coupe. Une banalité me semblerait appropriée à la situation.

— Qu'est-ce donc cela, monseigneur ? demanda Louis.

— Un droit de banalité, c'est une taxe. Elle est demandée aux hommes pour user d'un moulin, d'un pressoir ou d'un four.

— Mais nous donnons aussi une taxe au duché de Bretagne, m'empressai-je de rappeler.

— Oui, je sais, mais c'est pour l'avantage d'avoir la protection du comté d'Anjou d'un côté, et celui de Bretagne de l'autre. Les armées coûtent cher, nous payons les forces armées, vous payez la force de l'eau, c'est pareil !

Sur cette pirouette bien trouvée, Guilhem changea de conversation :

— Mais dites-moi, vous n'auriez pas des informations concernant des braconniers qui se permettent de chasser ? Une femme aurait été vue en train de tuer un chevreuil. La chose me paraît invraisemblable, mais la rumeur persiste et se confirme maintes fois.

— Eh bien, monseigneur a partagé notre repas de poisson ce midi, et à part quelques lapins ou volailles, la viande n'est pas un menu bien apprécié chez nous. Quant à cette histoire de femme tueuse, c'est sûrement une plaisanterie de mauvais goût, n'est-ce pas ? », intervins-je.

Je crus bon d'intervenir pour clarifier les propos de Louis qui pouvait parfois s'emmêler dans ses phrases. Il était bon artisan, mais les mots lui manquaient parfois. Depuis toujours, la chasse aux gros gibiers était strictement réservée aux nobles, laissant aux paysans le maigre butin, les petits animaux qui pullulaient et les renards qui faisaient des dégâts dans les basses-cours. Pourtant, des charniers entiers emplis de sel et de morceaux de viande étaient cachés dans une cave dont un inconnu aurait eu du mal à trouver l'entrée. Les quatre amis étaient très prudents sur cette combine qui pourrait les faire emprisonner.

Margaux, qui était la responsable de ces tueries, coupait, en général, un bon cuissot de la bête morte et abandonnait la carcasse aux nombreux voisins qui ne demandaient pas leur reste pour saisir un morceau de viande fraîche. Tout cela restait à la discrétion de tous, pourtant quelqu'un s'en était plaint. La chasseuse devrait être maintenant sur ses gardes. Je lui conseillai de cesser son activité parallèle, ce qu'elle fit. Quelques semaines passèrent, et ce qui faisait partie de ses plaisirs personnels, lui manqua. Elle ne put s'empêcher, voyant que les rations diminuaient, de retourner dans les bois avec son arme favorite. Là où une femme aurait pu passer inaperçue dans un bois, la même avec l'arme à la main était évidemment suspecte. Aussi, elle se déguisa en homme.

Le gibier ne manquait pas et les animaux étaient peu farouches. L'interdiction de les chasser avait donné de mauvaises habitudes aux bêtes sauvages qui ne se méfiaient guère de l'homme. Les armes n'étant pas courantes chez les paysans, il leur était difficile de tuer ces animaux, sauf pour les seigneurs qui possédaient, eux, chevaux et armes de poing.

Margaux était devenue une chasseuse chevronnée et ne loupait que rarement sa cible. Le chevreuil, qui broutait tranquillement dans sa ligne de mire, n'aurait jamais bougé si un bruit de branche cassée ne lui avait pas fait relever la tête. Les yeux de l'animal se tournèrent aussitôt vers elle au moment même où un individu lui planta quelque chose dans le bas du ventre. L'homme, qui s'était élancé maladroitement et de tout son poids vers le braconnier, se heurta cependant au tronc de l'arbre. Margaux, dans un simple réflexe, s'était abaissée pour éviter l'assaillant. Son côté la torturait, mais dans une manœuvre improbable, elle se ressaisit, banda son arc qu'elle n'avait pas lâché, et le projectile destiné au cervidé traversa le corps de l'homme qui s'apprêtait déjà à poignarder pour la seconde fois la jeune femme. Un filet de sang jaillit de la bouche de l'agresseur, ses yeux se figèrent, il était mort.

Heureusement que Margaux était partie tôt le matin, le meilleur moment pour surprendre le gibier, parce que, lorsqu'il fut midi à l'heure du soleil, je commençais à être inquiet de son absence. Nous partîmes à sa recherche. Pressentant les raisons de la disparition de ma femme, Je rappelais à mes deux amis de ne pas ébruiter l'escapade de la chasseuse. C'est donc avec une certaine discrétion que nous nous mîmes à la recherche de Margaux. L'aide de nos voisins aurait été bien nécessaire, d'autant que l'après-midi s'avançait. Louis demanda cependant l'aide de Rodolphe, Pierre et Firmin, trois collaborateurs de la première heure, en qui nous avions extrêmement confiance. Devant la vérité, ils avouèrent avoir souvent profité de la chasse de Margaux, surpris cependant de découvrir l'identité de la chasseuse.

Ma belle fut retrouvée in extremis avant la nuit dans un état catastrophique. Un brancard de fortune fut confectionné à la hâte et Margaux retrouva sa chaumière. Si plusieurs personnes se mirent à prier pour la guérison ou pour la survie de Margaux, je ne comptais pas trop sur le ciel. Une femme qui avait un talent pour les plantes médicinales fut appelée tant le cas était grave. Margaux n'avait pas repris connaissance et elle avait perdu beaucoup de sang. La plaie fut nettoyée et des décoctions furent préparées. La femme, qui avait bonne réputation et avait souvent soigné des blessures aux membres avec succès, nous fit part de son scepticisme quant à la guérison de Margaux. Ce type de blessure était mortel, au vu de la quantité de sang perdue, mais le pire était à venir. L'infection de l'intérieur était envisageable, il faudrait un miracle pour qu'elle s'en sorte.

* * *

Un prêtre était arrivé tôt le matin, il avait béni le corps meurtri de Margaux, les femmes dans un murmure lancinant récitaient des prières connues de tous. J'étais là, devant le petit lit de bois, agenouillé, les mains jointes, les yeux fermés, je priai comme je ne l'avais jamais fait. J'implorai Dieu pour sa bienveillance, je promis ma propre soumission, j'aurais voulu donner mon âme contre celle qui avait été ma compagne depuis toujours. La mort de Margaux n'était pas concevable. Ensuite, je me remémorai nos aventures dont, bien que trop tôt et certainement trop jeunes, nous avions été les héros. Je me souvins de ces hommes qui étaient morts sous nos coups. Peut-être était-ce notre punition ?

Ni la guérisseuse ni le prêtre ne parvinrent à ramener Margaux à la vie. J'insistai pour creuser sa tombe, comme j'avais creusé, avec mon père, celle de ma mère. Ainsi, j'avais perdu les deux êtres qui m'étaient le plus chers. Je comprenais désormais le vague à l'âme qui encombrait l'esprit de mon père. Comment pourrais-je vivre après cela ? Certes, de nombreuses personnes mouraient tous les jours, et Dieu accueillerait les meilleures, mais les meurtres perpétrés autrefois, seront-ils condamnés devant le Très-Haut ?

Il fut entendu avec nos voisins que l'accident ne pouvait s'ébruiter. Tous craignaient la colère du seigneur Guilhem, aussi, après avoir enterré le corps de l'homme des sous-bois et effacé toutes traces de lutte, il fut convenu d'un argument pour expliquer le décès de Margaux qui ne manquerait pas d'arriver aux oreilles du châtelain. La blessure était donc les conséquences d'un banal accident dans l'atelier de vannerie.

Nous ne fûmes pas étonnés de l'arrivée de Guilhem les jours suivant l'enterrement de Margaux. Le seigneur me présenta ses condoléances dont je n'avais que faire, cependant, je le remerciai comme il se doit. Il feignit un bref recueillement devant le petit tas de terre doté d'une croix en bois qui recouvrait la dépouille de Margaux. J'avais choisi ce coin d'ombre sous un grand chêne qu'elle affectionnait particulièrement. Je crus comprendre à ses diverses questions, qu'il doutait des raisons du décès brutal de ma femme. Il nous signala la disparition d'un de ses soldats qui devait patrouiller dans les parages. Son absence avait été consignée le jour même de la mort accidentelle de Margaux, ce qui le laissait vaguement sceptique. Devant notre étonnement, le châtelain détala avec ses hommes avec pour seul commentaire :

« Vous ne perdez rien pour attendre ! »

Qu'avait voulu affirmer Guilhem ? Nous n'en savions rien, mais l'hypothèse fut faite qu'un voisin aurait pu cracher le morceau ou même quelqu'un aurait pu être chargé de nous surveiller. Si tel était le cas, nous étions en grand danger. Claire, qui commençait à s'arrondir, me confia sa crainte de représailles. Dubitatif, je suggérai une nuit de repos afin d'y réfléchir. Pedro qui avait assisté à l'entrevue me chuchota :

« Si tou veux Cooline, je coupe la tête à loui.

— À lui, Pedro ! Non, ne coupe la tête à personne ! »

Seul dans ma maison trop grande pour moi, je méditai sur ces nouveaux événements. J'avais entendu le message de Claire qui me parlait de ses craintes, mais qui évoquait plutôt des reproches. Pourquoi Margaux avait continué à chasser alors que nous avions été prévenus par Guilhem, lui-même, de l'interdiction de telles pratiques ? Je ne pouvais qu'être d'accord avec Claire, je savais qu'elles s'aimaient comme deux sœurs, et ce reproche était justifié, mais trop tard. J'aurais sans doute dû l'en empêcher moi-même, comme d'autres hommes l'auraient fait vis-à-vis de leur épouse. Margaux et moi avions une vision du mariage un peu différente des autres, et ma femme était un esprit libre que je respectais comme tel. D'aucuns m'en auraient fait le reproche, je m'en fichais, je l'aimais ainsi, et rien ni personne ne pouvait comprendre.

La remarque de Guilhem nous était directement adressée, ce qui en disait long sur ses informations. Quelqu'un avait donc parlé et j'étais bien décidé à savoir qui. Le mouchard pouvait aussi être un espion, celui qui avait dénoncé Margaux. J'énumérai mentalement les voisins ou les ouvriers qui auraient pu être tentés par une délation, j'en éliminai la plupart, restaient deux ou trois personnes plus douteuses à qui je n'aurais confié aucun trésor. Je manigançai un piège qui pouvait faire tomber le coupable. Puis je m'endormis en rêvant de ma belle.

Margaux et moi nous étions mariés quelques semaines après Claire et Louis, sans doute l'exemple de deux amoureux qui se bécotent sans pudeur et sans gêne. L'envie de confesser ce péché devant Dieu, quand d'autres secrets resteraient inavouables. Margaux avait été prise d'une envie soudaine de faire un enfant, notre enfant et puis, peut-être, d'autres ensuite. La cérémonie fut brève, mais sur ce point, nous étions quittes avec le ciel.

Je n'avais jamais raconté nos mésaventures de jeunesse à Louis. Même Claire n'en savait pas grand-chose et ne désirait pas affronter la triste vérité. Je déballai mon sac et pour prouver mes dires, je ressortis mon arbalète et je lui fis une démonstration.

Je lui expliquai mon idée, et devant le dilemme qui s'offrait à nous, il se rangea à mon avis, conscient qu'il fallait bien faire diversion. Ainsi, du gros gibier continua de mourir, disculpant Margaux définitivement. Ensuite, je plaçai un leurre dans le bois et, à bonne distance, je surveillai les alentours. Quelques vêtements de Margaux et un peu de paille firent un superbe appât. Je restai plusieurs matins aux aguets regardant la silhouette que j'avais concoctée, imaginant ma belle traquant une proie comme nous l'avions si souvent guetté ensemble.

Je connaissais très bien l'individu qui se pointa discrètement derrière l'attrape-nigaud embusqué un arc à la main. Lorsqu'il arriva assez près de l'artifice, il reçut une flèche dans la cuisse. L'arbalète était sans aucun doute l'arme la plus précise, et encore une fois, la preuve en fut faite au grand désespoir de Firmin qui braillait comme un sanglier. Pedro, qui m'accompagnait, ficela l'espion et le ramena à l'atelier où nous attendait Louis. Il déposa le paquet sur la table à découper les planches et j'actionnai le levier qui fit tourner la roue qui entraîna la grande lame de scie. Les dents de métal commencèrent à couper le vide dans un bruit d'enfer. Firmin, qui connaissait l'outil pour l'avoir manipulé de nombreuses fois, imagina très bien mes intentions. J'attirai les deux bras du mouchard, les rapprochant dangereusement de l'outil en branle, il pleurait comme un enfant, lorsque je tirai le levier en sens inverse stoppant lentement la course de la lame. Je n'avais toujours rien dit malgré ses supplications. La colère me submergeait et la déception de découvrir la trahison de celui pour qui j'avais un grand respect et surtout aucun doute sur son honnêteté. L'imposture était avérée, il nous avait vendus à Guilhem, et j'hésitai entre écouter ses aveux ou lui crever le cœur avant. Louis, plus mesuré que moi, se chargea de l'interrogatoire :

« Comment as-tu pu nous trahir ainsi ?

— Ce n'est pas moi ! Ce n'est pas moi ! s'écria-t-il.

— Si ce n'est pas toi, raconte ce que tu sais !

— Je ne peux rien dire ! »

À ses derniers mots, je tirai de nouveau sur le levier qui relança la grande scie.

« Non, non ! Je vais vous dire ! cria-t-il alors que la roue ralentissait.

— Raconte, vaurien !

— Guilhem est venu me voir et m'a demandé de vous surveiller, il m'a seulement promis de m'épargner si j'avouais ou si je lui rapportais vos discussions et vos déplacements. Je voulais vous avertir, mais je ne savais plus comment faire. Vous comprenez, j'avais peur ! »

La machine se remit en branle. Aussitôt Firmin reprit ses aveux :

« Je sais qui vous a trahi, c'est Michel, le nouveau, il travaille pour Guilhem, c'est lui qui m'a demandé de vous espionner. Guilhem lui a promis de lui donner les ateliers quand il sera débarrassé de vous tous. Il croit que vous êtes sous la protection des Bretons, et il veut vous faire tomber autrement qu'en vous confisquant vos biens.

— Qu'est-ce que c'est que cette histoire de protection ?

— Je ne sais pas moi !

— Où est Michel ?

— Je ne sais pas moi ! Chez lui peut-être, ou dans la forêt à couper du bois. »

Je réfléchis à la confession de Firmin et je compris l'intention de Guilhem. Pauvre Michel, il avait cru Guilhem capable de lui donner notre outil de travail. L'intention du châtelain était évidente, il voulait nous évincer et récupérer le bénéfice de l'entreprise pour son compte. Les affaires juteuses ne pouvaient pas être dans les mains de pouilleux comme nous. De colère, je coupai les liens de Firmin et je lui fis promettre de ne rien dire de son échec. Bien au contraire, il devra feindre d'avoir réussi à fuir malgré la blessure infligée après s'être fait surprendre, et il devait me dénoncer auprès de son confesseur. C'est ainsi qu'après avoir écouté les révélations de Firmin, le félon ne manqua pas de courir directement chez Guilhem pour faire part de ses découvertes. Pedro me dit :

« Loui aussi, je peux couper tête !

— Non, tu ne coupes pas de tête, Pedro. Tu ne coupes plus jamais de tête, c'est compris ?

— D'accord, Cooline ! Je ne coupe plus tête ! »

Nous étions une dizaine d'hommes sur le chemin qui attendaient décidés, le passage de Michel. Le vendu tomba dans nos filets et à son tour il dut répondre à mes questions dans les mêmes conditions que Firmin. L'homme était moins loquace que son prédécesseur, nous dûmes user de violence pour lui tirer les vers du nez. Le sang coula et l'homme finit par parler. Mes pressentiments étaient avérés, l'intention était claire, nous évincer et nous faire disparaître. La triste vérité était là, Louis et Claire étaient aussi en danger, et nous ne pouvions pas gagner contre la seigneurie. Nous devions quitter l'atelier au plus vite et abandonner nos biens pour sauver nos vies. Louis choisit la voie de la négociation, je lui expliquai qu'à mon avis, Guilhem ne s'abaisserait jamais à une tractation quelconque, il préférerait un coup de force devant l'échec de sa ruse.

Un autre dilemme nous divisa, celui du sort de Michel, j'étais favorable à le relâcher, les jeux étaient déjà faits et le mal aussi, et j'étais maintenant certain que Guilhem ne s'embarrasserait pas d'un vendu et qu'il s'occuperait lui-même de cette crapule. Louis et d'autres auraient voulu lui passer la corde au cou, mais n'est pas tueur qui veut. La question restait entière. Il fut finalement décidé de lui couper la langue, cette sanction avait plusieurs avantages évidents, deux hommes s'en chargèrent avec efficacité. Tout le monde fut content, sauf l'intéressé.

Voilà, j'arrivais à la fin de cette vie au bord de l'eau. Je préparai mon départ pendant que Louis cherchait à me retenir. J'avais assez de pièces d'argent et d'or pour me refaire ailleurs et je choisis de tenter ma chance, en espérant ne pas être victime de bandits le long de la route. Je conseillai à Claire de se cacher un moment avec ses enfants, pendant les pourparlers, s'ils avaient lieu, ce dont je doutais. Je lui confiai que j'irai vers Pierre-Frite, au cas où Louis changerait d'avis.

J'abandonnai là mes amis dans leurs espoirs, mais avant de partir, je me prosternai une dernière fois sur la tombe de Margaux sans pouvoir dire si j'y reviendrais un jour. J'avais déjà versé beaucoup de larmes et je sentis encore le liquide couler sur mes joues. J'avais décidé de retourner vers Pierre-Frite à la recherche de mon père, ou plutôt à la recherche d'une information qui me permettrait de le retrouver, si Dieu pouvait m'accorder cette chance. Pedro m'accompagnait.

* * *

Nous marchions sans interruption, ne s'arrêtant que pour dormir. Le temps était doux pour la saison, et nous préférions éviter les auberges truffées de bandits de toute espèce. Cependant, un bon matin, je fus réveillé par trois êtres immondes qui me tenaient immobile, une fourche de bois me clouant au sol. J'essayai de me débattre, mais la fourche s'enfonçait et m'étranglait plus encore au fur et à mesure de mes mouvements, pendant qu'un pieu pointu s'enfonçait presque dans ma jambe droite. Je cherchai désespérément Pedro qui avait disparu, et je me retrouvai seul à la merci de ces bandits. L'un avait déjà trouvé mon argent et se promettait de bons jours à venir. Quand le plus grand sortit son arme pour m'embrocher, le petit, qui avait l'air plus malin que les deux autres, l'en empêcha de justesse.

« Arrête ! T'es fou. Tu ne vois pas ses guenilles, elles valent bien une fortune. C'est pas comme les nôtres, y doit être un gentilhomme ou quelque chose comme ça pour porter de si beaux habits et avoir tant d'argent. C'est sûrement pas un paysan, celui-là ! Si tu le troues comme ça, tu vas déchirer ses vêtements ! Alors, tu le fais se déshabiller et après tu l'embroches ! Comme ça, on pourra revendre ses frusques.

— Ah, oui, dit l'idiot qui me maintenait cloué au sol. T'as entendu, tu te mets à poil !

— Pas question ! » dis-je quand il retira son arme de fortune de ma gorge. Je regardai mon arbalète qui se trouvait à quatre brasses de moi. Mais que pouvais-je faire, elle n'était pas prête et les deux autres bandits tenaient chacun une épée bien affûtée. J'aurais pu aussi tenter la fuite, mais j'avais bêtement ôté mes chaussures qui me faisaient mal, la veille au soir. Mais où donc était passé ce satané Pedro, m'avait-il abandonné dans la nuit ? Il est vrai que depuis notre départ, je n'avais guère conversé avec lui, et, bien qu'il cherchât les occasions de me distraire, je restais bouche bée. Quel mauvais compagnon de route avais-je dû être pour qu'il me laisse tomber ainsi ?

« Bon, ce n'est pas grave, il y aura un trou ! »

L'idiot se préparait à me trucider lorsqu'un projectile, une bûche de bois, le propulsa à dix pieds de moi, assommé et inconscient. Je profitai de cet instant d'inattention des deux autres pour sauter sur mon arbalète puis enfiler une flèche dans la rainure et tendre l'arme avant de la reprendre en main. Le plus maigre des deux avait déjà compris que la partie avait changé de main, et je le vis battre en retraite pendant que son imbécile d'acolyte faisait face à Pedro. Ce dernier avait un bâton ramassé à la hâte dans sa main droite et dans l'autre, il s'était concocté un genre de bouclier de fortune tressé de quelques branches entremêlées. Le bandit avait une épée, ou plutôt un genre de glaive court, et il se dirigeait droit sur le Castillan. Pedro commença à pester dans sa langue natale afin de faire savoir à son adversaire à qui il avait affaire. Malgré cela, l'homme qui devait être moins grand que Pedro fonça sur sa cible. Le combat fut inégal, le glaive s'abattit sur le bouclier et un coup de bâton tomba dur comme fer sur la tête du malheureux. Pourtant, il se redressa et revint à la charge, l'arme en avant ; Pedro esquiva l'attaque avec une aisance comique avant d'assommer définitivement son adversaire. La partie n'avait duré qu'un bref instant, mais suffisamment de temps pour me distraire et laisser filer le voleur de bourse. Néanmoins, je courus pieds nus à sa poursuite, et n'étant plus qu'à une vingtaine de brasses, je tirai la flèche qui le stoppa net. Quand le troisième larron se réveilla, il était ficelé comme un sanglier, et nu comme un ver. Nous avions rassemblé les deux corps inertes près de lui, il les vit et il regarda Pedro avant de se mettre à geindre des paroles que moi seul pouvais comprendre. J'enfonçai un bâillon dans sa bouche pour retrouver le calme de la forêt, et je posai la question à Pedro :

« Mais où étais-tu passé ?

— Ben, moi mal au ventre hier, moi avoir besoin faire… plus loin. J'ai entendu bruit et paroles de bandits. Alors, j'ai fait bouclier et après besoin… Non, j'ai fait besoin et après bouclier. Et après, j'ai assommé tête de bandit !

— Quoi ! Tu as pris le temps de…, alors qu'il allait me tuer ?

— Ben moi très mal au ventre…, et moi sauvé toi !

— Oui, oui ! Bon que fait-on de lui ?

— Moi, je sais ce que…

— Non, non, on ne lui casse pas la tête, enfin pas tout de suite ! »

L'autre se remit à brailler malgré son bâillon. Nous le chargeâmes de nos ballots et nous le fîmes avancer devant nous. Soulagé de quelques poids, j'avais malgré tout mal aux pieds, je m'étais enfoncé quelques échardes en courant pour rattraper mon butin. Le deuxième jour, je décidai que la comédie avait assez duré, je relâchai l'individu au grand dam de Pedro. Ce dernier ne comprit pas mon geste et nous en discutâmes pendant presque toute une matinée. Je ne désirais pas arriver à Pierre-Frite avec un bandit dans les pattes, et je ne me faisais aucun plaisir à tuer un homme de sang-froid.

Le soir même, alors que nous nous rapprochions de notre destination, je décidai de bivouaquer une dernière fois et d'expliquer à Pedro que je préférais arriver seul à Pierre-Frite, je reviendrais le chercher un peu plus tard.

* * *

Reconnaissant bien les lieux, nous sortîmes des sous-bois pour marcher à vue. Comme convenu, j'abandonnai Pedro un temps et avançai doucement vers le hameau de mon enfance. Sept années étaient passées depuis notre départ précipité. Je me souvenais de chaque arbre et de chaque pierre. La vue du puits me rappela ce jour fou où Margaux et moi étions restés prisonniers du gouffre avant que Claire nous envoie la corde. Les images me revinrent et mes yeux se mouillèrent encore. L'endroit était entretenu et j'eus très vite la preuve que quelqu'un y habitait. Deux enfants arrivèrent dans ma direction en courant, un garçon et une fille. La fille pourchassait son frère, en vain, comme Margaux et moi l'avions fait autrefois. À ma vue, les garnements se figèrent et me dévisagèrent un instant avant de se précipiter à l'intérieur de la chaumière. Une règle de sécurité essentielle que nos parents nous conseillaient lorsque nous étions enfants. Ils disparurent laissant place à une femme boiteuse qui sortit à son tour de la maison. Je reconnus Marie, et ma tension retomba d'un coup, j'étais revenu chez moi et j'étais en sécurité.

Je m'avançai vers elle avec un sourire au coin de l'œil, elle me dévisageait cherchant visiblement un élément qui lui manquait, c'était bien moi et dans un instant elle le saurait.

« Colin, c'est toi ? »

Mes bras se tendirent déjà vers elle quand elle s'élança pour s'y blottir.

— Oh Colin, c'est bien toi ! Comme je suis heureuse !

— Moi aussi, Marie, je suis heureux de te retrouver !

— Où est Margaux ? »

La question arriva trop vite, je bafouillai un mensonge :

« Elle n'est pas avec moi. Je te raconterai. Et Bertin ?

— Il s'est absenté, aujourd'hui, tu sais ici, de nombreuses choses ont changé. Attends ! J'ai du monde à te présenter. »

Les deux enfants, aperçus quelques minutes auparavant, sortirent penauds devant leur mère. J'avais une barbe de huit jours et les cheveux en pagaille, ce qui devait me donner l'air d'un épouvantail, de quoi faire peur à tous les enfants de la terre. Je tentai de compenser mon accoutrement désavantageux par une bonne mine et un grand sourire. Ceux qui avant mon arrivée semblaient être vifs et joueurs, étaient devenus des petits animaux peureux ou timides.

« Je te présente, Jeanne et voici Clément, nos deux petits cochons. »

À ces mots, Jeanne s'écria :

« Je suis pas un cochon, c'est Clément qu'est un cochon !

— Jeanne et Clément, je vous présente Colin, c'est en quelque sorte votre oncle. Mais entre, Colin, tu as certainement soif et faim ! »

Je pris le temps pour expliquer la raison de ma présence, ce qui m'amena rapidement à Margaux, je profitai de ce que les enfants soient sortis pour aborder le sujet :

« J'aurais aimé que Margaux vienne avec moi, mais cela n'a pas pu être possible. Pendant les événements, dont je t'ai brièvement parlé, elle a eu un accident et… elle a succombé à sa blessure ! Je l'ai enterré il y a treize jours. Chaque instant, chaque pas, chaque nuage qui passe m'interrogent sur ma présence dans ce monde. J'aurais donné ma vie pour elle, et depuis ce jour, elle me manque. »

Je me remis à pleurer et Marie éclata en sanglots à son tour. Après un long moment, j'ajoutai :

« Nous nous étions mariés, mais elle n'arrivait pas à avoir d'enfant. Nous avions vécu tant de choses ensemble et j'aurais tant souhaité vivre une vie de famille avec elle. »

L'après-midi fut long et pénible quand, soudain, Bertin entra sans que nous nous y attendions. Il effectua un geste brusque de recul lorsqu'il aperçut un étranger dans sa maison. Il se ressaisit, et dans une lueur de clairvoyance, il me reconnut à son tour. J'étais tellement heureux de le revoir en bonne santé. Nous nous serrâmes fort, comme deux frères, enfin, il me dit :

« On vous croyait bien morts ! On nous a dit que vous étiez morts noyés. Et moi qui ne voulais plus boire de l'eau provenant du puits. Pourquoi donc ai-je cru à ces sornettes ?

— Ah, moi je comprends bien ! C'est ce qu'on a voulu faire croire à Roland, et je vois que ça a fonctionné ! Désolé, Bertin, je ne pensais pas que vous alliez y croire.

— Ce n'est rien, désormais, vous êtes là. Oh, je suis tellement heureux de vous retrouver, mais où est Margaux ? »

Nos regards, Marie et moi, se croisèrent de nouveau et j'annonçai la nouvelle à mon ami et je racontai mon histoire.

Je recommençai donc en détaillant chaque moment de notre histoire. Enfin, lorsque ce fut terminé, j'avais de nombreuses questions à leur poser, et notamment sur les raisons de leur retour ici, ainsi que l'absence de mon père. J'avais longuement parlé, Bertin prit le relais :

« Tu te souviens, lorsque vous nous avez quittés, Margaux et toi, afin de revenir sur vos pas, nous arrivions près de Nantes, et comme convenu, Guigone et ton père s'étaient rendus chez Budic afin qu'il l'aide dans sa fuite, ce qu'il a fait en nous conseillant de rejoindre l'abbaye Saint-Sauveur de Redon où un ami à lui pourrait nous héberger quelque temps. Il a fait un courrier dans ce sens et comme convenu, nous sommes repartis en direction des bords de Loire pour vous attendre. Nous vous avons attendu une dizaine de jours puis nous avons bifurqué vers Redon. Nous nous y sommes installés pendant quelque temps, et tout allait bien. On nous avait confié un bout de terre et une chaumière en piètre état, mais à nous tous, les travaux avançaient bien. Le prieuré dirigeait l'établissement de main de fer, et Guigone ne trouvait pas sa place entre la vie paysanne et la vie cloîtrée. Elle a décidé de retourner à Nantes et ton père l'a accompagnée, je n'ai jamais eu de nouvelle de lui. Puis, à Redon, nous avons subi une attaque de bandits pendant une nuit claire. Heureusement, nous avions quitté le hameau avec Clément qui était né depuis quelques mois. Gaspard et Bonette n'ont pas eu la même chance, nous les avons retrouvés à notre retour. Tout avait été détruit, les maisons incendiées, il ne nous restait rien. Même le prieuré avait subi un assaut et les dégâts étaient énormes. Nous avons donc décidé de revenir ici, espérant retrouver de bonnes conditions, et je dois dire que nous nous en sommes bien sortis. »

Ainsi, mon père était revenu à Nantes. Bertin me raconta

l'accueil de Mathilde, la nouvelle châtelaine, et les rapports privilégiés qu'il entretenait avec elle. Il me raconta aussi l'éclatement de la famille de Gérard et le décès récent de ce dernier. Le plus surprenant, et le plus réjouissant, fut la fin de Roland, ce tyran avait été condamné à tomber sous le poids d'un arbre pour avoir torturé et tué dame Guigone. Enfin, comme la soirée s'avançait, je fus invité à dormir sur un banc près de la table à manger dans ce qui avait été ma maison autrefois. La journée avait été forte en émotions et en nouvelles, et je tardai à m'endormir malgré la fatigue accumulée.

Je leur dis que je n'étais pas rentré seul, qu'un homme qui m'accompagnait était resté à attendre dans les bois, et qu'il devait commencer à s'impatienter. L'arrivée de Pedro les laissa sans voix. Bertin vit arriver le sosie de Hargar, ce qui lui remémora un court instant les heures terribles de son emprisonnement. Je les rassurai en leur affirmant que Pedro était mon ami et je leur cachai bien la vérité sur qui était Pedro. Ce dernier commença rapidement à jouer avec les enfants, ce qui ne rassura pas Bertin.

Au petit jour, nous prêtâmes main-forte à Bertin et nous bavardâmes tout en travaillant. Il avait aussi eu de la peine à s'endormir et avait réfléchi aux conséquences de mon retour, il me proposa ceci :

« Je pense que nous devons aller voir Mathilde, tu verras, elle trouvera une situation qui te conviendra. Elle est très estimée désormais. Ce n'est plus l'adolescente impétueuse que tu as connue à l'époque. Depuis, elle est allée à Jérusalem et en est revenue bonifiée, je te le jure ! De plus, elle m'a demandé pardon et j'ai accepté ses excuses. Tu sais, peu d'hommes auraient eu cette humilité ! »

Je ne répondis pas. Sceptique et avec un brin de rage dans

l'idée, je n'avais désormais que mépris pour cette classe. Tous ces nobles étaient les mêmes, ils n'avaient que l'exploitation des faibles en tête, et Mathilde n'y échappait pas. Bertin était certainement tombé dans le même piège que Michel. Heureusement, je n'étais pas dupe, et j'aviserai moi-même de la marche à suivre.

Un jour, je m'approchai du grand menhir et je me mis à fouiller à la recherche de marques qu'avait laissées Margaux sur le rocher. La mousse recouvrait le bas du colosse en pierre, mais juste à une brasse du sol parmi les fougères, je retrouvai la trace qu'elle nous avait dédiée. Nos deux lettres, C et M. Une bonne idée qu'elle avait eue là, ensemble dans le même cœur marqué pour l'éternité. Je pleurai encore une fois, toutes les larmes de mon corps.

* * *

Le retour de Guigone au pays sans mon père n'avait pas d'explication. J'acceptai l'invitation de Bertin au château. L'opportunité de rencontrer Mathilde ne m'enchantait guère, mais peut-être en savait-elle plus sur la disparition de mon père. Nous arrivâmes tôt le matin au village, Pedro était resté à Pierre-Frite.

La bourgade n'avait plus rien à voir avec les quelques maisons de ma jeunesse. En triplant de volume, de nouveaux commerçants s'y étaient installés et proposaient des articles et des services nouveaux. Je remarquai l'absence de vendeur de paniers, mis à part le quincailler qui en proposait quelques exemplaires de mauvaise qualité. Je ne reconnus aucun marchand, mais Bertin me rappela la colère de Roland après son retour d'Angers et la vengeance débridée dont les commerçants de l'époque avaient été les premières victimes. Guigone avait été la dernière à payer sa forfaiture. Heureusement, Foulques avait étonnamment fait preuve d'une grande justice en condamnant Roland et en l'exécutant aussi sommairement.

Bertin avait ses entrées et il fut accueilli par Claude, le dernier des fils de Gérard. Le fils cadet de cette crapule de Gérard avait trouvé grâce aux yeux de Mathilde, et il était devenu son homme de confiance. Cette famille avait-elle une qualité qui m'avait échappé, capable de conseils justes et honnêtes ? Ou peut-être que ce dernier n'était pas le fils de son père, la mère serait-elle allée voir ailleurs ? Je serrai néanmoins la patte de ce fils de scélérat tout en restant sur mes gardes.

L'entrée de la nouvelle dame dans la grande salle du château, dont j'avais reconnu la grande fresque sur le mur, me glaça le sang. Je reconnus la beauté de Mathilde, mais je fus étonné par la stature de la femme qu'elle était devenue. La jeune fille s'était transformée en une véritable châtelaine, et sur ce point, sa réputation était incontestable. Les années lui avaient donné une grâce et une élégance qui m'impressionna. Ses cheveux longs d'une blondeur éclatante me rappelaient la beauté de Guigone. Pourtant, malgré cela, j'avais accumulé une telle rancune que je ne vis en elle que la fille de Bertrand et la maîtresse de Roland, les responsables de tous nos malheurs.

À l'instant où son regard croisa le mien, elle s'évanouit. Les gardes la rattrapèrent avant qu'elle ne s'écroule et l'aidèrent à s'asseoir. Quand elle reprit ses esprits, elle me regarda une nouvelle fois en silence. Elle ne s'attendait pas à ma visite et elle fut stupéfaite de ma présence au côté de

Bertin. Elle me reconnut aussitôt en dépit des années et des traces du temps sur mon visage. Nos yeux se scrutèrent longtemps avant qu'elle ne s'adresse directement à moi :

« Colin ! … Euh… Quelle surprise ! J'avoue que je ne m'attendais pas à te revoir…, enfin, je veux dire, là, aujourd'hui ! C'est un plaisir pour moi ! Soit le bienvenu !

— Bonjour, Mathilde, je suis désolé, mais je ne partage pas ton plaisir ! Je suis juste de passage et je souhaiterais simplement te poser une question concernant mon père. Ensuite, je m'en irai et tu n'entendras plus jamais parler de moi. »

En entendant ces mots, Mathilde défaillit une nouvelle fois et, immédiatement, elle se ressaisit et prépara une réponse appropriée à l'affront qui lui était fait :

« Colin, je comprends ce que tu peux ressentir, j'accepte de ta part cette arrogance, mais tout a changé ici, et je fais de mon mieux afin d'apporter une protection et un maximum de justice à tous ces gens. Je n'en fais certainement pas assez, et parfois même, il m'arrive de faire des erreurs. Pourtant, Dieu m'en est témoin, je n'ai cessé depuis mon retour de servir, avec l'aide de mes conseillers, et d'apporter du bonheur à chacun. Je sais que tu me juges mal, mais j'aimerais te convaincre de rester parmi nous. Laisse-moi une chance, s'il te plaît, Colin. »

Mathilde avait fait preuve d'humilité et de sagesse en me suppliant. Elle prenait un risque en s'abaissant ainsi, et je devais reconnaître son habileté.

« J'ai entendu parler de toi et je te félicite pour cette tentative. Je sais que ce que tu dis est vrai, mais tu vois, je ne suis qu'un paysan et toi une châtelaine, et tout nous sépare. Nous sommes, nous, condamnés à labourer sous la pluie pendant que vous chassez les plus beaux gibiers. Vous avez droit de vie ou de mort sur chacun d'entre nous, et je sais que la seule justice viendra de Dieu le jour où vous vous expliquerez devant lui. J'ai tué ton père et d'autres hommes, moi aussi je m'expliquerai devant lui, mais je ne prétends pas être bon. Je suis un criminel devant notre Seigneur, le seul qui compte à mes yeux.

— Ne soit pas si dur, Colin ! Explique-moi plutôt les raisons de ta venue. J'aimerais tellement t'aider !

— Lorsque ta mère a quitté Nantes, elle était en compagnie de mon père. Je sais qu'ils s'aimaient, même si je ne sais qu'en penser. Sais-tu où il est allé ? Sais-tu si on lui a fait du mal ?

— Je ne sais pas, mais je te promets de me renseigner.

— Je te remercie, à bientôt. Bertin, je t'attendrai à l'auberge du vieux Paul, s'il est encore en vie ! »

Sans attendre de réponse et dans la plus grande impolitesse, je tournai le dos à Mathilde, contrairement au protocole qui interdisait à quiconque de bouger sans l'approbation de la châtelaine, et je disparus de la salle, laissant mon interlocutrice sans voix.

Bertin arriva quelques heures plus tard, et j'avais consommé un peu trop de vin pour me conduire normalement. Il était en colère contre moi et me le fit comprendre dans l'instant.

« Alors, c'est ainsi ! Tu es devenu un ivrogne ou peut-être veux-tu le devenir ? J'ai honte pour toi ! Tu t'es conduit avec Mathilde comme personne n'a jamais osé le faire. Dans d'autres circonstances, on t'aurait jeté au cachot pendant un mois ou deux pour une telle impertinence. Elle t'a proposé son amitié et tu lui as pour ainsi dire craché au visage. Je ne comprends pas ce qui t'a pris, pas plus que je ne comprends l'indulgence dont elle a fait part. Dors où tu veux, tu n'es pas le bienvenu chez moi !

— Pas de problème ! Casse-toi pauvre abruti, vendu ! Tu ne vaux pas mieux que Gérard ! »

J'étais ivre et les mots sortaient plus vite de ma bouche que je ne l'aurais pensé. Ma phrase à peine terminée, le patron de l'auberge, qui faisait deux fois ma largeur d'épaules, m'attrapa par le fond du froc et m'envoya valser dans le milieu de la rue. Les gens qui s'y promenaient en cette fin de matinée me dévisagèrent, certains me reconnurent. Je me relevai difficilement sous les effets de l'alcool. La honte m'envahit et en titubant dans la ruelle, j'attirai l'attention de personnes indésirables. Trois types, venus de je ne sais où, vinrent me secouer. Ils se moquèrent de moi et je les insultai à mon tour. Le premier coup de pied vint me casser une côte pendant que les autres gaillards riaient bêtement. La pluie de coups qui suivit me laissa dans un état d'épave.

***

Je repris connaissance deux jours plus tard dans un lieu qui ne me disait rien, et, essayant de descendre de ce lit trop beau pour moi, je compris ma douleur. J'étais bloqué sur cette couche et je devinai déjà qui en était la propriétaire. L'idée même d'être installé dans le lit de Mathilde m'était soudain insupportable, seulement, j'y étais cloué.

La femme qui entra pour prendre de mes nouvelles et m'apporter un repas chaud s'adressa à moi comme si elle me connaissait depuis toujours. Elle me dit son nom : Mathilde. Elle était plutôt jolie avec ses deux tresses brunes et son sourire était très agréable. Cette convalescence aurait été agréable si la honte qui m'envahissait n'accaparait mon esprit.

J'étais consigné chez Mathilde, c'était donc sa revanche sur l'affront dont j'avais fait preuve. Elle m'avait à sa botte et je devenais impuissant. La félonne était rusée et il me fallait trouver une excuse rapide à ma conduite. Je ne devais pas perdre la face devant elle, même si le mal était déjà fait. J'étais à sa merci, et il me fallait sortir de ce guêpier.

Malgré la douceur de Mathilde pour éviter de me faire mal, je me montrai rustre et injuste envers elle. Je refusai son repas et je balançai tout par terre. Elle s'enfuit en pleurant et je compris ma bêtise trop tard. La journée se passa sans voir personne. J'avais une envie pressante d'uriner. J'étais incapable de bouger et il m'en coûtait de pisser dans ce lit. J'appelais en vain, cela dura des heures, et je finis par me résoudre à souiller mes draps. Le temps passa encore, et je compris ma stupidité, mais n'y pouvant plus rien, je m'effondrai en larmes comme un enfant. Margaux me manquait et rien n'y pouvait rien, j'en voulais à la terre entière et j'étais devenu mon pire ennemi incapable de raisonner.

Mathilde entra dans la chambre, elle s'assit à mon côté. Elle passa un tissu imbibé d'eau tiède sur mon visage. Une larme coula sur sa joue et j'en fus ému. Nos yeux ne se quittèrent plus et je compris la bonté qui émanait de son âme. Cette femme était bonne, et je l'avais damnée injustement. Quand je voulus dire un mot, elle posa ses doigts sur mes lèvres afin de m'empêcher de briser le silence qui régnait dans la pièce. Elle continua à laver le haut de mon corps et je ressentis un soulagement à ces formes de caresse. Je compris qu'elle avait déjà fait ces gestes, elle avait déjà lavé des hommes en peine, elle ressentait le mal en moi. Une complicité était en train de naître, et devant ma stupidité, mes yeux se troublèrent à nouveau. Je lui pris la main et dans un souffle je prononçai ce mot :

« Pardon. »

La belle dame se releva et sortit de la chambre sans dire un mot. J'aurais pu penser à cet instant qu'elle avait gagné, mais elle m'avait envoûté avec sa tendresse et j'avais aimé cela.

Peu de temps après, Mathilde et Claude revinrent ensemble avec une planche et deux tréteaux. Ils installèrent l'ensemble de façon à me faire basculer sur ladite planche pour changer mes draps et me nettoyer le bas du corps. Claude m'expliqua que Mathilde était sa femme et que je devais me méfier d'elle tant elle avait un pouvoir sur la nature d'un mâle. Devant la bonne humeur retrouvée de ma soignante, j'en profitai pour m'excuser. Elle répondit qu'elle avait été prévenue de mon sale caractère et que ses pleurs étaient feints.

Lorsque, beaucoup plus tard, Mathilde revint me voir, j'étais toujours honteux. Elle s'approcha de moi, posa son bougeoir près du mien et s'assit à mes côtés, comme elle l'avait fait plus tôt. Elle s'exclama :

« Je dois dire que cela sent meilleur ici, on aurait dit une porcherie. Je sais que vous les paysans êtes habitués à sentir le fumier, mais toi, tu empestais la pisse et le vomi.

— D'accord, je comprends ! Profites-en ! Tu m'as eu, je m'incline, je t'avais sous-estimé ! Ainsi, tout n'était que mise en scène ?

— Non, personne ne t'a obligé à boire plus que de raison et à te faire brutaliser ! Maintenant, peux-tu me dire ce que je dois faire des gaillards qui t'ont passée à tabac ? Ils sont enfermés depuis trois jours et ils méritent une correction.

— T'as encore gagné, Mathilde !

— Colin, Bertin m'a raconté pour Margaux.

— Non, je ne veux pas de ta pitié.

— Non, je n'ai aucune raison d'avoir de la pitié. Permets-moi seulement de partager ton chagrin. Je te l'ai dit, je veux bien t'aider. Mais si ton attitude ne change pas, je ne pourrai rien pour toi. Tu es en colère et je l'accepte, mais moi je ne peux pas changer l'ordre du monde.

— Les forts ont toujours mangé les faibles, n'est-ce pas ? Mathilde, je ne me laisserai plus croquer sans me battre. Je n'ai plus rien à perdre.

— Mais, Colin, personne ne te veut du mal ! Personne ne veut te croquer ! Tu te souviens, nous étions enfants et je t'ai aperçu. À l'époque, j'étais seule dans ce grand château et j'aurais aimé jouer avec toi, mais cela m'était interdit. Bien sûr, je mangeais à ma faim et j'avais peut-être moins froid que toi, mais j'étais prisonnière de ma condition. Je n'avais d'autres choix que de grandir pour me libérer. Je n'étais pas heureuse, ce qui s'est passé ensuite, mon arrogance, ma colère, c'était une fuite. Moi aussi, j'étais piégée par ce monde dans lequel je suis née. Mais de mes crimes, j'en ai fait une force. »

Ces mots me déroutèrent et je me sentais épuisé. J'ajoutai :

« Que me conseilles-tu maintenant ?

— Pour l'instant, repose-toi ! Je vais y réfléchir, mais sache que, quoi que tu décides, je t'aiderai. »

* * *

Ma convalescence ne dura pas et je me remis en selle. Je

rentrai à Pierre-Frite pour donner la main à Bertin qui en avait bien besoin malgré l'aide de Pedro. Nous étions en pleine saison des moissons et deux mains de plus seraient les bienvenues. Je me souvins alors qu'il y a bien longtemps, un garçon était arrivé sur cette même terre et il nous avait, à mon père et moi, apporté son aide en échange d'un repas. La situation s'était inversée, en effet, Bertin cultivait nos terres d'autrefois, et c'est moi qui lui portais assistance. Je méditai sur la chose. Avec le temps, les choses s'inversaient parfois, les méchants pouvaient-ils devenir bons et les bons devenir méchants ? Je compris qu'il ne fallait jamais désespérer, tout pouvait arriver, même les choses les plus improbables.

Mathilde m'avait proposé de rester au château encore quelque temps, elle prétendait avoir besoin de mes conseils. Je m'étonnais de sa proposition, qu'aurais-je pu lui donner comme avis, alors qu'elle administrait si bien son territoire. J'avais appris à connaître Claude qui avait été de bonne compagnie. L'homme était sympathique, et je compris que s'il avait hérité de son père, d'un certain sens des affaires, lui était honnête. Il me racontait sans gêne ce qui était arrivé à sa famille depuis l'arrivée de Mathilde, jusqu'au suicide de Lothaire, son frère aîné qui n'acceptais pas sa nouvelle condition. Pendant qu'il coupait du bois dans la forêt, sa femme, la Jacquette, se faisait largement détrousser par ses propres voisins, et la rumeur finit par lui arriver aux oreilles. Devenu la risée du village, Lothaire mit fin à ses jours dans une relative indifférence. Jacquette ne tarda guère à remplacer son défunt mari. Devant la liberté d'expression de Claude, je me rendais compte que de nombreuses choses avaient changé ici. Autrefois, chacun risquait des ennuis au moindre faux pas, pour une simple parole de travers qui avait pour conséquence le silence, ou plutôt une forme de mutisme. Maintenant, chaque individu pouvait s'exprimer sans crainte de perdre une main ou la tête. Il en résultait que des discussions regorgeaient d'idées nouvelles et que, les langues déliées, Mathilde connaissait désormais ses véritables ennemis. Leur nombre était faible, les laissant divaguer, tout en s'assurant qu'il ne dépasse pas certaines bornes. Il arrivait parfois qu'elle tienne compte de l'avis de ses principaux détracteurs, ce qui avait pour résultat de les calmer. J'étais impressionné par la perspicacité de Mathilde et j'acceptais enfin son amitié.

Pendant mon séjour au château, j'avais été dorloté par Mathilde. Si je n'avais passé que peu de temps avec elle, elle demeurait cependant soucieuse de mon confort. Son emploi du temps était complet, mais pas un jour, elle n'avait manqué de me rendre visite, même pour de courts instants. Je ne sais si nos échanges étaient utiles, bien que courtois et amicaux, ils conservaient forcément une distance. Je dois dire que j'attendais avec impatience son arrivée et redoutais son départ. J'appréciais sa présence même si, j'en suis certain, l'amour n'était en rien dans la nature de nos relations. Certes, nos parents s'étaient aimés, mais cela avait donné lieu à un fiasco, je m'interdisais donc ce type de pensée.

De temps à autre, elle se déplaçait dans les campagnes pour se confronter aux problèmes des paysans. Et c'est ainsi qu'un après-midi, elle était arrivée avec son chien de garde, un soldat de bonne allure. Bertin l'avait reçue avec amabilité et une forme de galanterie qui ne lui convenait guère. J'eus un énorme plaisir à la revoir, même si la présence du molosse à ses côtés me dérangea. Avant son départ, elle me demanda de passer au château au plus vite.

Bertin me fit une remarque qui m'énerva encore plus :

« Eh bien, Colin, remets-toi ! Elle est partie, tu ne dois pas te mettre dans cet état. Et puis tu vas la revoir bientôt !

— Oh là ! Qu'est-ce que tu insinues ? Que j'en ai pour Mathilde ? Pas du tout ! Simplement, je te regardais lui serrer la patte, madame par-ci, madame par-là…, et l'autre qui s'invite à notre table sans y avoir été convié ! Et madame qui exige me voir au plus vite ! Non mais, je ne suis pas son chien !

— Oh, toi, tu nous couves quelque chose ! Tu as passé trop de temps dans son lit !

— Détrompe-toi, je n'ai jamais été dans son lit, et si je conviens qu'elle est une belle femme, je ne crois pas que j'apprécierais ses tonnes de parfum de rose très longtemps. Bien au contraire, son départ me permet enfin de respirer de l'air frais ! Tu ne peux pas t'imaginer ce que c'est de s'éterniser dans ce château moisi !

— Si, j'ai ma petite idée, justement ! reprit Bertin en ayant perdu son sourire.

— Oh, pardon, Bertin, j'avais oublié ! Ce n'est pas ce que je voulais dire !

— Oui, je sais, Colin ! Ne t'inquiète pas. Je fais encore des cauchemars la nuit, mais cela tend à disparaître avec le temps. Mais un conseil, Colin, fait bien attention, Mathilde, ce n'est pas n'importe qui ! Et puis pour ta gouverne, je les ai aperçus l'été dernier, elle et son molosse, nus comme des vers dans l'Étang-neuf. Et ils ne faisaient pas que discuter. Alors, oublie ! Elle est comblée et c'est aussi bien ainsi. »

Cette dernière nouvelle me laissa sans voix, et je ne me serais pas permis de commenter l'information.

J'étais arrivé tôt le matin et Mathilde me reçut aussitôt. J'étais troublé et agacé par la révélation de Bertin, mais je m'efforçais de ne rien laisser paraître. Je pense que ce fut la première fois que je rougissais en sa présence, j'étais confus, gêné, tout en me demandant ce qu'était la raison de ma présence. En effet, j'aurais préféré être loin de là, avec Bertin dans un champ en train de trimer en plein cagnard, la gorge sèche, et le dos plein de sueur. La sueur, j'en avais plein mes frusques, je dégoulinais de partout en cette fin de matinée ordinaire et Mathilde ne pouvait que se rendre compte de mon malaise.

« Qu'y a-t-il, Colin ? Ça ne va pas ?

— Si, si, madame ! La marche jusqu'ici m'a donné chaud et je n'ai pas eu le temps de me rafraîchir. »

Le mensonge était gros, mais Mathilde nous fit apporter un rafraîchissement.

« Je souhaiterais que tu me rendes un grand service. »

Je ne répondis rien et ne fis pas voir que je m'en foutais de son service. Elle pouvait le demander à ses hommes de confiance. Elle en était entourée, des vrais moutons à ses pieds.

Devant mon silence, elle reprit :

« J'ai une amie, non loin de là, qui a besoin de mon aide. Je n'en ai parlé à personne de mon entourage parce que la mission est délicate et un brin dangereuse. Je sais que toi, tu as les qualités requises pour ce travail. »

Elle peignait son histoire comme un troubadour conterait une légende, avec une capacité à tenir mon attention, mais je ne me laisserais pas berner, même si je l'écoutais avec attention. Son mode opératoire était évident, elle me caressait dans le dos pour mieux me rouler. Je restai silencieux, elle continua de parler la situation de son amie et, donc, de mon rôle dans cette affaire :

« Voilà, je souhaiterais que tu ailles à Beaufort et que tu interviennes auprès du mari, sans, bien évidemment, mentionner mon nom.

— Mais il va me transpercer avec son épée !

— Non, parce qu'il ne pourra pas ! Il a trop peur du jugement dernier. Et toi, tu es un ange, n'est-ce pas, Colin !

— Mais tu…, tu, tu es folle, c'était il y a longtemps tout cela ! Je ne faisais peur à personne !

— Détrompe-toi, Colin, Bertrand comme Roland était mort de trouille, surtout Roland d'ailleurs. Je peux te dire qu'il y croyait, à votre histoire ! Cela l'empêchait même de dormir, je te l'assure.

— Mais ça ne marchera jamais ! Et puis je risque ma vie, moi, dans cette histoire ! Non, c'est ridicule !

— D'accord, c'est ridicule ! Alors, on laisse Odeline se faire massacrer par son salaud de mari et on reste les bras croisés en attendant qu'il la tue.

— Mais envoie ton hercule là, il sait manier l'épée, il fera le poids, lui !

— Qui ça, mon hercule ?

— Eh bien, l'autre là, tu as l'air de bien t'entendre avec lui paraît-il. »

Ces mots m'avaient échappé, les yeux de Mathilde devinrent sombres comme la tempête. Quel idiot j'étais ! Je venais de lancer du sel dans le feu.

« Qu'est-ce que tu me racontes là ?

— Non, rien.

— Si, je veux une explication ! »

J'étais acculé et je n'avais aucune idée des mots qui allaient désormais sortir de ma bouche. Mes idées s'embrouillaient. J'aurais voulu être un ermite dans une forêt immense, loin de tout individu.

« Bertin vous a vu, toi et lui dans l'étang. »

Les mots étaient partis comme une flèche. Dénonçant Bertin et brisant le secret de la châtelaine, je ne faisais que l'humilier, heureux encore que nous étions en privé, hors des oreilles médisantes. J'avais pourtant l'impression de colporter un message honteux, comme un petit garçon qui dénonce la bêtise de son voisin. Mathilde me regardait, j'avais le regard baissé. Mes yeux parcouraient les dalles de pierre de la salle, quand je l'entendis pouffer de rire. Je ne rêvai pas, elle se moquait de moi. Quand elle reprit son souffle, elle me dit :

« Colin, alors tu es jaloux ! Eh oui, j'ai un amant, mais ne t'indigne pas, je ne suis plus une jeune fille et je n'aime pas cet homme. Quant à Bertin, je lui apprendrai à regarder par-dessus les buissons.

— Jaloux, moi, mais pourquoi donc ? Je pensais seulement qu'il… »

La main de Mathilde se posa sur mes lèvres encore une fois, le baiser qui s'ensuivit me foudroya tellement il était inattendu. Mon corps se transforma en une flamme géante, il fallait que je sorte sans attendre. Au lieu de cela, elle m'empoigna et m'attira contre elle. Je n'avais plus aucune maîtrise de la situation. Je perdais entièrement le contrôle de moi-même. Mon corps répondait à un seul instinct, l'envie de la femme. Moi qui avais passé ma vie entière au côté de Margaux, nos corps s'étaient trouvés petit à petit pour ne plus jamais se quitter. Depuis son départ, étant privé d'elle, je n'éprouvais rien. Aucune envie, aucun manque. Mathilde réveillait cette part de moi endolorie. Soudainement, j'eus soif d'elle. Elle me dirigea en elle et nous fîmes l'amour comme si nous l'avions toujours fait. Je n'avais jamais touché une autre femme que Margaux mais rien n'y changeait. Les gestes étaient les mêmes, la connivence des corps qui se mêlaient. Et puis j'explosai en elle avec cette impression de domination. J'étais son maître et elle me recevait. Elle m'acceptait en elle. Pour la première fois, nous étions égaux.

Avant mon départ pour Beaufort, je passai quelque temps

en famille. Pedro était d'une aide pratique pour les travaux quotidiens à la ferme et dans les champs. Le robuste maîtrisait la charrue avec une aisance déconcertante. La cuisine de Marie nous régalait et elle doubla les portions de Pedro avant qu'il ne pique dans nos écuelles.

Bertin entreprit l'écriture d'un ouvrage. Je l'interrogeai sur son contenu et il m'affirma qu'il n'était encore sûr de rien et qu'il m'en parlerait plus tard. Pourtant, chaque soir, à la table, il me posait des questions, revenant sur la période qui précédait son arrivée à Pierre-Frite. Je lui racontai nos aventures et nos bêtises, je revins sur les tristes circonstances de la mort de ma mère, jusqu'à son arrivée à lui. Il travaillait d'arrache-pied à son manuscrit, abandonnant son travail journalier à Pedro qui s'en sortait bien seul.

Bertin avait donné naissance à trois gros cahiers épais griffonnés avec une plume d'oie qu'il avait empruntée au château avec l'accord de Mathilde. Au bas de chaque page, il avait pris soin de numéroter les pages, le premier manuscrit en contenait vingt-six, le deuxième : trente-cinq, et le troisième : quarante.

Ainsi, notre histoire se résumait en une centaine de feuillets. Je ne savais qu'en penser, alors je posai cette ultime question à Bertin :

« Et que comptes-tu faire de cela ?

— Eh bien, je n'en sais rien ! Mais j'ai ressenti ce besoin de retranscrire votre histoire.

— Votre histoire ? La nôtre, tu veux dire, tu as bien failli nous faire pendre !

— Oh, je n'ai pas que failli ! Après avoir écrit ces manuscrits, j'ai pris conscience de ma responsabilité dans la mort de Margaux. J'ai déclenché toute cette histoire.

— Non, Bertin ! Roland et Ghilem sont seuls responsables, et Bertrand avant eux. Leur mépris des hommes les a transformées en bêtes. Sans eux, rien de tout cela ne serait arrivé. Nous ne sommes pas des héros, nous n'avons fait que nous défendre contre ces tyrans. Mais eux arrivent tout droit de l'enfer, et ils y retourneront certainement.

Villevêque

An MXXVI

André avait brûlé le quatrième manuscrit, privant Arnaud d'une partie importante de l'histoire, mais le vieux moine ignorait que quatre manuscrits attendaient en secret qu'Arnaud les feuillette. Il reprit donc la suite des mésaventures de ses nouveaux amis, sur un terrain nouveau. Des semaines ou des mois étaient partis en cendres et il devra combler les vides avec son imagination. Peut-être Bertin pourrait-il combler ses interrogations si sa santé s'améliorait, ce qui semblait être le cas.

Les tensions semblaient se détendre depuis l'épisode des prisons, les deux moines s'étaient écharpés sauvagement à grands coups de louche et tisonnier, mais ils ne déplorèrent que des bleus et des contusions bénignes et superficielles. Ils combattirent jusqu'à l'épuisement. À bout de souffle, ils lâchèrent leurs armes respectives. Une discussion s'établit sur leur avenir et ils se mirent d'accord pour ne pas précipiter les choses. Depuis ils s'évitaient, mais aucun, a priori, n'avait à craindre de l'autre.

Ce qui surprit le plus Arnaud, c'était cette béquille de bois qu'André avait commencé à tailler avant son évasion. Ainsi, le vieux moine ne désirait pas la mort de Bertin, il lui restait peut-être une once de charité. Ou peut-être était-ce une ruse ?

La lecture du cinquième manuscrit fut rapide. Arnaud découvrit les aventures et les déboires de Colin et ses amis, de leur fuite vers Nantes jusqu'à la mort de Margaux. Cette dernière nouvelle peina le jeune moine et il ne put s'empêcher de se rendre à la chapelle pour se recueillir en pensant à Margaux. Il pria longtemps, et André fut à son tour surpris par la crise de foi du merdeux, lui qui ne semblait pourtant guère porté sur la religion et préférait certainement se délecter d'œuvres païennes et sulfureuses. Il montrait là une ferveur qu'il ne lui connaissait pas auparavant. N'ayant lui-même guère fait preuve de charité ces derniers temps, il accompagna Arnaud, certain que Dieu lui pardonnerait toutes ses dérives.

Alors qu'ils priaient tous les deux dans la petite chapelle fraîche, ils entendirent la cloche de la porte sonner. Et comme le tintement se répétait plusieurs fois, Arnaud se leva et alla s'informer de qui s'impatientait ainsi.

Il fût étonné de saluer son supérieur de Saint-Rémy-la-Varenne qui avait fait le déplacement afin de s'enquérir de ses ouailles et des raisons qui les retenaient là, alors qu'ils auraient dû déménager depuis longtemps déjà. Le nouveau venu dans le monastère présenta ses excuses pour les avoir dérangés pendant leurs prières, en effet, Arnaud, à la vue du grand ecclésiastique, insista sur le respect des règles en vigueur malgré les difficultés qu'ils rencontraient. Le dignitaire fut invité à prendre part à la cérémonie afin de ne point déranger le frère André qui n'en avait pas fini avec Dieu. Pendant la longue prière, Arnaud et André se triturèrent la cervelle à la recherche d'arguments expliquant la situation. Lorsqu'ils rejoignirent la cuisine, heureusement bien rangée, et qu'André offrit enfin un rafraîchissement au prélat, ce dernier s'enquit des raisons qui les empêchaient de déménager, à laquelle Arnaud répondit :

« Nous sommes désolés de ce contretemps, mon père, mais un événement inattendu a freiné notre départ, voilà cinq semaines de cela. En effet, alors que nous allions partir, sur le bas de la porte, nous avons découvert un pauvre mendiant qui avait besoin d'aide… »

Ainsi, Arnaud expliqua cette contrariété et l'aide médicale qu'ils avaient apportée à Bertin, heureux d'avoir sauvé un bon chrétien. Une visite au malade prouva la bonne foi des deux moines et la jambe coupée confirma leur dire. À la fois surpris et sceptique, le grand moine acquiesça et ordonna une visite du monastère. Le tour rapide des lieux fut accompagné de quelques explications complémentaires :

« Vous comprendrez, mon père, nous ne sommes que deux pour tout entretenir et comme l'ordre nous a été donné de quitter l'endroit, nous avons préféré nous adonner à la prière plutôt qu'aux travaux quotidiens.

— Et puis, le malade demande beaucoup de surveillance, mon père », ajouta André.

Le moine au regard noir bénit néanmoins le malade avant de rebrousser chemin, priant ces deux-là de partir dès que le malade sera rétabli ou mort.

Heureux de s'en être bien sortis, les deux moines pouffèrent de rire dès que le prélat fut hors de vue. Ils s'en étaient bien tirés, à part pour la porte de la chambre d'Arnaud qui se trouvait au beau milieu du couloir, où l'explication de serrure grippée ne convainquit pas le visiteur.

Le soir même, alors que Bertin était bien réveillé, Arnaud évoqua le troisième manuscrit, et expliqua l'incident et la querelle qui n'avaient pas échappé au malade, malgré sa léthargie prolongée. Ainsi de nombreuses interrogations trouvaient une réponse et Arnaud promit à Bertin de réécrire, au moins partiellement, l'ouvrage disparu. Bertin lui affirma qu'il le ferait lui-même, mais qu'il était urgent de poursuivre sa lecture afin qu'il accomplisse ce pour quoi il était désigné. Sur ces mots énigmatiques, Arnaud reprit sa lecture et aborda le sixième tome.

Manuscrit VI

Bertin

J'avais vagabondé pendant plusieurs saisons et j'avais maintenant espoir de trouver un bon refuge pour l'hiver qui s'annonçait froid. Je passai devant un menhir de six fois ma taille et arrivai face à un petit hameau de plusieurs maisonnettes. Un homme d'âge mûr me regardait avec appréhension pendant qu'un jeune garçon qui coupait du bois se rapprochait prudemment de son père. Le fils était le portrait craché du père, bien que plus petit, il le dépassera bientôt en hauteur. Je ne me montrai pas impressionné par l'outil tranchant que le gamin avait gardé dans sa main, et c'est le sourire aux lèvres que je m'adressai à eux. Tendant la main au père qui tarda à me la serrer, je dis :

« Bonjour, je cherche de quoi manger et dormir, j'ai vu la fumée et l'odeur de la soupe m'a attiré chez vous. J'ai de quoi payer mon repas. »

Je sortais quelques pièces quand l'homme intervint :

« Des pièces, ici, on n'en a pas besoin ! Y'a de la soupe

dans la marmite, Colin, va chercher une écuelle pour le jeune homme. Si tu veux payer ton repas, tu peux couper du bois, après tu pourras dormir et demain tu partiras. On ne veut pas d'ennui nous.

— Oh, merci monsieur !

— Monsieur ? Y'a pas de monsieur, ici ! Je m'appelle Mathieu, et mon fils, c'est Colin ! Et toi ?

— Oh, oui, Bertin. Ne vous inquiétez pas, je ne cherche pas d'ennui moi non plus. D'accord pour le bois ! »

Je dévorai la soupe que Colin m'avait apportée à l'extérieur sous un immense chêne multicentenaire. Ensuite, je m'attelai à la tâche et je me mis à fendre le bois. J'avais senti une hésitation lorsqu'il m'avait tendu la hache et un soulagement quand je cassais les premiers rondins de bois. J'accueillis comme une bénédiction le repas du soir agrémenté d'un morceau de lard, et je me lançai dans une description de ce qu'avait été ma triste vie jusqu'alors. Mes auditeurs étaient passionnés et j'en profitai pour demander à Mathieu s'il n'avait pas un peu de travail pour moi. Il me dit que je pouvais rester quelques jours. Le gamin, âgé d'une quinzaine d'années, s'était endormi sur la table, et j'en profitai pour demander où était la mère de Colin. Mathieu m'expliqua sans détail la perte de son épouse, il ne désirait guère revenir sur ces événements.

Ma présence dans la famille ne semblait pas déranger, et lorsque j'annonçai mon départ prochain, Mathieu me persuada de rester encore quelques jours. Évidemment, je ne me fis pas prier, c'était bien le but recherché.

Le printemps arriva et les travaux des champs redoublèrent, ma présence était naturellement bienvenue. Pour les tâches les plus compliquées, l'entraide entre voisins fonctionnait, ainsi, je fis la connaissance de Gaspard et de sa famille. Je connaissais déjà Margaux qui passait la moitié de son temps avec Colin. C'était une fille au tempérament certain qui trouvait chez Colin un camarade de tous les coups. Elle était dotée d'un humour et d'un rire communicateur. Ces deux-là faisaient une équipe de joyeux lurons et leur complicité était indéfectible. Cependant, Colin était un garçon sympathique et curieux qui, de toute évidence, avait besoin d'une compagnie autre que celle de Margaux. Non pas que la jeunette me déplût, mais ces deux-là semblaient tellement inséparables que la présence d'un autre garçon lui serait, pensai-je, profitable.

Gaspard était un colosse au tempérament bien trempé. Douter de son honnêteté pouvait le mettre dans des colères mémorables. Sa bonne volonté et ses valeurs de partage n'étaient plus à prouver. Son principal inconvénient était son haleine. J'appris la mort de sa femme et de son fils dans des circonstances dramatiques. Ce drame avait pesé très lourd sur leur quotidien ces dernières années.

Ce n'est qu'aux beaux jours que je découvris l'existence d'une sœur de Margaux. On pouvait aisément imaginer que la belle m'ait été cachée, sans doute par crainte que j'aille mettre mon nez où il ne fallait pas. Marie était belle comme une fleur, et je me surpris à rechercher sa présence. Notre première rencontre était en fait un hasard, j'étais tout simplement allé rapporter un outil emprunté chez Gaspard. J'arrivai à l'angle de la chaumière, lorsqu'elle déboula avec son panier d'osier à la main, je l'évitai de justesse, mais elle fit un mouvement de recul qui la fit choir. Je lui tendis la main en lui demandant de m'excuser, mais elle parut vexée, et les joues rouges de colère, elle repartit s'enfermer dans la maison. Notre deuxième rencontre fut en présence des deux complices des bois, chasseurs improvisés, Margaux et Colin, qui ne firent que jeter de l'huile sur le feu, en faisant des allusions qui me vexèrent à mon tour. Pourtant, ils avaient raison, j'étais tout retourné en présence de la belle. La troisième rencontre presque opportune dans le bois, j'avais osé approcher Marie, et elle n'était pas partie en criant, ce qui me laissait quelques espoirs. Elle était discrète et contrastait avec Margaux. Les deux sœurs ne se ressemblaient sur aucun point. J'osais prolonger mon regard et la fixais longtemps, comme pour en garder le souvenir. Les jours qui suivirent, mes pensées furent entièrement absorbées par ma voisine. Ma distraction devenait coupable. Je versais du lait à côté de mon bol, je m'entaillais la joue en voulant couper les quelques poils qui ornaient mon visage, je renversais une carriole de bois sur une poule qui manqua de réflexe pour échapper à ma stupidité, bref, je cumulais les bêtises et Mathieu commençait à avoir des doutes sur mes compétences. Je décidais de me reprendre en main, et le forage d'un puits me remit partiellement en selle.

L'aménagement du nouveau point d'eau m'occupait l'esprit, mais je remarquais cependant que Marie s'intéressait de plus en plus au projet. Je commençais à comprendre que mes nouveaux amis étaient de mèche pour nous réunir. En effet, il avait été convenu que ce serait Marie qui préparerait les déjeuners pendant les travaux. Le jour où nous avions fêté la fin de l'ouvrage, j'avais osé, en cachette de tous et surtout de son père, embrasser Marie. Elle n'y mit aucune opposition et très vite nous nous déclarions notre flamme. C'en était fini de ces longues espérances. Fini ce calvaire de l'amour qui n'ose s'exprimer et de nos corps qui se repoussent. C'est aussi dans cette frénésie d'amour que, très vite, nous commîmes l'irréparable.

Mathieu m'informa de ses tracas concernant l'arrivée du

nouveau seigneur. La redevance fut augmentée et nos chevaux furent enlevés par des soldats. Gérard, ce félon, y trouva son compte puisque les terres d'en haut furent redécoupées à son profit.

L'hiver était plus rude que jamais, le vent soufflait fort et les travaux extérieurs prenaient du retard. Mathieu me fit part de son souhait de se rendre au château afin de voir ce qui s'y tramait. Colin et moi insistâmes pour l'accompagner. Margaux, malgré l'hésitation de son père, fut de la partie.

Ce qui s'y passa fut pour moi la chose la plus éprouvante de toute ma vie.

* * *

Dès qu'il entra dans la cour du château, je reconnus celui qui avait tué de sang-froid mes frères et sœurs, trois ans auparavant dans les campagnes toulousaines. Ces cavaliers venus de l'enfer avaient tout sacrifié sur leur passage, sans raison, juste pour le plaisir de tuer. Ils avaient laissé pour mortes des familles entières. J'avais été touché et j'avais préféré faire le mort. La partie était perdue au moment où ils étaient apparus. Des hommes, des femmes et des enfants fuyaient les villages vers des contrées plus hospitalières, j'étais parmi eux pour aider ces malheureux avec d'autres moines. Quand, soudainement, sortis de nulle part, ils avaient embroché ces innocents qui ne demandaient rien d'autre qu'à vivre. C'était ça leur guerre ! Certes, on retient les grandes batailles rangées avec sa règle cruelle du face à face, équitable et que le meilleur gagne. Ces guerriers expérimentés qui se mutilaient pour quelques terres supplémentaires, certains perdaient la vie, mais souvent, les soldats novices servaient de chair à tuer. Pourtant, le vrai crime se trouvait à côté, entre chaque bataille, le soir, pour le plaisir des survivants, le goût du sang perdurait, l'addiction au crime, le plaisir de faire mal, l'impression de toute puissance.

Oui, je l'avais reconnu. J'avais vu Roland, j'avais même entendu son nom proclamé par des soldats, après, lorsque tout le monde était mort, que les têtes avaient été tranchées, que les plus belles femmes avaient été violées. Ils avaient, tous crié victoire en chœur, ils avaient porté leur chef en triomphe. « Vive Roland ! Vive Roland ! » Consécration du guerrier qui se prépare déjà pour la prochaine bataille.

Il était là, devant moi, et ma colère était immense. Je n'avais pas d'arme pour lui trancher la gorge, et quand bien même, j'en étais incapable. Ma seule arme était les mots, le venin craché au visage, le fiel du cœur, la bile de l'âme qui expulse telle l'éruption du volcan. Les mots qui sortent sans contrôle, sans retenue.

Les nerfs retombés, je compris mon erreur et surtout le risque que j'avais fait prendre à mes amis. Je niai les connaître, le mensonge fonctionna, ils ne furent heureusement pas associés à mon forfait.

Que j'eusse payé pour ma grande gueule était un euphémisme. Pire, j'étais, je le devinais à présent, en danger de mort. Roland ne se salissait plus les mains, mais il était là et jouissait de mes malheurs. Une jeune femme était à ses côtés et tournait les yeux pour ne pas voir. C'était un homme monstrueux qui cognait, une bête sauvage. J'étais un lapin entre les dents d'un loup. Avant de m'achever, il jouait. Roland avait promis ma mort sur le bûcher, et je commençai à prendre conscience que mon supplice allait durer. D'abord, la destruction, ensuite l'humiliation puis la punition, c'était, en règle générale, le sort d'un prisonnier condamné. Je n'étais prêt à aucune de ces tortures, mais le pire des supplices était le feu. Parfois, le bourreau saignait discrètement le condamné pour qu'il soit inconscient lorsque les flammes commençaient à mordre la peau du malheureux. Ceux qui n'avaient pas cette chance, mouraient après la pire des tortures. Parfois même, les yeux éclataient pendant que le martyre criait encore. Pour le moment, celui que Roland appelait Hargar se défoulait sur ma piètre carcasse, veillant bien à ne rien casser et à me laisser conscient. Roland riait et incitait la jeune femme à voir :

« Regarde, Mathilde, ce qu'on fait à ces chiens qui ne respectent pas leur seigneur ! Regarde ! »

Mais je voyais bien que la scène n'était pas du goût de Mathilde. Roland la forçait à regarder. Je crois que le principe de l'humiliation était dans le spectacle d'être vu, aussi, après avoir été roué de coups, les mains et les bras entravés, Hargar m'abandonna, nu et couvert de sang. Roland, en grand seigneur, pouvait enfin soulager sa vessie et il m'arrosa de sa pisse chaude qui brûlait à présent mes nombreuses blessures. Un instant, Mathilde, dégoûtée par le numéro, implora qu'on me laisse tranquille, mais les loups ne lâchèrent pas leur prise et les sévices recommencèrent pendant des heures et des heures, comme une partie sans fin.

La nuit arriva et Roland me confia à Hargar qui promit de me laisser vivant jusqu'à la grande crémation. Le géant s'empara de mon corps comme d'une marionnette, et je me retrouvai suspendu dans un espace nauséabond, mais à l'abri du vent froid. J'étais nu, souillé d'urine et de merde et je me sentis sombrer dans l'au-delà, Roland aurait ma mort, mais pas ma souffrance. Jamais je n'avais crié, jamais je n'avais supplié, jamais je n'avais pleuré.

Bertin

Gaspard m'avait souvent parlé de Guigone, la femme de Roland, elle n'était pas invitée au lynchage. Au début de mon supplice, Mathilde riait avec Roland pendant que Hargar m'assenait une correction. L'adolescente faisait preuve d'une légèreté et ne se souciait guère de mes souffrances. Plus les insultes pleuvaient, plus elle riait. Quand le sol froid eut changé de couleur, ses rires cessèrent, laissant place à l'interrogation. Mais Roland et Hargar n'en étaient qu'aux prémices, lorsqu'ils vinrent l'un après l'autre m'uriner dessus, un écœurement lui échappa, elle vomit son déjeuner, provoquant un nouveau rire des deux rustres. Mathilde s'apprêtait à fuir cet enfer, mais Roland la retint et l'obligea à regarder le spectacle comme un apprentissage. Je ne peux dire lequel de nous deux fut le plus soulagé lorsque le tabassage cessa.

Quel idiot j'avais pu être pour plonger ainsi dans la gueule du loup. Ma mort était certaine et je ne savais plus très bien à quel dieu ou à quel saint me fier. Mon esprit était en pleine confusion et je ne pouvais plus me concentrer sur une seule idée. Ni mes pensées, ni mes songes, ni mes rêves, aucun espoir, rien qui traverse mon esprit. Mon attention était juste préoccupée par le prochain coup qui allait me frapper. J'étais dans un état d'impuissance totale et même une prière ne pouvait me sauver. Ma seule certitude était que ce calvaire allait bien finir par cesser.

Lorsque le silence revint, j'étais pendu par les deux mains, l'odeur nauséabonde qui m'enivrait les narines agissait comme une drogue qui m'emporta rapidement dans un autre monde. J'étais comme en suspension dans le temps, je divaguais entre la vie et la mort, l'une et l'autre ne voulant de moi. Je repoussais le pire, j'entrevoyais Marie, ma Marie, entre les flammes de l'enfer. J'aurais voulu la sauver, mais j'étais impuissant, réduit à l'état d'objet. Mes bras immenses que je voyais s'éloigner de mon corps l'attrapaient comme des tentacules d'insectes géants, mais me trahissaient sans cesse. J'appelais mes amis, Colin, Mathieu, Gaspard et même Margaux à venir à mon aide, mais ils étaient trop loin et ne voyaient pas ce qui se jouait là, ici, en enfer.

* * *

Les caresses qui couvraient mon visage m'apaisaient et la voix douce de Marie parvenait à moi comme dans un rêve. Soudain, comme le soleil se lève, la vie s'alluma de nouveau. Lorsque je revins à moi, j'étais dans ses bras et je ne savais plus si l'instant était réel. Mon corps était meurtri et j'étais très faible. Marie me berçait comme une mère câline son enfant.

Il me fallut plusieurs jours pour èmmerger de mon coma. Les images qui m'avaient torturé pendant cette semaine d'inconscience me revinrent à l'esprit, je ne pouvais cependant en faire part à mes proches tellement l'atrocité des éléments s'était emparée de mon âme. Je n'avais pas d'os cassé, mais je devais me reposer. J'avais cependant subi une forme de traumatisme dont j'allais continuer à souffrir bien des années plus tard.

Tous étaient venus assister à ma résurrection, et je reconnus bien là mes meilleurs amis. Gaspard me raconta ma libération et ce qu'il en avait coûté à Hargar et à Roland. Seul Colin ne pipait mots et était resté sur sa réserve. Plus tard, lorsque j'allais mieux et que nous fûmes seuls, lui et moi, il revint sur ce jour où j'avais, selon lui, perdu la tête. Je lui demandai pardon mille fois, mais il n'entendait rien. Il me reprocha d'avoir mis en danger sa famille et la mienne en même temps. Je savais qu'il avait raison, mais je m'efforçai de me justifier. Rien n'y fit, j'eus le droit à une série d'insultes et de noms d'oiseau qui n'existent même pas. Sa colère était normale, et, ne pouvant s'arrêter, il partit, claquant la lourde porte de la maison et alla se calmer seul dans la cour à casser du bois. Il en coupa une corde entière. Nous n'en avons jamais reparlé.

Au village, tout s'était arrangé, et Guigone avait remédié à certaines injustices. Mathieu convoitait la grande dame, ce qui ne nous semblait pas être de bon présage, mais l'amour est imperturbable. Pour ma part, je ne tardai pas à faire ma demande à Gaspard, qui m'accorda la main de Marie, non sans m'avoir rouscaillé auparavant.

Entre Colin et moi, les choses avaient changé. Il avait rapporté cette arme dangereuse ayant appartenu à Hargar, une arbalète. Je lui conseillai de laisser tomber cet objet de Satan, mais il ne m'écoutait plus. J'avais bien essayé de l'intéresser de nouveau, comme autrefois, à des expériences. Je cherchais à lui donner la notion du temps, en bricolant une horloge, mais Margaux s'en mêla et fit tourner la démonstration au ridicule.

Puis, il fallut partir en urgence, le ventre de Marie commençait à s'arrondir. Nous chargeâmes sur la carriole un maximum d'ustensiles utiles et nous abandonnâmes le hameau. Quand Colin et Margaux me firent part de leur décision de faire demi-tour pour ralentir l'avancée de Roland, je lui donnai quelques conseils que, me sembla-t-il, il écouta. Au petit matin, j'eus droit de la part des deux pères à une volée de bois vert, mais ils comprirent rapidement l'intérêt du plan convenu.

Enfin, la longue attente commença, Nantes, Redon, et comme il arrivait souvent en cette époque, nous conclûmes que Margaux et Colin avaient fait une mauvaise rencontre. Aussi, nous nous dirigeâmes vers Redon selon les conseils de Budic et de Guigone.

Au prieuré Saint-Sauveur, de nombreux moines chantaient sans arrêt, ce qui eut le don de m'énerver. Après une longue négociation, Gaspard décida le prieur Simon de nous faire confiance pour la réfection d'une chaumière en friche peu loin du monastère. Gaspard promit des efforts de notre part bien supérieurs à nos capacités. Les promesses de creuser un puits et de défricher un bois, additionné à la réfection de la chaumière, étaient au-dessus de nos moyens. Accord donné, je le traitai de fou, mais il me fit remarquer que n'ayant pas d'impôt à acquitter, seul le temps viendrait à bout de ces promesses, et du temps, nous n'avions plus que cela devant nous. Le plus dur serait de passer l'hiver.

Gaspard avait raison, nous nous mîmes au travail, Mathieu nous donnait parfois la main et le défrichage avançait vite. Nous avions toujours le cheval de trait, et à chaque arbre coupé et livré, Simon nous payait en nourriture. Le moine était tout aussi conscient de la tâche, et s'il dirigeait ses moines d'une main de fer, il était juste et bon. Les branchages nous assureraient du bois pour l'hiver. Les deux femmes, Bonette et Marie, avaient commencé différentes cueillettes, châtaignes, glands, champignons, ainsi qu'un petit jardin n'espérant guère de résultats avant le printemps. Je regrettais les arcs de Colin et Margaux qui nous apportaient gibiers et peaux, Gaspard essaya cependant la pose de petits collets qui, malheureusement, ne furent pas très payants.

Guigone se sentait responsable de tout et finit par annoncer son départ. Mathieu, bien décidé à la suivre où qu'elle aille, et avec toujours à l'esprit, l'idée de retrouver son fils, partit avec elle. Quand peu de temps après, une attaque-surprise de Normands décima le monastère ainsi que notre labeur de plusieurs mois maintenant. Nous payâmes là un lourd tribut, presque tout le monde fut tué, y compris Gaspard et Bonette. Écœurés, Marie et moi décidâmes de rentrer au hameau de Pierre-Frite. Par miracle, nous avions échappé de près à la mort.

Ainsi, après notre retour au pays de Marie, la vie reprit. J'étais devenu un vrai paysan, comme m'avait appris Mathieu, qui suait tous les jours, en grognant et en pestant après le temps. Marie mit notre deuxième enfant au monde, et comme ce fut une fille, elle insista pour l'appeler Jeanne. Clément, notre aîné, galopait partout dans le hameau, comme le faisaient tous les enfants de son âge. Un jour, il pourra me prêter main-forte pour les tâches les plus simples puis, en grandissant, il apprendra probablement les gestes qui feront de lui un bon paysan.

Nous n'avions plus eu de nouvelles de Mathieu, ni même de Colin et Margaux. Un jour de beau temps, alors que je ramassais des branchages secs pour l'hiver, je m'approchai de l'Étang-neuf et je fus surpris d'y apercevoir deux chevaux sellés. Je m'approchai prudemment et sur la plage, je fus témoin de l'accouplement d'un homme et d'une femme dans le plus simple appareil. J'essayai de distinguer leur visage, mais ni l'un ni l'autre ne m'était connu. Après leurs ébats, ils se relevèrent, nus, et replongèrent dans l'étang. Je fus surpris par leur imprudence. J'aurais pu dérober leurs chevaux sans qu'ils s'en aperçoivent. J'avais aussi constaté que la belle avait un corps de rêve.

Lorsque cette même femme m'apparut quelques jours plus tard, je reconnus, enfin, en elle, notre châtelaine. Mathilde qui, environ trois ans auparavant, m'avait vu nu et en plein supplice. J'eus soudainement moins de scrupules à l'avoir regardé au bord de l'étang, mais je gardai l'information pour moi.

Marie et moi lui fîmes bon accueil et la discussion qui s'ensuivit nous fut fort agréable. Nous avions été invités à nous joindre à son effort d'amélioration de la condition paysanne. Cela me caressait bien les oreilles et j'acceptais l'invitation prestement.

Les années qui suivirent, virent, en effet, une amélioration de nos conditions et la collaboration avec Mathilde était parfaite. Elle était devenue très respectée de tous, et quiconque aurait tenté de salir son honneur aurait eu à en découdre. De plus, les récoltes s'amélioraient, et tout le monde y trouvait bien son compte. Je me déplaçais chaque semaine au village et j'y passais la journée entière pendant que Clément passait la journée chez les moines. La proximité d'autres enfants et la présence d'un éducateur lui étaient profitables. Marie et moi aurions aimé qu'il aille chez les moines plus régulièrement, comme d'autres enfants du village allaient maintenant à l'école. J'essayais de passer un peu de temps pour lui apprendre quelques rudiments de lecture et de calcul, mais le travail de la terre ne m'en laissait guère le temps.

* * *

Ce jour-là fut pour moi d'un grand plaisir, mais aussi un grand soulagement. Lorsque j'ouvris la porte de la chaumière, mon sang ne fit qu'un tour à la vue d'une forme humaine qui était assise à notre table. Juste en face de Marie, les cheveux en pagaille et la barbe longue, l'homme, qui se retourna vers moi, me dévisagea et je reconnus ses yeux bleus. Colin était là, vivant. Mon seul geste, instinctif et sincère, fut de le prendre dans mes bras.

L'intensité de cet instant, l'émotion à son plein, m'emplit d'une joie égale à la naissance de mes propres enfants. Nos larmes se mélangèrent quand nos joues d'hommes virils se rencontrèrent. Mais qu'importe, il était là, chez nous, de retour, Colin, mon ami.

Le plaisir de nos retrouvailles fut gâché par l'annonce qui suivit. Treize jours auparavant, Colin avait fermé les yeux de Margaux, et je percevais maintenant tout le désespoir dans ses traits. Colin était vide de toute énergie, de toute joie et de toute vie. Il ne restait que de la colère. Nous ayant fait le récit de leurs aventures, je retrouvais l'attitude de Mathieu vis-à-vis d'un seigneur qui avait eu le droit de vie et de mort sur une femme bien-aimée. L'injustice était criante et la rage demeurait confinée dans ce corps meurtri. J'avais mal pour Colin.

Je repensais à Margaux, cette jeune femme pleine de vie et de malice. D'une beauté ordinaire compensée par un visage radieux et le sourire haut perché, Margaux transmettait la vie et la joie de vivre comme personne. Avec Colin, ils étaient un couple solide, plein d'élan et de complicité, ensemble ils avaient commis l'irréparable, plusieurs fois ils avaient tué des hommes pour sauver d'autres vies, la mienne en l'occurrence, au péril de la leur. Plus jamais ce duo merveilleux ne commettrait d'actions miraculeuses, plus jamais ils ne se moqueront de personne, plus jamais nous ne rigolerons ensemble. Margaux me manquera à moi aussi, et je ressentais pleinement le désarroi de Colin. Il avait perdu sa compagne, sa sœur, son amour.

J'invitai Colin à rester avec nous, au moins le temps de se remettre, il accepta, comme je l'avais fait bien des années auparavant, quand Mathieu m'avait demandé de l'aider dans ses tâches quotidiennes. J'étais content de trouver deux bras supplémentaires, mais je sentais bien que le cœur n'y était pas.

Une autre surprise nous attendait, l'arrivée d'un géant qui ne prononçait que très peu du langage courant, ce qui me fit craindre le pire. Colin le présenta comme un ami, et j'en fus soulagé tant l'individu me fit peur. Clément et Jeanne trouvèrent en Pedro un joyeux compagnon de jeu. L'homme était puissant et il mangeait comme un bœuf, ce qui ravit Marie qui avait devant elle quelqu'un de nouveau et qui appréciait sa cuisine raffinée.

Après plusieurs semaines, je conviai Colin à se joindre à moi lors d'une de mes visites au château. Je pensais que ce serait une façon d'affronter ses démons. Je lui avais longuement parlé de Mathilde et des changements qui s'étaient opérés depuis son retour. Je lui parlais d'elle et, bien qu'il soit sceptique, il m'écoutait m'étendre sur les qualités de la nouvelle châtelaine.

Des semaines passèrent, et l'aide que m'apportaient les deux hommes me soulagea énormément. Je profitais de ce répit pour me lancer dans une expérience qui me tenait à cœur. Transcrire l'histoire des « anges » et servir de témoin. Je dus insister longuement afin que Colin accepte de se prêter à ce jeu qui, selon lui, n'avait aucun intérêt. Guère convaincu par mes arguments, il participa néanmoins à ce voyage dans le passé, comme Mathilde et Marie le firent ultérieurement.

Je n'avais pas prévenu Mathilde du retour de Colin, elle ne

m'avait plus jamais questionné à son sujet, vu que c'est elle qui m'avait annoncé sa noyade dans le puits. Pedro était resté avec les enfants.

Leur rencontre fut bien pire que je l'avais envisagée. Je m'en voulais d'avoir été aussi stupide. Je présentai mille fois mes excuses à Mathilde sur le comportement incorrect de Colin, et j'en profitai pour lui raconter la triste nouvelle de la disparition de Margaux. J'espérai, en lui faisant part du drame, excuser Colin de sa désinvolture.

Lorsque, plus tard en soirée, je retrouvai Colin, c'est un ivrogne qui me fit face. J'étais en colère contre lui, je lui envoyais des insultes qui dépassaient mes pensées. Il me répondit sur le même ton des mots qu'il aurait oubliés le lendemain, tant l'alcool lui sortait des yeux. L'image pitoyable qu'il donnait là. Je l'abandonnai et rentrai seul à Pierre-Frite.

Le lendemain, morte d'inquiétude, Marie m'obligea à retourner au village pour chercher l'ivrogne. J'étais encore furieux contre lui et je l'aurais bien laissé baigner dans son vin. Quelle surprise d'apprendre qu'il était alité dans la chambre de Mathilde, j'appris les circonstances dans lesquelles s'était joué ce tour de force. En effet, Mathilde avait encore une fois retourné la donne en clouant l'impétueux dans son fief. La situation était cocasse, voire hilarante.

Plus tard, Mathilde me demanda de lui raconter le jour où je l'avais vue à l'Étang-neuf. J'étais abasourdi par sa question, je ne savais que répondre, j'aurai aimé pouvoir m'enfuir. Ainsi, Colin lui avait révélé mon secret ! Je doutais un instant de son amitié, ce genre de trahison étant inadmissible de la part d'un ami. Je bafouillai, ne sachant que dire. Mathilde se mit à rire et me rappela qu'elle aussi m'avait vu nu et qu'ainsi, les comptes étaient justes. Je m'en retournai soulagé et sans demander mon reste.

Colin revint au hameau et nous attaquâmes ensemble les moissons, il avait retrouvé une partie de ses forces et surtout de son moral. Je profitai de cette période pour lui rappeler quelques règles de base concernant l'amitié et la solidarité masculine. Il m'affirma avoir été lui-même piégé et forcé d'avouer.

Enfin, quand Mathilde demanda un service à Colin, celui de se rendre à Beaufort, pour je ne sais quelle mission, il lui obéit sans broncher, ce qui ne lui ressemblait pas du tout.

Cette saison sera la dernière que nous aurons passée ensemble. J'avais retrouvé mon ami, et nous formions une nouvelle famille. Nos deux enfants aimaient leur oncle, très vite, Colin montra à Clément la fabrication et l'usage d'un arc.

Chaque soir, une prière était dédiée à un de nos saints préférés, Margaux, Jeanne, Gaspard, Mathieu, Blanche, Louis étaient les noms qui revenaient le plus souvent. Même Pedro se joignait à nous et marmonnait des prières dans son langage, ce qui faisait rire les enfants.

***

Quelques jours avant le départ de Colin et de Pedro pour Beaufort, quelle surprise de voir arriver Claire et accompagnée d'un homme et de deux enfants ! Les présentations furent rapides, Louis, le mari, Jean, le garçonnet et Justine, la fillette. Évidemment, les retrouvailles avec Colin et Pedro furent chaleureuses.

Nous connaissions la première partie de leur aventure, puisque Colin nous en avait tracé les lignes, mais une fin manquait au tableau, et Louis nous la raconta.

« Après le départ de Colin, tout est rentré dans l'ordre autour des ateliers. Ghilem n'a plus fait parler de lui. Michel a disparu et personne n'a plus entendu parler de lui. Ce silence nous a surpris dans un premier temps, puis nous nous y sommes habitués. Les semaines ont passé et nous avons relevé notre garde. Naïvement, nous avons pensé avoir gagné devant Ghilem. Puis deux hommes ont été retrouvés morts, sans aucune raison et aucun mobile. Clément notre fils a disparu une journée entière et si on ne lui a pas fait de mal, l'intention était claire. L'autre jour, il y a deux semaines, un marchand venu de nulle part, nous a proposé l'achat de tout notre stock de vannerie. Il payait rubis sur l'ongle. Je venais de vendre un beau bateau et m'apprêtais déjà à commencer un nouvel ouvrage. Les caisses étaient pleines. J'en ai profité pour payer mes ouvriers et nous avons fêté la bonne affaire tous ensemble. Le lendemain, tous mes bâtiments, maison et ateliers ont brûlé, j'ai juste eu le temps de courir dans ma cachette où je dissimulais mes recettes afin d'y sortir notre argent, quelqu'un était déjà passé. Nous n'avions plus rien, par chance, j'avais payé toutes mes dettes ainsi que mes ouvriers. Quand le percepteur est arrivé, les braises encore chaudes, pour me demander de payer les impôts, je lui ai craché au visage. Ghilem avait tout manigancé, du marchand jusqu'à l'incendiaire, le voleur et le percepteur. Sans attendre, nous avons pris nos jambes à notre cou et nous avons pris le même chemin que Colin. Nous aurions dû suivre son conseil. Mais comme vous le voyez, Claire attend un autre enfant et je ne voulais pas prendre le risque de prendre la route ainsi. Voilà quinze jours que nous marchons. Par chance, nous ne nous sommes pas trompés, Claire a retrouvé le chemin de Pierre-Frite. »

Pedro avait écouté avec grand intérêt le récit de Louis, et il rageait de ne pas avoir cassé la tête de ce gredin de Ghilem.

Clément dépassait Jean d'une bonne tête, mais ils ne tardèrent pas à courir ensemble autour de la chaumière. Marie retrouva Claire et les deux femmes commencèrent rapidement à parler de leurs enfants. Je m'entretins longuement avec Louis afin d'imaginer leur nouvel avenir. Mathilde trouvera certainement un rôle pour un charpentier, quant au logement, nous pourrons nous serrer dans la maison pendant quelque temps. Le début de l'automne était doux et la présence de cette nouvelle famille me ravit. J'allais bien m'entendre avec Louis, et je compris les mots qu'employait Colin à son égard, tant l'homme me parut sympathique.

Claire et Louis furent heureux du sort de Colin, malgré ses déveines précédentes, il était de nouveau en selle, loin des drames de son passé.

Louis était un homme de l'eau, il avait toujours vécu au bord de la Loire et sa spécialité était la charpente des bateaux. Le grand fleuve lui manquait, et même s'il ne rechignait pas à la tâche, personne n'aurait fait de lui un paysan. Un bûcheron, plus probablement, mais la mélancolie de l'eau s'abattit sur lui et il devint triste.

De la mission de Beaufort, Colin et Pedro n'en revinrent que quelques mois plus tard pour un retour provisoire. Nos retrouvailles furent fêtées en famille et chacun, encore une fois, raconta son histoire. Colin proposa à Claire et à Louis de partir avec lui, il avait un projet pour lui.

Curieusement, Colin débordait d'énergie, on ne sait quelle mouche l'avait piqué, mais il parlait avec ses mains comme jamais nous ne l'avions vu communiquer. Il avait les traits d'un homme amoureux, et Claire et Marie auraient bien aimé savoir pour qui, d'Odeline ou de Mathilde, le cœur du bel homme veuf battait si fort. Même sa tenue vestimentaire était digne d'un étalon conquérant, et les deux femmes présentes tombèrent soudainement sous le charme de celui qui restait cependant leur beau-frère. Louis et moi décidâmes, sans même nous consulter, de nous moquer de son accoutrement coloré, lui précisant que même la chèvre avait bêlé à son arrivée.

Qu'il était bon d'être ensemble. Colin était comme mon frère et son nouvel enthousiasme m'allait droit au cœur. Les premières femmes de sa vie avaient été témoins de ses malheurs. Les nouvelles femmes seront complices de sa réussite. Je pressentais que Colin était voué à un grand avenir, et son costume, malgré nos ricanements, lui allait comme un gant. J'aimais l'idée même de le voir triompher, il était courageux et intelligent, ce sont les qualités essentielles d'un grand homme.

J'avais compris qu'entre la nouvelle Mathilde et Colin, et malgré les réticences évidentes qui auraient pu les opposer, tous les deux pouvaient accomplir des miracles. Ils étaient dévoués aux autres, et chacun à leur façon, ils détenaient un pouvoir hors du commun. J'avais beaucoup voyagé dans ma jeunesse, j'avais vu et connu des lâches, des malhonnêtes, des froussards et toutes sortes de salauds, et rares étaient les hommes en qui nous pouvions avoir toute confiance. Colin était de ceux-là. Mathilde avait le pouvoir et le savoir. Elle avait acquis la sagesse et la bonté, ce qui ferait d'elle une redoutable souveraine si son destin l'y poussait.

Villevêque

An MXXVI

Ayant terminé le quatrième manuscrit, le jeune ecclésiastique approuva le choix de Bertin d'avoir rapporté l'histoire de chaque protagoniste, telle qu'ils l'avaient vécue. En procédant ainsi, les récits s'enrichissaient de détails importants et les histoires se croisaient, apportant chacune ce qu'il manquait aux autres. Cette fois-ci, dans le cinquième tome et pour la première fois, Bertin racontait sa propre version des faits. Son auteur avait de toute évidence plus de difficulté à parler de lui, le document était bien moins épais, et Arnaud avait l'impression de déjà connaître les événements racontés là, sauf qu'il faisait allusion au château de Beaufort dont Arnaud connaissait l'existence, et d'Odeline dont il avait entendu parler tant sa réputation la précédait. Bertin avait bien parlé de l'amie de Mathilde, sur un passage du quatrième ouvrage dont Arnaud ignorait le contenu, et pour cause, il avait brûlé ! Cependant, le jeune moine eut l'impression que l'histoire se rapprochait de lui et de sa route. Ainsi, Colin était peut-être passé par le monastère, en quête d'un abri pour la nuit ou pour une pitance, ce que parfois les vagabonds ou les soldats solitaires demandaient. Une salle d'accueil les attendait, celle-là même où Bertin se reposait actuellement. Depuis le début des lectures, les épisodes se succédaient et là où il était permis de croire à l'imagination d'un troubadour inspiré, des anecdotes éclaircissaient le récit. Arnaud était certain de suivre la trace de Colin et était prêt désormais à prendre parti dans l'histoire. Bertin pouvait lui demander la lune, il en serait, corps et âme.

Arnaud commença parallèlement des recherches dans les grands livres du scriptorium. L'un d'entre eux consignait quelques événements que Valentin reportait chronologiquement et accompagnés de date approximative. Jamais le jeune moine n'aurait cru que ce genre de travaux puisse être utile. Il releva quelques passages qu'il prit le temps de retranscrire sur une feuille. Autrefois, cette initiative lui aurait valu une punition, mais André avait pris le parti de fermer les yeux devant les écarts de son collègue, autrement dit : il s'en fichait !

Ses lectures l'interrogeaient sur un autre point ; la place des femmes dans le quotidien des hommes, les manuscrits n'étaient pas avares de curieux détails que d'autres moines auraient qualifiés de scandaleux. Arnaud fut dérouté par ces témoignages, il ne put s'empêcher de réfléchir à sa propre condition et à ses pensées qui le hantaient parfois, ou plutôt souvent, notamment à cette fille qui était venue porter le fromage. Il n'avait pas cru bon de confesser ses états d'âme à ses confrères, et il n'était désormais nullement question de porter la confession à André, l'inverse allant de soi. Pourtant, il avait souvent souillé sa couche et la situation était fort embarrassante. Avant que Bertin ne débarque, son esprit était accaparé par des visions. Cette jeune femme hantait son âme et il se savait désormais en proie à la tentation du diable, néanmoins, il ne s'en plaignait pas. Une question le taraudait à ce sujet : il était certain qu'elle reviendrait un jour prochain, continuerait-il à regarder le sol ou l'inviterait-il à venir se rafraîchir à la cuisine ? Évidemment, la présence de l'autre répondait à la question ! Mais que se passerait-il si André était parti au jardin ou ailleurs ? Oserait-il lui adresser la parole, lui qui avait été condamné au silence pendant si longtemps ?

Sa vocation était remise en cause. Mais pouvait-on parler de vocation ? Qui lui avait demandé son avis ? N'était-ce pas le moment de décider par lui-même ce que serait sa voie ? Rejoindre Saint-Rémy le condamnerait à une vie monastique, certes, riche en prière et l'assurance d'un paradis futur. Mais l'abstinence au monde extérieur n'était-il pas un crime tout aussi grave que de quitter les ordres ? L'idée faisait son chemin et le temps lui était compté.

Bertin avait toujours bon appétit, mais sa plaie ne se cicatrisait pas bien ; malgré des soins journaliers, du pus suintait toujours. Une semaine était passée depuis l'amputation et, là aussi, le temps comptait.

Arnaud tenta une nouvelle fois de le questionner :

« Bertin, pouvez-vous me dire à quoi tient tout ce désordre ? Vous arrivez un jour avec à vos trousses des gens qui en veulent à votre vie, puis vous déclenchez la discorde dans ce lieu qui se voudrait être le calme absolu. Vous m'imposez la lecture d'un texte dont toute ma confrérie dirait qu'il est damné. André et moi avons dû nous transformer en chirurgien, et me voilà au chevet d'un homme que je ne connais ni d'Adam ni d'Ève.

— Non, mon garçon, je n'ai rien déclenché du tout ; ces hommes qui me suivaient sont des canailles, j'ai simplement eu la malchance de croiser leur chemin, et je ne sais ce qu'il leur a pris de me poursuivre ainsi. Ils devaient être à bout de ressources, et ma sacoche bien pleine a dû les attirer. Dès Briollay, où je les ai aperçus ensemble, j'ai compris que je serai leur prochaine cible dans les bois, à l'abri de tout témoin. Aussi, je me suis caché et je les ai vus me chercher. Le manchot en était leur chef, le balafré était assurément le plus méchant, et l'autre était seulement un gros benêt. J'ai pris un détour afin de les perdre, puis mon cheval a trébuché à une lieue de là, je suis tombé de ma monture me blessant sur un caillou. Mon cheval s'est enfui et j'ai dû me traîner, ils ont certainement retrouvé ma trace.

Par ailleurs, et tu le sais, je ne suis pas responsable de vos chamailleries. Je vous suis très reconnaissant pour les soins que vous m'apportez tous les jours, mais j'aurais encore préféré garder ma jambe.

Continue ta lecture, tu avances bien et bientôt tu pourras me rendre un bon service.

Manuscrit VII

Colin

Le cheval que m'avait confié Mathilde avait fini par m'accepter. Nous avions décidé d'emprunter un chemin qui évitait Angers sur les conseils de Mathilde, ainsi, nous avions pris le chemin de Neuville où nous devions traverser la rivière Mediana avec nos deux chevaux. À notre arrivée près de la grande rivière, nous aperçûmes le passeur qui débarquait trois cavaliers de son radeau. Il devrait attendre que d'autres passagers s'installent avant d'entreprendre le retour sur notre rive. Ce contretemps était dommageable mais prévisible. Pourtant, nous n'avions encore parcouru qu'un tiers de notre trajet et de gros nuages menaçaient en cette fin de matinée. Ayant échappé à la noyade, ce qui, en regard de ma peur de l'eau, amusa Pedro après la traversée, nous n'avions pu échapper à une averse torrentielle. Nos vêtements étaient quasiment secs lorsque nous arrivâmes à Briollay, et, en l'absence de pont, c'est donc à gué que nous traversâmes la Sarthae et le Ler, deux petites rivières qui n'étaient guère profondes, mais assez pour nous tremper jusqu'aux os. Je n'avais pas l'intention de passer la nuit à la belle étoile, ce fut donc bien avant la nuit que nous décidâmes de frapper au monastère de Villevêque. Cependant, un incident nous fit perdre encore un peu de temps. Nous fûmes attaqués par trois cavaliers en armes, des bandits de grand chemin, tout juste bons à détrousser des bourgeois, qui en voulaient à notre argent. Nous leur donnâmes une bonne leçon, ou devrais-je dire, Pedro leur colla une sacrée correction. Avec son petit bouclier de la taille de l'avant-bras, il désarma le premier brigand avec une force spectaculaire et inattendue de la part de la future victime. Le bouclier était bordé de métal tranchant, et l'assaillant se retrouva le visage en sang au contact du métal. Bientôt une cicatrice traversera du haut en bas le visage du mécréant qui le fera ressembler au diable en personne. Le deuxième, plus costaud mais surtout plus gros, n'ayant certainement pas pressenti le danger, attaqua à son tour pendant que je me démenai avec le troisième. Ce dernier, qui semblait être le chef, m'avait choisi comme son souffre-douleur. Pedro assomma son agresseur et vint à ma rescousse. Le coup que ce pauvre pantin reçut sur la main qui portait son épée sectionna au moins quatre doigts et une giclée de sang s'envola m'arrosant au passage. Nulle fuite de part et d'autre, nous continuâmes notre route laissant ces vauriens à leurs misères.

Un jeune garçon vint nous ouvrir la porte, il n'avait pas douze ans, et, sans prononcer un mot, il nous invita à patienter dans la salle d'accueil dont il referma la porte derrière lui. Peu de temps plus tard, un moine entra et nous pria de l'excuser pour cet accueil silencieux et nous expliqua que le frère Arnaud, qui était orphelin, n'avait pas le droit de parler, ainsi était les règles du monastère. Il nous dit aussi que le père supérieur viendrait nous saluer et décider de notre hébergement dès que les vêpres seraient terminées. Puis il fit volte-face et referma la porte pour la seconde fois. Pendant la longue attente que l'on nous imposa, je méditai sur le bien-fondé de cet enfant que l'on enfermait là parmi une bande d'hommes peu bavards. Le père Valentin arriva enfin et nous fit bonne impression. Après nous être présentés, je lui demandai l'hospitalité pour la nuit moyennant quelques pièces d'argent, qu'il accepta d'emblée et il nous fit conduire à l'hospice où nous trouvâmes nos couches. Nous déposâmes nos effets et nous fûmes invités au souper qui précédait la lecture dans la salle capitulaire. Pedro accepta uniquement l'offre du souper, préférant aller se coucher après le repas. Pour ma part, la curiosité l'emporta et j'assistai à la lecture rébarbative d'un texte biblique auquel je restais imperméable. Je pris mon mal en patience me souvenant des histoires que me racontait ma mère, et je plaignis cet enfant dans sa robe de bure trop lourde pour lui qui s'endormait déjà et qui allait devoir encore assister à la messe du soir avant de rejoindre sa couche. J'abandonnai sitôt la lecture terminée prétextant que la journée du lendemain nous réservait une longue route et une mission difficile.

Après avoir trotté pendant quelques heures jusqu'à Beaufort, la lettre que m'avait préparée Mathilde nous ouvrit les portes de la forteresse. J'avais insisté pour que Pedro m'accompagne pour cette mission délicate.

Après l'épisode des bandits, j'avais demandé quelques conseils de défense à Pedro. Aussi, chez Bertin, chaque jour, nous nous entraînions à esquiver des coups et à les rendre. Pedro, qui avait servi un seigneur depuis sa tendre jeunesse, avait appris l'art de se battre. Il était bon instructeur et j'écoutais ses conseils avec attention. Il m'apprit notamment que, face à un glaive, un bouclier s'imposait.

On nous invita aux cuisines de la garde pour nous rafraîchir pendant qu'on annonçait ma visite à Odeline. Mathilde
nous avait déguisés avec des costumes de soldat de haut
rang, et notre arrivée fit forte impression. Mon langage était
celui d'un paysan, mais de nombreux soldats, issus de notre
condition, ne parlaient guère mieux. La vocation d'un soldat
haut placé n'étant pas de faire de longs discours, je
m'efforçai de me retenir autant que cela fut possible. Ma
mission consistait à rapporter des informations qui puissent
servir à convaincre Foulques que la situation de Beaufort
avait assez duré. J'avais refusé catégoriquement de rejouer les
héros et je me cantonnais au but de ma mission. Pedro
n'était là que pour me rassurer et m'aider si la mission tournait au vinaigre. J'avais été très clair avec lui, on ne casse la
tête à personne et on reste muet.

La dame qui vint me rejoindre dans la cuisine était d'une
beauté inégalable. Tout de suite, elle m'attira dans une salle
où nous pûmes nous entretenir. Dès que nous fûmes seuls,
elle me demanda d'emblée :

« Parlez-moi de Mathilde, comment va-t-elle ?

— Eh bien, la dernière fois que je l'ai vu, elle allait bien !
Mais pour répondre sérieusement à votre question, elle est
soucieuse pour votre santé et elle m'a envoyé afin de connaître la situation. Je ne vous cache pas que ma présence ici
ne peut pas compromettre Mathilde, et je suis ravi que votre
mari soit absent pour le moment.

— Il arrivera dans peu de temps. Ne craignez rien, votre
couverture est parfaite, soyez le bienvenu, ici, à Beaufort, je
vous ferai préparer un lit avec les autres hommes, cependant,
dès son arrivée, mon mari demandera à vous rencontrer et je
doute que nous puissions nous revoir. Je compte sur vous
pour dire à Mathilde combien elle me manque. Je souhaite-

rais tant la revoir, mais mon mari me tient prisonnière dans mon château, voilà des années que je n'ai pas remis le nez à l'extérieur hors de sa présence. S'il me trouvait là en votre compagnie, il me battrait et je ne donnerais pas cher de votre peau. Il faut que Mathilde me sorte de là, je n'en peux plus. Il me fait peur, il finira par me tuer. Il faut qu'elle convainque Foulques d'intervenir.

— Non, Foulques n'y consentira jamais, mais j'ai ma petite idée pour vous sortir de là. Pouvez-vous me dire où se trouve votre chambre ?»

Odeline lui montra discrètement la fenêtre et lui précisa que son mari, Herbert, ne dormait que rarement dans son lit, mais dans la chambre d'à côté. Il prenait bien garde de fermer à clé la porte de sa femme. Selon sa femme, le seigneur était d'une extrême jalousie, mais ne se privait pas de courtiser toutes les filles qu'il croisait et ce, très ouvertement. Sa mauvaise foi était avérée et il n'en était nullement gêné.

Ma première rencontre avec Odeline ne me laissa pas indifférent. Cette femme désemparée me demandait de l'aide et, bien que ce ne soit pas le but de ma visite, son désespoir m'émut. Que devais-je faire ? Que m'avait-il pris de lui donner un espoir, je lui avais dit : « j'ai ma petite idée pour vous sortir de là.» Cela valait presque engagement de ma part, et d'idée, je n'en avais aucune !

Herbert ne tarda pas et il trouva deux étrangers dans sa cour, il s'enquit des raisons de notre présence. Sans dire un mot, je lui donnai la missive écrite par Mathilde. Son nom n'y apparaissait pas et rien dans le message ne pouvait laisser penser qu'elle était l'initiatrice du papier. Le billet disait que j'étais porteur d'un message important et que tous les seigneurs sur mon passage devaient pouvoir m'héberger en respectant le caractère confidentiel de la mission. Quiconque contrevenait à cette demande serait passible de sanction. Le cachet en bas du pli était celui du royaume des Francs.

Quand Mathilde m'avait préparé le message, elle avait tenté en vain une imitation de la signature du roi. Je m'étais empressé de lui tendre le petit tampon qui m'avait, une fois seulement, tiré d'affaire. Sa stupeur voyant l'objet précieux l'abasourdit. Mais son intention d'usurper l'identité du roi était déjà un crime, elle décida donc de profiter de l'opportunité, mais elle garda vers elle le sceau, prétendant qu'il était trop dangereux pour moi de posséder un tel objet. Je lui racontai ma rencontre avec un cadavre dans mon enfance, et elle compléta l'histoire qui l'avait marquée quelques jours plus tôt.

La missive avait aussi la fonction d'attirer l'attention d'Odeline, à condition qu'elle reconnaisse l'écriture singulière de Mathilde. Cependant, ma châtelaine avait préparé un deuxième message plus court destiné, en toute discrétion, à la belle dame, et dont je prendrai connaissance du contenu quelques jours plus tard.

« Ma chère amie, j'ai bien reçu ton message de détresse et je t'envoie l'homme en qui j'ai le plus confiance. C'est un amant merveilleux, mais son talent premier fera ta délivrance. Il porte dans son cœur la justice et la foudre de Dieu. Sa puissance terrassera ton bourreau, je t'en fais la promesse. Ta dévouée. »

Je fus invité à la table d'Herbert, et Odeline fut priée de partager notre dîner. Pedro était resté avec les autres gardes et semblait s'en accommoder. Malgré mes tentatives de poser des questions banales à celle qui aurait dû être la maîtresse de maison, la femme était muselée par un mari qui répondait outrageusement à sa place. Le message devint clair, je ne devais pas m'adresser à l'épouse de cet homme. Après ce soir, plus aucune fois je ne pus reparler à Odeline.

Malgré cela, je me comportai le plus normalement possible et je tentai même d'être sympathique aux yeux de mon hôte.

Quelques plaisanteries fusèrent, mais lorsqu'il s'adressait au soldat que j'étais censé être à propos des batailles auxquelles j'avais dû évidemment participer, je prenais un air sérieux et j'expliquais que mon rôle dans les conflits ne se résumait pas au champ de bataille. Je prétendais alors ne pas pouvoir m'étendre sur ce sujet pour ne pas compromettre ma couverture. Herbert était fasciné par ma présence et se félicita de recevoir un des hommes de confiance du roi de Francs. La présence à mes côtés d'un molosse ne le surprit pas et il n'en dit rien. Il me baratina pour m'impressionner à son tour. Je l'écoutais avec un intérêt feint, ce qui n'eut pour conséquence que de flatter sa vanité.

Fort de ses exploits, il me proposa une visite de sa forteresse. Ainsi, en faisant le tour du propriétaire, je reconnaissais les lieux et j'observais les torches qui éclairaient les couloirs. Le clou de la visite demeurant dans la salle d'armes où étaient stockés les instruments de guerre. Je remarquais quelques arbalètes poussiéreuses dont apparemment, tout le monde avait oublié l'existence. Le piètre état des armes était comparable à celui de la petite garnison. En effet, les quelques soldats étaient trop jeunes et trop peu expérimentés pour supporter la moindre attaque. Nous nous étions infiltrés, Margaux et moi, dans une forteresse bien mieux gardée et mieux organisée, et ce château avait tout l'air d'une passoire. Tout cela reflétait l'incompétence d'Herbert.

Plus tard, alors que je rejoignais ma couche, je fis part à mon guide d'une envie pressante. Il me dirigea vers les latrines des gardes et m'abandonna à mon urgence, en me souhaitant une bonne nuit. Avant de regagner le dortoir, je me perdis volontairement, mais en arrivant au bout d'un couloir mal éclairé, je trébuchai dans un escalier étroit. Je rentrai péniblement vers le dortoir, et souffris une partie de la nuit.

Le lendemain matin, j'expliquai ma mésaventure, et c'est tout boiteux et tordu que je tentai de me remettre en selle, j'exagérai grandement mon mal. Herbert me conseilla alors de repousser mon départ. J'avais divers bleus et Herbert remarqua mes cicatrices récentes. Je lui rappelai que mon métier comportait souvent certains risques et qu'il m'arrivait de rencontrer des brutes, ma crédibilité s'en retrouva renforcée. Pedro n'y vit pas d'inconvénient et je m'en étonnai.

Pour cette deuxième convalescence de l'été, je n'eus pas le droit au même traitement que chez Mathilde. Là, personne n'était là pour me dorloter, et la paillasse n'avait rien de comparable avec le lit de Mathilde. J'étais cantonné dans le dortoir des gardes et j'avais pour compagnie un garçon qui s'était brisé la jambe et qui n'avait pas de famille. Il avait été autorisé à rester cloîtré au dortoir. Aux questions que je lui posai sur la vie au château de Beaufort, il m'avoua facilement ne pas s'y plaire, mais il fallut creuser longtemps afin d'en trouver la raison. La crainte que ses propos soient répétés au châtelain l'empêchait de parler. Je lui déliai la langue en critiquant ouvertement mon séjour dans ces lieux. La conversation fut intéressante, j'appris que les gardes n'avaient pas reçu leur solde depuis plusieurs mois et que le seigneur était odieux pour qui s'en plaignait. Tous les hommes étaient exaspérés par les mauvais traitements et la plupart d'entre eux avaient quitté la garnison sous différents prétextes. Le jeune homme avoua que certains avaient même déserté préférant risquer la pendaison. Toutefois, le plus insupportable était l'ennui. Jamais de sortie, jamais d'exercice, interdiction de fréquenter les tavernes, interdiction de jeux. Les hommes en manque de femme choisissaient de partir. Herbert avait consenti au départ des mieux rémunéré, puisqu'il n'avait plus les moyens de les rétribuer, et il avait gardé les plus jeunes. Le délabrement de la forteresse n'était que la résultante d'une mauvaise gestion des terres. L'attitude d'Herbert vis-à-vis des paysans ressemblait de près à celle dont sa femme et ses gardes étaient victimes. Les pendaisons étaient légion et les campagnes s'étaient vidées rapidement.

Si Odeline nous rejoignait pour le dîner, sa présence restait fantomatique. Elle ne s'enquit pas de ma santé et son attention restait désespérément dirigée dans son écuelle qu'elle vidait de son contenu sans conviction. Je cherchai son regard en vain, et me résignai enfin à respecter les limites que je m'étais imposées. Après deux jours entiers sans bouger, j'allais mieux et j'envisageais un nouveau départ dès le lendemain. Ce dernier repas devait être fructueux, j'orientai mes propos sur Foulques et de façon très inattendue, Herbert en vint à émettre des réticences contre le comte d'Anjou. Je rappelai à mon hôte que j'avais choisi son château et non celui de Foulques à moins d'une heure de cheval, et j'ajoutai que la dernière fois où j'y avais séjourné, je m'étais senti indésirable. Volontairement j'émettais des doutes quant à la loyauté de Foulques vis-à-vis du royaume. La brèche était ouverte et Herbert s'y engouffra à pieds joints. Il critiqua le comte, le maltraitant avec toutes les injures que la terre portait en elle, puis il me fit diverses révélations dont l'une m'assomma :

« En plus, ce salopard couche avec sa propre fille. C'est un porc qui ne respecte rien !

— Ah oui ! comment s'appelle-t-elle ? Je ne me souviens

pas de l'avoir vue.

— Oh, cette putain ! Ma femme la connaît bien, elle était sa belle-sœur avant la mort de son premier mari. Paraît-il qu'il est mort foudroyé. Qui peut croire cela ? Moi je pense que Foulques a commandité un meurtre pour récupérer Mathilde pour lui seul ! Roland m'avait confié qu'elle était la fille cachée du comte d'Anjou. Si tout cela venait à ce savoir, je me demande ce qu'en penserait l'évêché. Pas étonnant qu'on lui ait coupé la langue à celui-là ! »

Le vin commençait à faire son effet et la discussion avait pris une tournure inattendue pour ne pas dire agaçante, aussi je le priai de m'excuser en prétextant de vives douleurs pour aller me reposer. Herbert était ivre, et j'en savais désormais assez sur lui. Je ne trouvais pas le sommeil et je repensais à ce que ce crétin m'avait dit. Je n'en croyais pas mes oreilles. Pourquoi Mathilde ne m'avait pas dit que Foulques était son père ?

Cette nuit fut interminable et je décidai de fuir ce château avant l'aube, mais je ne pus fermer l'œil. J'étais déchiré à l'idée de laisser Odeline entre les mains de cet ivrogne, mais ma décision était prise, je ne pouvais pas m'occuper du sort de la pauvre dame, fut-elle d'une grande beauté, rien ne m'autorisait à me mêler de leurs affaires. Je décidais de marcher un peu en prenant garde aux escaliers, et passant devant l'armurerie, sans raison je poussai la porte. Elle était ouverte. Aucune salle d'armes n'était ouverte au beau milieu de la nuit. La négligence de ce château était confondante. Ma curiosité fut attirée vers l'arbalète qui me faisait face. Des centaines de flèches emplissaient des paniers d'osier, j'en saisis une et, après avoir dépoussiéré l'arbalète, je l'armai et visai la petite meurtrière qui donnait sur l'extérieur. Le projectile s'envola dans la nuit, la rapidité et la précision de l'ustensile m'excitèrent. Je réarmai l'arme quand j'entendis des bruits venant de l'extérieur. Je posai l'arbalète et je ressortis précipitamment refermant la porte derrière moi. Odeline arrivait à ma rencontre.

* * *

La belle femme était vêtue trop légèrement, elle semblait perdue dans son propre château. Lorsqu'elle m'aperçut, c'est une femme affolée qui tomba dans mes bras. Son visage était tuméfié. D'un geste brusque et instinctif, je la repoussai. Désespérée, elle chuchota :

« Il faut nous cacher, vite ! Il va arriver. Après votre départ, tout à l'heure, il a continué à boire, il a même vidé la cruche de vin et puis il est arrivé et, sans explication, il m'a battue. Il prétend que je vous ai trop regardé ! Il est stupide !

— Il arrive ! Entrez dans l'armurerie ! »

D'un geste mécanique, je la poussai dans la pièce et je refermai la porte puis je repartis à la rencontre de l'ivrogne. Je fis un pas et il pointa son nez au bout du corridor.

« Que faites-vous là ? me lança-t-il.

— Rien, je prenais l'air, et je crois bien qu'on a trop bu, n'est-ce pas !

— Comment ça, on a trop bu ! Je bois ce que je veux et ce n'est pas un morveux qui va commander chez moi !

— Allons, monseigneur, je crois que vous devriez aller vous coucher.

— Espèce de trou du cul ! Où as-tu caché ma femme ?

— Je ne sais pas, moi ! Je ne l'ai pas vu. Où est-elle ? »

Trois gardes, qui avaient entendu l'altercation, arrivèrent

au pas de course, quand ils s'approchèrent de nous, Herbert s'écria :

« Emparez-vous de cet homme ! »

Les trois garçons embarrassés, ne sachant plus que faire devant le pochard, s'immobilisèrent. Il répéta son ordre :

« Qu'attendez-vous, bande d'imbéciles ! Cet homme est en état arrestation, je l'ai vu embrasser ma femme et il la cache derrière cette porte. »

Les deux premiers m'attrapèrent et m'immobilisèrent pendant que le troisième ouvrait la porte derrière laquelle se cachait Odeline. La dame en sortit et se précipita dans mes bras pour trouver une protection. Au regard des soldats, elle me condamnait aussitôt. Je profitai de la stupéfaction des gardes pour m'élancer dans la salle d'armes, repoussant la porte derrière moi. J'empoignai l'arbalète et je me retournai vers la porte qui s'ouvrait à nouveau. La flèche à bout portant traversa le corps du premier soldat et s'enfonça dans le second. Avec mon pied et avant qu'ils tombent sur moi, je les repoussai violemment en arrière et je refermai la porte avec le verrou. Je réarmai l'arbalète et m'empressai de rouvrir la porte. Les deux hommes transpercés ne bougeaient plus et les autres n'étaient plus là. Odeline et Herbert aussi avaient disparu. Je ne pouvais pas rester là, mais je ne savais pas dans quel sens me diriger. D'un côté, les appartements d'Herbert, de l'autre, les gardes au nombre de quinze. Euh, non, treize. Je choisis les gardes. J'aurais aimé savoir où se trouvait Pedro qui était censé être mon garde du corps. Je courus vers les coursives où je trouvai un groupe de cinq hommes, je reconnus le troisième garçon, je m'écriai :

« Attendez les gars, je vous explique ! Je suis envoyé par Foulques, le comte d'Angers. Herbert est devenu fou, il faut l'arrêter ! Ce château est une catastrophe, vous ne pouvez plus supporter cela, je vais vous aider. Je vous le répète, je suis en mission officielle ! »

Je regrettai déjà ces mots qui étaient sortis de ma bouche. Pourquoi raconter de tels mensonges ? La vérité finirait bien par se savoir. Je risquais bien de m'en mordre les doigts.

Les hommes, exaspérés par la situation, m'écoutaient, ne sachant que faire. En guise, de bonne foi, je déposai mon arme sur le sol et je levai les mains en l'air en ajoutant :

« Si vous voulez que votre calvaire continue, alors arrêtez-moi, sinon aidez-moi à mettre fin à cette comédie. Il va tuer Odeline et ensuite ce sera votre tour, les uns après les autres. Il vous aura tous. Je peux vous aider, faites-moi confiance. »

L'un des garçons s'approcha de moi et me tendit la main :

« Moi, c'est Gaspard.

— Très bien, Gaspard, j'aime beaucoup ce prénom. »

Après que les autres se furent présentés, je leur demandai de convaincre tous leurs camarades rapidement. Ce ne fut pas long et tous acceptèrent de me suivre. J'étais soudainement à la tête d'une petite garnison de treize hommes convaincus que j'avais la maîtrise de la situation ainsi que l'aval du comte d'Anjou. De plus, la démonstration, qui m'avait amené à tuer deux de leurs collègues, les persuada de mes compétences de chef et de guerrier avisé. Seul bémol, Pedro restait introuvable. Fort de ma nouvelle promotion, je dirigeai ces jeunes garçons méthodiquement :

« Je veux trois hommes près des écuries, il n'est pas question qu'Herbert s'envole. Gaspard, tu vas à la salle d'armes, je veux que tu me rapportes trois arbalètes et une douzaine de flèches. Les autres, je veux savoir où se trouve cette crapule. Cherchez-le et trouvez-le ! Ne tentez rien sans moi ! Allons-y ! »

Comme je m'y attendais, Herbert s'était enfermé dans la

grande salle du donjon et tenait probablement sa femme en otage. Le froussard ne voulait pas prendre part à ma poursuite, ce à quoi, il imaginait que ses hommes s'en préoccupaient. On pouvait se demander comment ce seigneur avait pu gagner ses lettres de noblesse ? Pensait-il que ses hommes pouvaient se retourner contre lui ? Cette question trouverait sa réponse s'il déverrouillait la porte. Un des gardes frappa à la porte et dit :

« Monseigneur, nous tenons le traître, vous ne craignez plus rien ! »

La porte resta close. Le garde répéta une seconde fois, mais sans résultat. Déjà quatre hommes, à l'aide d'un bélier, commencèrent à défoncer la porte qui céda au bout d'une dizaine de coups.

Herbert tenait Odeline devant lui, une lame fine au travers de sa gorge. J'étais derrière une rangée de soldats, immobilisés devant leur seigneur. Je profitai de ma couverture pour viser la tête du félon. Gaspard entreprit de parlementer avec Herbert, mais celui-ci n'entendait rien. Il vociféra des insultes et il leur lança :

« Bande de vendus ! Ainsi, vous trahissez votre seigneur ? Vous serez tous pendus, les uns après les autres. »

Un court instant, il relâcha sa prise dans un mouvement d'inattention. Je profitai de cette fraction de temps pour envoyer la pointe dans son épaule, le propulsant en arrière. Comme la flèche avait continué son trajet, blessé, il se redressa, j'eus le temps de reprendre une autre arbalète déjà armée, et, juste le temps de viser, je lui envoyai la pointe de métal en plein cœur. Odeline était sauve, elle se précipita loin du cadavre de son mari, abasourdie par la rapidité de l'exécution. Son cauchemar venait de prendre fin.

Nous étions au beau milieu de la nuit et un drame venait

de se produire au château. Je demandai à tous de garder leur calme et de rejoindre leur poste ou leur dortoir jusqu'au petit matin où nous les informerions des suites à donner. Pour l'instant, il était très important de ne parler de la mort d'Herbert à personne. Je demandai à Gaspard de rester à mes côtés.

Deux gardes emmenèrent le corps dans une geôle vide, dans un endroit frais où nul ne pourrait le trouver.

Je pris le temps d'expliquer à Odeline et à Gaspard la vérité sur ma condition, je leur dis aussi pour les lettres falsifiées et tous les mensonges que j'avais dû inventer. Nous étions dans de beaux draps, et il était urgent de trouver une échappatoire. Nous avions très peu de temps avant le lever du jour.

Pourtant, avant la fin de la nuit, Odeline s'arrangea pour que l'on se retrouve en tête à tête. Elle en profita pour me remercier et je fus surpris par son choix de m'embrasser sur la bouche. La belle dame ne me laissait pas indifférent, mais cette liberté m'embarrassa soudainement. Je restai bouche bée, et Odeline trouva les mots justes pour me détendre.

« J'ai su tout de suite en te voyant l'autre jour que tu étais là pour moi. J'avais compris que Mathilde t'avait choisi pour ton courage et ta détermination. Je suis certain qu'Herbert avait flairé le danger pour lui. Tu as gagné, et je t'en serai reconnaissante jusqu'à la fin de mes jours. Non seulement tu m'as impressionné, mais je te veux à mes côtés. Mathilde t'envoie et je te garde. C'est une amie et elle comprendra. Et puis, tu es infiniment plus beau que cet ivrogne. »

Sur cette dernière réflexion, elle m'embrassa une nouvelle fois et je me surpris à caresser son corps pendant qu'elle se donnait sans ambiguïté. Très vite, je retrouvai les gestes de l'amour qui me manquaient tant. J'étais soudainement heureux d'être avec Odeline, une passion naissait en moi et mon corps la désirait prestement. Rapidement et sans aucune gêne, nous trouvâmes le plaisir ultime.

Quand Pedro arriva au petit matin, les cheveux ébouriffés, je lui expliquai la situation et je m'enquis de sa disparition quand j'avais le plus besoin de lui. Il botta en touche et répliqua :

« Moi, casser la tête à lui !

— Trop tard, Pedro, il est déjà mort ! Je l'ai tué !

— Quoi ! Toi tué lui ! Mais comment ?

— Plus tard, Pedro. Mais dis-moi, où étais-tu, on t'a cherché partout ?

— Oh, rien, toi pas besoin de moi ! Toi tué lui sans moi ! Moi occupé ! »

Visiblement, il n'était pas disposé à me parler de sa conquête, aussi, je l'informai de notre départ dans l'heure. Ce qui de toute évidence ne lui plut guère. Je lui tapai dans le dos en lui rappelant :

« Tu la reverras, ta belle ! »

* * *

J'avais convenu avec Odeline une parenthèse de quelques jours pour retrouver Mathilde et ma famille afin de leur expliquer mon choix de rester au service d'Odeline. Quelque chose fonctionnait entre nous, nous l'avions compris dès le premier instant. J'étais subjugué par sa beauté et impressionné par son énergie. Sa chevelure rousse venait de sa mère et probablement d'ancêtres normands. Son teint pâle lui donnait un air immaculé. J'étais sous son charme et son emprise.

J'étais pour autant très conscient de cet état, mais je n'avais rien à perdre. J'étais certain qu'elle avait aussi du sentiment à mon égard, mais elle le cachait bien vis-à-vis des autres. En privé, ses regards devenaient insistants alors que dès qu'une autre personne arrivait, elle feignait l'indifférence eu égard à son veuvage. Je me sentais léger et j'oubliais déjà les trois meurtres que j'avais commis. J'étais maintenant certain que ma place était là, au côté d'Odeline, elle avait besoin de moi et moi j'avais besoin d'elle. Elle ne tarda pas à me demander de rester, j'acceptai sans réfléchir.

Elle et moi étions veufs et donc libres. Margaux était toujours dans mon cœur et jamais je n'avais regardé une autre femme. Quelques mois étaient passés, et Odeline me faisait l'effet de la foudre. Mon cœur battait comme jamais, et la belle accaparait maintenant toutes mes pensées. Notre séparation serait de courte durée, pourtant je n'avais parcouru que le quart du chemin et sa présence me manquait déjà. Je regrettai déjà de l'avoir laissé dans son château, et surtout, j'avais peur qu'elle change d'avis ou me rejette à mon retour.

Sur le chemin qui me rapprochait de Mathilde, je méditai tout cela. J'avais aussi en tête les révélations d'Herbert la concernant. Je n'avais pas la moindre idée sur la façon dont aborder ce sujet. Fallait-il dévoiler ce secret ? Était-elle au courant de sa parenté ? Avait-elle couché avec son père ?

Mon arrivée au château fut annoncée et Mathilde me reçut très solennellement pour éviter les ragots. Puis elle me reçut en privé, et je l'informai des événements de Beaufort dont elle fut stupéfaite, évitant de partager les sentiments qui m'unissaient déjà à Odeline. Elle me remercia mille fois et finit par me serrer contre elle. Doucement, je pris du recul et j'abordai la question qui me taraudait :

« Je souhaiterais, si tu me le permets, aborder un sujet qui te concerne directement.

— Oui, qu'y a-t-il ?

— Voilà, je t'ai dit qu'Herbert était bavard et médisant vis-à-vis de Foulques, et il a aussi parlé de toi.

— Ah bon, qu'a-t-il raconté, ce chien ! Il ne me connaît même pas !

— Eh bien, c'est délicat et ça peut te faire du mal, c'est la dernière chose que je souhaite, rassure-toi ! Pourtant, je pense que tu dois savoir que tu as un lien de parenté avec Foulques. »

À cette annonce, Mathilde baissa la tête, elle se rapprocha de la fenêtre et revint s'asseoir à mes côtés. Elle me demanda :

« Que t'a-t-il dit, Colin ?

— Herbert, la veille de mourir, a dit, Odeline en est témoin, qu'il y a bien longtemps, Foulques lui a confessé avoir eu une aventure avec ta mère et que tu es née quelques mois plus tard. Guigone lui a révélé sa paternité et ils se sont entendus pour ne rien avouer à Bertrand.

— Mais pourquoi donc ne m'en a-t-il jamais parlé pendant tout ce temps, et le pèlerinage ?

— Herbert a aussi insinué que tu avais couché avec ton père. »

Le regard de Mathilde devint noir et elle s'exclama plus fort qu'elle ne l'aurait désiré :

« Jamais Foulques n'a posé la main sur moi !

— Je ne fais que répéter ses propos et je suis enclin à te croire, n'aie crainte !

— Excuse-moi, Colin. Mais je comprends maintenant pourquoi Foulques a été toujours très bon avec moi. Il m'a protégé pendant tout notre périple à Jérusalem, et je dois dire qu'il s'est toujours comporté comme un père à mon

égard. Je m'en suis souvent étonné, vu qu'il culbutait régulièrement des femmes plus jeunes que moi. Il ne m'a jamais
touché, et maintenant j'en comprends la raison. Je te remercie, Colin, pour ton amitié et ta sincérité !

— Voilà, maintenant tout est dit, il ne me reste qu'à te saluer. Je passe voir ma famille puis je retourne à Beaufort.
Comme je te l'ai dit, Odeline a besoin de moi et j'ai très envie de vivre cette aventure.

— Vas-y vite, Colin ! Je suis de tout cœur avec vous deux.

— Mais avant de te quitter, je souhaiterais te demander
pour mon père.

— Ah oui ! J'ai bien écrit à Buldic à Nantes, et je lui ai
demandé de m'informer du sort de l'homme qui accompagnait ma mère lorsqu'elle est arrivée chez lui ; il m'a répondu
par messager qu'aucun homme n'accompagnait Guigone à
Nantes ce jour-là, il ignore tout de ton père. J'ai fait d'autres
recherches, mais personne n'a plus entendu parler de lui
après leur départ de Redon. J'ai bien peur qu'il soit tombé
sur des brigands qui auraient mis fin à ses jours…, je suis
désolée, Colin, je n'ai pas pu faire plus.

— Cela ne fait rien, Mathilde, je te remercie pour ton
aide. À bientôt ! »

* * *

Je passais devant le grand menhir de mon enfance en fin
de soirée, le temps était doux et les jours commenceraient
bientôt à raccourcir. La scène qui m'apparut en arrivant à
proximité de la chaumière fut un mélange de stupeur et de
bonheur. Quatre enfants jouaient ensemble et je les connais-

sais bien. Les deux garçons de Claire étaient là. Mon esprit ne fit qu'un tour. Ainsi, elle avait suivi mon conseil, et ce gredin de Guilhem avait réussi son coup. J'avais maintenant hâte d'en connaître le déroulement.

J'avais quitté Pierre-Frite depuis trois mois sans avoir donné de mes nouvelles, et j'étais satisfait de rentrer en bonne santé. À mon retour de Beaufort, j'étais passé voir Mathilde et je l'avais informé du guêpier dans lequel elle m'avait fourré. En même temps, je lui racontais comment Odeline et moi avions arrangé la situation. La belle dame m'écoutait avec une attention qui m'émut. J'étais le chef d'orchestre d'un coup de théâtre qui avait libéré sa grande amie des griffes d'un tyran. Elle me regardait comme l'un de ces héros dont ma mère me parlait lorsque j'étais enfant. Ces yeux accompagnaient mes paroles pendant que je veillais à ne pas en faire trop, je n'étais pas un de ces troubadours qui font avaler des couleuvres aux passants. Je ne cache pas cependant que j'étais fier de l'évolution de ma mission qui, évidemment, m'avait amplement dépassé.

Le matin qui avait suivi le meurtre d'Herbert, nous réunîmes les treize gardes témoins de la forfaiture. Odeline s'adressa à ses gardes d'une voix ferme :

« Soldat, nous allons ensemble devoir garder un grand secret, il en va de notre vie à chacun. Nous sommes désormais liés comme les doigts d'une main. Tout d'abord, je vous remercie pour votre aide, celle que vous avez apportée à Colin. Mais voilà les faits. Herbert est mort et nous sommes tous débarrassés d'un seigneur odieux et sans cœur. Nous allons devoir reconstruire ce domaine comme mon père l'avait fait avant moi. J'ai besoin de vous, vous serez ma garde rapprochée, ce qui a terriblement manqué à mon prédécesseur, vous en conviendrez. J'irai moi-même expliquer la situation à

Foulques et je lui demanderai de m'aider dans la reconstruc-
tion. J'ai demandé à Colin de rester à mes côtés, ce qu'il a
accepté. J'ai une grande amie qui se trouve être la fille de
Foulques qui saura m'apporter de précieux conseils, j'en suis
certaine. Quant à la version des faits que nous avons retenue,
elle est simple et incontestable, quiconque d'entre vous qui
trahirez cette version mettra en danger sa propre vie et celle
de ses camarades. Je ne vous demande pas de mentir, mais
seulement de ne rien dire. Nous ne trouverons plus de trace
d'Herbert dans les parages, lorsque, hier soir, il a été vu pour
la dernière fois, il était comme fou, il m'a violenté et est parti
vers la Loire où une paysanne la vue dans un état d'ivresse
total, il est tombé à l'eau et a été englouti par un banc de
sable. Dès la semaine prochaine, vous recevrez votre solde
avec les mois de retard. »

Odeline était née pour commander, je le sentais bien. Elle
avait cette prestance nécessaire à tous bons décideurs, ce qui
avait cruellement manqué à son défunt mari. Les mots sortaient de sa bouche très naturellement et aucun ne se serait
permis de contester. J'étais étonné du revirement de son
comportement, là où, hier encore, elle était tenue en femme
soumise, elle apparaissait aujourd'hui en véritable chef. Je
remarquai le regard des hommes qui retrouvait là un guide
qui leur faisait défaut. Ils étaient prêts à faire confiance à
cette femme qui en imposait et qui saurait les accompagner
dans leur rôle.

Elle raclerait tous les tiroirs jusqu'à la moindre pièce
d'argent pour les indemniser. Herbert avait négligé sa garde
proche qui s'en était allée, le laissant à la merci de jeunes
recrues inexpérimentées et peu fiables. Il en avait payé le prix
fort.

Louis sortit de la chaumière à notre rencontre et le reste de la famille arriva à notre descente de cheval, Pedro et moi avions gardé les tenues de gardes que nous avait confiés Mathilde, et nous dûmes, ainsi, faire forte impression. J'embrassai les enfants et les adultes avec la même joie. J'avais le plaisir de revoir mes amis en bonne santé malgré leurs déboires qu'ils allaient bientôt me relater. Pour ma part, j'avais aussi une nouvelle aventure à raconter. Pedro aussi eut son temps de parole. Je fus reçu comme un prince rentrant d'une bataille, Marie mit les bouchées doubles et Bertin emplit la cruche d'un vin que je ne lui connaissais pas. Je ne pus m'empêcher de penser à Herbert qui en avait abusé et je me promis de ne plus jamais reproduire le triste spectacle qui m'avait mené dans le lit de Mathilde.

C'est Claire qui prit la parole pour expliquer comment Guilhem avait réussi à pousser le propriétaire de la scierie à déguerpir. D'abord des menaces, puis des exactions, des pillages organisés, des taxes supplémentaires, deux ouvriers retrouvés morts un bon matin, bref, un harcèlement constant. La coupe déborda lorsque Guilhem s'en prit à Clément, leur fils aîné. Sa disparition, pendant une journée entière, les rendit presque fous. Quand le soir même il réapparut, la décision de partir était prise. La vie valait mieux que de mourir pour des tas de bois. Le lendemain de cet incident, avec l'arrivée d'un marchand qui acheta tout le stock, puis l'incendie des bâtiments et le vol des économies, la coupe était pleine, ils partirent.

Me vint l'idée de les envoyer rencontrer Odeline sur les bords de la même Loire, en amont d'Angers, ils pourraient reconstruire rapidement une scierie à l'identique et retrouver les marchands qui naviguaient dans ces mêmes eaux. Ils concurrenceraient Guilhem et ne tarderaient pas à le supplanter.

Les marchands qui naguère achetaient sa marchandise ne tarderaient pas à revenir vers lui, tant son travail était méticuleux et réputé. Bateaux et paniers, c'était leur raison de vivre, et Odeline serait respectueuse de leur travail. J'étais certain que Pedro serait du voyage.

Villevêque

An MXXVI

Arnaud était abasourdi. Bertin, dans son sixième manuscrit, avait relaté le trajet en détail du voyage de Colin vers Beaufort et là, par miracle, le chemin de Colin croisa celui d'Arnaud enfant. Ainsi, il était venu là à Villevêque environ huit années auparavant, à l'époque de ces derniers événements. De plus, Colin et Pedro avaient probablement croisé aussi ces cavaliers qui avaient poursuivi Bertin et, de toute évidence, étaient les auteurs de leurs déboires physiques. Les coïncidences devenaient nombreuses et Arnaud ne savait plus très bien ce que penser de tout cela. Comme il l'avait pressenti, Bertin avait attiré le malheur sur le monastère, et le jeune moine avait soudain l'impression de perdre le contrôle.

Beaufort avait été le théâtre d'un nouveau crime commis par Colin qui retrouvait sa place dans le sixième manuscrit. En effet, il en était le rédacteur et le sujet principal, même si Odeline entrait en scène en tombant dans les bras de Colin.

Villevêque n'était guère éloigné de Beaufort, pourtant il n'avait jamais entendu parler de ces incidents. À y réfléchir, deux raisons à cela : il était trop jeune pour s'intéresser à ce type d'événement ; Odeline avait maquillé ce crime en accident et aucune enquête n'avait eu lieu.

André arriva dans le scriptorium tout essoufflé :

« Je t'ai cherché partout, je croyais que tu étais parti au jardin, j'ai fait l'aller et le retour en courant ! »

Puis il souffla encore jusqu'à reprendre enfin son souffle. Arnaud fut bien embarrassé de le voir dans cet état, lui qui se fichait de presque tout désormais, sauf de la nature des repas qu'il avait fini par préparer lui-même, tant André se révélait mauvais cuisinier.

« Qu'y a-t-il donc ?

— Bertin ! As-tu regardé sa plaie ce matin ?

— Non, pas encore ! J'y allais !

— Ce n'est plus la peine. Il a la maladie ! Ce matin, je suis passé le voir et j'ai senti cette odeur fétide. J'en suis certain, il est contaminé. J'ai regardé sa plaie et des cloques de gaz se sont formées, elles ont commencé à éclater, c'est le signe. J'ai déjà connu cela, la fièvre va monter rapidement et demain, il ne sera plus là ! Il n'y a plus rien à couper, il n'y a plus rien à faire. Je m'en vais prier pour son âme. »

D'un pas lent, il fit demi-tour et s'en alla vers la chapelle d'où Arnaud l'entendit chanter fort, comme un soldat devant la mort. André avait dit vrai, l'état de Bertin empirait d'heure en heure, le mal le rongeait désespérément, les cloques se formaient et éclataient, dégageant une odeur de mort.

Bertin souffrait le martyre, et Arnaud aurait voulu rejoindre André dans ses prières. Dans un dernier effort le mourant tenta cependant quelques derniers conseils :

« Mon garçon, mon heure a presque sonné. Tu as tant fait

déjà et je vais te demander une dernière chose. Va à Beaufort et retrouve Colin. Dis-lui ce qui s'est passé ici. Je suis certain qu'il t'écoutera. Dis-lui qu'ils l'ont empoisonnée. Je l'ai reconnu, il ressemble à ses frères comme deux gouttes d'eau, le même nez, le même menton. Les fils de Gérard, ces gredins. Claude et André. Ils l'ont tué ! Maintenant, je dois partir protéger Marie et les enfants. Mathilde nous attend, elle a besoin de nous. Ah, ma Marie, je l'aime tant... »

Arnaud comprit que le malade délirait et qu'il ne pourrait rien attendre désormais. Que voulait-il dire ? Que venait faire André dans cette affaire ? Qui avait été tué ?

Arnaud mit un voile sur ses questions et pria de toutes ses forces pour l'âme de Bertin. Ce dernier continua à délirer, mais ses derniers mots n'avaient plus guère d'intérêt. Pourtant, de toute évidence cet homme ne partirait pas en paix. Il lui restait à faire, mais Dieu ne lui en laisserait pas le temps. Il l'emporta avant le coucher du soleil.

Manuscrit VIII
Première partie

Marie

La chance ne sourit pas à tous, j'ai toujours souffert de ma maladresse. Maman me disait toujours que j'avais deux mains gauches. Depuis toujours, j'étais aussi empotée à l'extérieur qu'à la maison. Mieux valait ne pas me confier un récipient en terre, son temps était compté. Étais-je stupide ? Je ne pense pas, et mes parents ne le croyaient pas. Ma sœur cadette était vive et habile, mais elle ne risquait pas de m'encombrer l'espace puisqu'elle était occupée avec le fiston du voisin, le petit Colin. Ensemble, ils couraient à la poursuite d'ennemis imaginaires, Jeanne, sa mère, lui racontait des histoires à dormir debout, que Colin s'empressait d'exploiter.

J'enviais leurs jeux et leur enthousiasme, mais l'unique fois où j'avais participé à leurs exploits, j'étais tombée d'une branche et je m'étais cassé la jambe. J'en gardais depuis un souvenir quotidien puisque je cheminais désormais en boitant. Jeanne, qui avait un bon doigté pour les soins divers, était arrivée à temps et si j'avais écouté mes parents, je suis certaine qu'on m'aurait amputée. Elle avait trouvé les bons gestes et avait sauvé ma jambe. Depuis, j'étais cantonnée à de petits déplacements, plus jamais je n'irai courir dans les champs. Je me contentais de petits travaux domestiques et je participais aux différentes cueillettes et ramassages de glands et de châtaignes. Ma chère mère m'avait très vite appris les quelques gestes que toute femme doit connaître au logis et avait rejoint mon père dans le travail des champs. Je m'occupais aussi de la traite de nos deux vaches ainsi que des deux chèvres. Ces dernières me donnaient du fil à retordre tant elles s'agitaient et couraient en tous sens. Parfois, mon jeune frère, Louis, me donnait la main, il aimait ma présence, vu que Colin et Margaux le rejetaient régulièrement. Il est vrai que Louis n'était pas très malin et devait jouer des coudes pour s'imposer, mais les deux garnements ne lui pardonnaient aucune erreur. Ils se moquaient de lui et cela donnait souvent lieu à des bagarres que les parents devaient dissiper. Avec moi, Louis était doux et serviable et dès que notre père l'oubliait, il courait me rejoindre pour m'aider et me soulager. Margaux était une peste, mais son bon caractère et sa joie de vivre étaient contagieux. J'adorais ma famille, nous étions unis comme les doigts d'une main. Nos voisins, Mathieu, Jeanne et Colin avaient besoin de nous comme nous avions besoin d'eux, les gros travaux saisonniers étaient partagés, et l'abattage d'une bête donnait lieu à un festin commun et au partage de la charcuterie. Si une ferme souffrait d'un manque à gagner quelconque, elle pouvait compter sur la solidarité de l'autre. Le hameau du père Sorin était souvent associé à nos manifestations et à nos efforts. Quant à celui de Gérard, ils étaient, lui et sa famille, nos ennemis jurés. Avares, égoïstes et lâches, pour reprendre les insultes de mon père, nous nous serions bien passés d'un tel voisinage.

Selon ma mère, j'entrais dans ma phase d'adolescence et les garçons allaient commencer à me tourner autour. En effet, mon corps prenait quelques formes dont j'étais plutôt fière, mais que ma mère m'invitait à cacher. À part Colin, personne ne m'avait encore regardée, même les fils de Sorin ne prêtaient pas attention aux changements qui s'opéraient sur ma personne. Colin, qui commençait à regarder ma poitrine avec insistance, reçut comme toute bénédiction une baffe qu'il avait bien méritée. Comme à son habitude, il s'était sauvé en riant suivi de ma folle de sœur.

Nos années d'enfance à tous étaient difficiles, mais je compris vite que mon handicap serait un poids que je devrais supporter jusqu'à mes vieux jours. Pourtant, les événements qui suivirent changèrent nos vies bien au-delà de nos espérances. Notre condition de paysan face à ces hommes puissants fut mise à rude épreuve. Notre détermination à survivre coûte que coûte fut notre seule force face à la redoutable raison du plus fort.

Tout commença chez nos voisins. Le décès de Jeanne dans de telles conditions me chagrina plus que tout. Je perdais une amie et une complice. Elle et ma mère m'avaient tout appris et sa disparition laissa un vide béant dans le hameau. Mathieu avait été emprisonné pour un crime dont il n'entendait rien, et Colin avait perdu ce que l'on a de plus cher, une mère. En l'absence de ses parents, ce dernier vint vivre chez nous. Mon père avec l'aide de Louis avait enterré Jeanne, et chaque jour, Colin et moi nous allions prier sur sa dépouille.

Nous devions connaître, notre père, Margaux et moi, le

même sort quand, moins d'un an après Jeanne, ce monstre qu'est Bertrand assassinait à la fois maman et Louis. Outre les attouchements dont j'avais été victime, j'avais échappé de peu au même sort.

Par un habile coup de maître, les deux garnements étaient venus à bout des hommes en armes et de l'assassin de nos familles. Je ne pouvais, après cela, douter d'une justice suprême, Dieu avait certainement entendu mes prières.

Avec le retour de Mathieu, après son long emprisonnement de plusieurs mois, qui nous avait laissés tous les cinq dans un relatif désarroi, nous eûmes pour consolation la récupération d'animaux, bœufs et chevaux qui facilitèrent grandement les travaux des champs.

Les années passèrent, nous grandissions ensemble, le quotidien berçait nos journées, Margaux et Colin étaient toujours inséparables et aucun prétendant n'était venu demander ma main. J'étais devenue la femme de maison et chacun me considérait ainsi, mon père en premier. Ni Mathieu, ni les fils de Sorin ne me regardaient, même Colin ne me voyait plus. Les deux jeunes, selon les confidences que m'avait faites ma sœur, avaient touché à la chose, et Colin semblait entièrement sous son emprise.

La troisième partie de ma vie commença le jour où, venu d'ailleurs, un vagabond arriva chez Mathieu. Mon père insista pour que je me cache pour ne pas me mettre en danger, ce que je fis prudemment. Comme l'homme fut invité à prolonger son séjour, après bien des jours de cachotteries, je désobéis à mon père et je feignis la surprise. Évidemment, je l'avais aperçu de loin, un outil à la main, s'approchant de chez nous. J'avais rapidement contourné la maison et dans un temps calculé, je le percutai et m'écroulai de tout mon long, espérant ne pas en faire trop. Je feignis la colère et vexée, je m'enfuis en cachant mon handicap. J'abandonnai le bonhomme et son outil à sa stupéfaction, il ne restait qu'à attendre la prochaine rencontre. L'homme n'ignorait plus mon existence et je comptais bien la lui rappeler.

Bertin, c'était son nom, était un homme ingénieux, Colin ne voyait plus que lui, et l'étranger était désormais de toutes les conversations. Je savais qu'il me regardait du coin de l'œil, mais je l'ignorais. C'est Margaux qui commença à nous provoquer et à lancer des allusions qui n'étaient pas prévues dans mon plan. Si je rougissais, Bertin n'était pas en reste. Ce jeu dura quelques semaines et un jour, je croisai Bertin dans le bois voisin. À l'abri de tout regard et de tout curieux, il osa m'aborder. Même si son langage devint parfaitement obscur, j'en profitai pour lui attraper la tête et poser un baiser sur ses lèvres pour gagner du temps.

Bertin et Colin s'étaient mis en tête de creuser un puits, ce qui fut fait. Ma contribution à cet ouvrage consista à garder le ventre plein de nos puisatiers. Toutes les occasions devinrent bonnes pour regarder au fond du trou. Tous avaient compris notre manège à l'exception de mon père qui n'y voyait goutte.

Enfin, je me découvrais femme, Margaux et moi devenions complices et partagions nos impressions. J'étais folle amoureuse et jamais je n'aurais pensé être à la merci de mes sentiments. J'étais heureuse et j'en faisais profiter mon entourage. Je cuisinais et faisais des marmelades de fruits. Colin et Margaux nous rapportaient des tonnes de gibiers et j'étais devenue une excellente cuisinière. Jeanne en son temps m'avait initié à l'élaboration d'un plat et à l'utilisation des épices. Les hommes y trouvaient du plaisir et dégustaient mes repas avec gourmandise.

Margaux et moi ignorions les symptômes d'une grossesse,

pourtant, lorsque j'eus mes premières nausées, inutile de chercher à comprendre, mon instinct m'en dicta les causes. J'appris la nouvelle à Bertin qui me rassura et se faisait une joie de m'épouser. Mon père, c'était tout autre chose. Nous avions décidé de patienter quelques jours supplémentaires sans véritable raison. Probablement la crainte de l'orage que naturellement cela allait déclencher.

Des événements inattendus allaient bouleverser nos habitudes. Dame Guigone arriva un après-midi et confirma ce que le percepteur nous avait annoncé quelques jours auparavant. Un nouveau seigneur était arrivé au château et allait changer le cours des choses, à commencer par l'augmentation des impôts, puis la réquisition de nos bêtes et la diminution de nos terres.

Mathieu décida d'aller rencontrer le nouveau châtelain, Bertin, Colin et Margaux étaient de la partie. Si ma jambe boiteuse m'empêchait de parcourir une telle distance à pied, je m'étais souvent rendue au village depuis que nous possédions un cheval. Cette fois-ci, n'ayant plus de moyen de locomotion adapté, j'étais condamnée à rester à la chaumière. J'avais une autre raison, mais je me gardais bien d'en parler à mon père.

Lorsque Mathieu, Margaux et Colin rentrèrent sans mon Bertin, et qu'ils nous racontèrent l'incident du château, j'avouai ma grossesse devant mon père qui ne sut plus où donner de la tête.

L'expédition de libération qui s'ensuivit me dépassait complètement. J'étais désemparée, partagée entre le fait de retrouver Bertin et mettre le reste de ma famille en danger. Mais leur décision était prise et ils repartirent confiants en leur plan.

Ce qui s'était passé là-bas, je ne l'appris qu'après. Mais de retrouver mon amour, même dans un piètre état, me combla. Je devais un grand merci à mes héros, j'étais fière de leur bravoure et de leur combat. J'avais oublié qu'ils avaient tous risqué leur vie, et je pense qu'eux aussi l'avaient oublié.

***

Mon bébé arriva au monde dans notre petite chaumière près de Redon. Bonette, la nouvelle femme de mon père, m'avait assisté pendant l'accouchement. Une femme du village voisin, coutumière de l'exercice, était venue pour nous aider, puisque ni Bonette ni moi-même n'avions déjà participé à la naissance d'un nourrisson. Tout se passa très bien, et Bertin, qui était resté en recul, vint cependant me séparer symboliquement de mon enfant en coupant le cordon ombilical. Nous avions tous vu des animaux mettre bas, c'était, pour tous, la même chose, sauf pour moi.

J'aurais tant aimé que ma mère et Margaux soient présentes. Elles auraient aimé mon enfant, il était si beau et en bonne santé. Je le portais entre mes deux seins et il s'agrippait pour chercher mon téton, ses lèvres l'engloutissaient et il se rassasiait goulûment. J'étais disposée à lui donner plus, mon bébé, mon adorable petit être.

Clément était né à la fin de cette année-là, à la même époque où le Christ était venu au monde, c'était un bon présage pour moi, malgré les moqueries de Bertin qui prétendait en savoir plus sur la chose. Mais lui aussi aimait notre bébé et il promit de lui apprendre des choses merveilleuses et qu'il en ferait un prince aimé de tous. À mon tour, je me moquais de lui, il suffirait qu'il soit un bon paysan et qu'il sache compter jusqu'à cent, et la vie fera le reste. Pauvre idiot de Bertin, qui rêvait de miracle !

Mon père, quant à lui, était étonné de connaître son petit-fils. Il n'imaginait pas cela possible. Lui-même n'avait pas connu ses grands-parents, et pour cause, ils étaient morts bien avant sa naissance, lui avait raconté sa mère, d'une maladie dont il avait oublié le nom. Il refusa de le prendre dans ses bras avec pour excuse la crainte de lui porter malheur.

Dame Guigone s'ennuyait au monastère et, bien qu'elle vienne régulièrement s'enquérir de notre situation, nous gardions nos distances. Mathieu, qui désirait plus que tout rester auprès de la dame, avait accepté un rôle d'homme à tout faire chez les moines. Leur situation était inconfortable et nous ne fûmes pas étonnés quand ils nous annoncèrent leur retour à Nantes. Je ne sais pas qui de nous ou de Mathieu était le plus déchiré par cette séparation, mais il suivrait Guigone où qu'elle aille, il le lui avait promis.

Le jour de leur départ, Clément pleurait énormément et j'étais préoccupée comme une mère peut l'être. Je regretterai plus tard de n'avoir pas pris le temps de les accompagner jusqu'au bout du chemin.

* * *

En cette belle journée de printemps, Bertin et moi décidâmes de quitter notre hameau pour aller au bord de la Visnonia. Mon père et Bonette n'avaient pas désiré nous accompagner, ainsi nous profitâmes, et c'était rare, d'un peu de tranquillité avec notre bébé. La journée était radieuse, et Bertin, qui prétendait être capable de sortir quelques poissons de la rivière, désespérait quand l'heure de rentrer arriva. C'est en revenant sur nos pas que nous aperçûmes ces fumées au loin. Notre sang ne fit qu'un tour, notre hameau était en feu. Notre retour dans la soirée fut le constat d'un spectacle horrible des suites d'une attaque de barbares ou de Vikings qui avaient tout ravagé sur leur passage. Par chance, nous étions absents, et à notre retour, ils étaient déjà repartis.

Selon certains, ils étaient une centaine de monstres ivres de sang, n'ayant pour seul but que de voir mourir des innocents. Ils avaient déboulé comme la foudre tombe sur un arbre. Personne n'avait eu le temps de donner l'alerte. Ces hommes du Nord étaient là pour éliminer notre peuple. Parfois, ils épargnaient les jeunes femmes après les avoir violées dans le dessein de perpétuer leur race. Mais ce jour-là, ne trouvant aucune femme en âge de procréer, ils avaient exterminé tous les habitants du hameau. Un témoin, qui avait réussi à se cacher, avait tout vu. Il racontait, bouleversé, des images d'horreurs. Leur chef avait un masque de cuir noir sur le visage, il commandait une armée de mercenaires cruels et rapides qui ne laissait aucune chance à quiconque tentait de s'enfuir. Ils étaient arrivés à pied et avaient cerné le grand hameau et le prieuré, puis dans un élan commun, ils s'étaient rendus maîtres du village et de la situation en moins de temps qu'il en fallait pour le dire. Ensuite, d'autres hommes avaient amené les nombreux chevaux et ils étaient repartis sans faire aucun prisonnier.

Au prieuré, tous les moines étaient morts. Nous cherchâmes longuement mon père, et c'est Bertin qui le trouva sous le cadavre d'un de ses hommes. Gaspard s'était battu avant de rendre son dernier soupir, le barbare avait dû y laisser sa propre vie. Les deux hommes s'étaient embrochés mutuellement. Gaspard n'a pas donné sa vie, il l'a vendu au prix fort, m'expliqua Bertin, pour essayer de me consoler. Ainsi, après avoir perdu notre mère et Louis, après avoir souffert de la disparition mystérieuse de Margaux, c'est mon père qui s'en était allé, me laissant avec mon très cher mari et mon enfant. Jamais mon père n'avait porté mon enfant dans ses bras, était-ce un signe ?

Bonette, comme presque toutes les femmes, avaient été violée et décapitée pour intimider les survivants. Jusqu'à mon dernier souffle, ces barbares représenteront pour moi le pire fléau existant sur cette terre. Ces sauvages avaient même tué les enfants.

Tout ou presque avait été détruit ou incendié. Il ne restait rien d'utilisable. Même les animaux avaient été égorgés et jetés dans le puits. L'eau allait être imbuvable. Les greniers à provisions avaient été brûlés, de façon à appauvrir la population.

La chapelle avait été épargnée parce qu'elle était principalement constituée de pierres, mais comme ultime outrage, ils avaient pissé sur l'autel et entassé le corps des nourrissons éventré.

Nous réconfortâmes les quelques survivants du massacre, et certains nous racontèrent l'horreur qu'ils avaient vécue, pendant une partie de l'après-midi. S'ils étaient encore en vie, c'est qu'ils avaient simulé la mort. Les blessures étaient profondes et graves, mais qu'importe, il fallait tenter le tout pour le tout. Je mis en pratique les gestes que m'avait enseignés Jeanne, la mère de Colin, lorsque j'étais jeune. Il fallait utiliser des linges propres et de l'eau bien chaude. Les dégâts étaient tellement importants que nous manquions de tout. La mort continuait de rôder en emportant les plus faibles.

Avec les rescapés, nous participâmes au nettoyage du village et du prieuré. Mais pour tous ces hommes et ses femmes, traumatisés par la perte de leurs proches, nous paraissions trop chanceux et même suspects. L'idée était absurde, mais ils avaient perdu foi en tout, ils étaient inconsolables et capables du pire. Pourtant, j'avais perdu mon père dans ce désastre.

Bertin prit la décision de partir. J'abandonnai la tombe de mon père et nous prîmes le chemin du retour vers Pierre-Frite. À pied et avec Clément dans nos bras, la route fut longue. Heureusement, nous ne rencontrâmes aucun obstacle, ni brigands, ni barbares sur notre chemin. Ils avaient pris une autre route.

Pour passer inaperçus, nous marchâmes dans les bois et les forêts et jusqu'à la tombée de la nuit. Nous hésitions à demander notre chemin. Bertin, qui avait beaucoup voyagé, avait un bon sens de l'orientation, aussi nous progressions chaque jour ne nous arrêtant que pour nourrir Clément et pour dormir.

Le hameau était habité par une famille, nous leur parlâmes et il fut entendu que nous pouvions aller dans l'autre maison, celle qui avait appartenu à Mathieu, Jeanne et Colin. La bâtisse était à l'abandon, et comme à Redon, nous allions devoir tout recommencer. Par chance, nos voisins étaient de braves gens et une collaboration s'installa, comme à l'époque de Mathieu et de mon père.

Les mois et les saisons passèrent et mon ventre s'arrondit pour la seconde fois. Le ciel nous envoya une petite Jeanne pour le bonheur de Clément et de ses parents.

La venue de Mathilde au hameau fut surprenante. Il circulait de bons échos à son sujet et nous nous en étonnions. Pourtant, après cette première entrevue, Mathilde nous confirma qu'elle était bien celle dont on avait souvent entendue parler en bien. Je ne la connaissais pas, mais j'avouais à Bertin que je l'avais trouvé très correcte. Avant que Bertin n'arrive la première fois, je l'avais reçue comme il se doit, et nous avions bavardé paisiblement sans façon. Elle avait trouvé les mots pour s'excuser auprès de Bertin, bien que sa position ne l'y obligeait pas. Son humilité et sa sagesse m'avaient conquise, et je reconnaissais à mon tour la grandeur d'âme de notre châtelaine.

Bertin, bien que plus prudent, accepta cependant une entrevue au château.

* * *

Mathilde passait régulièrement au hameau. Elle y était souvent accompagnée d'un beau cavalier qui, selon elle, était son garde du corps. Bertin m'avait raconté de quel corps il s'agissait, mais je laissais son secret bien gardé. Nous bavardions de longs moments, elle me racontait son voyage avec le comte d'Anjou à Jérusalem. Elle aimait voir les enfants, et elle leur apportait parfois des friandises. Très vite, ils l'aimèrent à leur tour en espérant la revoir bientôt. Nous avions évoqué ensemble cette triste nuit où Bertin avait été meurtri, elle avait insisté pour qu'il n'y ait aucun malaise entre nous, elle regrettait profondément ce jour malheureux. Sa façon directe d'aborder les sujets, qu'ils soient heureux ou fâcheux, avait l'avantage de régler les malentendus avant qu'ils ne s'enveniment. J'appréciais sa franchise et très vite le climat entre nous s'était détendu. Elle me racontait aussi ses années à Beaufort, ses maris, ses malheurs et son amie Odeline. Je l'enviais d'avoir une telle amie et je comprenais ce qu'elle recherchait en ma présence. Nous avions cependant, malgré le respect que j'avais d'elle, une montagne entre nous, qu'était celle de nos conditions. Je n'étais qu'une femme de paysan.

Avec moi, elle se comportait comme une amie l'aurait fait, sans jamais pouvoir me convaincre qu'elle en serait une un jour. Je m'en voulais de ne pas lui rendre sa générosité. Mais qui sait, peut-être n'en avait-elle pas besoin ?

Ensemble, nous évoquions Colin et Margaux, ma sœur et aussi les autres, nos parents, et puis très vite nous priions pour leurs saluts. La présence de Dieu à nos côtés nous confortait dans ce monde cruel et injuste.

Après le retour de Colin, elle ne revint plus, ou pas tout de suite. Leurs rencontres les avaient bouleversés tous les deux. Si l'entrevue avait été problématique, Colin vint à bout de ses griefs. Comme en signe de reconnaissance, il l'aida dans cette mission à Beaufort.

Entre-temps, Claire, la troisième des filles de Sorin, était arrivée avec son mari et ses enfants. J'eus l'impression que tout devenait possible, après Colin, voilà que Claire réapparut dans notre vie. Colin m'avait raconté son supplice et sa rencontre avec Louis. J'étais tellement heureuse qu'elle soit à mes côtés avec sa famille.

Peu de temps après leur arrivée, Colin et Pedro partirent pour Beaufort. Ils n'en revinrent qu'au bout de quelques semaines. Colin n'était plus le même, ils étaient vêtus comme de vrais soldats, et leurs péripéties valaient bien une récompense. Bertin m'affirma qu'il était amoureux, et il avait raison. Il était tombé sous le charme de cette Odeline, à moins que ce soit l'inverse. Ses projets étaient d'y retourner au plus vite.

Il fourra dans la tête de Louis qu'il y avait une place pour eux au bord de la Loire, à quelques lieux de Beaufort. Que n'avait-il pas dit là, Louis était partant et Claire comprit qu'il était temps de me quitter.

Mathilde fut toujours bonne avec nous et nous considéra comme les siens. Par chance, nous n'eûmes plus jamais d'attaque meurtrière. Nos prières furent entendues.

Des années passèrent et Bertin se rendait régulièrement auprès de Mathilde afin d'échanger des points de vue. Il lui confia son idée d'écrire le récit des aventures de Colin et Margaux. Bien qu'on ne gaspille pas le papier pour de basses raisons, Mathilde l'encouragea. Mais la rumeur « des anges de la mort » parcourait encore les esprits et agaçait l'évêché qui ne trouvait là que blasphème. Peut-être qu'une explication bien terre-à-terre participerait au rétablissement de la vérité. Si Dieu avait agi, ce ne fut certainement pas de sa propre main, mais de celle d'hommes et de femmes guidés par une idée de justice face à des tyrans sanguinaires et barbares.

Ainsi, il commença à écrire à ses temps perdus, décrivant ce que Colin lui racontait, certains détails lui revenaient parfois et il prenait plaisir à les retranscrire. J'y participais lorsqu'il me demandait de lui rappeler quelques anecdotes. Il m'en relut le contenu final et je me mis à pleurer lorsqu'il atteignit le passage du destin de ma belle petite sœur Margaux. Le pauvre Colin, j'avais de la peine pour lui, il avait tellement souffert du décès de Margaux.

Un incident était survenu récemment au château, et Bertin m'en confia les détails. Garance, la femme de Claude fils de feu Gérard, avait volé un miroir que Mathilde affectionnait particulièrement. Le miroir lui venait de son père, et il était orné de pierres précieuses. La jeune voleuse, éblouie par sa propre image, ne put s'abstenir de glisser l'objet de valeur dans sa poche. Mathilde, s'étant aperçue du forfait, n'avait rien dit, mais commença son enquête. Très vite, elle conclut que Garance était celle qui l'avait trahie. Elle envoya quelques soldats au domicile de Claude et, en présence de ce dernier, le miroir réapparut de l'armoire personnelle de Garance. De colère, Mathilde n'en eut point, elle comprit l'émoi de la servante devant le bibelot, mais le geste ne pouvait demeurer impuni. Aussi, Mathilde congédia mari et femme, craignant les conséquences de sa propre décision. Le couple multiplia leurs excuses, mais rien n'y fit. Le soir même, après que Claude eut rossé son épouse tant aimée, elle se tailla les veines avec un couteau bien affûté. Le matin, elle était morte.

Marie

Manuscrit VIII
Seconde partie

Bertin

Louis, Claire, Pedro et Colin étaient repartis vers Beaufort avec chacun un espoir nouveau. Ils avaient pris la même route que la dernière fois, ne rencontrant aucun encombre, ni averse, ni attente au passage de la Mediana et aucun brigand. Aussi, ils décidèrent de filer leur chemin sans séjourner à Villevêque, n'ayant aucune envie de participer à la messe du soir. Tous les quatre, ils avaient déjà partagé des aventures et, fort de cette équipée, ils comptaient bien reconstruire leur entreprise et trouver enfin leur liberté. Colin ne s'inscrivait pas dans ce plan, il avait autre chose en tête, ou plutôt quelqu'un d'autre : Odeline. Plus il se rapprochait de Beaufort, plus la crainte de la revoir le perturbait. Peut-être se serait-elle ravisée ? Les sentiments qu'il éprouvait, étaient-ils réciproques ? Que pouvait-elle bien trouver à ce faux soldat et à ce vrai paysan ? Ces questions le taraudaient, et sa nervosité s'accentuait à l'approche du château. Pedro, qui avait chambré Colin tout le long du chemin, n'était pas en reste ; lui aussi était anxieux à l'idée de retrouver sa belle. Ce dernier se montrait tellement bavard et insupportable que ses trois compagnons ralentirent le pas, le laissant seul prendre de l'avance. Les derniers pas se firent donc en silence, ni Claire ni Louis ne pipèrent mots, et lorsqu'ils aperçurent le clocher de la chapelle de Beaufort, Pedro avait probablement déjà franchi le portail du château, Claire entama une simple prière.

« Seigneur, donne à notre famille une nouvelle chance sur cette terre d'abondance, donne-nous la force d'accomplir notre travail quotidien et ordonne à tes enfants, riches ou pauvres, de vivre en paix. Permets qu'ensemble nous puissions œuvrer au bonheur de tous et faire le bien autour de nous, dans le respect de chacun et sous ta protection.

— Amen ! »

Colin et Louis s'étaient joints à Claire dans cette ultime invocation.

Lorsque leur tour de franchir la grande porte arriva enfin, la cour était déserte. Même Pedro avait disparu. En cette fin d'été, la chaleur avait envahi la cour, nous étions arrivés à l'heure où les hommes font la sieste. Un seul soldat était de garde, et Colin lui demanda où était passé tout le monde.

« Je ne sais pas ! » lui répondit cette nouvelle recrue trop jeune pour une telle responsabilité.

Colin descendit de son cheval et se dirigea directement vers les cuisines avec Louis et Claire sur ses talons. Ils se restaurèrent rapidement, et Colin renouvela sa question auprès du patron des lieux.

« Je ne sais pas, moi ! »

Ce dernier était bien trop occupé à préparer le repas du soir.

Colin abandonna ses amis au réfectoire et partit parcourir les coursives de la forteresse. Il en connaissait désormais les principaux couloirs et les quelques portes importantes. Il fut rassuré de trouver la salle d'armes fermée et sous protection d'un garde. Lorsqu'il arriva devant la porte de la grande salle, un autre soldat lui barra le passage. Colin lui posa la question directe :

« Où est Odeline ?

— Mme Odeline est derrière cette porte et a ordonné qu'on ne la dérange sous aucun prétexte. Je doute fort que vous soyez attendu et je vous conseille de rejoindre la salle des invités avant qu'elle s'aperçoive de votre irruption dans ces lieux.

— Mais, je suis un ami de Mme Odeline !

— Je ne vous connais pas, monsieur, je suis nouveau ici et on ne m'a pas donné d'ordre pour vous laisser entrer, ni vous, ni personne d'autre !

— D'accord ! Tu fais bien ton travail. Tu diras à Odeline que Colin est revenu. Je suis aux cuisines. »

Sur ces mots, il rejoignit Claire et Louis, non sans s'inquiéter de cette nouvelle rigueur. Évidemment, personne ne les attendait aujourd'hui, mais Colin redoutait maintenant ce qui l'avait tourmenté le long du voyage : Odeline avait repris les rênes, et dans ce grand changement, il était passé à la trappe. L'incertitude s'était à présent installée dans son esprit et le doute laisserait bientôt la place à l'embarras. Il s'était trompé sur Odeline. Elle s'était servie de lui pour se débarrasser de son mari et, encore une fois, il n'avait été que la marionnette de ces nobles. Qu'était-il venu faire dans ce nouveau bourbier ? Mais où était donc passé Pedro, toujours absent lorsqu'on avait besoin de lui !

« Allez, on s'en va ! » dit-il à l'adresse de Claire et Louis.

Ceux-ci, surpris du revirement soudain de la situation, ramassèrent leurs affaires et se préparaient à sortir de la grande cuisine quand une femme apparut à la porte. Ses cheveux étaient dorés et son visage parfait était parsemé de petites taches de rousseur. Ce qui chez d'autres rouquins aurait été malheureux, chez elle, cela lui égayait les traits. Le sourire qu'elle afficha ne laissait aucun doute sur son plaisir à revoir Colin. Celui-ci tournait le dos à Odeline, et doucement elle s'approcha du jeune soldat.

« Où vas-tu donc comme ça ? » lui demanda-t-elle.

À ces mots, Colin se retourna l'air bêta, ne sachant que faire, il la dévisagea.

« Nous allions… »

Odeline s'élança dans les bras de l'homme qui lui avait sauvé la vie, et Colin écourta sa phrase pendant que sa belle le prenait déjà à pleine bouche. Leur étreinte fut à proportion de la patience dont ils avaient fait preuve l'un et l'autre pendant ces quelques semaines de séparation. Enfin, elle lui avoua :

« Je croyais que tu ne serais jamais revenu ! »

Colin s'interdit de lui dire qu'il n'en pensait pas moins, son cœur, son âme et son corps étaient soudain sous l'emprise d'Odeline. Elle l'avait attendu.

Les trois spectateurs, le cuisinier, Claire et Louis sortirent dans la cour pour laisser les tourtereaux se retrouver. Ils en profitèrent pour échanger leurs histoires et ce ne fut qu'une heure plus tard qu'enfin, les deux amoureux décidèrent de réapparaître. Colin fit les présentations de rigueur et expliqua à Odeline l'idée qu'ils avaient eue. Odeline accueillit ses nouveaux hôtes et se réjouissait déjà à l'idée d'une telle entreprise.

Colin savait que son avenir était auprès d'Odeline. Il se promit de ne jamais plus douter de l'amour de sa belle. Ils avaient l'un et l'autre enduré tant de cruauté qu'il était temps à présent de vivre.

* * *

Les années étaient passées et Mathilde n'avait que rarement revu Colin. Foulques vieillissait et ses nombreux ennemis attendaient impatiemment qu'il passe l'arme à gauche. Il n'avait pas gaspillé son temps puisque, s'étant assagi, il œuvra à la construction de nombreux édifices, tant urbains que religieux. Le village de Chazé était devenu prospère, le blé rendait bien, les paysans trimaient toujours, les forêts donnaient place à des nouveaux territoires cultivables et de nouveaux hameaux poussaient amenant avec eux familles, joie et prospérité. Évidemment, il restait encore quelques brigands qui traînaient ici et là, mais chacun pouvait, encore pour un temps, compter sur une forme de justice. Nous n'avons pas connu de nouvelle attaque d'hommes venant du nord, et le comte d'Anjou régnait toujours sur sa province.

Mathilde avait raconté à son père, Foulques, l'épisode du soldat mort dans sa mission de la propre main de Bertrand. Elle en connaissait les détails puisqu'elle y était, ce jour-là. Elle lui avait donné le sceau du roi que lui avait confié Colin sans avouer l'avoir utilisé. Que pouvait bien faire le sceau du roi dans la poche de ce soldat ? Nous ne le saurons jamais, et puis il était trop tard pour une enquête qui ne mènerait à rien désormais.

De Beaufort, nous avions parfois quelques nouvelles, et le petit village prospérait dans la fabrique du chanvre et des cordages. Comme Mathilde l'avait pressenti, Colin et Odeline s'éprirent l'un de l'autre, et comme ils n'étaient pas de même rang, leur liaison ne resta pas secrète très longtemps. Mathilde intervint auprès de Foulques afin de régler le problème en leur faveur.

Ils avaient désormais deux enfants, eux aussi, quant à Mathilde, son destin fut celui d'une femme seule et il n'y eut pas de bambin à parcourir les corridors, comme elle l'avait fait lorsqu'elle était enfant. Un enfant, elle en avait un, quelque part, et elle l'avait abandonné. C'était il y a longtemps, et la seule chose à faire désormais, était de multiplier les prières pour la paix de son âme.

Aujourd'hui, elle me confia penser souvent à Colin, et elle enviait son amie Odeline, peut-être l'avait-elle mérité plus qu'elle-même. Il est vrai que leur histoire commune était lourde de rancune. Pourtant, elle était certaine de l'avoir toujours aimé, depuis son plus jeune âge, m'avouait-elle.

La vie était douce et Mathilde avait le sentiment d'avoir été juste, après une jeunesse compliquée. Aujourd'hui, elle avait la réputation qu'avait eue son père autrefois, celle d'être bonne. Mais dans son château, Mathilde souffrait d'un mal constant : la solitude.

Tous les matins, elle passait sa main sur la pierre tombale de sa mère, parfois même, il lui arrivait de verser une larme et elle pensait à cet homme, qui, sans savoir pourquoi, avait été envoyé aux galères et qui aujourd'hui était certainement mort. Cette histoire aussi, elle avait fini par me l'avouer, elle le savait, le messager de Budic lui avait bien confirmé que

Mathieu avait été vendu à un marchand d'esclaves. Elle n'avait pas pu l'avouer à Colin et me pria de garder la chose pour moi ou peut-être de l'écrire dans mon ouvrage. L'homme aux yeux bleus qui avait reconnu Mathilde était le père de Colin. Mathieu l'avait appelé par son nom : Mathilde, et elle l'avait abandonné à son triste destin.

* * *

Mathilde me fit prévenir tôt le matin, le soldat était venu à cheval et on lui avait demandé de m'attendre. J'abandonnai ma ferme pour me rendre auprès d'elle rapidement et je compris alors l'empressement qui m'avait été demandé.

Depuis ce matin-là, des douleurs diverses la taraudaient de l'intérieur, me confia-t-elle, sa santé s'affaiblissait d'heure en heure. À ce rythme, elle ne passerait pas la fin de la journée. Son corps lui échappait malgré son jeune âge. Après une longue agonie, elle lâcha prise.

Le lendemain de son décès. Je surpris une conversation qui ne m'était pas destinée. Claude était accompagné de son frère André, le moine. Ce dernier ne m'avait été présenté qu'une seule fois et nous n'avions rien trouvé à nous dire. Les deux frères étaient de véritables jumeaux, et la présence du moine dans ces lieux ne m'avait pas été rapportée. Je n'avais pas vu le religieux au chevet de la malade, ce qui, soit dit en passant, aurait été de bon augure, vu que par définition, le rôle d'un ecclésiastique était aussi l'assistance de personnes en fin de vie. Je les aperçus dans une conversation houleuse qui ne m'inspira guère et je me fis un devoir de les écouter. André disait à Claude :

« Je dois partir maintenant. Je t'ai apporté le poison et tu as eu ce que tu recherchais. Elle est morte et notre famille est vengée. La justice des hommes est souvent plus efficace que celle de Dieu. Désormais, tu n'as plus besoin de moi.

— Non, si tu pars maintenant, cela semblera suspect, vient plutôt te recueillir devant le corps. Un homme en soutane est censé prier, n'est-ce pas ?

— Oui, mais tu n'imagines même pas le poids de cette toile, et plus encore aujourd'hui ! »

Villevêque

An MXXVI

Arnaud comprenait désormais la détermination de Bertin, il devait trouver Colin pour venger la mort de Mathilde. La lecture du manuscrit dévoilait l'identité des assassins de Mathilde. Le sort s'acharnait sur lui puisque l'un des deux criminels n'était autre qu'André, son confrère. Il réfléchit longuement à la situation et aux différents épisodes de ces dernières semaines. Le soir de l'arrivée de Bertin, André n'était rentré que quelques heures plus tard, était-ce un hasard ? Le vieux moine, avait-il vraiment voulu sauver Bertin ? Ensemble, ils étaient convenus de lui couper la jambe, mais ce fut bien André qui avait lancé l'idée, mais était-ce bien nécessaire ? Et cette complication de dernier instant qui avait causé la mort en quelques heures, n'était-elle pas organisée comme l'avait été l'empoisonnement de Mathilde ? André aurait brûlé un manuscrit de Bertin, certain d'avoir détruit un document compromettant pour lui et sa famille ? Ce revirement de bonté chrétienne de la part d'André n'était finalement guère crédible. Arnaud se dit soudain que lui-même était peut-être en danger. La folie de cet homme lui était connue et il devrait désormais se méfier.

André priait dans la chapelle obscure pendant qu'Arnaud en profitait pour fouiller la chambre de son aîné. Ce qu'il cherchait ne s'y trouvait pas, il devrait pousser le moine à dévoiler la cachette du sac d'argent. L'argent qu'André avait volé dans la sacoche de Bertin.

Sa décision était prise, il ne restera pas dans ce trou à rats, ni dans un autre d'ailleurs. L'argent lui serait certainement utile s'il apprenait à en faire bon usage. Il irait trouver Colin, lui raconterait tous les coups de théâtre de Villevêque, il lui lirait le passage incriminant Claude et André. L'ange de la mort se réveillerait et rendrait justice une dernière fois. Enfin, Arnaud rencontrerait Odeline et se mettrait à son service, peut-être comme cuisinier. Il ne lui restait qu'à trouver un stratagème pour découvrir l'argent.

Ce soir-là, il était tard lorsqu'il était venu à bout du manuscrit et digéré les informations tragiques contenues dans le huitième et dernier manuscrit... Arnaud réfléchit longuement et il décida que le lendemain serait le jour de son départ, seul ou accompagné de la belle laitière. C'est sur cette idée que le jeune moine s'endormit dans sa chambre ouverte sur le couloir, puisqu'il n'avait pas remis la porte.

Arnaud se réveilla tôt ce matin-là, surpris par des bruissements dont le vent n'était pas l'unique cause. Il se glissa lentement de sa couche et, dans la pénombre, progressa dans le couloir vers le scriptorium. Il ne lui fallut pas longtemps pour comprendre ce qui se passait. L'odeur de fumée qui lui parvint confirma ses craintes. L'intérieur du scriptorium était certainement tellement en flammes qu'il serait probablement inutile de chercher à éteindre le feu. L'incendiaire, était-il toujours présent dans le monastère ? Arnaud n'eut pas besoin d'attendre pour trouver la réponse quand la pointe d'une fourche à quatre doigts vint se loger au creux de ses reins. La douleur le saisit et son corps s'effondra avant qu'André puisse enfoncer l'outil plus profondément. Conscient du danger imminent, le jeune moine roula pour éviter l'arme d'occasion qui vint s'écraser sur le pavé. Dans un sursaut de panique, Arnaud se redressa et poussa André qui trébucha, laissant au jeune garçon le temps de s'enfuir dans le noir. Il souffrait le martyre et il ne put aller plus loin que la chambre de son agresseur afin de s'y enfermer à l'aide du verrou. À tâtons, les doigts gluants de sang frais, il chercha sur le chevet les instruments qui lui auraient permis d'allumer la bougie. Les gestes lui étaient habituels, mais des contractions l'empêchaient de respirer normalement. Néanmoins, il se saisit du grattoir et le frotta plusieurs fois jusqu'à ce qu'une étincelle embrase le monceau d'amadou, le temps d'y plonger la mèche de la bougie qui éclaira enfin la pièce. D'un coup d'œil, il fit l'inventaire de ce qui pourrait lui être utile dans la chambre d'André. Il y trouva un sac qui devait être celui qu'avait l'intention d'emmener André dans sa fuite. Il s'en saisit et tira sur le lien. Ce qui sauta aux yeux d'Arnaud en premier fut la bourse d'argent qui avait été subtilisée dans le sac de Bertin. Le sac contenait aussi une chemise de toile qui semblait être propre. Il en déchira une bande qu'il entoura autour de son ventre et y fit un nœud ; puis avec le reste, il fit une boule de chiffon qu'il inséra entre le bandage et la plaie brûlante. Arnaud ferma les yeux et laissa passer le spasme. Enfin, il s'allongea sur la couche pour reprendre des forces et réfléchir.

Il était piégé. Si André n'enfonçait pas la porte, il finirait sans doute dans le brasier que deviendrait probablement le vieux monastère. Lui vinrent à l'esprit les raisons de l'incendie ; André voulait effacer toutes les traces, y compris de faire disparaître les autres manuscrits.

Soudain, il entendit des bruits dans le couloir, juste derrière la porte. André s'écria :

« Alors, merdeux, tu vas pouvoir compter les minutes qu'il te reste à vivre. Tes prières n'y suffiront pas, mais je peux encore faire quelque chose pour toi !

— Qu'est-ce qui te prend, tu es devenu fou, André ?

— Écoute-moi bien ! Tu es dans ma chambre, et comme tu peux le deviner, la porte est bloquée par les bastaings. Quand je serai parti, tu mourras de soif, de faim, ou d'asphyxie. Peut-être te videras-tu de ton sang.

— Espèce de salaud !

— Je te l'ai dit, merdeux, je peux t'aider, mais tu dois me donner la bourse d'argent.

— Cet argent appartient à Bertin !

— Là où il est, je doute fort qu'il en ait besoin désormais !

— J'irai le rendre à sa famille… ainsi que ses manuscrits !

— Aha ! Les manuscrits, alors, il y en avait d'autres ! C'est bien ce que je pensais ! Je crois bien qu'ils ont pris feu maintenant.

— Quoi, tu as osé faire cela ! Ah, je comprends, tu as peur de la vérité !

— Quelle vérité ? Ainsi, tu as cru ces balivernes.

— Tu as empoisonné Mathilde… avec l'aide de ton frère !

— Quel frère ? Je n'ai pas de frère !... et puis qui est cette Mathilde, je n'en ai jamais entendu parler !?

— Menteur !

— Ah, encore ce Bertin ! Il t'a bien embrouillé l'esprit, celui-là. C'est pour ces raisons que nous ne pouvons pas laisser écrire de tels textes. Ils sont toujours l'œuvre du diable. Ils troublent l'âme de ceux qui les lisent. Personne ne doit lire ce genre de texte, la sainte Bible est la seule lecture qui ne pervertit pas l'esprit de l'homme. Bon, assez discuté, donne-moi cette bourse et j'enlève ce bastaing !

— Jamais de la vie, je sais que tu as encore la fourche près de toi !

— Bon, d'accord ! Je t'ai menti, j'ai retrouvé les manuscrits et je ne les ai pas encore brûlés, alors j'échange : Donne-moi la bourse et j'épargne les manuscrits.

— Tu ne sais pas mentir, André ! Tu n'as pas les manuscrits et tu ne les trouveras jamais ! La bourse, je la garde ! Et puis, que ferais-tu de cet argent ?

— Ah, je m'en vais à Rome. J'ai appris qu'il se passait des choses là-bas. Je prierai pour ton salut, merdeux ! Donne cette bourse !

— Plutôt mourir !

— Oui, c'est ça, crève et va en enfer, merdeux ! »

À l'extérieur du monastère, le jour s'était levé. Quelques villageois s'étaient regroupés non loin de l'entrée du hameau et regardaient les flammes manger les bâtiments les uns après les autres, impuissants devant la force de l'incendie attisée par le vent. Un homme, qui semblait connaître les lieux, expliquait aux autres la progression lente du brasier. Déjà, la chapelle était anéantie. Le feu avait probablement commencé son ravage à partir du scriptorium, la salle de lecture du monastère. Un des deux moines avait dû y oublier une bougie allumée. Le réfectoire et la cuisine étaient une fournaise et bientôt l'hospice et les chambres seront sous les flammes. Personne n'avait idée du sort des deux hommes. Certains dirent qu'ils les avaient entendus se chamailler, ce qui fut confirmé par d'autres. Et puis vint le tour du dernier bâtiment. Au matin, il ne restait guère que les murs de terre dans un amas de cendres et de la fumée qui montait très haut dans le ciel. La plupart des hommes étaient retournés à leurs occupations journalières et avaient laissé leurs places aux femmes qui s'étaient agenouillées pour prier devant la porte, seule rescapée de ce drame.

Une jeune femme avait des larmes, elle tenait un pot à lait dans sa main droite et un fromage frais dans l'autre.

Sommaire

Du même auteur :
J'ai mangé Clark Gable 2015
Le piano silencieux 2016

Les anges de l'an mil
IBSN : 978-2955751534